W0319175

LES JOURS DE SILENCE

Vous pouvez consulter le site de l'auteur à l'adresse suivante :
www.phillipLewisauthor.com

PHILLIP LEWIS

LES JOURS DE SILENCE

Traduit de l'américain
par Anne-Laure Tissut

belfond

Titre original :
THE BARROWFIELDS
publié par Hogarth, une marque de Crown Publishing Group,
une division de Penguin Random House LLC, New York

Ce livre est une œuvre de fiction. Les noms, les personnages, les lieux et les événements sont le fruit de l'imagination de l'auteur ou utilisés fictivement. Toute ressemblance avec des personnes réelles, vivantes ou mortes, des événements ou des lieux serait pure coïncidence.

Retrouvez-nous sur www.belfond.fr
ou www.facebook.com/belfond

Éditions Belfond,
12, avenue d'Italie, 75013 Paris.
Pour le Canada,
Interforum Canada, Inc.,
1055, bd René-Lévesque-Est,
Bureau 1100,
Montréal, Québec, H2L 4S5

ISBN : 978-2-7144-7425-4
Dépôt légal : août 2018

© Phillip Lewis, 2017. Tous droits réservés.
© Belfond, 2018, pour la traduction française.

Belfond | un département **place des éditeurs**

place
des
éditeurs

Pour Ashley

« Ô mes frères, comme nos pères en leur temps,
nous brûlons, brûlons d'un feu ardent dans la nuit. »

Thomas WOLFE
L'Ange banni

Prologue

Le bureau est resté tel qu'il l'a laissé. Le corbeau au mur, enfin, l'oiseau, quelle que soit son espèce. Wolfe. Poe. Chopin. Un exemplaire de la première édition de *L'Étranger*, l'étiquette du prix plusieurs fois arrachée, la couverture usée, écornée. Une édition originale signée de *L'Ange exilé*, livre qui lui était plus cher qu'aucun autre. Une première édition des *Contes fantastiques* de Poe, signée par Harry Clarke à l'encre rouge sang. Une bible, l'édition King James, avec couverture de cuir noir. Trois bougies ; une abondante coulée de cire fondue. Une bouteille d'Hill's Absinth, vide. Deux bouteilles de vodka, vides. Une bouteille de vin espagnol, vide elle aussi. Une pochette d'allumettes. Une lampe, pas d'ampoule. Cinquante et un cahiers de journaux, écrits à la main. La page de titre d'un roman non publié, avec une annotation en latin. Neuf années de poussière accumulée et une poignée de photographies qui devaient avoir une valeur pour lui. J'ouvre *L'Étranger* pour lire la dédicace écrite de ma main. Je tourne la page et mes yeux tombent sur les premiers mots : *Aujourd'hui, maman est morte*. Je commence à comprendre.

Première partie

1

MON PÈRE FUT L'UN DES DEUX ENFANTS nés à l'hôpital en parpaing d'Old Buckram durant le froid mordant de l'automne 1939. L'autre enfant, un garçon qui ne vécut pas assez pour recevoir un nom et une âme à sauver, fut enterré par sa mère sur une colline près de la ville, quand le dégel permit de lui creuser une tombe digne de ce nom. Point de cérémonie ni d'hymne. Un gros rocher lisse trouvé dans la rivière lui tint lieu de pierre tombale, si l'on peut dire. On laissa le garçon à son repos éternel auprès d'un Dieu absent, avec pour seule prière celle de sa mère. Elle demanda que l'enfant soit pardonné pour le péché originel et accepté au ciel dans l'attente de la venue des autres, quand le Seigneur, dans Sa sagesse, les rappellerait à Lui.

Old Buckram, où débute cette histoire, est une petite ville de montagne achromatique, nichée très haut au cœur des Appalaches. Elle se situe en position précaire, aussi loin que l'on puisse aller au nord et à l'ouest tout en restant à l'intérieur des frontières officielles de la Caroline du Nord. En 1799, la ville comptait 125 habitants, et, en 1939, le nombre avait grimpé jusqu'à 400. C'est une ville aux rues et trottoirs solitaires, rarement empruntés. Ses quelques misérables commerces – une quincaillerie désuète, un comptoir d'aliments pour bétail, un cordonnier, une boutique de vêtements dégriffés, un café et un tailleur de pierres tombales – ont du mal à survivre avec leur maigre clientèle, et ferment tôt les sombres jours d'hiver, avant que la neige ne se mette à tomber. C'est une ancienne ville ferroviaire, où le train ne passe plus depuis des années. Une ville semée de petites églises, édifices simples de briques rouges logés sur les collines ou dans les vallons, une ville qui croit en un Dieu vivant mais distant, une ville dont l'unique entreprise de pompes funèbres enterre presque tous les morts. C'est une ville de fantômes et de superstitions. On y trouve les marches du Diable, le rocher de la Langue de serpent et Abbadon Creek, qui emporta dans l'oubli une famille entière lors de la crue de 1916. Aux confins de la ville, sur le plateau, derrière la rivière, s'étendent les Barrowfields, où, par quelque mystère, rien ne pousse naturellement, à l'exception d'une mousse grise qui recouvre tout et grimpe sur les éminences rocheuses et les souches pétrifiées dont les habitants les plus crédules pensent qu'elles indiquent des tombes remontant à des temps immémoriaux. D'autres disent qu'un vent violent s'éleva sur les montagnes mille ans plus tôt et arracha tous les arbres, balayant la couche fertile de la terre, si bien que rien n'y pousserait plus jamais. Presque tous pensent que la zone est hantée. Personne n'a jamais pique-niqué sur les Barrowfields : là-dessus, il n'y a pas de doute.

Si quelqu'un sut jamais comment la famille de mon père s'est retrouvée là, à Old Buckram, son récit a depuis longtemps été étouffé par les tours de cadran accomplis sans fléchir par l'aiguille imperturbable du temps, et il ne reste aucune trace de ce voyage énigmatique. Mon grand-père, qui se prénommait Helton, me dit un jour que la famille avait peut-être migré depuis le Grand Nord dans les années 1700, en suivant la voie ferrée qui relie la Pennsylvanie au piémont de la Caroline du Nord aujourd'hui. Nos ancêtres furent probablement les premiers colons sur cette terre austère et sans pitié. « Ce qui prouve, conclut-il, que ma famille et celle de ton père, ils étaient pas futés. »

La famille était diablement pauvre, inconcevablement pauvre, comme presque tous les habitants des montagnes, mais, au fil du temps, à force de dur labeur et de détermination, ils parvinrent à se construire une existence digne de ce nom. On s'occupait bien des enfants, même si la nourriture et les vêtements restaient des denrées rares. Helton était le genre d'ouvrier qui acceptait de faire tout ce qu'on lui demandait, le faisait vite et bien, sans une plainte hormis peut-être ce qu'il confiait à Dieu durant la prière du dimanche matin. Plusieurs années durant, il travailla pour la WPA[1], comme dynamiteur sur la nationale Blue Ridge Parkway ; rapidement, il perdit l'audition d'un côté, et se trouva exclu de la plupart des conversations menées en sa présence. Un peu comme un vieux chien tranquillement assis dans un coin, imperméable à l'agitation qui l'entoure.

À ma connaissance, il ne fit rien d'extraordinaire, à part travailler cinq jours par semaine et rester marié à ma grand-mère, Madeline, malgré d'innombrables hivers d'un froid glacial et une pauvreté chronique. Il n'accumula ni argent ni biens significatifs. À sa mort, il ne possédait rien qui ait de valeur réelle, excepté une ferme médiocre qui penchait sous le vent et un bout de terrain stérile acheté aux enchères cinq dollars l'acre. Le seul livre qu'il eût jamais possédé ou lu était la sainte Bible, qui m'échut à sa mort. Sur la première page blanche de papier vélin, en caractères à peine lisibles, une note griffonnée par son père, mon arrière-grand-père William : *Lis cette bible, et qu'elle guide ta conduite.*

---

1. La Work Projects Administration, principale agence du New Deal, fut créée en mai 1935. Elle fit construire ou rénover écoles, gares, bureaux de poste et ponts, et apporta des aides à la production ainsi qu'à l'enseignement artistiques. (*Toutes les notes sont de la traductrice.*)

La page suivante montre une reproduction, aux tons passés, du Christ dans le jardin de Gethsémani, par Heinrich Hofmann. Mon grand-père signa la bible et, au fil des ans, y apposa plusieurs annotations de provenance inconnue, la première, lapidaire, au début du Livre de la Genèse : « 4004 avant J.-C. ». Pour lui, c'est là que commença le temps.

Bien qu'il ait passé toute sa vie à Old Buckram, Helton n'apparut pourtant qu'une fois dans le journal local. Contre son gré, il se présenta aux élections sur les encouragements du pasteur de sa paroisse, qui voyait en lui un homme calme, plein de dignité et de bon sens. À sa grande honte, à l'issue d'une brève campagne menée lors d'un automne glacial, il se retrouva avec deux voix en sa faveur sur les vingt-cinq émises. Le journal local relata l'événement en une phrase :

> T. Vanhoy, de Vellum's Caske, remporte la victoire sur H. L. Aster pour le poste de shérif du comté par une très large majorité.

Sachant qu'il avait voté pour lui-même, la confiance qu'il portait à sa femme et à son pasteur en fut fort affectée, ainsi qu'il le raconta, mais plus tard seulement. Le lendemain, avant de se rendre en ville, il prépara son arme, la nettoyant avec grand soin, sous les yeux de la famille plongée dans un silence préoccupé. Dans le récit qu'en fit Maddy, il se leva de table et glissa le pistolet dans sa ceinture, avec, dans ses gestes, une gravité lourde de sens. Elle finit par lui dire : « Grands dieux, Helton, mais où vas-tu donc avec cette arme ? » Il répondit : « M'est avis qu'un homme avec aussi peu d'amis que moi doit penser à se protéger. » Sur quoi il referma la porte derrière lui et fit à pied le long trajet jusqu'à la ville. Il ne se présenta plus à aucune élection, et personne ne lui suggéra de le faire.

Dans mon enfance, le soir après l'école ou le week-end, j'accompagnais parfois mon grand-père jusqu'à l'abattoir de Buckram, au nord de la ville, dans son pick-up Ford rouillé. Sur le niveau principal, la boutique vendait du bacon, des saucisses, des légumes, du lait, du pain et diverses denrées de première nécessité. À l'arrière s'étalait une grande dalle en ciment, creusée de quatre canaux grossièrement taillés, qui couraient vers une rigole noire. Sur le panneau à l'entrée trônait un porc noir et blanc.

Tout le monde se connaissait à l'abattoir de Buckram. Un vendredi après-midi où j'étais venu avec mon grand-père pour acheter du lait, un géant en bleu de travail s'approcha de mon grand-père et lui donna une tape dans le dos.

« Ce bon vieux Helton, tu m'en diras tant ! »

Mon grand-père rétorqua : « Et que veux-tu que je te dise ? J'ai rien à dire, moi, j'ai pas de conversation. »

L'homme en bleu de travail sourit et m'adressa un clin d'œil plein de gentillesse. Dehors, des hommes qui n'avaient rien à faire restaient des heures assis sur des bancs à raconter des blagues, se curer les dents et regarder les gens aller et venir. À l'intérieur, d'autres, paressant sur des chaises à dos droit et assises en lattes de noyer tressées, se tenaient penchés au-dessus d'échiquiers, bouche ouverte, relevant la tête de temps à autre pour jeter un coup d'œil autour d'eux ou cracher. Ils vidaient des sachets de cacahuètes dans des bouteilles de Coca pour les engloutir, tête en arrière, parlaient météo et de tout ce qui changeait si vite même si rien ne changeait vraiment. Des rangées de tomates rouges et jaunes hérissées d'excroissances s'alignaient à côté de paniers d'osier pleins de haricots verts non écossés, tandis que des pommes de terre enrobées d'une croûte de poussière terreuse brune étaient empilées dans des sacs en papier empruntés à la droguerie de la ville. Un antique distributeur de sodas murmurait dans l'angle, avec ses bouteilles en verre que l'on retirait horizontalement. Le parquet irrégulier craquait sous les pas des clients qui arpentaient les allées.

Un homme noir que personne ne connaissait vint payer quatre litres d'essence. Un silence se fit quand il entra, et repartit avec lui. Quand il fut sorti, un ou deux vieux secouèrent leur tête aux mâchoires épaisses, d'un air incrédule. Il n'y avait que peu de familles noires à Old Buckram et, à quelques rares exceptions près, elles vivaient ensemble, alignées dans un quartier bien tenu derrière le parking du centre-ville. C'était une plaisanterie banale et d'assez mauvais goût entre les gens du coin de déclarer qu'il y avait exactement cent Noirs dans le comté, ni plus ni moins. Avec un rictus oblique et un coup d'œil de travers, ils ajoutaient que si un Noir de plus arrivait en ville, un autre serait poliment sommé de partir. Ce qui déclenchait, en général, force éclats de rire bruyants et tapes sur la cuisse, et des perles de mucosités visqueuses s'arrachaient aux gorges des vieux depuis longtemps couvertes d'un enduit fuligineux dû au goudron des cigarettes.

Durant mes années de vie à Old Buckram, moins de mille personnes, Blancs et Noirs confondus, résidaient dans l'enceinte de la ville. Presque tout le monde était installé dans les collines au-delà, au bord de routes de terre et de gravier interminables qui s'enfonçaient dans les montagnes en serpentant, et s'amenuisaient jusqu'à finalement disparaître. Le long de ces vieilles routes, les gens habitaient dans des mobile homes basiques, tout rouillés et couverts de pneus lisses pour mieux résister aux vents forts venus des montages, ou dans de petites cabanes en bois équipées de poêles et avec un toit en bardeaux d'amiante qui protégeait à peine de la pluie. De nombreuses familles vivaient dans des dépressions creusées à flanc de colline à partir de la route principale.

Dans le creux, on trouvait un ruisseau, une vieille maison, quelques appentis, des granges décrépites où s'empilait un bric-à-brac sans valeur, et des déchets.

En quittant l'abattoir de Buckram, mon grand-père et moi prîmes d'abord la direction du centre-ville, avant de rejoindre la Larvatis Road jusqu'à la maison qu'il habitait avec Maddy. Elle était dehors en train d'étendre des vêtements sur un fil, dans un vent de plus en plus violent.

« Ben vous arrivez juste pour le dîner, lança-t-elle ; je m'apprêtais à manger sans vous.

— Tu n'aurais pas fait ça », dit mon grand-père.

La lourde portière de la camionnette, aux charnières rouillées, émit une plainte sonore quand il l'ouvrit et la referma.

« Ben j'allais me gêner », rétorqua Maddy. Elle me serra dans ses bras, m'étouffant presque dans les plis de son tablier. « Oh, j'ai une surprise pour toi.

— C'est vrai ?

— Et comment. Rentrons à l'abri du vent. Il commence à faire froid et tu n'as pas de manteau.

— Il faisait chaud tout à l'heure », dis-je.

Un mois d'octobre d'une douceur inhabituelle s'acheminait rapidement vers l'hiver. Un kaléidoscope de feuilles gisait dans l'herbe haute et jaunissante de la cour.

« En montagne, petit, il fait *toujours* froid une fois le soleil couché. Que ce soit le printemps, l'été ou l'automne. Et je sais que ton père le sait. »

Maddy avait toujours quelque savant conseil à prodiguer quant aux saisons et au temps. Mieux qu'aucun météorologue, elle pouvait prédire la pluie ou la neige, et savait avant tout le monde quand l'hiver serait particulièrement rude. J'ignore d'où elle tenait ce savoir, mais il était imparable.

Helton et Maddy vivaient au bout d'une route de terre à environ six kilomètres de la ville, dans une vallée encaissée, qui jamais ne voyait le soleil. Un ruisseau descendait à flanc de montagne derrière la maison puis suivait un profond fossé couvert de mauvaises herbes qui menait au loin à la nationale enjambée par un pont à une voie fait de rondins. Un saule pleureur s'abreuvait dans le ruisseau, et Maddy avait installé dans son ombre un banc de bois sur lequel personne ne s'asseyait jamais. Un pommier sauvage se dressait dans la cour en face, sur le côté de la maison, et des tas de pommes toutes flétries jonchaient le sol autour de son pied. À l'intérieur, il y avait un poêle dans la cuisine et un autre occupait un angle du salon. Quand les deux fonctionnaient, il était presque impossible de rester à l'intérieur. Par les froides journées d'hiver, Maddy se levait tôt pour les faire ronfler, ce qui tirait mon grand-père du lit. Il faisait le tour de la maison en ouvrant des fenêtres, sous les protestations de Maddy, qui le grondait : « Tu vas faire sortir toute ma chaleur ! » Ce à quoi il rétorquait : « J'essaie juste d'empêcher que tout se mette à fondre là-dedans. »

Maddy faisait du cidre avec les pommes qu'elle ramassait dans la cour. Elle le mettait à cuire sur le poêle de la cuisine où elle le laissait frémir à petits bouillons toute la journée. J'en avais senti l'odeur dès que j'étais sorti de la camionnette. Nous entrâmes et elle m'en versa une tasse pour me réchauffer.

Au lycée, Maddy, qui était bonne élève, avait été membre des quelques rares clubs existants, mais à part ça son parcours d'études supérieures n'avait rien d'exceptionnel. Elle n'était pas allée à l'université et, après le lycée, s'était trouvé un travail d'assistante auprès du prêtre dans l'une des quelques églises baptistes d'Old Buckram, emploi qu'elle garda presque toute sa vie, voyant défiler plus de prêtres qu'on n'en peut compter.

Quand elle n'était pas au travail, elle aimait peindre tranquillement des céramiques. Elle avait empli presque toute la véranda à l'arrière de la maison de tasses à café en porcelaine, assiettes, potirons et cruches qu'elle avait décorés elle-même et signés fièrement de ses initiales. Elle possédait toutes sortes de bibelots bizarres et sans valeur, dont une fleur fossile figée dans un bout de chaux achetée cinquante cents sur un marché dans l'Ohio. Au fil des ans, la fleur demeurait sur le rebord de la fenêtre. Bruns à l'origine, avec le temps ses pétales étaient peu à peu devenus invisibles, mais Maddy était toujours très fière de détenir cette curiosité. Elle la prenait en main, la regardait puis la reposait à sa place.

Si elle aimait cuisiner, toutes les sources s'accordent à dire qu'elle n'était pas aussi douée que l'on pourrait croire. Mon grand-père disait que ça ne lui venait pas naturellement. Les piliers de son art étaient le cidre et un gâteau de maïs presque immangeable qui tenait de la maçonnerie et qu'il fallait tremper dans du lait. Quand elle tomba malade et dut cesser de travailler, leurs finances diminuèrent, et ils ne purent que très rarement se permettre de manger dehors. De leur vivant, ils n'acquirent aucun bien de luxe, et n'en attendirent point. Ils dépensaient le peu d'argent qu'ils gagnaient pour le strict nécessaire. Ils apprirent à se débrouiller avec très peu et à s'en satisfaire.

Je tenais la tasse de cidre dans mes mains pour les réchauffer tandis que Maddy, debout dans l'embrasure de la porte de la cuisine, fumait une cigarette. Elle entrouvrit la porte pour exhaler la fumée dehors, mais le vent la rabattit aussitôt à l'intérieur. Elle se mit à tousser, jusqu'à ce que mon grand-père lui prenne la cigarette et l'aide à s'asseoir dans un fauteuil.

« Désolée, mon petit, fit-elle. Et alors, ce cidre, il est bon ?

— Oui, oui. »

C'était faux. Il était horriblement acide, et me faisait plisser les sourcils, comme si mes yeux allaient me toucher le nez.

« Tu as remarqué quelque chose de différent ? »

Je n'avais rien remarqué mais gardai le silence.

« J'ai mis de la cannelle cette fois, un petit extra. »

C'était là ma surprise.

« C'est délicieux, dis-je.

— Eh bien, bois ça avant de rentrer chez toi.

— Et comment. C'est toi qui me ramènes ? »

Mon grand-père me raccompagnait parfois, mais Maddy s'y refusait.

« Non, monsieur. J'y suis allée une fois, et ça m'a suffi. Cette maison, on dirait un vautour, un vieux rapace vicieux perché à flanc de montagne. »

J'avais déjà entendu exprimer ce sentiment.

« Mais c'est là que j'habite, protestai-je.

— Je le sais bien. Et je préfère que ce soit toi que moi », fit Maddy.

Mon grand-père me plaqua ses grosses mains sur les oreilles. Je le regardai et songeai que sa tête pourrait bien toucher le plafond. Maddy se leva et jeta une bûche dans le poêle, tandis que je restais assis, encore sous le choc de ses paroles, à boire ce terrible cidre dont le goût avait encore empiré.

« Ça brûlerait moins vite si tu ne faisais pas tant chauffer le poêle, fit remarquer mon grand-père.

— Mais on gèle là-dedans ! dit Maddy.

— Tu veux mettre ton manteau ? Je vais te le chercher.

— Allons bon. Voilà que je dois porter un manteau dans ma propre maison ? Non merci. »

Maddy me sourit. Ses cheveux poivre et sel étaient tirés en arrière sur les tempes par un assemblage d'épingles. Elle se badigeonna les lèvres de rouge à lèvres orange pour remplacer ce qu'elle avait laissé sur sa dernière cigarette.

« Si tu continues, fit Helton, il n'y aura bientôt plus un seul arbre dans les forêts d'Amérique. »

Maddy sortit son carnet de chèques et se mit à faire des comptes, assise dans la cuisine, à la petite table carrée où ils prenaient tous leurs repas. La toile cirée lui collait aux coudes et claquait chaque fois qu'elle les soulevait. Environ quatre-vingt-dix pour cent du plan de travail étaient couverts de bocaux et récipients en tout genre. Au mur, une horloge indiquait la même heure que lors de mes quatre dernières visites. Je l'observai pour voir si les aiguilles allaient bouger, mais elles restèrent immobiles.

« Helton, tu savais que la petite Ola Hamilton est malade ? »

Viola Hamilton, âgée de cinquante-deux ans, était une jeune veuve dont l'époux était mort depuis plusieurs années, écrasé sous son propre tracteur. Elle ne s'était pas remariée, et on ne la voyait plus guère en ville.

« Mais non. Qu'est-ce qui s'est passé ?

— Déjà, elle ne peut plus se lever. Il paraît qu'elle a de l'arthrose aiguë et les articulations enflammées. Il serait peut-être temps de lui envoyer la Brigade des baumes. »

Tel était le nom donné au groupe de vieilles femmes pieuses qui fondaient sur les demeures des malades telle une meute de paons, chargées de nourriture, de pain et de plus de terrines qu'une personne ne pourrait avaler en l'espace d'une vie. Une faction dissidente, le Bataillon des psaumes, débarquerait plus tard si le patient semblait sur le point d'être rappelé à Dieu.

« Tu lui porterais quelque chose pour moi ?

— Bien sûr », dit Helton.

Mes grands-parents étaient de braves gens, pleins de bonté. Ils se chamaillaient, comme ça arrive en famille, mais ils s'aimaient tendrement. Et, malgré l'absence de diplômes pendus aux murs, ils étaient impressionnants d'intelligence. On ne les aurait jamais surpris à lire pour le plaisir, mais ils avaient la vivacité d'esprit de ceux des montagnes, qui ont appris à survivre aux interminables hivers de neige et de glace et au vent toujours prêt à emporter leur toit. Ils commencèrent à avoir des enfants dès leur mariage et ne s'arrêtèrent pas avant le cinquième, forts de la certitude qu'ils n'auraient pas de quoi nourrir un sixième. Leurs sacrifices, et la chance pure et simple, leur permirent d'élever tous leurs enfants, bon an mal an, jusqu'à l'âge adulte. Le plus jeune était mon père.

2

Il était habituel pour les enfants d'Old Buckram de commencer l'école mais de ne pas aller au bout, et, comme on pouvait s'y attendre, aucun des aînés de mon père ne reçut guère d'éducation au-delà des années de lycée obligatoires. Je me rappelle avoir un jour demandé naïvement à mon grand-père s'il était allé à l'université. Il me répondit sèchement : « Non, petit, mais je suis *passé à côté* d'un certain nombre d'universités. Sans m'arrêter. » Et je dois faire le triste constat que, jusqu'à la naissance de mon père, nul membre de ce côté de ma famille ne peut être soupçonné de rien qui ressemble à une authentique curiosité intellectuelle. Ce qui signifie que les frères et sœurs aînés de mon père n'éprouvèrent pas le désir d'aller à l'université, ou, s'ils l'éprouvèrent, il resta vague et jamais assouvi.

Mon père, toutefois, parmi ces nombreux enfants, se distinguait. À un degré déconcertant. Sa différence se manifesta tôt dans sa vie. Dans une famille où savoir lire était considéré comme une simple nécessité et en aucun cas une vertu, il apprit presque sans guide. Il avait toujours un livre, avant même de savoir quoi en faire. On disait de lui : « Ce gamin, il a *toujours* un livre », ou : « Où est-ce qu'il a trouvé ça ? » Bien qu'il ait grandi au son d'un dialecte montagnard peu soigné, il s'exprimait en phrases complètes, qui reposaient sur une grammaire complexe. Nul ne savait d'où lui venait cette étonnante faculté, et les invités qui lui mesuraient parfois le crâne pour en vérifier la normalité s'extasiaient comme devant un crapaud sonneur. Sa tante George (longue histoire) expliquait ce mystère par la conviction qu'il était la réincarnation de Mark Twain, même s'il ne lui ressemblait en rien.

Au cours de sa scolarité élémentaire, il fut mal accepté par ses congénères et, régulièrement, il rentrait en courant le long du chemin de terre, sanglotant dans la fraîcheur de l'été en altitude, pour s'enfouir la tête dans le giron de Maddy qui l'attendait. Elle l'emmenait au salon où ils restaient assis un moment sur le canapé, elle une cigarette à la main, lui un livre, tous deux plantés tels des golems de pierre dans la lueur terne d'un samedi matin, le bruit du ruisseau et de tous les oiseaux matinaux leur parvenant par la fenêtre ouverte. « Il n'y a vraiment aucun problème, lui disait-elle, tandis qu'il écarquillait ses yeux pleins d'innocence. Si tu préfères lire, Henry, eh bien, lis, mon petit. Et ne laisse personne t'en empêcher. »

En vérité, ses aptitudes exceptionnelles dans le domaine du langage choquaient cette femme pleine de bon sens et ne cessaient de la tourmenter. Si elle s'était montrée honnête envers elle-même, elle aurait dit qu'il perdait son temps : il aurait dû être dehors avec les autres garçons, et sûr qu'il allait loucher avant même d'être adulte. Chaque fois qu'elle lui assurait avec réticence qu'il faisait bien de lire, c'était comme une claque cuisante sur son front que d'aller ainsi à l'encontre de ses convictions. Aussi, après l'avoir ainsi réconforté, n'y tenant plus, elle ajoutait un *caveat* indélicat, du genre : « Mais si tu continues, un jour, t'auras plus rien à lire. Il faut que tu le saches… »

À neuf ans, cet enfant précoce était assez lucide pour soupçonner qu'il était né dans une caste de dignité inférieure à ce qu'il estimait mériter. Même s'il n'y avait aucun mépris dans son comportement, ni condescendance, il continuait à croire, dans l'inquiétude de son for intérieur, qu'il transcenderait un jour le sort que lui avait alloué la vie pour s'élever au-dessus de son rang. Avec le temps, il se fit donc marginal, et le resterait, comme tous les hommes et femmes illustres parmi leurs contemporains.

Il dévorait tous les livres sur lesquels il pouvait mettre la main. La famille n'ayant pas d'argent à dépenser en livres, il restait des heures à la bibliothèque du comté, et resta même une fois si tard qu'il se fit enfermer et dut y passer la nuit. On s'inquiéta, et, à minuit, toute la ville était à sa recherche. Certains évoquaient la sinistre possibilité qu'il ait pu, à douze ans seulement, et déjà las d'Old Buckram, s'enfuir vers l'agitation de la grande ville, Charlotte ou même Raleigh. Tel un raton laveur et, à leur grande surprise, tout émoustillé, il réapparut chez lui tôt le lendemain, avec sous le bras un livre que personne n'avait jamais vu, et il raconta son aventure littéraire nocturne à sa famille abasourdie. Par un étrange hasard, dit-il, un roman de Thomas Wolfe, dans la pile « à jeter », avait attiré son attention, et il avait passé la nuit à le lire à la lueur d'un lampadaire. Puis, il les planta là, stupéfiés, fila se coucher et ne se leva que pour le dîner. Peu de temps après, il reçut sa première paire de lunettes.

Un an plus tard, il fut définitivement déchu de ses droits d'accès à la bibliothèque quand on découvrit qu'il avait, en plusieurs mois, retiré plus d'une centaine de volumes du sanctuaire de textes qu'était la bibliothèque de l'école. Le forfait fut révélé un jour où Maddy entra pour changer ses draps et manqua se fracturer le pied gauche contre la reliure de *Retour à Brideshead*. Elle écarta aussitôt la literie et découvrit le butin littéraire. Les livres étaient soigneusement empilés, par ordre alphabétique, sous le lit qu'il partageait avec son frère, qui n'avait rien dit de l'entreprise. Il l'avait accomplie sans susciter la moindre suspicion de la part de quiconque, pas même de la bibliothécaire grincheuse, Mme Tichborne, qui, dans tous les cas, préférait que les livres ne soient pas empruntés. Un interrogatoire s'ensuivit dans la petite pièce d'isolement de l'école, où un grand battoir en bois tout vérolé de trous pendait, menaçant, au mur.

« Mais qu'alliez-vous donc faire de tous ces livres ? » demanda Bent Smeth, le principal, après avoir menacé d'expulsion le jeune bibliophile chronique. M. Smeth était grand et mince, tel un jeune bouleau, mais une terrible courbe lui voûtait le dos, le rendant deux fois moins grand qu'il n'aurait dû l'être. Il avait été ébouillanté enfant, par une marmite d'eau brûlante pleine des vêtements de la famille qu'il avait pour tâche de laver (l'un des pieds en bois de la marmite, tout pourri, avait cédé), et en avait gardé le corps tacheté comme celui d'une vache. Le teint cireux sur une partie du visage et avec le coin de la bouche tourné vers le bas d'un côté, il semblait souffrir de dyspepsie chronique. M. Smeth menait l'interrogatoire. Mme Tichborne, dont on s'accordait à penser qu'elle devait être myope comme une taupe pour avoir tant d'années durant parcouru la condamnable classification décimale de Melvil Dewey, se tenait, fébrile, derrière l'épaule de M. Smeth. Elle était connue pour décourager les étudiants de lire, en particulier les romans, dont l'intérêt était notoirement plus lascif. Si cela n'avait tenu qu'à elle, elle aurait convoqué le Bureau d'investigation d'État, en lui demandant d'émettre un mandat d'arrêt. Elle exigea de savoir ce qu'il comptait faire de ces livres trouvés sous son lit, des livres lui appartenant à elle, question qui n'était pas sans impliquer quelque indécence.

« J'avais l'intention de les lire », répondit mon père, qu'on avait placé en plein milieu de la pièce, sur une chaise cannée dont le dossier s'effilochait, tandis que ses interrogateurs, semblables à un couple de rapaces, lui tournaient autour. « En fait, je les ai déjà lus pour la plupart. »

Il exposa alors en détail une hypothèse jusque-là non formulée quant à la promptitude psychologique qu'éprouve l'esprit humain à lire un livre à un moment précis, d'où l'importance, ou plutôt la nécessité cruciale que le livre soit parfaitement disponible en vue du moment où l'inspiration viendrait. En substance, l'idée était que, lorsqu'on décide de lire quelque chose, il s'agit de l'avoir sous la main, afin de pouvoir s'y plonger aussitôt. Son argument ne se montra guère convaincant.

« Il allait seulement les lire, fit Helton, qui vint à la rescousse de son fils, et juste au bon moment. C'est pas comme s'il avait voulu les vendre. Faut dire, y a pas franchement de marché pour ça. Vous pouvez pas le punir de vouloir lire.

— C'est vrai, dit M. Smeth. Mais il aurait pu tout aussi bien lire ces livres en les sortant *l'un après l'autre*.

— Là, fit mon grand-père, je peux pas discuter.

— Je ne les ai pas volés, dit mon père. J'avais l'intention de les rendre tous jusqu'au dernier. Et je les ai rendus, comme vous le savez, sans qu'aucun ait disparu. Il est vrai que j'ai adopté une interprétation assez souple du règlement relatif à l'emprunt de la bibliothèque, mais cela ne constitue pas un vol dans l'État de Caroline du Nord. »

Plus tard, ayant trouvé en lui-même assez de clémence pour accorder son pardon à l'infraction, M. Smeth avait dit à mon grand-père : « Il est franchement bizarre, ce garçon ; vous savez ?

— Vous pensez, si on le sait. »

À quatorze ans, mon père écrivit quelques pièces de théâtre brèves, mais les garda pour lui. Tout le monde commençait à le remarquer en classe, où il écrivait sans cesse. À l'étude, il écrivait. Après la sonnerie, il restait assis à son pupitre et continuait à écrire. À seize ans, il obtint un emploi au journal de la ville, *Les Échos d'Old Buckram*, d'abord comme livreur à vélo, puis il grimpa vite les échelons et se mit à écrire des articles. En quelques mois, il se retrouva *de facto* rédacteur en chef. Il écrivait neuf articles sur dix, introduisit des mots fléchés propres à son journal, changea le format et le nom du journal, désormais nommé *Le Météore d'Old Buckram*, ce qui ne fut pas sans susciter des réticences de la part des habitants. On était en 1955. Tennessee Williams venait de remporter le prix Pulitzer pour *La Chatte sur un toit brûlant* et Nabokov avait publié *Lolita* à Paris. C'était l'année de Claudette Colvin et Rosa Parks. Partout le monde changeait, mais pas à Old Buckram, qui continuait à se traîner, avec ses routes à une voie et ses vérandas inoccupées, dans une parfaite indifférence au vaste monde alentour, à l'exception de mon père, qui brûlait d'un singulier désir de s'enfuir.

Le propriétaire du journal l'envoya participer à un congrès de journalistes à Charlottesville, en Virginie, et il sortit de l'État pour la première fois. Il tomba amoureux de l'université de Charlottesville, dont la collection de livres dépassait ce qu'il avait jamais pu imaginer. Des personnes qui partageaient ses idées, les premières qu'il ait rencontrées, l'accueillirent à bras ouverts, sans les regards de travers chargés de suspicion auxquels il s'était habitué à Old Buckram. C'est un miracle qu'il soit jamais revenu.

À l'époque, il était beau comme un dieu, ses cheveux noirs tirés en arrière sur un front haut et le physique d'un coureur de fond. Il avait la chance d'avoir un corps mince et solide, et une démarche assurée, qui suggérait la détermination et la confiance en soi. Il avait un large sourire, pourtant timide, qui se contractait autour de deux canines supérieures saillantes et, dans une certaine lumière, lui donnait l'air inquiétant d'un vampire. La plupart du temps, il veillait à ne pas montrer ces deux dents. Sur les quelques photographies que j'ai pu trouver de lui datant de cette année-là, il dégage l'aura d'un authentique voyageur dans le temps, et se distingue de ses amis et de sa famille, comme s'il appartenait à un lumineux âge d'or encore à venir.

Dès qu'il avait été en âge de l'écouter, Maddy n'avait cessé de lui dire qu'avec son intelligence évidente, il pourrait trouver un travail à la Caisse d'épargne et de prêt, s'il le souhaitait, qu'il fasse des études supérieures ou pas. « C'est un *bon* travail, disait-elle. Tu en as dans la tête, ce serait dommage de ne pas en profiter. »

Certains arguments forts revenaient souvent : « Le petit-cousin de ton papa, Bishop Stonecipher, y est, dans cette banque, ça fera vingt ans au mois d'octobre, et il va bientôt prendre sa retraite. On n'aurait jamais cru qu'il irait bien loin, mais il a *bien* gagné sa vie. Je peux l'appeler pour toi, si tu veux, sans problème. Je serais pas étonnée qu'il puisse te faire embaucher. » Vous imaginez l'accueil réservé à une telle proposition.

Le mois précédant la fin de ses études au lycée, parce qu'elle savait très bien qu'il avait l'intention de quitter cette ville de montagne morose pour aller à l'université, et ce, quoi qu'il advienne, Maddy le fit asseoir sur le canapé du salon et lui dit : « Mon fils, tu es tellement intelligent. On est heureux que tu ailles à l'université, si c'est ce que tu veux faire. Sûr qu'on aurait voulu pouvoir t'aider à payer tes études. C'est juste qu'on... »

Henry savait qu'ils ne pouvaient pas.

« Okay, alors écoute-moi juste une minute, fit Maddy. À un moment ou un autre, il va bien falloir que tu trouves un moyen de gagner de l'argent, et je te le dis, je serais sacrément surprise si... Bon, comment te dire... »

Elle tendit la main pour déposer la cendre de sa cigarette dans un gobelet en papier : deux petits coups secs étouffés, bruit familier, la friction du bout du doigt sur le papier jauni d'une cigarette bon marché. Il entendit l'irritation dans ce bruit ; la sentit monter tandis que Maddy faisait le constat de son incapacité à formuler ses pensées. « Bon, ben disons que j'ai jamais vraiment compris cette fascination que tu as pour les livres. Dieu sait qu'on a essayé. Mais les livres, c'est pas tout, mon chéri. C'est pas tout d'écrire. La vérité, et ça va pas te plaire, c'est qu'on peut pas en vivre. Pas moyen. Tu peux me croire. J'en parlais à ton père l'autre soir, et il a dit – et c'était vrai :

"J'ai jamais entendu parler d'un seul écrivain dans toute l'histoire de la langue à part Jésus H. Christ qui valait quelque chose." Il a raison, mon chéri. Et regarde ce qui est arrivé à Jésus. »

Elle lui jeta un coup d'œil oblique à travers la fumée de cigarette et secoua la tête. « Tu pourrais faire tellement d'autres choses avec tous ces dons que le Seigneur, dans Sa grande bonté, a jugé bon de t'offrir. »

Le conseil, qui reposait sur une vision erronée à tous égards, ne fut pas d'un grand secours, et il n'en fut tenu aucun compte. Henry était déterminé. Il déposa un dossier d'admission à l'université de Virginie, à l'exclusion d'aucune autre, et y fut accepté. Il n'avait pas de voiture, ne connaissait personne qui se rendait à cette université, aussi gagna-t-il Charlottesville en auto-stop. Il y étudia la littérature américaine et se prit d'un profond amour pour Wolfe, Poe et Faulkner. C'est là que, sans tenir compte du conseil de Maddy, certes guidé par l'amour mais non moins aveugle, il décida de vivre de sa plume, bien que le sujet de son œuvre fût encore incertain.

Après avoir obtenu son diplôme en trois ans et demi, il envoya des CV et des lettres de motivation à plusieurs universités prestigieuses, dans l'espoir de décrocher un poste d'enseignant. Son plan était d'enseigner le jour et d'écrire le matin et le soir. L'idée lui semblait merveilleusement romantique. J'ignore s'il entreprit jamais d'écrire le « grand roman américain », si tant est qu'on sache ce que c'est, mais il sentait en lui-même une splendeur, prête à émerger. Il avait une façon bien particulière de regarder le monde, il voulait pouvoir transmettre à toute personne intéressée ce qu'il observait et savait être vrai, et nourrissait l'espoir de trouver quelque part quelqu'un qui comprendrait qui il était vraiment.

Il reçut des propositions d'universités de la partie supérieure du Midwest mais les déclina. Une autre proposition arriva, cette fois de l'université d'État des Appalaches, et il se mit à songer à Old Buckram et aux montagnes, à Helton et Maddy, mais la perspective d'être si près de chez lui ne l'intéressait pas. Une autre lui parvint de l'université de Baltimore, puis ce fut tout. Comme c'était l'offre la plus alléchante, il l'accepta.

Sa première année d'enseignement lui montra, à sa grande frustration, qu'il n'avait pas autant de temps pour écrire qu'il l'avait espéré. Il parvint à achever un succinct roman du Sud, mais il le jugea trop proche de productions artistiques antérieures d'autres auteurs, et le relégua dans un tiroir avant d'essayer de nouveau. Dans un élan d'inspiration, il écrivit un quintette de nouvelles avant-gardistes, construit en fugue de thèmes et de personnages entrelacés ; il fut publié en épisodes dans un magazine littéraire fort en vue à l'époque, ce qui lui valut une notoriété, certes de courte durée, mais auprès d'un public choisi dans le milieu littéraire postmoderne. Il fit des expériences, combina diverses formes pour produire plusieurs autres œuvres brèves, dont certaines furent publiées dans des revues moins connues, et suscitèrent quelque intérêt mais surtout de la confusion de la part des critiques. L'une des recensions disait simplement : « Le travail d'Aster, quoique brillant, reste impénétrable. » Ayant tiré d'importants enseignements de ces expériences, il se lança dans un roman.

Quelque part, juste en deçà de l'horizon de sa conscience, cachée à dessein, enfouie parmi les souvenirs amers, presque effacés, de son enfance, rôdait l'idée toxique que, quand il aurait écrit son roman et que la publication en serait acclamée, il retournerait à Old Buckram et l'offrirait à Maddy comme preuve incontestable de sa valeur. Dans les moments de calme, quand il s'autorisait à considérer ce démon de plus près pour regarder en face son désir inconscient de renommée future, il l'enfouissait de nouveau, se disait que l'opinion de Maddy ne comptait pas et qu'il ne le faisait pas pour elle. Il savait sans le savoir qu'elle ne lirait pas un mot de lui, ce qui aurait dû suffire à le sauver. Mais, en fait, le doute qu'elle avait montré quant à ses capacités devait rester un poids, certes distant, mais implacable, qui lui écrasait les épaules sans relâche. Il s'en trouvait diminué. Privé d'une part de son pouvoir.

Et il continuait à travailler. Jour après jour, nuit après nuit, il travaillait. Il écrivait des centaines de pages, sans jamais être satisfait de ce qu'il avait sous les yeux. Il était pour lui crucial de développer et raffiner un style unique, qui lui soit vraiment propre. Sa quête, en substance, avait pour objet une nouvelle façon d'écrire, de raconter, mais elle se révélait fuyante. L'idée lui vint qu'il devrait peut-être passer moins de temps à écrire et plus à lire, jusqu'à ce qu'il trouve cette nouvelle voix. Il relut tous les classiques, qu'il étudiait dans leurs plus infimes détails, et tint des journaux des pensées que lui inspirait la lecture. Il lut tous les livres de la liste des best-sellers du *New York Times* pour voir ce qui s'écrivait, mais trouva la plupart des textes très largement homogènes et donc de peu d'intérêt. Perturbé dans son entreprise par une impatience croissante, il se tourna vers l'index expurgatoire romain qu'il explora dans son intégralité, avec nettement plus de satisfaction, mais sans en retirer grand profit quant à son projet. Il avait le sentiment qu'il lui fallait réfléchir davantage ; que le livre qu'il écrirait était encore à l'état d'incubation ; qu'il devait mijoter encore un moment. Il mit donc de côté ce qu'il avait écrit de son roman, et le courant de sa vie l'emporta. Sur un coup de tête, il s'inscrivit en droit à l'université de Baltimore, aux cours du soir, avec l'intention de n'assister qu'à deux ou trois cours, le temps d'apprendre quelque chose de nouveau et d'exigeant. Un samedi, il alla à la bibliothèque pour y emprunter un dictionnaire latin-anglais.

Il s'était rendu à cette bibliothèque presque chaque jour depuis son arrivée à Baltimore, et, plus d'une fois, un étudiant l'avait pris pour un membre du personnel, lui que l'on voyait si souvent trimbaler de hautes piles de livres dans les escaliers. Il n'était pas rare non plus qu'un employé payé par la bibliothèque fasse appel à lui pour localiser un ouvrage ou prodiguer un conseil. Il entra par la lourde double porte de bois et de verre, et l'odeur de tous ces livres lui parvint, lui donnant l'impression que, où qu'il fût parti, il venait de rentrer chez lui. L'ensemble de la bibliothèque était gravé dans sa mémoire et il savait exactement où chercher. Les gens allaient et venaient, chargés de livres. Un groupe de ses étudiants passa devant lui, et, avec un hochement de tête, ils le saluèrent d'un « Professeur » plein de respect, ce qui l'emplit de satisfaction. Alors une jeune femme qu'il ne connaissait pas sortit du bureau des bibliothécaires juste devant lui. Il la regarda enfiler une paire de gants blancs et monter vers la salle des livres rares, d'où elle rapporta un tome antique à l'accueil. Il n'avait jamais vu personne si belle. Il oublia où il allait et pourquoi il était là. Elle lui dit bonjour en passant devant lui, et il perdit aussitôt tous ses moyens (queue-de-cheval, jambes, connaissance intime des livres rares). Tous les neurones de son cerveau sophistiqué disjonctèrent en même temps et s'élancèrent dans des directions inédites.

Si le récit qu'elle fit de leur rencontre (réservé, atténué) diffère, par la forme, de celui qu'il fit (hyperbole enflammée), les deux versions n'en ont pas moins quelques détails remarquables en commun. Par exemple, elles s'accordent (plus ou moins) sur ses vêtements et son apparence générale : elle avait les cheveux blonds, et elle portait un pantalon trois quarts. Il le décrivit comme un « corsaire verdoyant » ; elle, plus modestement, comme un « pantacourt vert pâle que j'avais emprunté à ma camarade de chambre ». En haut, elle portait un simple chemisier blanc. Il dit qu'il était « décolleté », et avec des « années d'avance sur son époque ». Il fournit un affidavit à ce sujet. Elle dit qu'il s'agissait d'une tenue de travail conservatrice, ce qui était sans doute plus vraisemblable, et, dans tous les cas, assez proche de la vérité.

En revanche, nul ne conteste qu'il resta incapable de parler durant plusieurs minutes. Il dut finalement sortir afin de retrouver son calme. Ils s'accordent sur le fait qu'il avait oublié quel livre il venait chercher, et que, après s'en être rappelé, il apprit que l'unique exemplaire était déjà emprunté, et elle proposa de l'appeler quand l'ouvrage serait disponible. Le numéro de téléphone qu'il lui laissa, toutefois, par inadvertance était erroné, et de plusieurs chiffres. Il le compara à une envolée de mots tapés sur une machine à écrire mais avec tous les doigts sur les mauvaises touches.

Elle lui demanda son nom. « Je m'appelle Henry Aster. Je suis écrivain. Puis-je vous demander votre nom ? » Elle répondit en rougissant qu'elle s'appelait Eleonore.

3

IL OUBLIA TOUT LE RESTE, passa ses journées à rêver d'elle. Il lui écrivait des lettres d'amour incluant force vers, mais elle restait totalement insensible à sa poésie, ou presque. Il avait lu que des hommes faisaient s'évanouir des femmes (certes d'une étoffe moindre) en récitant Byron et Keats, comme par magie, mais Eleonore était bien trop pragmatique pour ce genre d'approche sophistiquée. Pour leur premier rendez-vous, il l'emmena voir *En attendant Godot*, et ne se vit pas autorisé à entrer chez elle après la représentation. Au second rendez-vous, il se montra plus avisé, et l'emmena faire du patin à glace.

Elle n'était guère intéressée par les entreprises universitaires ou érudites au sens traditionnel, mais, ne vous y trompez pas, elle était loin d'être sotte. Il finit par accorder volontiers qu'elle avait été dotée de plus d'intelligence que lui, mais elle l'utilisait dans des domaines bien différents des siens. Elle adorait la nature, les fleurs, les oiseaux, la fraîcheur des matins de printemps et la douceur des soirées d'été. Avec pour seul tuteur Mère Nature, dont elle était si proche, elle s'était forgé elle-même une culture de botaniste et d'ornithologue, et avait appris à monter à cheval. Elle pouvait vous dire le nom de chaque plante, fleur, arbre ou algue de la côte atlantique. Elle avait appris, et pouvait réciter à la demande, tous les noms d'espèces connues d'oiseaux, migrateurs ou non.

Ses souvenirs d'enfance se façonnèrent à Canonsburg, en Pennsylvanie, au sud de Pittsburgh, à un pâté de maisons du cimetière Chartiers, où elle apprit en y jouant enfant à ne pas avoir peur des fantômes. Elle reçut son premier cheval, un indomptable pur-sang arabe nommé Kashmir, à l'âge de douze ans, et, à partir de là, il n'y eut plus moyen de revenir en arrière. Elle dressa Kashmir après avoir lu des ouvrages sur le sujet, et il se comporta avec la dignité d'un cheval de guerre romain. Une fille de cet âge qui, sans aide d'aucune sorte (autre que sa propre initiative, guidée par l'instinct), apprend seule à dresser un animal majestueux d'une telle grâce et d'une telle stature, et à s'en occuper, est dotée d'une intelligence d'un autre ordre que celle produite par une éducation classique à l'école.

Elle avait trois frères aînés, à l'air vif, réputés pour leurs carrières universitaires. Tous allèrent dans une université de l'Ivy League (deux à Harvard, un à Yale, en master), par un absurde machisme inavoué, il ne vint à l'esprit d'aucun membre de la famille qu'elle pût faire de même. Tandis que les autres enfants étaient propulsés dans les hauteurs des établissements les plus réputés de la côte Est, le moment vint pour elle de quitter le lycée et de déterminer l'altitude qu'atteindrait la trajectoire de sa vie. Ses parents ne lui avaient pas parlé de l'université, et chaque fois qu'elle abordait le sujet son père faisait la sourde oreille et sa mère partait se réfugier dans la cuisine. Un soir, assise à table avec eux, elle leur dit qu'elle voulait aller à l'université, qu'elle en avait sélectionné quelques-unes de qualité et qui lui semblaient être dans leurs moyens. Son père réagit par un rire caustique, puis se lança sans aucune retenue dans une salve de sarcasmes mordants. Qu'est-ce qu'*elle* pourrait bien faire d'un diplôme universitaire ? Il y avait des cours de cheval dans ces universités ? Avait-elle pris contact avec l'université locale ? Eux devaient avoir des chevaux, pensait-il. Quoi qu'il en soit, il n'y avait pas d'argent à dépenser dans cette fantaisie. Pour les années à venir, jusqu'au dernier dollar avait été placé dans des emprunts pour l'éducation des garçons, qui, en plus, avaient des bourses. Est-ce qu'elle imaginait que l'argent poussait sur les arbres ? Eh bien, ce n'était pas le cas.

Elle dit d'un ton posé : « Donc vous n'allez pas m'aider ? »

Pour toute réponse, les paumes de son père se tournèrent vers le ciel, comme pour dire : « Tu vois ? Nous n'avons rien. » Un an plus tôt, leurs voisins, qui vivaient de l'autre côté de la colline, avaient été assassinés par leur propre fils. Il avait l'âge d'Eleonore, ce fils coupable, et, jusqu'au beau matin d'août ensoleillé où il était allé chercher la hache dans la grange, il avait été un enfant modèle. Après les avoir tués, il resta un moment immobile dans le calme paisible tout récemment acquis, puis il appela la police pour déclarer le meurtre. Quand on l'interrogea sur son motif, il répondit : « Je n'en pouvais plus de ces sarcasmes. »

Eleonore se leva pour partir.

« Où vas-tu ? demanda son père.

— Dans la grange.

— Chercher la hache ?

— Non. Dire au revoir aux chevaux. »

L'automne de la même année, elle s'en fut, avec son argent de poche et le cœur brisé, s'inscrire à l'université de Californie en Pennsylvanie. En deux ans, elle obtenait un diplôme d'enseignante et se trouvait prête à saisir toute occasion que la vie lui offrirait. Sachant que le temps était venu de se lancer dans le vaste monde, elle partit vers le sud, à Baltimore, où elle entamerait sa nouvelle vie. Elle n'avait pas de raison particulière de choisir cette destination, autre que de s'éloigner de chez elle et de se prouver qu'elle en avait le courage. Elle travaillait à la bibliothèque depuis trois semaines quand Henry entra et fit tout changer.

Je suppose que j'ai de la chance que mes parents se soient rencontrés et aient éprouvé suffisamment d'attirance l'un envers l'autre pour avoir des enfants. Je me rends pourtant compte aujourd'hui qu'il eût mieux valu pour eux que ce ne soit jamais arrivé.

Mon père avait quitté Old Buckram avec des plans ambitieux. Il croyait disposer du matériau brut (l'intellect, l'instinct, l'oreille) qui lui permettrait, avec le temps, de devenir un auteur américain adulé de tous. Il allait lire tout ce qui avait été produit jusqu'à ce jour et, comme il le comprenait en profondeur, ferait avancer l'art d'écrire d'une façon dont lui seul était capable, pour un jour s'élever jusqu'au rang de Wolfe, Faulkner, Fitzgerald. Il écrirait une œuvre de fiction sans égale, qui tenterait de redéfinir la nature même du langage. Mais, au bout du compte, il n'était qu'un homme, et comme tant d'hommes avant lui il était dépassé par ses rêves.

Et cet homme ainsi décrit rencontra l'âme lumineuse d'une femme qui deviendrait ma mère. Les années passeraient, et la vie viendrait réclamer son dû, immodéré. La soif intarissable qu'éprouvait mon père s'amenuiserait, se dissiperait telle une fumée fantomatique ; l'esprit insoumis de ma mère ne reviendrait à la vie que dans la solitude, quand elle galopait, furieuse, à travers champs, chevalier seul dans la bataille, avec elle-même pour unique témoin de son courage. Ils étaient condamnés. Mais, à l'époque, aucun d'eux ne pressentait cette destruction à venir.

En 1967, quand mon père obtint son diplôme de droit, ils furent mariés par le juge et emménagèrent à Baltimore, dans un appartement au premier étage sur West Fairmont Avenue, tout proche de la maison Edgar Allan Poe à l'est, et de la maison de H. L. Mencken à l'ouest, à peu près équidistantes. Ma mère avait fini par tomber amoureuse de lui, et n'aurait pas pu être plus heureuse. Je le vois sur les photos. Il y a dans son sourire une satisfaction, une douceur patiente.

Il se mit alors à écrire pour de bon. Il écrivit sur Maddy. Sur Old Buckram. Sur la brume blanche qui montait en tourbillons dans les vallées, sur les montagnes encore verdoyantes au premier plan qui se fondaient dans le lointain en nuances d'un bleu magnifique. Il écrivit sur la fumée de feu de bois au loin par les premières nuits d'automne, quand la Voie lactée, peu à peu, apparaissait dans les cieux. Il se rappelait le moindre détail. Il lui dit que le temps passait plus lentement là-bas, mais pas pour lui. Pour lui, c'était différent. Pour lui, Old Buckram portait une tristesse qu'il ne se croyait pas capable de jamais pouvoir surmonter, et sans savoir pourquoi. Il l'appelait « silence d'intranquillité ». Le soir, plein d'appréhension, il lui lisait ce qu'il avait écrit et elle écoutait, allongée au pied du lit, les yeux émerveillés.

Il déplaça sa machine à écrire une dizaine de fois, en quête de l'emplacement idéal pour écrire. L'appartement qu'ils occupaient avait un balcon à la Roméo et Juliette dans la chambre principale, qui donnait sur la rue, et, en début de soirée, quand il restait encore un peu de lumière, il poussait son bureau jusqu'à la porte-fenêtre ouverte, et interrompait son travail de temps à autre pour regarder les gens monter et descendre la rue déserte. Il se laissait facilement distraire et se mettait dans des états d'agitation furieuse dès que quelque chose détournait son attention de l'écriture. « Chostakovitch écrivait sa musique dans le hall d'entrée, dit-il un jour, non pas pour protéger sa famille de la terreur du KGB, quand on viendrait enfin le chercher, mais parce qu'il essayait de se concentrer. »

Avec amour, il donnait à sa femme toutes sortes de noms étonnamment doux, « Sonnet » et « Lapin », par exemple, que j'ai entendu prononcer, le second emprunté à *Pour qui sonne le glas*, à n'en point douter, et après quelques loupés et ajustements elle l'autorisa à écrire et prenait grand soin de lui quand il s'y employait. Il l'appelait depuis le balcon, et elle lui apportait un autre verre de bière, ou une vodka tonic, ou quelque autre boisson, selon la bouteille qu'ils avaient en leur possession à ce moment-là. Quand la nuit commençait à tomber, ou le froid à entrer par la porte-fenêtre du balcon, elle le lui faisait remarquer. Elle préparait des dîners simples pour deux et, les soirs où il ne voulait pas perdre de temps à ça, elle déposait son assiette à côté de lui sur le bureau, il finissait par la trouver et mangeait.

Une nuit, deux véhicules entrèrent en collision dans la rue juste en dessous du balcon, et quand on lui demanda de rapporter les faits à l'officier de police arrivé sur les lieux, il dut avouer qu'il n'avait rien vu. Une autre nuit, un type qui passait sous ses fenêtres le repéra et l'appela pour savoir si l'homme assis devant la machine à écrire aurait par hasard une cigarette et un coup à boire, ce qu'il avait, à l'évidence, et consommait sans retenue. Il fit une pause dans son travail, scotcha un paquet de cigarettes entamé à une bouteille de vodka à moitié pleine et lança le tout par-dessus le garde-corps à l'homme qui dit qu'il ne l'oublierait jamais. Peut-être cela fut-il le cas.

Un vendredi du printemps 1968, il se mit à écrire tôt, et à boire encore plus tôt, si bien que, en fin d'après-midi, il était tombé en catalepsie sous l'effet du gin et les mots ne venaient plus. Eleonore fut chassée de l'appartement par sa colère et sa frustration, et elle venait de sortir de l'immeuble quand elle entendit sa machine à écrire s'écraser comme un avion en pleine rue. Pendant un moment, il écrivit à la main.

Peu de temps après, il reçut une lettre très sèche de la part de Helton, sur un bout de papier sans lignes. Helton ne s'était jamais fait une réputation d'épistolier, aussi la réception d'une enveloppe marquée de son écriture rarement aperçue jusque-là suggérait de mauvaises nouvelles d'Old Buckram. *Ta mère ne se sent pas bien*, avait écrit

Helton, *mais je suis sûr que ça va passer.* Au verso de la lettre, cet ajout : *Pas de raison de rentrer sauf si tu allais rentrer de toute façon. Je me débrouillerai.* Helton ne voulait pas déranger, mais le sous-entendu était assez clair.

La pensée que la santé de Maddy déclinait commença à peser sur sa conscience telle une ancre. Il enrageait d'être si loin de chez lui, de tout laisser aux mains de Helton, qui pouvait à peine s'occuper de lui-même. Quelques semaines plus tard, il reçut une autre lettre de lui. Celle-là disait *Je commence à m'inquiéter.*

Le soir de la seconde lettre, le jeune couple était assis sur le lit, jambes entrelacées. Une guirlande de Noël courait en haut des murs tout autour de la chambre et la porte-fenêtre du balcon était ouverte sur la douceur du dehors. Il buvait du vin et lisait Updike à la lumière de l'unique lampe de la pièce, essayant de s'abuser lui-même en se répétant qu'il ne pouvait rien faire pour Maddy. Sans qu'Eleonore ne lui ait rien demandé, il lui dit : « Je ne veux pas y retourner. »

Elle avait lu les lettres. « Je le sais, fit-elle, mais peut-être qu'on devrait quand même. »

Il se leva, récupéra la bouteille de vin dans leur petite cuisine et revint se coucher. « Ce n'est pas chez moi. Cela ne l'a jamais été.

— Il n'est pas besoin que ça le devienne, dit-elle en lui prenant la main. Si ça ne nous plaît pas, nous pourrons partir dès que...

— Dès que quoi ? Dès qu'on n'aura plus besoin d'y être ? »

Dès que Maddy serait morte, voilà ce qu'elle voulait dire sans l'oser, il le savait.

« Si j'y vais, est-ce que tu m'accompagneras ?

— Bien sûr. Tu le sais. »

Le fait de prononcer les mots, d'imaginer cette possibilité comme réelle, la rendit soudain envisageable. Elle voyait ce départ vers les montagnes de Caroline du Nord en plein été comme une perspective joyeuse, une promesse d'aventure. Elle en avait entendu plusieurs descriptions et aspirait à la beauté simple qu'offrirait la région. Une brève vision des collines vertes et des pâturages haut perchés d'Old Buckram l'envahit, et l'apparition lui sembla chargée d'une éternelle luxuriance. Un optimisme trompeur est souvent le premier pas vers la folie.

« Si on se décide à y aller, tu crois qu'on pourrait…

— … prendre un cheval ? Il y en a beaucoup à Old Buckram.

— Il y a des arabes ?… Tu ne dois pas savoir. Mais cela m'étonnerait. Il nous faudrait une maison avec un pâturage enclos à côté, ou pas loin, et une écurie. Je m'occuperais du reste.

— Si on prend un cheval, je veux choisir son nom.

— Henry, dit Eleonore, les mains posées sur le ventre, il y a autre chose à quoi je pense depuis un moment. Je ne veux pas élever un enfant en ville. »

Avant de partir pour Old Buckram, mon père rendit une dernière visite à la maison Poe, pour dire au revoir à tant de choses. Eleonore le trouva assis sur les marches du perron, en train de réciter, de la voix forte de l'ivresse, des vers qu'elle n'avait jamais entendus : « À mon oreille les feuilles d'orme frémissent / En de folles et discordantes mélodies, / Et telles des ombres d'intenses mélodies / Hantent les saules de leurs cris… » Il avait déjà avalé les trois quarts d'une bouteille de vodka. Ce début n'augurait rien de bon, mais c'était une fin prévisible. Le lendemain, après avoir étudié les cartes de trois États pendant qu'il dormait, elle le chargea dans la voiture et ils prirent la route des montagnes embrumées de la Caroline du Nord. Il rentrait chez lui.

4

DURANT L'ENFANCE DE MON PÈRE, aux premiers balbutiements du printemps, quand les cornouillers arborent leur floraison blanc et or sur l'étendue bleutée des montagnes, son père conduisait sa famille le long d'une piètre route de terre, qui grimpait ou contournait les collines boisées jusqu'au marché des producteurs locaux. Au point culminant de l'une des collines, les bois se raréfiaient vers l'ouest et le versant plongeait dans une vallée, puis remontait ensuite abruptement, pour réapparaître sous la forme des pentes gris pierre de Ben Hennom, antique montagne assombrie et lissée par l'érosion et les intempéries. Sur un contrefort élevé, à demi cachée par une rangée d'arbres fantomatiques et vieux comme le temps, se dressait une immense demeure tout en verre et fer forgé. De jour, c'était une étrange curiosité architecturale. Par un jeu subtil des arêtes et des plissements de la montagne, elle semblait toujours être dans l'ombre, même quand le soleil brillait dans un ciel sans nuages. Du matin au soir, elle restait voilée de lentes volutes d'une brume épaisse telle la fumée s'élevant d'un feu. De nuit, elle ressemblait à un oiseau de proie à l'œil d'ambre, tapi dans le noir au bord du plateau. Jamais on n'avait construit semblable maison, et il n'y en aurait plus d'autre. Les enfants se pressaient contre la vitre de la voiture pour s'émerveiller en silence, pleins de respect pour l'imposante et mystérieuse bâtisse.

Elle avait vu le jour en 1918 à la demande d'un vice-président de la compagnie de tabac RJ Reynolds, implantée à Winston-Salem, désireux sans doute d'échapper à l'oppressante chaleur estivale du Piedmont en trouvant refuge dans les hauteurs apaisantes d'Old Buckram. Il fit l'acquisition de la cinquantaine d'hectares qui entouraient la maison pour une bouchée de pain (à l'époque, les terres, en abondance, ne coûtaient rien), mais, pour la maison, il ne recula devant aucune dépense, sans se soucier des tendances du goût architectural. La demeure fut conçue du plancher jusqu'au toit par le beau-frère du propriétaire, architecte de profession et occultiste à ses heures. Dire qu'il avait un penchant pour le macabre serait une litote. Jeune homme, un an à peine après avoir fini ses études à Princeton, il avait fait un voyage à Palenque, au Mexique, grâce à la générosité de son père fortuné. Le voyage avait pour but de lui fournir l'inspiration nécessaire en ce début de carrière, la pauvreté du design du sud des États-Unis, et son manque d'imagination caractérisé le laissant profondément insatisfait. Suite à une rencontre terrifiante avec un grand oiseau noir vicieux qui l'attaqua à violents coups de bec pour essayer de lui crever les yeux, il fut saisi d'une abominable fièvre qui lui agita tout le corps des semaines durant. Il manqua mourir avant de quitter le Mexique et, à compter de ce jour, il ne fut plus jamais le même. Un voile sombre était tombé sur son âme. De retour chez lui, il se mit au travail sur ce qui serait à la fois sa première et sa dernière création, son grand œuvre : la demeure sur la colline. La fièvre revint, et son dernier souffle se changea en vapeur dans l'air froid des montagnes avant qu'il pût voir ses plans prendre corps. Mais la maison serait édifiée.

Durant des dizaines d'années, elle ne fut guère occupée ni utilisée, et, en 1963, dans un état de décrépitude avancé, elle fut vendue à un hôtelier excentrique nommé

Kaeron, qui y vit la possibilité d'en faire un bed and breakfast stylé, qui donnerait à son épouse l'occasion de faire autre chose que d'attendre son retour le soir. Quand ce projet eut connu le sort de toute mauvaise idée, il emménagea dans la maison avec sa femme et leurs trois enfants, Mary, Tebah et Abigail. Ils firent construire un portail au pied de la colline et disparurent lentement de la scène sociale. Plus tard, la maison et le terrain sombrèrent dans l'abandon, et, en ville, la rumeur courut que l'hôtelier souffrait d'un mal exotique incurable. Puis quelqu'un remarqua que toutes les lampes de la maison étaient allumées en permanence, de jour comme de nuit. Au fil des semaines, elles s'éteignirent l'une après l'autre. On finit par appeler la police : les agents escaladèrent le portail, fouillèrent les lieux. Nul ne semblait être au logis. Au cinquième remboursement impayé, la banque missionna un employé sur place. L'homme frappa, regarda par la fenêtre, puis, bredouille, entra en donnant un coup de pied dans un carreau de fenêtre. Tous les meubles étaient là, et en bon ordre, comme si on attendait du monde. Il appela, sans succès. Après une terrifiante exploration de l'espace obscur et glacial de la forteresse, il s'enfuit en courant et appela la police.

L'enquêteur chargé de l'affaire écrivit ceci dans son premier rapport :

> Quelque chose d'horrible est arrivé ici. Je ne sais pas quoi exactement. C'est étrange. Deux adultes sont morts. Les trois enfants ont disparu. Aucune indication de leur localisation. La cause du décès des parents est indéterminée (en attente des résultats d'autopsie) ; possibilité qu'ils se soient donné la mort, volontairement ou involontairement (sous la contrainte). Début des travaux d'excavation prévus cette semaine.

Trois semaines plus tard :

> Enfants retrouvés ce jour. Enterrés face vers le haut dans une fosse dans les bois derrière la maison. Alignés (pas empilés). Traces de nombreuses fractures.

Un rapport supplémentaire indiquait que les enfants étaient morts par noyade. La police ne put jamais reconstituer de scénario cohérent expliquant le pourquoi et le comment de ces meurtres.

Cinq ans plus tard, la banque était toujours propriétaire de la maison, sans qu'aucune perspective de vente ne se fût concrétisée. Telle était la situation quand mes parents retournèrent à Old Buckram, Eleonore à présent enceinte, et s'installèrent avec Helton et Maddy dans la petite ferme désormais surpeuplée au bout du chemin de terre. Ils établirent leurs quartiers dans une chambre à peine assez grande pour accueillir deux lits jumeaux affaissés et un petit bureau, sur lequel mon père déposa sa machine à écrire. Avant que six mois n'aient pu s'écouler, on remplaça le bureau par un berceau d'occasion décrépit, récupéré au grenier et vigoureusement décapé, repeint et consolidé. Mes parents m'appelèrent Henry, comme mon père.

Parce qu'il n'y avait pas de place ailleurs, le bureau et la machine à écrire de mon père furent tous deux relégués sans ménagement dans la véranda à l'arrière de la maison, où les piles de céramiques peintes de Maddy étaient stockées sur des étagères poussiéreuses. Dès lors, des heures durant, à la nuit tombante, tandis que la maisonnée dormait, mon père restait assis dehors, à la lueur de la lampe, cerné par des nuées vacillantes de papillons de nuit venus l'assiéger et par des bibelots qu'on aurait dû vendre dans une brocante de bord de route ; il essayait d'écrire.

À leur arrivée en Caroline du Nord, mon père ne trouva pas de poste d'enseignant digne d'intérêt dans un rayon de cent cinquante kilomètres, et entreprit une brève carrière juridique dans l'un des deux cabinets d'avocats de la ville. Les revenus d'un avocat sont rarement aussi exorbitants que beaucoup l'imaginent, et c'est particulièrement vrai de ceux dont la pratique consiste en partie à traiter les « sales » affaires, notamment dans les zones plus rurales d'un État. Certains mois, il rentrait à peine dans ses frais. La plupart du temps, il travaillait pour des gens qui ne pouvaient pas le payer. Afin d'augmenter les revenus issus de liquidations de biens fonciers ou d'affaires de criminalité mineure, il mit son brillant intellect au service de quelques cas complexes de procès pour faute professionnelle, avec rémunération au *prorata*, fixée au tiers de toute somme récupérée. Les trois premières affaires lui firent perdre de l'argent et faillirent bien lui coûter son poste. La quatrième se conclut avant le procès à un peu plus de trois millions de dollars. Sa première pensée fut : *Eleonore va l'avoir, son cheval.*

Peu après qu'il eut reçu son salaire durement gagné, il accepta avec réticence un poste de conseiller à la direction de la banque d'Old Buckram. C'est à ce titre qu'il apprit que la grande demeure sur la colline était à vendre et qu'on pourrait en faire l'acquisition à un prix bien moindre que celui du marché. Il remonta l'abrupte allée de gravier pour la première fois exactement quatre heures et demie après cette heureuse découverte et put contempler de près ce qu'il n'avait jusque-là qu'aperçu de loin. Ce qu'il vit le stupéfia. La demeure, d'une noirceur maléfique et qui s'élevait bien haute dans l'étendue grise du ciel de cendre, l'emplit de terreur. C'était un monstrueux squelette gothique. Depuis la cour, il distinguait, à l'est, les rares lumières de la ville d'Old Buckram, et, au sud-ouest, la masse bleutée des Blue Ridge Mountains se devinait dans le lointain. Il poussa la porte d'entrée massive et s'aventura, les yeux écarquillés, dans un hall-mausolée qui l'accueillit avec des rideaux de toiles d'araignée et un bataillon de souris en déroute. Lentement, il fut attiré vers le cœur de la demeure, où il découvrit, au premier étage, une immense bibliothèque aux panneaux de bois, avec de hautes vitres et des rayonnages d'une longueur démesurée qui s'étageaient jusqu'au plafond voûté. Les murs étaient couverts de livres, des piles de livres occupaient tous les coins de la pièce. Il prit sur-le-champ la décision de faire sienne cette demeure, quel qu'en fût le prix. *Là, je pourrai écrire*, se dit-il.

Loin en dessous des rochers et d'un vertigineux à-pic, le terrain attenant à la maison s'aplanissait en approchant de la route, et une écurie sombre, aussi vieille que la montagne, était tapie dans un bosquet de bouleaux et de chênes noirs. Quinze hectares au moins de ces terres basses avaient été dégagés et clôturés, bien que la clôture fût plus souvent au sol qu'elle ne tenait debout. Ce soir-là, Henry rentra chez Helton et Maddy et annonça à Eleonore : « On déménage et on prend un cheval. Je veux l'appeler Annabel Lee. » Il leur fallut moins d'un jour pour emménager et le reste de leur vie pour partir.

5

SI TOUTES LES BOISERIES AVAIENT ÉTÉ teintées et cirées pour leur donner l'élégance d'une apparence luisante, l'intérieur de la maison aurait respiré l'opulence à un degré que l'on peine à imaginer. Les yeux à demi clos, on parvenait à voir ce que l'architecte, dans sa folie, avait visé, même si la bâtisse n'était plus capable d'en offrir le reflet.

Le visage renfrogné de la demeure était tourné vers le soleil levant à l'est. La première pièce dans laquelle on pénétrait, par la massive porte de chêne, était le vestibule mentionné plus tôt, pavé d'ardoises sombres et deux fois plus grand que l'appartement de Baltimore. Des couloirs voûtés rayonnaient à partir de ce centre, et un large escalier aux marches de la couleur d'un bois veineux disparaissait dans les hauteurs en une courbe asymétrique. Sur la droite, par une succession de portes, on entrait d'abord dans un salon austère (de tout temps inutilisé), puis une salle à manger qui pouvait accueillir cinquante convives, un fumoir, morne et terne. Telle n'était pas pour nous la fonction de cette pièce, mais, à l'évidence, elle avait fait office de fumoir dans la vie antérieure de la demeure, comme en témoignaient deux obélisques de granite vous arrivant à la taille et dont le couvercle en pyramide se soulevait afin que les cigares et cigarettes consumés s'empilent à l'intérieur du réceptacle prévu à cet effet.

Ceux des murs de cette pièce qui donnaient sur l'extérieur étaient de verre, du sol au plafond, de même que les murs d'une autre pièce semblable à l'angle sud-est de la maison. De ce point de vue privilégié, quand on regardait vers la ville, on apercevait par intermittence l'ancienne route de terre, Avernus Road, qui serpentait à flanc de colline juste en face : cette même route que la famille de mon père empruntait pour se rendre au marché tant d'années auparavant.

Derrière le fumoir se trouvait une pièce ouverte que nous appelions le Parloir peint. En une tentative certes bien intentionnée mais néanmoins futile d'apporter une gaieté fort nécessaire à l'atmosphère sinon morbide, on avait peint un mur en vert olive, un autre en rouge paprika, le troisième en jaune canari et le quatrième en mauve. La combinaison de couleurs ne pouvait qu'arrêter le regard. Une moulure coquille, qui rappelait le cadre d'un tableau, courait tout le long du périmètre du plafond, en un vain effort d'harmoniser la pièce. De sinistres tableaux montrant de lugubres paysages montagneux en hiver étaient accrochés aux murs et formaient un contraste étonnant avec le tsunami coloré. Chaque angle était occupé par un fauteuil à dossier haut, dont les rayures verticales reprenaient la couleur d'un autre mur que ceux qui se rejoignaient derrière lui. Père menaçait sans cesse de tout passer à la chaux, mais Mère adorait la pièce, qui resta donc en l'état.

Dans le mur sud du Parloir peint, une petite porte ouvrait sur un couloir qui, à son extrémité, s'élevait de trois marches et débouchait enfin sur une pièce immense située précisément au centre géométrique de la maison. C'était la Grande Pièce. Elle avait la taille de la moitié d'un gymnase moderne et, avec ses boiseries sombres et sculptées de motifs baroques, produisait aussitôt l'impression d'une vieille cathédrale anglaise. Le long d'un mur se dressait un bar en chêne patiné devant lequel s'alignaient six tabourets argentés. Derrière le bar, des dizaines de bouteilles, qui contenaient tous les alcools et spiritueux que l'on pouvait imaginer, ainsi que verres à liqueur, ballons à vin, shakers et autres ustensiles. À côté du bar, sur un support placé en retrait, trônait un phonographe rutilant avec un de ces pavillons en forme de corne d'abondance. En face, quatre bacs à plantes de style arabesque, de la taille d'une Volkswagen et peints en orange et bleu aztèque. La pièce était chauffée par quatre cheminées de pierre aux manteaux de bois sculpté.

À une extrémité de la Grande Pièce se trouvait un piano à queue, véritable mastodonte fabriqué en 1889 par Henry F. Miller et J. H. Gibson de Boston, et plus tard restauré avec amour et minutie, une pièce après l'autre, par Fendom Bower, le propriétaire excentrique de l'unique magasin de musique d'Old Buckram, qui gagnait sa vie en vendant des instruments restaurés et en accordant les quelques pianos de la région. Que ce fût le fruit d'un calcul ou du hasard, le son du piano, quand on en jouait, parvenait à emplir absolument toutes les pièces de cette maison sans fin.

L'un de ses traits caractéristiques était une ouverture géante en forme d'ellipse dans le plafond de la Grande Pièce, d'un axe focal de dix mètres, et sept pour l'axe secondaire. Par cette ample porte, la pièce s'ouvrait depuis le rez-de-chaussée jusqu'au toit de fer et de verre orné, deux étages plus haut, créant un effet semblable à celui d'une rotonde, bien que, au lieu d'un plaisant dôme parabolique, le sommet fût tout en angles, lignes obliques et arêtes dissymétriques. Ainsi, debout au bar en attendant son verre, on pouvait lever les yeux sur un éclat de lune qui progressait, croissant, parmi un champ d'étoiles, très haut.

Juste au-dessus de la Grande Pièce, en orbite autour de l'ouverture en ellipse, se trouvait la fameuse bibliothèque. C'était la pièce que mon père avait vue lors de sa première visite, la pièce qui l'avait convaincu de s'installer ici. C'était bien là le cœur sombre de la demeure. On gagnait la bibliothèque par un escalier secondaire en spirale qui partait de la Grande Pièce, ou par l'escalier, digne de Dalí, qui trônait dans le vestibule.

Les murs de la bibliothèque n'étaient qu'étagères de livres, sur quatre mètres de haut, avec des fenêtres gothiques en vitrail et de larges rebords dans chaque mur d'étagères. Entre les fenêtres se dressaient quatre portes, disposées en forme de croix, chacune isolée à l'extrémité d'une branche. Chaque porte ouvrait sur un couloir menant à une enfilade de chambres. La bibliothèque dans sa partie sud formait une abside abritant un espace salon, meublé simplement, de fauteuils en cuir et d'une petite bibliothèque sur roulettes qui avait jadis appartenu à un prêtre. À la base de l'abside, une porte menait à la chambre de mes parents.

Une balustrade en fer aux motifs d'une inextricable complexité courait sans interruption tout autour du gouffre qui s'ouvrait dans le plancher. Dût-on se perdre dans un livre en arpentant la pièce, le garde-corps préviendrait l'accident, empêcherait que l'on ne plonge tête la première, saisi par la surprise, pour atterrir dans la Grande Pièce en dessous.

Au deuxième étage, de proportions plus modestes que les niveaux inférieurs, plusieurs chambres plus petites, à l'atmosphère froide et grinçante, étaient reliées entre elles par un circuit d'étroits couloirs et d'escaliers dérobés, qui s'étendait tel un sinueux réseau sanguin d'une manière parfaitement déroutante. Ressortant de l'ensemble, un observatoire dépouillé, tout en verre, était tourné vers l'est et équipé d'un télescope réfléchissant monté sur un pivot de cuivre fixé au sol. Quand on m'envoyait me coucher, lors des rares soirées où mes parents avaient des invités, je montais souvent de ma chambre à l'observatoire, par l'escalier arrière, et restais un moment allongé par terre, invisible, plongeant les yeux à travers la bibliothèque vers la Grande Pièce en bas, où mes parents recevaient et d'où montaient des voix claires et des éclats de rire, déformés par l'architecture ornementale en verre qui jouait des tours à mon audition. Puis je reportais mon attention sur le télescope et passais des heures d'émerveillement à scruter les innombrables prodiges du ciel nocturne. Que de précieux souvenirs.

Et pourtant, malgré ce déploiement d'excès et d'audacieuse extravagance, planait dans la demeure un incontournable sentiment de vacuité, un frisson glacial et une hostilité qui ne se laissaient pas ignorer ni oublier. Quels que fussent les efforts consacrés à la décoration et à la disposition originale des effets personnels, la maison avait une manière bien à elle de communiquer son malaise chronique. Des renfoncements, des couloirs reculés se soustrayaient à la lumière. Certaines pièces ne pouvaient être chauffées, et des courants d'air hivernaux issus de nulle part venaient vous engourdir les pieds et vous souffler une menace glaciale le long de la nuque. Certains des placards abritaient en permanence d'imperturbables araignées au milieu de toiles délirantes, et, en toutes saisons, de noires chauves-souris, excitées par la lune entravée, tournoyaient en criant dans la pénombre crépusculaire autour des flèches des cheminées.

Le cadre de cette maison hantée étant désormais complet, retournons à présent au premier étage et faisons ensemble le tour de la bibliothèque. Vous ne lâchez pas le garde-corps, que vous laissez glisser entre vos doigts, une trace de rouille à peine perceptible s'accumule à leurs extrémités et dans votre paume. Vous levez les yeux sur l'enfilade d'étagères et vous vous demandez *Combien de livres peuvent-elles bien abriter ? Pourrais-je en lire autant en toute une vie ?* Au cours de notre visite, nous arrivons à un petit couloir dans l'angle de la pièce, qui s'enfuit dans le noir. Vous ne l'aviez pas vu d'abord ; il est presque invisible. Quand je vous le montre, vous voyez qu'il mène à une petite cellule cubique, presque une prison, à l'intérieur de laquelle se trouvent un bureau, un fauteuil et une lampe. C'était l'espace de mon père. C'est là qu'il s'installait pour écrire, là que disparaissaient ses heures.

6

PÈRE VINT ME CHERCHER CHEZ HELTON ET MADDY une heure après la tombée de la nuit. Maddy alla lui ouvrir et le prit tendrement dans ses bras, tandis qu'il lui donnait un petit baiser sur la joue. Puis, s'écartant, il examina son visage, sa posture, en quête de signes de changement. Maddy fit entrer mon père et échappa à son regard scrutateur.

« Mon fils est dans les parages ?

— On ne l'a pas vu, déclara mon grand-père.

— Je suis là ! » dis-je, mais ils firent tous comme si j'étais invisible. C'était un jeu dont nous étions coutumiers. « Mais je suis là ! » répétai-je en tirant sur le manteau de Père.

« Merci encore de vous être occupés de lui. Je sais qu'il ne vous laisse pas le temps de chômer.

— Mais pas du tout, il est très facile. On s'amuse bien. »

Maddy se mit à tousser, bouche plaquée au creux du coude, et cela dura plus d'une demi-minute. Après avoir attendu un moment pour s'assurer que la toux ne reviendrait pas, elle déposa des mucosités nacrées dans un mouchoir en papier, le roula en boule et le jeta dans le poêle. Père lui demanda si ça allait.

« Oui, oui, tout va bien. J'avais juste un chat dans la gorge. Tu restes dîner ?

— Non, il faut que je rentre. J'ai du travail à faire ce soir. Mais merci quand même.

— Tu es toujours à courir partout, hein ? fit Maddy.

— Eh oui ! Je n'ai pas beaucoup de temps, en fait.

— Je me demande pourquoi le temps file si vite pour toi et me semble si long à moi.

— C'est une malédiction qui pèse sur nous », dit Père. Puis, se tournant vers moi : « Où est ton manteau, mon garçon ?

— Je n'en ai pas.

— Il fait froid dehors.

— N'empêche, je n'en ai pas.

— Eh bien, je vais te dire ce que ta grand-mère m'a dit un jour quand j'avais à peu près ton âge : "Quand on ne veut rien entendre, il faut serrer les fesses." Allons-y. Tu devrais survivre. »

Une fois dehors, il ôta son manteau et le posa sur mes épaules.

Le lendemain matin, un samedi, au sortir de ma chambre, je gagnai la bibliothèque, où je trouvai mon père toujours au travail à son bureau, la tête penchée au point que son visage et ses cheveux touchaient presque un cahier ouvert devant lui. Il écrivait, mais langoureusement, et je ne pouvais pas déchiffrer les mots. Des papiers, des livres ouverts en piles instables jonchaient le bureau et le sol. Une bouteille de vin vide était couchée le long de la reliure de son immense dictionnaire, tel un marque-page. Sans doute ne m'avait-il pas entendu arriver car, lorsque je lui touchai le bras, il abattit son stylo sur le bureau et se leva d'un bond, comme s'il avait entendu sonner le tocsin. Je savais que je le trouverais dans cet état hagard, les yeux écarquillés, après une longue nuit passée à écrire.

« Tu t'es couché cette nuit ? lui demandai-je.

— Je n'en ai pas la moindre idée. Quelle heure est-il ? »

Il regarda autour de lui, cherchant un indice, et vit que le jour s'était levé. « Bon sang, fit-il. Je suis en train de devenir aveugle.

— J'ai faim. On peut aller chercher un petit-déjeuner ?

— Tu peux nous conduire en voiture ?
— J'ai dix ans.
— Alors, non ?
— Tu veux rester en vie ?
— Où est Threnody ? Il faut l'emmener avec nous ? »

Threnody était ma sœur. Elle était née quand j'avais neuf ans, le 27 juin. Mère lui donna le nom d'un poème écrit par Père, que j'ai cherché en vain. Quand les gens demandaient comment se prononçait son nom, Père répondait en se hérissant : « Cela rime presque avec trinité. »

« Non. Elle est avec Mère. Elles sont allées passer la matinée à Blowing Rock pour faire des courses. »

Une fois en ville, nous nous arrêtâmes au Dick Swift's Diner, dans l'une des rues secondaires. Il y avait un trou dans le mur, mais c'était le seul restaurant de la ville qui servait le petit-déjeuner. La pitance habituelle consistait en une lavasse d'œufs brouillés accompagnée de petits pains au lait, de jambon de pays salé jusqu'à la momification, de bacon et de frites polyédriques qui contenaient d'ordinaire plus de graisse que de pomme de terre. Un café très clair était servi dans des gobelets en carton. Sur chaque table se trouvaient un ou deux cendriers en plastique, posés à côté d'une salière et d'une poivrière effilées, et d'une poignée de dosettes de crème. En général, les cendriers étaient pleins de mégots écrasés. Une femme à la coiffure d'un autre âge nous accueillit à l'entrée.

« Allez vous asseoir où vous pouvez. On a un paquet de monde ce matin, et on n'a plus de jambon de pays. »

La lumière éclatante du matin ruisselait par la vitrine donnant sur la rue et chauffait la pièce. Le petit espace restaurant était presque plein, mais silencieux comme l'intérieur d'une église, à l'exception des bruits venus de la cuisine. En nous faufilant à travers les tables, nous tombâmes sur Charles Young, avec qui mon père partageait le cabinet d'avocats au bout de la rue.

« Bonjour, Charlie.

— Bonjour, Henry. Bonjour, jeune homme. Alors ton père t'invite à petit-déjeuner ? »

Charlie avait un visage plein de vie, qui respirait la bonté et rappelait une pleine lune éclatante. Il avait les yeux d'un vieux chien très doux. Ils n'exprimaient que gentillesse. Il était là avec sa femme, Sarah, tout aussi gentille que lui. Jamais je n'ai rencontré deux personnes que je trouvai plus sincères.

« J'espère bien, dis-je. Bonjour, madame Young. »

Elle me dit bonjour, tourna la tête de côté en souriant : « Ton père dit que tu es devenu un sacré champion au piano. C'est vrai ?

— Je ne sais pas. J'aime bien jouer.

— Eh bien, moi, j'aimerais bien t'écouter un de ces jours. »

Je la remerciai en dessinant un cercle au sol de la pointe de mon soulier. Charlie, regardant mon père droit dans les yeux, lui dit : « Henry, je trouve que c'est franchement chouette, ce que tu as fait pour ces gens. Comme ça, il me semble qu'ils ont eu droit à une certaine justice, s'il peut y avoir une justice quand on perd un enfant. Je n'arrive toujours pas à y croire.

— Tu aurais fait la même chose, dit Père. N'importe qui aurait fait la même chose.

— Non, pas n'importe qui, répliqua Charlie. Allez, mangez donc avec nous. »

Il partagea un petit pain en deux avec sa fourchette et le couvrit d'un petit tas de bacon et d'œufs brouillés. En deux bouchées, il en vint presque à bout.

« Non, sans façon, continuez à manger, dit Père. On ne va pas vous interrompre. À lundi, Charlie, au plus tard. »

Nous trouvâmes une table libre le long du mur. Père s'assit, prit le cendrier et le posa par terre. Il n'était pas rasé, n'avait pas pris de douche et semblait tout droit sorti d'un asile. Ses cheveux partaient en tous sens et ses lunettes étaient ébréchées au coin, élément nouveau. Il portait toujours ses vêtements de travail de la veille, mais sa chemise blanche avait à présent des taches de charbon aux deux coudes. Un homme en salopette et bottes de chantier boueuses fumait à la table d'à côté et exhalait tout droit vers le plafond.

« Ça t'importe, ce que les gens pensent de toi ? demandai-je à Père.

— Pourquoi me demandes-tu ça ? »

Il ôta ses lunettes et, en clignant des yeux, les baissa sur moi. Dans la lumière, je remarquai une tache rouge sur sa lèvre inférieure et une autre, semblable, sur sa chemise, que j'attribuai au vin.

« Tu n'as pas l'air d'être d'ici, fis-je.

— Je ne le fais pas exprès.

— Je ne crois pas vouloir être d'ici, moi non plus, dis-je, me méprenant sur son attitude à ce sujet.

— Mais tu es d'ici, et moi aussi. Même si on voulait, on ne pourrait rien y changer, ni toi ni moi. »

Notre serveuse approcha lentement de la table et s'y arrêta comme pour reprendre son souffle. Je remarquai que l'une des semelles de ses chaussures était bien plus épaisse que l'autre, de cinq centimètres au moins. Elle se pencha sur la chaise de Père et nous dit : « Bonjour, tout va bien ce matin ? » Ces paroles furent prononcées de la même allure lente et délibérée avec laquelle elle se déplaçait dans le restaurant. Des taches de vieillesse lui couvraient les mains et ses bras ressemblaient à de vieilles racines d'arbre, qu'on eût déterrées et laissées sécher au soleil. Encore un peu essoufflée, elle tira un carnet de la poche de son tablier, s'humidifia le pouce et deux doigts avec la langue, et rabattit une commande antérieure et son carbone pour découvrir une page neuve. « Qu'est-ce que vous prendrez à boire ? Nous avons les produits Pepsi. » Père demanda deux cafés sans lait et moi un jus d'orange.

Elle griffonna hâtivement notre commande et s'éloigna en traînant les pieds. Dès qu'elle fut partie, un homme du coin s'approcha et vint poser la main sur l'épaule de Père. Les yeux fixés sur moi, mais adressant la question à Père, il demanda « Vous avez fini, ce livre ? Celui que vous lisiez ici l'autre jour ?

— Pas tout à fait, répondit Père. Mais je n'en suis pas loin. » Et il donna une tape dans la main de l'homme. « C'est gentil de demander. »

Exactement comme dans son enfance, Père s'était acquis en ville la réputation de toujours avoir un livre sur lui, où qu'il aille. En semaine, à l'heure du déjeuner, quand le temps se montrait coopératif, il emportait un sandwich préparé à la maison jusqu'à la limite des Barrowfields, où il s'asseyait sur une souche pour lire. D'autres fois, il faisait sa lecture à une table libre dans un coin de l'un des rares restaurants d'Old Buckram. Chaque semaine, ou au bout de quinze jours, il changeait de livre. Il lisait en prenant des notes dans de fins carnets bleus qu'il insérait à l'intérieur du livre. Quand on lui demandait ce qu'il lisait, je suis sûr qu'il résistait à la tentation de répondre : « Vous ne devez pas connaître. » Presque chaque fois que nous sortions ensemble le samedi ou le dimanche, j'entendais des gens lui demander : « Vous avez fini ce livre que vous lisiez ? » D'ordinaire, il répondait « Pas encore », ou « Presque », ou « Et comment », avec un sourire poli, voire de camaraderie.

Quand l'homme se fut retiré, je demandai à Père pourquoi il passait tant de temps à lire. Il lâcha un rire et se mit à nettoyer ses lunettes avec un pan de sa chemise, et je déduisis de son expression qu'il venait juste de remarquer la nouvelle entaille sur ses verres. « J'adore lire, dit-il. J'adore les mots, le langage. Il en a toujours été ainsi. Il n'est rien qui me plaise davantage.

— Et pourquoi passes-tu autant de temps à écrire ? »

Je vis qu'il réfléchissait. Je lui avais posé une question dont il ignorait la réponse, mais qu'il avait passé sa vie à chercher.

« J'écris, dit-il, en me regardant dans les yeux, ce qu'il ne faisait presque jamais, parce que c'est l'une des seules choses qui me semblent réelles. » Il réfléchit encore quelques instants avant d'ajouter : « À part la mort, c'est la seule façon d'arrêter le temps. » Ce n'était pas une version simplifiée pour un enfant de dix ans. C'était sa vérité.

Notre petit-déjeuner achevé, nous fîmes un tour en ville en voiture, toutes fenêtres ouvertes (la fourgonnette que Père utilisait pour diverses courses n'avait pas l'air conditionné et le chauffage marchait à peine). Nous nous arrêtâmes à la station d'essence Sunoco de Baldwin, sur l'ancienne grand-route 820, pour faire le plein. Quand nous fûmes garés à côté de la pompe, deux jeunes hommes sortirent de la station, l'un emplit le réservoir tandis que l'autre commençait à nettoyer le pare-brise. D'une année sur l'autre, c'étaient toujours les mêmes employés. Arnie Baldwin était le propriétaire. Il avait deux énormes incisives, acérées comme des ciseaux, qui lui donnaient un air de lapin. Il aperçut Père, sortit du garage et vint se pencher à la vitre du conducteur pour faire la causette. Il avait les cheveux blancs, tirés en arrière comme mon grand-père. Pendant qu'ils discutaient, je sautai de la fourgonnette et courus jusqu'à la boutique pour prendre un Mountain Dew, dont le coût fut aimablement ajouté à la note par l'un des vendeurs, après un bref calcul mental. J'étais à l'intérieur quand j'entendis un crissement de pneus et l'horrible fracas d'un véhicule qui en percute un autre. Je sortis en courant et découvris une grosse Buick noire dont l'avant était solidement encastré dans l'arrière de notre fourgonnette. Un liquide vert fumant coulait au sol.

La dame qui nous avait emboutis était connue dans le comté pour être une conductrice abominable. Elle s'appelait Dorthea Graybeal. D'après les sources, Mlle Graybeal avait causé des centaines d'accidents, heureusement tous sans gravité. En ville, on ne connaissait que trop bien Mlle Graybeal et sa voiture. Si on la voyait arriver, on était bien avisé de quitter la route pour libérer le passage.

J'étais sorti de la boutique juste à temps pour voir une Mlle Graybeal étourdie essayer sans succès de s'extraire de son véhicule. Elle semblait incapable de localiser la poignée de la portière. Père fut le premier à la rejoindre pour s'assurer qu'elle n'avait rien, suivi par chacun des employés de la station, et, peu après, par les voisins d'en face. Ils constatèrent qu'elle n'était pas blessée et l'aidèrent à sortir de sa voiture et Père l'accompagna jusqu'à un banc pour qu'elle s'y asseye.

« C'était votre fourgonnette ? Quelle horreur, quand je pense que je suis rentrée dedans. Je croyais qu'il y avait un colibri dans ma voiture », dit-elle, en se tournant vers mon père, assis à côté d'elle, une esquisse de sourire aux lèvres.

« Il n'y a pas de problème, Dorthea, dit-il. C'est ma faute. Ne vous inquiétez surtout pas.

— Oh, Dieu merci », fit Mlle Graybeal.

Quelques minutes plus tard, quand on eut dégagé sa voiture de l'arrière de la fourgonnette, Arnie et ses aides vinrent trouver Père et lui dirent : « C'était pas vot'faute. C'est pas possible, vous étiez assis sans bouger.

— Si, c'était bien ma faute, répondit Père. J'avais entendu dire que Dorthea était de sortie, et je suis quand même venu en ville. » Tous les hommes se mirent à rire à gorge déployée.

S'il faisait bonne figure, il n'était bel et bien pas à sa place à Old Buckram, ni dans son époque. Son corps transportait son cerveau au travail tous les jours, et, au retour, le conduisait à l'épicerie, avant de le ramener à la maison au sommet de la colline. Son cerveau, contemplant le monde grâce à ses yeux connectés à ses nerfs optiques, redressant les images et extrapolant pour se figurer des surfaces multidimensionnelles, observait l'univers connaissable en étranger. Il devait tout voir comme un homme venu d'un âge et d'une contrée lointains, envoyé vivre parmi ces hommes différents. Les hommes d'ici, qu'il laissait en partant à l'université pour les retrouver en rentrant chez lui, n'étaient pas comme lui. Ils ne pensaient pas comme lui. Au cours d'une conversation quelconque pouvait lui venir à l'esprit un parallèle avec Whitman, Coleridge ou Proust, qui lui semblait particulièrement approprié à une situation, mais qu'il ne formulait jamais. Cette pensée resterait en lui, mourrait en lui, et personne n'en entendrait jamais parler. Il savait toutefois parler comme eux. Il savait incliner la tête exactement de la bonne manière, bouche ouverte, et dire « C'est pas vrai », ou « Bonté divine », quand il entendait une histoire remarquable, et « Ouais » ou « Nan », toujours « À la revoyure » à la fin de toute conversation avec une connaissance rencontrée dans un endroit inattendu. S'il tombait à l'épicerie sur quelqu'un qu'il connaissait, il l'écoutait parler avec intensité. Il écoutait avec une sorte de concentration profonde, regardant l'homme droit dans les yeux, presque sans ciller, et sans dire grand-chose, les épaules légèrement voûtées pour être plus ou moins au niveau de son interlocuteur, et, à la fin, il concluait toujours, sur un ton amusé, par quelque chose du genre : « Bon, ben, mon gars, je te souhaite une bonne soirée. Je ferais mieux d'y aller. »

C'était là sa façon d'échanger. Père savait faire, et avec talent, tandis que, en pensée, il devait être pile-poil au milieu du comté de Yoknapatawpha, à un bon millier de kilomètres d'Old Buckram, et quelques lieues plus bas.

De retour à la maison, j'entrai en courant raconter à Mère que Mlle Graybeal avait embouti la fourgonnette. « Oh, mon Dieu, fit-elle, quelqu'un a été blessé ?

— Père est sérieusement touché, dis-je, suivant ses instructions. Il est à l'hôpital, en attente d'une greffe.

— Il finira par souhaiter que ce soit vrai. »

Père entra dans la cuisine, embrassa Mère sur la joue.

« Il faut que j'aille dormir un peu.

— Je m'en doutais. Tu voudras manger bientôt ? »

Il ne répondit pas. Il quitta la pièce, grimpa les marches jusqu'à la bibliothèque et dormit jusqu'au dîner.

7

AU MOMENT DU REPAS, JE RÉVEILLAI PÈRE d'un coup sec frappé à sa porte, et bientôt il descendit avec un micro et un magnétophone, tous deux reliés par un câble à un genre de cadran analogique, lui-même connecté à une petite imprimante de la taille d'une calculatrice de bureau. Il entra dans la salle à manger, disposa son matériel sur une grande table en demi-lune le long du mur et ressortit. Quelques minutes plus tard, il revint avec un long trépied à micro, comme on en voit sur les tournages. Quand nous eûmes commencé le dîner, il se leva pour ajuster les réglages du magnétophone. Nous avions tellement l'habitude de ses comportements étranges que nul ne pipa mot, ni ne posa de questions. Le dîner se poursuivit comme à l'accoutumée, au son du babil insensé de Threnody, qui gazouillait en continu dans la gaieté de son petit univers. Père fixa le micro au trépied et vint le placer tout contre le visage de Mère, à cinq centimètres à peine. Elle se tint immobile.

« Continue comme d'habitude, dit Père. Fais comme s'il n'y avait pas de micro. »

Avec précaution, Mère porta une bouchée de nourriture à ses lèvres. Père appuya sur des boutons et retourna s'asseoir à sa place en tête de table. De temps à autre, la petite imprimante recrachait quelques centimètres de papier dans un claquement.

« Ne faites pas attention à moi, dit-il. Continuez. »

Nous continuâmes jusqu'à ce que Mère doive aller à la cuisine se resservir d'asperges. Cultivées dans notre jardin, fertilisées au fumier de cheval, nos asperges avaient la taille et la densité d'un manche à balai. Elles étaient devenues légendaires à Old Buckram.

« Je peux me lever maintenant ? »

Père inspecta la feuille de papier imprimée et répondit : « Oui, ça suffit. » Mère revint avec ses asperges et nous demanda s'il nous fallait quoi que ce soit.

« Non merci, dis-je.

— Coouuuhh », fit Threnody.

Au bout d'un moment, Père leva les yeux de sur sa feuille et croisa nos regards rivés sur lui. « Oui ?

— Inutile de dire, fit Mère, que nous éprouvons juste un brin de curiosité quant à cet attirail et à sa fonction. »

D'un geste de la main, elle dessina dans l'air un cercle autour de mon père et de son matériel.

« D'accord, fit-il. Vous avez mérité une explication. C'est une expérience. Vous allez trouver ça fou mais... OK, écoutez juste ce que j'ai à vous dire, sans prendre la mouche. J'ai toujours eu l'impression que, pour une raison qui m'échappe, une déficience congénitale peut-être, dans la quantité de... rembourrage à l'intérieur de la joue...

— Le rembourrage de la joue ? fit Mère.

— L'épaisseur de la joue, dit Père.

— Mmmhh.

— Que, peut-être à cause d'une déficience congénitale dans la quantité de rembourrage à l'intérieur de la joue, donc, je soupçonne depuis un certain temps...

— Combien de temps ?

— Un bon moment..., reprit Père. Que le volume sonore généré par ta mastication...

— Ma mastication ?

— Quand tu mâches, pour ainsi dire, fit Père. Que le volume sonore généré quand tu mâches est supérieur à, disons, ce qui pourrait être normal, ou typique, ou habituel pour une personne de ton âge avec des mandibules de même taille. Il se trouve donc, naturellement, qu'il s'agit d'une question empirique… »

Mère se leva et passa à la cuisine.

« Tu es un imbécile », lui dis-je.

À compter de ce soir-là, il y eut toujours de la musique au dîner.

Après le dîner, j'aidai Mère à coucher Threnody, je lui lus des albums avec des images et lui chantai les comptines que je connaissais. C'était notre rituel vespéral, notre façon de trouver le bonheur dans cette vieille maison solitaire, sur laquelle régnait souvent un calme de mort durant les heures de la nuit où Père écrivait. Une fois que Threnody eut succombé au sommeil, j'allai dans ma chambre récupérer mon livre, et, cherchant désespérément la compagnie de Père, j'osai le déranger à son bureau. Comme il n'y avait qu'un fauteuil dans la pièce, je m'assis par terre, le dos appuyé contre l'une des bibliothèques, et me mis à lire.

« Qu'est-ce que tu fais ? demanda-t-il sur un ton irrité, ma simple présence dans la pièce mettait déjà sa patience à l'épreuve.

— Je me disais que j'aurais pu lire ici avec toi un petit moment, dis-je prudemment. Je ne ferai pas de bruit, promis. »

L'absence momentanée du crissement du stylo sur le papier indiquait qu'il considérait la chose, et j'attendis sa décision, le souffle court. Il dit enfin : « Très bien, mais… » Je connaissais l'avertissement ; nul besoin de l'exprimer.

Il se remit à écrire et moi à lire. Quelques minutes plus tard, il me tendit une note pliée par-dessous le bureau :

S'il te plaît, tâche de tourner les pages avec un tantinet moins d'emphase. Merci.

Puis une heure au moins s'écoula sans qu'un mot fût échangé ; mais la pièce n'était pas silencieuse. Pendant qu'il travaillait, il lisait de temps à autre les phrases nouvelles à voix haute, pour tester leur rythme et leur métrique, les révisant davantage à chaque essai, jusqu'à ce qu'un paragraphe puisse être récité dans son intégralité de manière satisfaisante. Oubliant que j'étais là, caché de l'autre côté du bureau, il laissait échapper les jurons qui bouillonnaient en lui, vernaculaires ou étrangers. Quand il eut atteint un sommet de frustration, il se leva pour faire une pause et seulement alors se rappela-t-il que j'étais dans la pièce avec lui. « Je croyais que tu étais parti », dit-il. Il vint s'asseoir par terre à côté de moi. Je restai silencieux, les yeux rivés sur mon livre ouvert sans lire les mots, faisant juste semblant. J'avais appris qu'il lui fallait quelques minutes pour décompresser.

« Qu'est-ce que tu lis là ?

— *Flatland*, répondis-je avec empressement, en lui montrant le livre.

— Edwin Abbott. Ça te plaît ?

— C'est cool.

— Tu as vu mon exemplaire ? »

Il se leva et se dirigea vers la bibliothèque qui longeait le mur sud-est avec moi sur ses talons. Ayant trouvé les A dans la section romans, il gravit l'escabeau pour atteindre le livre. Il le prit comme s'il se fût agi d'une antiquité splendide. Nous le rapportâmes pour l'étudier à la lumière de la lampe.

« C'est une première édition ?

— Première édition, premier tirage, fit-il.

— Il est signé ?

— Malheureusement non. »

Ce livre était en effet d'une grande beauté. Comme la plupart des livres rares de Père, il était emballé d'une couverture en polyester clair, au pH neutre et donc chimiquement inactif, qui entourait la jaquette tel un gant. La couverture brune du livre ressemblait à une carte au trésor, et suggérait d'infinis mystères à l'intérieur. « FLATLAND : Une romance pluridimensionnelle. Par un Carré. Prix : une demi-couronne. » Tout en haut, en italique, était imprimée la phrase *Jour et nuit ! Quelle merveille étrange !* et tout en bas, *Or, à tout étranger, bon accueil !* En réponse à mon avalanche de questions, Père m'expliqua soigneusement l'idée qui sous-tendait le subtil pseudonyme d'Abbott (« un Carré ») ainsi que les citations de Hamlet. Transporté par le mystère et la sophistication de l'ensemble, je suppliai Père de me laisser garder son exemplaire, ce à quoi il répondit « Jamais de la vie.

— Tu l'as volé, celui-là ?

— Je te demande pardon ?

— Tu l'as eu où ?

— Dans une vieille librairie de la banlieue de Baltimore, il y a dix ans environ. Je ne crois pas qu'ils savaient qu'ils l'avaient. C'était l'une de ces superbes librairies à l'ancienne, avec des livres qui s'empilaient jusqu'au plafond, sans classement particulier. Je me rappelle qu'on avait l'impression qu'elle pourrait prendre feu d'un instant à l'autre. Elle sentait le vieux linge mouillé qu'on a laissé traîner un moment dans le panier. J'entrai et demandai au propriétaire comment étaient classés les livres, et il me répondit : "Ils sont par ordre alphabétique, sauf quand ils le sont pas." Ce fut donc une véritable chasse au trésor. La moitié des livres étaient encore en cartons ; un tiers, derrière des meubles : de vieilles platines, des chaises, des buffets. Et il n'y avait pas d'air conditionné. Le propriétaire ne disposait que de quelques ventilateurs çà et là. Nous deux dans la pièce, il n'aurait pas pu réceptionner un couteau à beurre. Alors j'ai remonté mes manches et me suis mis à chercher. Au bout de quatre heures, j'étais couvert de sueur, et j'avais trouvé ce livre et cinq autres que je te montrerai un jour, tous des premières éditions de différents formats.

— Comment pouvaient-ils ignorer qu'ils les avaient ?

— Ma théorie, toute simple, est qu'il vaut mieux chercher les livres rares dans les librairies situées dans des zones où le taux d'alphabétisation est relativement faible. À Manhattan, par exemple, ce livre serait parti en une seconde. Dans le Kentucky rural, c'est une autre histoire.

— C'est génial, dis-je.

— J'ai trouvé beaucoup de livres comme ça. Mais de moins en moins toutefois.

— Est-ce que je pourrais l'emporter à l'école, s'il te plaît, pour le montrer à tout le monde ?

— Parlons-en demain matin. Laisse-le sur le bureau pour le moment. » C'était sa manière polie de dire : « C'est hors de question. » « Chose plus importante : pourrais-tu descendre demander à ta mère de me préparer un verre ? »

Je sautai sur mes pieds et descendis en courant l'escalier principal, traversai le vestibule, le salon et le fumoir, pour arriver au Parloir peint, où Mère elle aussi était occupée à lire.

« Père demande si tu peux lui préparer un verre.

— Demande-lui s'il a oublié où est le bar. »

Le bar, bien sûr, se trouvait le long de l'un des murs de la Grande Pièce, juste en dessous de la bibliothèque, bien visible depuis le garde-corps qui courait tout du long de son périmètre intérieur.

Je remontai l'escalier en bondissant, traversai la bibliothèque en courant, tournai dans le couloir et m'arrêtai dans un dérapage en chaussettes à côté du bureau de Père.

« Elle veut savoir si tu as oublié où est le bar.

— Dis-lui que si je me lève et avance de sept mètres, j'aperçois le bar, mais j'aimerais qu'elle prépare ce verre pour voir son beau visage si je regarde en bas depuis le garde-corps. »

De nouveau, je filai en bas, porteur de ce message.

« Il dit qu'il veut que tu prépares ce verre pour voir ton beau visage en regardant en bas.

— Demande-lui quel genre de boisson il aimerait. »

Je remontai au pas de charge, complètement essoufflé à présent.

« Elle veut savoir ce que tu veux boire.

— Dis-lui vodka tonic, sec, sans forcer sur le tonic. »

Je suivis ma mère dans le couloir jusqu'à la Grande Pièce, et elle servit la boisson requise. Comme promis, Père s'approcha du garde-corps et l'appela.

« Merci, ma chérie.

— Peut-être qu'on devrait installer un monte-plats, ou un intercom.

— Pour quoi faire, alors qu'on a ce garçon plein d'énergie pour faire passer les messages ? »

Je remontai en marchant, tenant avec grand soin le verre de vodka dont l'odeur me rappelait un genre de combustible au fuel.

« Merci bien, mon garçon, de m'avoir procuré ce délicieux breuvage roboratif. À présent, ton père doit se remettre à écrire. »

Longtemps après que je fus couché, j'entendis de la musique en bas. Père était au piano, il jouait délicatement à la lumière des bougies. Souvent, la nuit, après que nous nous étions tous retirés et qu'il avait renoncé à écrire pour ce jour, il se mettait à jouer doucement des airs mélancoliques et suaves qui nous réveillaient puis nous berçaient jusqu'à nous rendormir, paisibles. C'était surtout fréquent le week-end, du moins jusqu'à ce que, comme il le disait, la terre eût englouti tous ses espoirs.

Père s'était mis au piano peu de temps après avoir emménagé dans la maison-vautour, et, après tout, pourquoi pas ? Ce piano était un chef-d'œuvre d'ingénierie, et, quand il n'était pas joué, semblait bouder comme un cheval de course à la retraite au bord du pâturage. Il ne prit jamais de cours, mais, après avoir entendu un certain nocturne de Chopin à la radio un après-midi, il sentit l'inspiration monter en lui, et décida qu'il apprendrait à le jouer, au diable les obstacles techniques et l'absence de formation. Un nocturne en amena un autre, le suivant plus difficile que le premier. Il plissa le front, acheta des ouvrages qui perçaient les arcanes de la technique et en lut les premiers chapitres. Il restait assis de nombreuses heures à écouter des enregistrements par les grands maîtres du piano, l'oreille tendue tel un fox-terrier, en suivant sur une partition, le regard déterminé.

Il avait une bonne oreille, mais elle n'était pas éduquée, et il lui fallait d'ordinaire quelques semaines pour apprendre un morceau entier. Il le jouait sans relâche, lentement, méthodiquement, une section à la fois, répétait les montées et descentes de clavier véloces *ad nauseam*, d'abord doucement puis finalement au bon tempo, jusqu'à ce que, au bout du compte, il eût à peu près maîtrisé le morceau dans son intégralité. Entravé par ses piètres talents de déchiffrage laborieux, il passait en revue toutes ses partitions pour écrire au crayon le nom des notes en dessous et finissait par apprendre les morceaux qu'il jouait ensuite de mémoire. La musique qu'il aimait était immanquablement lente et douce-amère. Jusque bien des années plus tard, je n'eus pas la moindre idée de ce qu'étaient ces morceaux. Après qu'il avait quitté le piano, je gardais ces mélodies en tête comme un nom que l'on a presque oublié mais pas tout à fait. Elles allaient et venaient, quittaient parfois le seuil de ma conscience, s'attardaient aux franges, juste hors de portée, telles des étoiles que l'on n'aperçoit que si on ne les regarde pas directement.

Cette nuit-là, quand je m'éveillai, il jouait un morceau que je ne connaissais pas, mais, bien sûr, à l'époque, je n'en connaissais aucun. Il commençait par un arpège de trois notes, joué si délicatement, 1-2-3, 1-2-3, 1-2-3, puis une pause, et une mélodie exquise démarrait à la main droite, lente, subtile et jouée avec plus de tristesse que ne le requérait la musique. Je me levai et grimpai l'escalier arrière jusqu'à l'observatoire plongé dans les ténèbres, où je m'allongeai sur le plancher de bois, le visage plaqué contre le garde-corps de fer. D'en haut, je regardai son dos. Il portait une chemise blanche, dont les larges manchettes étaient négligemment roulées sur les avant-bras. Même de si loin, je voyais que ses cheveux étaient sauvagement ébouriffés, sûrement à force d'y passer ses doigts fébriles, tandis que son esprit cherchait frénétiquement les mots et fabriquait des phrases d'heure en heure. Eût-il été doué ne serait-ce que d'un talent modeste au piano, il serait apparu aux yeux du monde comme un virtuose qui s'installait pour un concert. En imagination, je compensai ce décalage en faisant comme si je l'observais en train de composer.

Il recommença : 1-2-3, 1-2-3, 1-2-3, les trois notes arpégées jouées si délicatement. Soudain les doigts de sa main gauche tombèrent sur les mauvaises touches et il s'arrêta brusquement. Il poussa un soupir, but une longue gorgée de son verre, patiemment, puis recommença – et cela dura des heures, jusqu'à ce que je m'endorme.

8

CE DIMANCHE MATIN-LÀ, quand nous nous levâmes, Père était déjà en train d'écrire, et tout le monde mit ses beaux vêtements pour aller à l'église. J'avais un costume du style lord Fauntleroy et Threnody portait une robe en dentelle, qui, vue de loin, ressemblait à un œuf Fabergé à la chevelure auburn. Nous allions à l'église baptiste qui se trouvait à un peu plus d'un kilomètre de la ville, mais sans régularité réelle. L'église, en bois, avait une architecture bizarre, gris et blanc à l'extérieur, avec un toit d'ardoises vertes, d'étroites fenêtres à vitraux, huit d'un côté. Elle n'était pas grande, avec son unique pièce au niveau principal et ses dix bancs de part et d'autre de l'allée centrale. Au fond, surélevé, trônait un orgue qui grinçait. Un escalier partant du hall, juste sous l'orgue, descendait vers un sous-sol bétonné, où, le dimanche, on faisait le catéchisme aux enfants et leur apprenait sur un ton menaçant les réalités du ciel et de l'enfer.

Les jours de froid, on avait l'impression que l'église n'était pas chauffée. De fait, elle n'avait pas l'air conditionné, luxe extrêmement rare à Old Buckram, que ce soit pour les demeures ou les bureaux. En été, la messe avait lieu une heure plus tôt, et l'on remontait les fenêtres à glissière pour permettre à l'air de passer entre les corps en sueur. En hiver, on s'habillait chaudement et on se serrait les uns contre les autres en tremblant.

L'église se tenait juste au bord de la route, avec, pour toute protection contre la circulation, une clôture de piquets blancs. Derrière l'église, un champ descendait en pente douce jusqu'à un affluent de l'Abbadon Creek, mince ruban d'eau venue des montagnes, abritant des crapauds et des écrevisses, que les garçons et les filles ayant échappé au tortueux emprisonnement du catéchisme aimaient à sortir de l'eau pour les jeter dans des gobelets en polystyrène, tandis que, au sommet de la colline, leurs parents étaient plongés dans la solennelle contemplation des écritures saintes.

Maynard Houck, qui avait la double fonction de prêtre et de registre vivant consignant les présences, ne manquait jamais de se tenir sur le perron de l'église avant l'office. Des années durant, il avait consciencieusement tenu l'orgue, mais, à l'occasion d'un moment opportun, suite aux décès quasi simultanés du prêtre en titre et de son successeur pressenti, un certain Council Ward, le premier s'en étant allé à l'ancienne, d'un arrêt cardiaque, le second d'une piqûre d'abeille bien placée à la tempe, Maynard fut hissé jusqu'à la chaire et ne regarda jamais en arrière.

Pour un homme qui avait délibérément évité de poursuivre ses études, il avait une maîtrise hors pair de la nuance langagière. Il disposait de cent façons différentes de suggérer, sans le dire, que tel ou tel membre de sa paroisse s'était détourné des voies du Seigneur. Quand il disait « Heureux de vous voir » cela pouvait signifier qu'il était sincèrement heureux de vous voir (manière réservée aux paroissiens zélés), mais, selon, cela pouvait aussi vouloir dire « Eh bien, cela fait longtemps qu'on ne vous a pas vu dans la maison du Seigneur ! » Peut-être est-on plus sensible à l'opprobre moral quand on a la conscience coupable.

De toute sa congrégation, qui dépassait rarement une centaine de fidèles, nul n'était plus visé par Maynard que mon père. On peut dire qu'il l'avait dans le collimateur. Il ne manquait jamais une occasion de le tarabuster, de lui lancer une pique soigneusement préparée. Autant que je pouvais en juger, la source de son antipathie était le mépris à peine déguisé de Père envers l'interprétation locale des Saintes Écritures, assez peu académique. Son indifférence bien réelle envers les exhortations religieuses de Maynard valait au pauvre homme un chagrin paroxystique et continu, et Maynard saisissait la moindre occasion, même ténue, de renvoyer à Père la balle de leur antagonisme subtil. En général, nous ne prêtions pas garde à ses éventuelles remarques mordantes. Mais, ce matin-là, il se donna plus de mal que d'ordinaire.

Nous voyant gravir les marches de son église, il dit (entre des dents trop espacées) : « Bienvenue, les amis ! Heureux de vous avoir aujourd'hui. Vous nous avez bien manqué la semaine dernière. » Puis, baissant le ton : « Et la semaine précédente aussi, je crois bien. » Il feignit de sourire, découvrant deux rangées de maïs indien. Sa mince langue pâle émergea tel un serpent puis se rétracta, et ainsi de suite, en éclairs roses sur ses lèvres translucides. C'était un tic grotesque qu'il avait développé, et devait trouver charmant, apparemment. « Je n'arrive pas à me rappeler la dernière fois que j'ai vu toute la famille ici. Je suis tellement content que vous ayez jugé bon de venir ce matin. » Il se glissa plus près de Père et entra avec nous dans le sanctuaire. « J'ai failli oublier de te demander : Tu travailles toujours sur ce livre ? »

C'était ainsi que Maynard, toujours malin, avait choisi d'irriter Père ce jour-là.

« Absolument.

— C'est bien. Je me demandais où tu en étais. Tu as l'intention de le finir un jour ? »

Maynard lâcha un rire. Père ne broncha pas.

« Absolument.

— Il parle de quoi, celui-là ?

— De ma vie, je pense. Mon père, ma mère. Mais je n'aborde pas le sujet d'une manière habituelle...

— Ta mère ! s'exclama Maynard. Quelle femme délicieuse. Comment va-t-elle ? J'ai entendu dire que c'était pas terrible. » Il se sentit obligé de hocher la tête d'un air solennel. « Que Dieu la bénisse. Le temps passe si vite pour chacun de nous.

— En effet », dit Père.

J'entendais presque ses dents grincer.

« Tu sais, Henry, je regrette de ne rien avoir écrit, fit Maynard, sur un autre ton, cette fois, qui imitait la sincérité. J'imagine qu'on veut tous être écrivains, pas vrai ? Et toi, tu l'es déjà. Mais... tu es avocat aussi. Écrivain ou avocat ? On ne peut pas être les deux, je crois pas.

— Je suis les deux, même si, parfois, j'ai l'impression de ne pas très bien m'acquitter d'aucune des deux tâches.

— Sentiment bien banal, dit Maynard, qui poursuivit aussitôt : N'empêche, c'est bien quand vous arrivez à tous venir. Je commençais franchement à me demander si vous ne m'aviez pas fait le coup d'avoir changé d'église.

— Maynard, dit Père, dont la patience connaissait une chute météorique, par un jour aussi beau que celui-ci, je préfère souvent observer le sabbat chez moi – le merle est mon chantre et le verger, ma voûte. »

Cet ultime ornement sur le verger et le cardinal était d'Emily Dickinson. J'avais déjà entendu mon père invoquer ce raisonnement en des occasions antérieures, pour éviter d'aller à l'église avec Mère. Aussitôt, celle-ci le saisit par le bras et le poussa vers un banc devant elle, l'éloignant de Maynard. J'entendis Père demander en chuchotant : « On a déjà commis un meurtre dans une église ?

— Peut-être, fit Mère. Pourquoi ?

— Parce que, à dix secondes près, je trucidais ce charlatan méphitique. »

À l'époque, je ne savais pas ce que cela voulait dire, mais le contexte me suggéra que ce n'était pas un compliment.

L'attitude de mon père envers la religion était complexe et rarement formulée en ma présence. De nombreux membres de sa famille étaient ce que l'on nommait des baptistes primitifs, et il ne serait pas injuste, selon les critères les plus raisonnables, de les déclarer d'une spiritualité excessive. Pris collectivement, ils se situaient entre le fondamentalisme et le fanatisme sur l'échelle de la religiosité, certains d'entre eux approchant d'une dévotion frénétique d'ordinaire réservée aux malades mentaux ou aux malades simulateurs qui exploitent la religion pour quelque profit personnel. Ses parents, s'ils vivaient bien dans la crainte de Dieu et allaient régulièrement à l'église, ne montraient pas de dévotion particulière, aussi était-ce un mystère pour moi qu'un aussi grand nombre des enfants et des cousins se révèlent si fervents dans leur foi.

Les croyances religieuses de Mère étaient beaucoup plus simples. Elle croyait que l'on pouvait être bon par la vertu de cette bonté même, indépendamment d'aucune affiliation religieuse ou dévotion. On faisait ce que l'on pensait être juste, et nul besoin de chercher plus loin. Elle croyait possible d'être une personne bonne et honnête juste par bonté, que ce fût ou non en présence de Dieu. Elle avait la réputation d'aider les autres membres de la communauté, et ce, sans rien attendre en retour, ni sur terre ni ailleurs. Elle pensait juste que c'était ce qu'il fallait faire.

Elle apportait parfois de la nourriture à un dispensaire local qui accueillait les jeunes désorientés, nommé le Copper Kettle, la Bouilloire de cuivre. Lors d'une de ses visites, l'un des jeunes s'échappa par une fenêtre, mit le feu à la maison, vola sa voiture et alla promptement faire trois tonneaux dans un champ à vaches à trois kilomètres de là. Fort heureusement, il n'y eut pas de blessure sérieuse. Mère fut appelée à témoigner lors du procès. Il avait dix-sept ans et aucun parent en vie, ayant été très tôt abandonné. Après avoir apporté sous serment son témoignage quant aux faits, Mère donna sans qu'on la lui ait demandée son opinion de novice aux jurés : ce jeune homme, avec lequel elle avait dû supporter de nombreux échanges au fil des ans, avait besoin que quelqu'un le prenne dans ses bras, l'accueille dans un foyer stable et aimant, où on s'occuperait de lui avec tendresse, bien plus que d'un emprisonnement punitif prolongé. En quittant la barre, Mère s'avança jusqu'à la table de la défense et prit le pauvre garçon dans ses bras. Après quoi, durant plusieurs minutes, il resta assis à pleurer. À la fin du procès, en moins de cinq minutes de délibération, les jurés rendirent leur verdict : non coupable. Le représentant des jurés demanda au juge resté dans son box s'il était possible de trouver un bon orphelinat à l'accusé.

Mère aimait aller à l'église, mais pas parce qu'elle éprouvait le besoin de chercher à se faire pardonner ses péchés ni par intérêt pour le contenu du sermon du jour. C'était plutôt qu'elle appréciait la compagnie de ses voisins et adorait chanter les hymnes. Quand venait ce moment, Mère était la première à se lever du banc, son livre de messe ouvert, pour chanter joyeusement, d'un ton triomphant, sans la moindre fausse honte, tel un oiseau chanteur. Ce qui explique, ou aide à comprendre, pourquoi nous allions finalement à l'église, malgré la répugnance qu'éprouvait Père envers la plupart des variétés de religion des montagnes.

Après l'office, nous sortions en rangs jusqu'à la pointe nord de l'église, où était garée notre voiture. Là, dans l'ombre glacée d'un épicéa bleu géant, étaient enterrés les anciens de la paroisse. Leurs pierres tombales, jadis blanches, à présent couvertes de mousse noire, étaient plantées de guingois, comme si le sol du tombeau avait subi une lente dérive glaciaire, tels les vitraux des cathédrales. Les noms restaient lisibles, mais nul ne les regardait plus. Juste au-delà du ruisseau et de la vallée voisine s'étendait la brune désolation des Barrowfields.

Avant d'avoir pu atteindre la voiture, nous fûmes harponnés par Rancy Grubb, membre de notre congrégation et de plusieurs autres semblables. D'une ruse inaltérée, c'était une commère incorrigible et corrompue, qui gagnait sa vie par des tractations largement malhonnêtes de propriétés, en abusant allégrement et sans le moindre remords de la confiance de vendeurs et acquéreurs naïfs. Une part de son commerce consistait à se tenir au courant des affaires de tous, entreprise dans laquelle elle s'engageait inlassablement, par intérêt professionnel autant que personnel. Elle semblait se réjouir (et souvent profiter) du malheur des autres, ce qui la rendait particulièrement désagréable. L'axe central de son pouvoir consistait à anticiper les malheurs avant que les victimes même ne soient au courant, afin d'utiliser ce savoir contre eux.

Debout devant la portière du conducteur afin d'empêcher que nous ne lui échappions, elle demanda, d'une voix traînante, à la fois mielleuse et ravie : « Alors, comment allez-vous ? »

Du bout des ongles, comme dans des griffes, elle tenait un gobelet en plastique, qu'elle déposa sur le toit de la voiture.

« Mais très bien, dit Père.

— Je vais te dire, fit Rancy, ses longs doigts vénaux se refermant sur la main de Père, je n'ai pas arrêté. Pire qu'en enfer au Jugement dernier. On croirait qu'à mon âge, je devrais ralentir un peu. »

Père baissa les yeux sur moi en secouant la tête.

« Écoute, Henry, ça fait un moment que je voulais te demander : ça t'intéresserait pas de vendre un bout de terrain, par hasard ? Je parle pas de la maison. J'en veux pas. Je veux dire les terres du bas, où y a les chevaux.

— Je ne crois pas, dit Père. Cela n'est absolument pas dans nos projets.

— Maintenant, la maison, c'est autre chose, fit Rancy, faisant rouler ses yeux, avec un air de mystère. Ça, c'est votre problème. Vous pourrez jamais la vendre si vous deviez déménager.

— L'intérieur est très joli, intervint Mère. Et on voit tout de là-haut. »

Ses derniers mots furent couverts par le vacarme d'un tracteur qui passa en cahotant sur la route étroite à quelques mètres de nous, traînant une remorque chargée de caisses de poulets empilées dans des cages basses et laissant derrière lui une nuée de plumes sales et une puanteur qui nous prit à la gorge.

« C'est vrai qu'une chose terrible est arrivée à toute une famille dans cette maison ? »

Rancy, bouche béante, levait des yeux inquisiteurs sur Père, dans l'attente d'une réponse. Je suis sûr qu'elle avait déjà la réponse mais qu'elle voulait entendre toute l'histoire directement. Elle n'en aurait que plus de crédibilité quand elle la raconterait de nouveau.

« C'est ce que l'on a cru comprendre, dit Père. Mais c'était il y a bien longtemps et nous n'y pensons jamais.

— Qu'est-ce qui s'est passé exactement ?

— Personne ne sait vraiment.

— Mais c'était bien un meurtre, non ?

— Apparemment.

— Vous le saviez quand vous avez acheté ? C'est une donnée matérielle, qui doit être fournie. Vous pourriez intenter un procès, vous savez ?

— Je ne suis pas sûr que ce soit exact.

— Mais *c'est* exact, fit Rancy, qui tenait toujours la main de Père telle une mendiante.

— Ah oui ?

— Ma foi, c'est vous l'avocat, dit Rancy, qui finit par relâcher son étreinte.

— Cela ne nous dérange pas. Quiconque a vécu dans une maison de plus de cinquante ans a vécu dans la maison d'un mort. Ce n'est pas si exceptionnel. D'ici vingt ans, tout le monde aura oublié.

— Exactement, fit Mère, qui nous guidait, Threnody et moi, vers l'autre côté de la voiture. Cela n'a rien d'extraordinaire. Et nous essayons de ne pas en parler devant les enfants. »

Avant de partir, Père, de ses grandes enjambées coutumières, son long manteau de cavalier noir ondoyant derrière lui telle une bannière, alla trouver Maynard devant l'église et lui dit : « À la prochaine fois, dans quelques semaines. » Maynard fut incapable de formuler une réponse, mais je sais à présent qu'il se jura, comme il le faisait toujours, de rendre un jour son camouflet à Père, ce qu'il fit, le moment venu.

Quand nous fûmes montés en voiture, je demandai ce qui était arrivé à la famille qui nous avait précédés dans la maison. Père et Mère échangèrent un regard. « C'est une histoire pour une autre fois, jeune homme, dit Père. Ne nous demande plus. » Et ce fut tout.

9

À UN PEU PLUS D'UN KILOMÈTRE DE LA MAISON, nous passâmes devant celle de Violet Claybank. Elle vivait à flanc de colline, juste au-dessus de la route, dans un petit mobile home bleu. Dans la cour de devant, parmi deux ou trois arbres rabougris, trônait un cadre de lit rouillé, dans lequel Violet avait planté des rangées de fleurs.

Violet, en pyjama, l'air alarmé, se tenait debout au bord de la route, et elle fit le geste d'abattre un drapeau sur notre passage. La seule chose que je savais d'elle, c'est qu'elle faisait des choses bizarres à son chat, nommé Princess Mary Love. Elle l'avait attrapé quelque part, sans doute dans un piège. Violet n'avait pas eu la joie d'être pourvue de mari ni d'enfant, mais une fois qu'elle eut mis le grappin sur ce pauvre chat perdu, elle ne le quitta plus des yeux. Parfois elle le mettait dehors, mais seulement s'il était arrimé à une grosse brique rouge d'une manière ou d'une autre. Violet attachait le chat à la brique (ou vice versa) à l'aide d'un long filin, puis elle déposait chat et brique sur la petite véranda à l'avant, chacun d'eux tout aussi incongru en présence l'un de l'autre. Au début, le chat s'aventurait juste assez loin de la véranda pour faire ses besoins. Plus tard, il se fit plus audacieux. En tirant sur la brique, il la faisait tomber de la véranda puis la traînait, visiblement à grand-peine, à travers ce versant de la colline. Quand on passait en voiture, on voyait parfois le chat assis, qui contemplait la vallée au loin, mais la brique n'était jamais loin. Parfois, si on avait de la chance, on apercevait la pauvre bête qui remontait la pente herbue très lentement, éreintée, un pas après l'autre, tel un randonneur, pour essayer de regagner le mobile home en traînant la brique.

Un jour, j'entendis quelqu'un demander à Violet : « Vous n'avez pas peur qu'il se fasse choper par un chien ou un couguar ? Il peut pas se sauver avec cette brique.

— Non. Je le guette depuis la fenêtre, là, avait répondu Violet. Je voudrais bien voir qu'ils essayent. J'ai un fusil qui attend que ça, que je m'en serve. »

Mère appela par la fenêtre : « Violet, tout va bien ?

— Non, cria Violet. Ça va pas, pas du tout. »

Elle était blanche comme de la farine.

« Qu'est-ce qui ne va pas, ma chérie ? demanda Mère, descendant de voiture.

— C'est Princess Mary Love. »

Mère et Violet se tinrent brièvement serrées l'une contre l'autre dans la cour, puis Mère revint solennellement au véhicule. Elle dit en me regardant : « Violet a besoin de ton aide un petit moment.

— Elle veut qu'on l'aide à quoi ?

— C'est son chat.

— Celui qu'elle attache à une brique dans la cour ?

— Oui.

— Eh bien... ?

— Le chat n'est plus parmi nous, dit Mère.

— C'est ce que je craignais, fit Père.

— Il s'est sauvé ? demandai-je. Elle a besoin que je l'aide à le retrouver ? »

L'entreprise me semblait digne d'intérêt.

« Non, il est mort. Elle se disait que tu pourrais l'aider à creuser une petite tombe pour l'enterrer. Je lui ai proposé de m'en occuper, mais elle ne pense pas que le trou ait besoin d'être bien grand, et elle trouve que tu feras mieux l'affaire.

— Il s'est étranglé avec le filin ? »

Mère nous révéla alors que le chat-enfant adoré avait succombé dans les serres d'un faucon descendu des bois, qui l'avait tué avant que Violet, toujours aux aguets, ait pu sortir pour tenter de le sauver. Le faucon avait lacéré le chat sous ses yeux, tandis qu'elle lui tapait dessus comme une furie avec un balai. Elle avait déjà accroché à sa porte une couronne qu'elle avait confectionnée elle-même.

« Je suis obligé de le faire ?

— Oui, mon fils. Tu le dois. »

Je descendis de voiture et la regardai, abattu, remonter lentement la route à travers une traînée de poussière en légères volutes. Je me trouvai placé à contrecœur en servitude, livré à la fille au chat. Elle me conduisit jusqu'à la cour de derrière, où, sous un cornouiller, se trouvait une caisse faite de bouts de palissade. Je supposai que c'était là le cercueil qu'elle ou quelqu'un avait confectionné pour le chat. La caisse était bien assez grande pour accueillir le corps d'un enfant.

« Où voulez-vous que je creuse ?

— Juste là, à l'ombre de l'arbre. »

Les seins pendants de Violet se balançaient sous son haut de pyjama.

« Vous avez une pelle ?

— Oui, j'ai une pelle ; je vais la chercher. »

Je me mis à creuser avec vigueur et dus bientôt faire une pause. « Tu t'es déjà servi d'une pelle, demanda Violet. Oui ? Eh ben, regarde. Pas la peine de t'exciter, comme s'il fallait tuer un serpent. Il va pas bouger, ce trou. »

Il me fallut plus d'une heure de dur labeur pour produire un trou de taille suffisante pour y déposer la caisse, et je finis avec une énorme ampoule bien douloureuse à la main droite. J'entendais d'ici Père me dire que j'aurais dû demander des gants.

Enfin vint le moment de descendre la caisse dans le trou, ce qui demanda plus d'efforts que ce à quoi je m'attendais. Violet disparut alors dans la maison et ressortit vêtue d'une robe noire de circonstance, portant une bible et quelques fleurs, dont je supposai qu'elles venaient des rangées de la cour de devant.

« Je veux le voir une dernière fois avant de le mettre en terre », dit-elle en pleurant. Elle s'agenouilla dans la boue à côté de la tombe du chat et retira le couvercle de la caisse, qui n'avait pas été cloué, contrairement à mes attentes. Pris d'une curiosité morbide, je m'approchai un peu de la tombe et plongeai les yeux dans le trou fraîchement creusé, pour voir le chat mort et les dégâts causés par le faucon. Je constatai avec horreur que le chat avait été vêtu comme une poupée, d'une robe et d'un bonnet de dentelle, tel un enfant mort. Il gisait sur le flanc, ses pattes raides enveloppées de calicot à angle droit, et la langue lui sortait de la gueule en un étrange rictus. La robe avait été taillée sur l'avant pour laisser sortir les pattes, puis rattachée sous le menton. Il lui manquait un œil, apparemment.

Recouvrant mes esprits, je me tournai vers Violet, qui sanglotait en silence et caressait d'une main l'animal défunt. Après ce qui me parut un temps interminable, elle ferma le cercueil, déposa sur le couvercle les fleurs qu'elle avait cueillies, puis se leva pour entamer l'oraison funèbre.

Reboucher le trou se révéla bien moins fatigant que de le creuser, et, au bout d'une heure de travail, j'avais produit un beau petit monticule bien lisse sous l'arbre.

« Il nous faut une pierre, fit-elle. T'en trouveras plein dans le champ là-bas. »

Je rentrai chez nous à pied, après être resté avec Violet un laps de temps convenable, assis dans sa cuisine à boire du lait et discuter de ce que l'on avait pu saisir des événements récents. Elle me prit dans ses bras et me proposa de me reconduire en voiture, mais je préférais marcher.

Après avoir gravi la colline pour passer sur l'autre versant, j'avançai dans l'herbe haute pour rejoindre la lisière du bois, puis j'en longeai la courbe jusqu'à l'amorce de la descente vers la route de gravier. À travers une clairière à l'ouest, j'apercevais la face noire de Ben Hennom et notre maison, plantée sur le rocher battu par les vents tel un arbre privé de sol, et je songeai aux habitants qui nous y avaient précédés, me demandai ce qui leur était arrivé, et si je dormais dans l'une des chambres où quelqu'un était mort.

10

EN ARRIVANT, JE ME MIS EN QUÊTE DE PÈRE, pour lui rapporter mes aventures avec le chat mort, et ne fus pas surpris de le trouver dans son bureau, en train d'écrire. Espérant me garantir l'accès sur la base de la permission accordée la veille au soir, j'allai saisir *Flatland* sur les rayons de ma chambre et revins sans bruit prendre ma place par terre à côté de son bureau. Quand il me remarqua enfin, il leva les yeux, un peu abasourdi, comme s'il venait juste de se réveiller. Il déposa son stylo et me prit dans ses bras.

« C'était comment ?

— La pire expérience de ma vie, répondis-je, tirant machinalement sur l'épi qui tire-bouchonnait au sommet de son crâne.

— Vraiment, à ce point ?

— Pas loin, en tout cas.

— Le chat est enterré ?

— Et comment. Il portait une robe.

— Le chat ?

— Exact. »

Père montra un étonnement sincère, et je me réjouis de l'avoir impressionné par ce trait grotesque. Il prit un stylo et nota « chat mort / linceul : robe d'enfant » dans l'un de ses carnets.

« Si elle en prend un autre, dis-je, pas question que je l'aide à l'enterrer. Elle peut bien remplir un dossier d'adoption au tribunal. »

Père jugea raisonnable ma position.

Je lui demandai s'il m'emmènerait tenter l'aventure dans les bois derrière la maison ; ils remontaient à flanc de montagne sur des centaines d'hectares à travers rochers et fissures, et, à ma connaissance, personne ne les avait jamais vraiment explorés. Père les appelait la Forêt noueuse, fort à propos. J'avais fait quelques timides tentatives en lisière, mais n'avais jamais eu le courage d'avancer assez pour me perdre. « Il faut vraiment que je travaille, petit, dit-il. On ira une autre fois. » Je le suppliai, en mimant une petite danse, et, à contrecœur, il céda. Tandis qu'il fermait son cahier, son visage s'illumina.

« Je vais te dire : j'y vais à condition que ta mère nous prépare un casse-croûte. Il ne s'agit pas d'aller mourir là-bas dedans. » Puis, d'un air encore plus radieux : « Tu as entendu parler de Magellan ? Ponce de León ? Cavendish ? Alexander Gordon Laing ? George Drouillard ? » Il avait assemblé ces noms en cinq secondes environ, et la tête me tournait.

« Oui, Magellan, ça me dit quelque chose. C'est quoi, cette odeur ?

— Va savoir.

— Tu es en train de retenir ta respiration ?

— Mais non, bien sûr que non. » C'est pourtant ce qu'il faisait.

« Ça sent la réglisse.

— Ce n'en est pas, je te l'assure. »

Au mur au-dessus de son bureau était accrochée une photo encadrée de Thomas Wolfe, debout, en pardessus et gilet, l'air esseulé, à l'angle d'une pièce, son ombre dédoublée projetée trois fois contre la porte fermée à côté de lui. À droite du bureau se trouvait un ténébreux daguerréotype de Poe, dans un cadre de cuir noir incrusté d'astérisques de cuivre (****) tout autour. Une simple applique l'illuminait par en dessous, de jour comme de nuit. Sur l'un des axes de la lampe, Père avait placé un faux oiseau d'un noir luisant, qui contribuait à l'absurdité de l'ensemble. De loin, le spectacle de l'homme courbé sur son bureau avec l'oiseau au mur juste au-dessus évoquait la folie. De jour, la scène était caricaturale. De nuit, spectrale, elle hantait mes rêves.

« C'est un oiseau de quelle espèce ?

— Je ne sais pas précisément, dit Père, l'examinant par en dessous. Ce pourrait être un merle. Ou une corneille, peut-être. Ou un pluvier. C'est censé être un corbeau, mais ce n'est pas le cas. On le voit à son bec.

— Où l'as-tu eu ?

— Je l'ai trouvé.

— Impossible.

— Mais si, c'est vrai.

— Où ça ?

— Tu vas avoir du mal à le croire, mon garçon si radieux, mais je te jure que c'est la vérité : je l'ai trouvé dans un champ de maïs.

— Cet oiseau.

— Oui, celui-ci, précisément.

— Qu'est-ce qu'il faisait dans un champ de maïs ?

— Je n'en ai pas la moindre idée. »

Mère nous prépara des sandwichs qu'elle emballa de papier alimentaire et scotcha. Elle haussa les yeux au ciel et se signa tandis que nous avancions sur l'allée en direction des bois. Père et moi nous lançâmes dans l'ascension de la colline, tels des cartographes du désert. Il me dit qu'en haut de la montagne les bois cédaient la place à une clairière, d'où l'on pouvait voir tout le comté, et sans doute le Tennessee et la Virginie. Il me dit qu'il n'y était jamais monté, mais que, depuis la ville, il voyait le sommet dénudé de la montagne.

En entrant dans le bois, on avait l'impression de pénétrer dans une grotte. Les arbres étaient d'obsidienne, sans âge, immenses. Des branches en décomposition jonchaient le sol parmi des couches de feuilles mortes, et de lourdes lianes retorses pendaient jusqu'au sol en certains endroits ; malheureusement, il était impossible de s'y suspendre pour se balancer, comme je le constatai plus d'une fois. Des buissons de laurier et des rhododendrons, d'allure souvent frêle, en mal de soleil, luttaient pour survivre sous la voûte des arbres. Des dalles de roche gargantuesques jaillissaient du sol à l'oblique, formant de larges abris et cavités.

Comme le terrain était parfois très abrupt, nous devions tous deux nous accrocher à des lianes ou des arbres pour nous propulser plus haut. Pour la seconde fois de la journée, je regrettai de ne pas porter de gants. Les aspérités des troncs de caroubier me râpaient les mains et arrachaient les peaux de l'ampoule ouverte.

« Tu as apporté des gants ? demandai-je à Père qui était en train de se rétablir sur un plateau rocheux juste au-dessus de moi.

— Oui. » Il les avait dans sa poche arrière. « Et toi ?

— Non », fis-je d'un ton boudeur.

Père s'assit sur la plate-forme mousseuse sur laquelle il venait de grimper et attendit que je le rejoigne. « Ma foi, nous avons quatre mains, mais seulement deux gants. Tu as une idée ?

— Non, répondis-je. Tu pourrais me donner les tiens. »

Je le rejoignis sur la plate-forme et tour à tour nous bûmes de l'eau de la bouteille thermos que Mère nous avait préparée. Ses verres de lunettes s'embuèrent et il les nettoya avec le pan de sa chemise, pour les voir s'embuer de nouveau. Il ôta une chaussure et la secoua pour en faire tomber un caillou.

« Qui est le plus costaud, mon fils ? Toi ou moi ? »

Sans réfléchir, je répondis : « C'est moi.

— Tu dois avoir raison. Donc, selon ce critère, j'ai bien plus besoin des gants que toi. »

M'ayant dispensé son énigmatique leçon, il me lança les gants et nous reprîmes notre ascension. Notre expédition rappelait à son esprit vorace chaque poème qu'il avait lu sur les arbres ou la forêt. Cela commença par notre rencontre d'un bouleau. Il brisa une brindille qu'il me donna à mâcher, et le Robert Frost se mit à sortir. « Bouleaux », dont il connaissait par cœur une ou deux strophes dans leur intégralité, puis d'autres. Il m'apprit « L'or n'est en rien éternel » et me le fit réciter en boucle jusqu'à ce que je l'aie mémorisé. Nous poursuivions notre ascension. La beauté de la végétation sauvage suggéra quelques vers du poème de Coleridge sur le bosquet de tilleuls. « Donc, eux sont partis et moi, contraint de rester / [...] d'un pas / Élastique sur la lande, à la crête d'une colline / Allant de leur côté dans la joie puis, peut-être, / D'obliquer vers ce creux grondant dont j'ai parlé[1]. » Tandis que la forêt se faisait plus sombre et profonde, au fur et à mesure que nous montions, il eut recours à Poe, alors plus adapté : « Insondables vallées et flots interminables, / vides et souterrains, et bois de Titans / avec des formes qu'aucun homme ne peut découvrir / à cause des rosées qui perlent au-dessus. »

« Bois de Titans, chantai-je. Bois de Titans ! »

Il nous fallut deux bonnes heures d'ascension régulière et diligente pour atteindre le sommet. Près du point culminant, les arbres et les buissons se firent plus rares, et des touffes de bruyère odorante formaient au sol d'étranges motifs. Au fur et à mesure, malgré quelques arbres étiques, la végétation s'espaça, car, sous nos pieds, la terre avait fait place à une pierre blanche et sans âge, sans rien autour que le bleu du ciel d'été. Les restes d'arbres tombés gisaient

1. Samuel Taylor Coleridge, *La Ballade du vieux marin et autres textes*, trad. Jacques Darras, Poésie NRF Gallimard, 2007, page 143.

çà et là, squelettes de bêtes ancestrales oubliées, blanchis sous l'effet du soleil implacable. Au sommet de la montagne, sur ce large socle de pierre, nous dominions une étendue de verdure démesurée, collines, pâturages et forêts ondulant, imperturbables, jusqu'aux Blue Ridge Mountains, au nord et à l'ouest. L'effet était étourdissant.

Juste en dessous du sommet, au sud, s'élevait un arbre superbe, absolument isolé, sans rien autour, au bord d'une pente abrupte de plus de deux cents mètres. Je crus d'abord qu'il était mort ; la plupart des branches étaient nues et il avait été dépouillé de son écorce. Mais je remarquai alors une unique feuille vert et jaune frémissant au soleil tout à fait en haut. Puis j'en remarquai d'autres, une par ici, puis par là.

« Mais qu'est-ce qui a bien pu lui arriver ? demandai-je.

— On dirait qu'il a été frappé par la foudre deux ou trois fois. Oui, regarde, tu vois comme le tronc est noir là, jusqu'en haut ? Il a dû brûler, et peut-être plus d'une fois. Ce n'est sans doute pas surprenant. Il est tout seul, ce pauvre arbre. »

Père posa les mains sur le tronc comme s'il disait au revoir à un ami cher.

Avec le temps, je finis par tracer un sentier bien net à travers la Forêt noueuse jusqu'au sommet de la montagne, où se tenait le vieil arbre vénérable. L'endroit devint un refuge, où aller lire, penser, me laisser engloutir dans la sensation du dérisoire offerte à qui considérait sa place dans le monde depuis le sommet de cette colline solitaire. Six ans s'écouleraient avant que je ne me tienne de nouveau sous cet arbre avec mon père, et ce, pour la dernière fois.

11

MADDY AVAIT DÉCLINÉ, lentement mais sensiblement, depuis le retour de mes parents à Old Buckram, cependant son état semblait à présent se dégrader plus vite. Ses quintes de toux avaient empiré, tout comme l'enflure de ses jambes et de ses pieds. Elle ne pouvait plus se déplacer sans déambulateur, et encore, avec grande difficulté. Elle abandonna ses œuvres à l'église, cessa de retrouver ses amies pour déjeuner et resta bouclée à l'intérieur, sans même plus s'aventurer sur la véranda quand il faisait beau. Peu à peu, l'odeur de cidre et de cannelle disparut de la maison et les pommes commencèrent à s'entasser et pourrir dans l'herbe haute. Vint un autre automne, puis l'hiver, et, avec lui, de fortes chutes de neige, et un gel intense, qui fissura la terre. Je sentais que la mort cette année-là s'inviterait parmi nous.

Père était le seul des cinq enfants à être revenu à Old Buckram, et donc aussi le seul à voir Maddy régulièrement. Entrer dans la maison de Maddy et Helton en automne ou en hiver était comme plonger dans un brasier, et le phénomène n'avait fait qu'empirer. Maddy refroidissait avec la terre, et semblait déterminée à chauffer le monde de l'intérieur. Ce soir du mois de février, il y avait quinze bons centimètres de neige tassée au sol, et le vent avait continué de souffler longtemps après le coucher du soleil. Plus tôt dans la semaine, le drugstore de la grand-rue avait pris feu suite à un court-circuit et avait été complètement détruit par les flammes, la réserve d'eau municipale ayant gelé. Les pompiers avaient ouvert les bouches à incendie, et, des heures plus tard, ce n'étaient toujours que volutes de glace, qui s'empilaient sur le trottoir à hauteur d'homme.

Père et moi entrâmes après nous être débarrassés de la neige en tapant de la semelle et secouant nos manteaux. Mon grand-père était debout dans la cuisine en short et chemise à manches courtes.

« Comment vas-tu ? » demanda Père. Ils se serrèrent la main. À l'âge de mon grand-père, la question n'était plus rhétorique.

« Pas trop mal, je pense, dit-il, en se palpant machinalement le torse. Et toi ?

— Je me maintiens, dit mon père, entrant dans le jeu. Je ne peux pas me plaindre.

— Ça ne changerait rien.

— On vous a dit que c'était l'hiver dehors ? » demanda mon père, les yeux posés sur la chemisette. Ils rirent tous deux et Père se mit à déballer les légumes qu'il avait apportés du magasin.

« Dieu qu'il fait chaud là-dedans.

— Autant dire que ce n'est pas moi qui m'en occupe, dit mon grand-père.

— Je t'ai apporté deux ou trois choses. Quelques patates douces…

— Je n'aime pas trop.

— Je sais. Et puis un panais. J'ai trouvé qu'il avait belle allure pour la saison. Et j'ai pris une courgette.

— On dirait vraiment un concombre.

— Ce n'est pas un concombre, c'est une courgette. Ils sont de la même famille, mais assez éloignés. »

Mon grand-père me fit un clin d'œil et dit : « Je ferai l'impasse sur la courgette. On dirait que ça vient de la famille du concombre, et un jour j'ai failli mourir avec un de ces trucs.

— Ton grand-père vient de se découvrir une allergie au concombre, expliqua Père, qui chercha d'abord une bière dans le réfrigérateur, puis quelque chose de plus fort dans les placards.

— Écoute, dit mon grand-père. Imagine que tu aies deux cochons. Si tu ne donnes à l'un que des concombres, et à l'autre rien du tout, celui qui mange les concombres mourra de faim le premier. »

Il eut un rire essoufflé, comme s'il inspirait, et Père se contenta de secouer la tête. On n'apprend pas à un vieux singe à faire la grimace.

Maddy arriva du salon, très lentement, un pas après l'autre, en poussant son déambulateur, et nous nous trouvâmes tous réunis dans la petite cuisine, le plafond bas pesant sur nos têtes. Elle portait un pyjama épais en matière ignifugée, de celle dont sont faites les mitaines à four, et, aux pieds, des chaussettes à semelles en caoutchouc qu'elle avait rapportées de l'hôpital. Le panier du déambulateur ne contenait qu'un étui à cigarettes bon marché avec un fermoir torsadé, et quand, enfin, sa pénible progression l'eut conduite parmi nous, avec maladresse elle manipula l'étui d'où elle fit tomber une cigarette. La tenant à deux doigts, elle dit « Bonjour, mon fils » à Père et m'embrassa sur la joue, laissant une trace de rouge à lèvres orange et un fort parfum de marécage. Soudain elle fut prise d'une de ses crises de forte toux, renversa son déambulateur et chercha désespérément un appui sur un dossier de chaise tout juste hors de portée. La cigarette tomba au sol et roula sous la table, à l'endroit où le lino décollé rebiquait. Père et Helton la saisirent chacun sous un bras pour la maintenir pendant ses convulsions. Quand la toux s'apaisa, Père l'aida à retourner s'asseoir au salon.

« J'aimerais bien regarder la télé », fit-elle, et Père alluma le petit poste noir et blanc, ajusta l'antenne entourée de papier d'alu jusqu'à ce que l'image soit nette. C'était l'heure des informations, et nous restâmes silencieux à la nouvelle d'une fusillade à Charlotte, où un couple avait été abattu lors d'un cambriolage, et d'un accident de la route impliquant un semi-remorque, qui avait fait quatre morts, sur l'autoroute près de Statesville. Helton et Maddy se contentèrent de secouer la tête, incrédules. « Mais où va le monde ? demanda Maddy. On n'est plus en sûreté nulle part. »

Après les informations vint une émission de variétés qui avait fait long feu, et un comique de service raconta une blague sur un type qui conduit la voiture tandis que sa femme se déplace à pied. Cela rappela une histoire à Grand-Père, pour qui tout ou presque était prétexte à raconter. Toutes ses histoires commençaient par : « C'est comme ce que disait ce type… » Tel était le prélude habituel à toute profération de sagesse ou d'humour. « C'est comme ce que disait ce type, commença-t-il. Un jour, il vit un Indien à cheval, avec sa squaw qui marchait derrière. Le type demande à l'Indien : "Pourquoi elle marche alors que tu vas à cheval ?" L'Indien répond : "Elle a pas de cheval." »

Je me mis à rire, parce que je n'avais jamais entendu cette blague, et Père feignit un amusement mitigé. Maddy fit la grimace, elle avait sans doute déjà entendu la blague, et alluma une autre cigarette. Je crois qu'à ce stade elle avait renoncé. Elle était fatiguée de vivre.

Mon grand-père s'assit dans un fauteuil inclinable installé dans un angle de la pièce, avec ses espadrilles trouées à l'emplacement du gros orteil. Maddy, assise à un bout du sofa, crachait dans un gobelet en carton avec une serviette en papier chiffonnée au fond. Père se trouvait à l'autre bout du sofa, et moi sur une chaise apportée de la salle à manger. C'était étrange de passer de la maison sur la colline, pleine de livres, à celle-ci, qui n'en abritait pas un.

« Comment te sens-tu, Mère ?

— Bien. Je suis fatiguée.

— Elle va bien, répéta Grand-Père. C'est juste de la fatigue.

— Je peux faire quelque chose pour vous ?

— Je ne crois pas, sauf si tu voulais pelleter la neige sur l'allée dans la semaine. Si on avait une urgence, Helton pourrait bien se casser le cou en essayant de m'amener jusqu'à la voiture.

— On s'en occupera, dit Père, avec un signe de tête à mon intention, qui voulait dire que c'était à moi de m'en souvenir. Je vous ai apporté des choses à manger...

— Oui, je t'avais entendu, fit Maddy. Helton, s'il te plaît, tu peux écarter ce ventilateur ? Ça me donne mal à la gorge. »

Mon grand-père se leva et repositionna un petit ventilateur branlant qui propulsait dans la pièce la chaleur émanant du poêle de la cuisine. Il bloqua le mouvement circulaire et fit pivoter le ventilateur de trente degrés, pour qu'il souffle vers le mur, où il se mit à faire vibrer un cadre pendu à côté de la fenêtre. Je craignais qu'il ne tombe, mais personne d'autre ne semblait s'en inquiéter.

Maddy demanda : « Et ton livre, ça avance ? »

Père poussa un soupir et réfléchit à sa réponse, avant de déclarer : « Le travail a bien progressé, franchement. Je crois être enfin proche du but.

— Ça fait longtemps que tu travailles à ce livre, dit Maddy. *Très* longtemps. Aussi longtemps que je m'en souvienne.

— Je sais, dit Père. Mais je suis près de pouvoir...

— Ça fait longtemps que tu dis ça aussi.

— Oh, et puis merde. C'est un gros travail. »

Maddy sembla stupéfiée par sa vulgarité.

« Les gens écrivent des livres sans arrêt. Ton cousin Eddie vient de finir un livre qui est en vente à la station d'essence. Il l'a écrit en moins d'un an, d'après ce qu'il m'a dit.

— Lui et moi, on n'écrit pas le même genre de livre. Le sien, c'est un livre sur les chutes d'eau. Il l'a imprimé sur un photocopieur à l'école.

— N'empêche. Tu devrais peut-être lui parler. »

Maddy s'essuya le coin de la bouche avec un mouchoir plié et reporta son attention sur la télévision.

« Et à dire le vrai, j'ai fini, en fait, dit Père, s'adressant au centre de la pièce, à personne. Je travaille juste à quelques révisions. »

J'essayai de croiser son regard pour lui signifier que j'écoutais et comprenais, mais il ne me vit pas.

« Alors on dirait pas que c'est fini », dit mon grand-père en riant.

C'était ce qui importait le plus au monde à mon père, et ils faisaient comme si ce n'était qu'un hobby futile parmi une dizaine d'autres, qu'il oublierait tout aussi vite que sa collection de timbres quand il était enfant.

« Helton, fit Maddy, il faut que j'aille me coucher. Tu veux bien m'aider ? Merci d'être passés, mes petits. Je regrette de ne pas me sentir assez bien pour parler plus. »

Nous accompagnâmes Maddy jusque dans la chambre et Père l'aida à s'installer sur le lit, où, avant de s'allonger, elle alluma une autre cigarette. La pièce, peinte en gris ou qui avait pris une couleur grise au fil des années de fumée exhalée, avait des stores aux fenêtres et des cantonnières, mais pas de rideaux, et, aux murs, ce n'étaient que trous dans le plâtre, rappel ténu de copies de tableaux qu'on avait jadis accrochées là, puis décrochées pour des raisons inconnues. Une commode se trouvait contre l'un des murs, et dessus un bosquet de cadres de tailles dépareillées arborait des photos de famille, depuis longtemps anachroniques. Sur le plancher à côté du lit, du côté de Maddy, s'étalait une grappe de traces calcinées, là où étaient tombées les cigarettes qu'elle fumait en s'endormant ; par miracle, elles s'étaient consumées sans que la maison prenne feu. Père s'assit sur le lit à côté de Maddy, qui lui prit la main et la tint serrée. Une mère, son fils. Il n'y avait rien d'autre à dire.

Père et moi laissâmes Maddy et Helton dans la chambre comme si nous ne nous étions jamais trouvés là ; comme si nous n'avions fait qu'entrer et sortir d'une scène de théâtre dans laquelle nous n'avions aucun rôle, et sans que notre présence ne soit même remarquée. Sur le chemin de la maison, Père me dit : « Mon fils, si jamais je te surprends avec une cigarette ou n'importe quel autre genre de tabac, tu peux être sûr que tu ne vivras pas assez pour t'inquiéter du cancer. »

Les lumières des lampadaires entraient et sortaient du camion sur notre passage. Je voyais la douleur sur son visage.

« Tu ne peux pas juste la *forcer* à s'arrêter ? Juste lui prendre ses cigarettes chaque fois qu'elle en achète.

— Si seulement. Dieu sait que j'ai essayé. Et ce n'est pas elle qui les achète, mais ton grand-père.

— Mais est-ce qu'il ne sait pas que c'est mauvais pour elle ?

— Si. Il ne veut pas qu'elle fume. Ce n'est pas simple.

— Il ne devrait pas lui en acheter. Tu devrais lui dire. Tu veux que je lui dise ?

— J'ai appris il y a bien longtemps qu'on ne peut pas forcer un adulte à faire quelque chose contre son gré. C'est impossible. Ainsi va la vie. »

La neige se remit à tomber, comme c'était le cas depuis des jours. Le vent cessa et la neige continua à tomber lentement, sereinement, en gros flocons illuminés par les phares du camion, sur fond de ciel noir et de monde noir impénétrables, et il ne faisait plus si froid. Père coupa le contact mais resta assis, les yeux fixés dans le noir. « Je viens juste de me rendre compte, dit-il, que je n'ai plus de temps devant moi. »

Le soir suivant, il demanda que nous récitions la prière avant le dîner. Nous ne le faisions presque jamais. Les quelques rares exceptions dont je me rappelle eurent lieu alors que Maddy était en train de mourir.

Puis Père cessa d'aller travailler. Il cessa de manger, autant que je puisse en juger. Il cessa de faire tout ce que tout le monde fait dans un laps de temps donné – sauf écrire. Je crois qu'il essayait de finir son roman avant que Maddy meure, ou de la maintenir en vie, en quelque sorte, en évitant de le finir. Son purgatoire se poursuivrait tant qu'elle vivrait, et il ferait ça pour elle si cela pouvait la sauver.

Il se laissa pousser les cheveux ; il cessa de se raser et développa une barbe hirsute. Jour et nuit, il restait assis à sa table de travail. Comme ma chambre se trouvait à côté de son bureau, je l'entendais en pleine nuit. Je me rappelle ces bruits : le glissement de son fauteuil quand il reculait, s'écartant du bureau ; le bruit de ses pas qui descendaient calmement pour rapporter un autre verre ; une bouteille renversée, rattrapée *in extremis*, suivie par un vide de silence ; du vin versé dans un verre de très haut ; ses pas excités le long des rayonnages ; le grincement étouffé de l'échelle à roulettes, et son poids sur les échelons quand il grimpait chercher un livre. Au matin, il avait disparu.

12

DANS LES HEURES QUI PRÉCÈDENT L'AUBE, une nuit sans lune de septembre 1981, mon grand-père s'éveilla en sursaut. Il n'entendait plus respirer Maddy à côté de lui. Elle était morte tranquillement dans la nuit. Il la prit dans ses bras et versa des larmes en lui chuchotant à l'oreille qu'un terme avait enfin été mis à ses souffrances. Quand j'entendis sonner le téléphone, je sus ce qui s'était passé.

Maddy avait fait savoir qu'elle voulait qu'on l'enterre dans l'ancienne concession de famille, au cimetière d'Avernus. La cérémonie funéraire devait s'y tenir. Il y eut ce matin-là des discussions passionnées quant à ma tenue vestimentaire et au bien-fondé de faire venir Threnody. Elle était malade et Mère pensait qu'elle devrait rester à la maison.

Père et moi nous rendîmes en voiture chez Helton et Maddy, où nous retrouvâmes la famille. L'allée était pleine de voitures étrangères, et des gens que je ne connaissais pas se tenaient sur la véranda, en costume et robe de deuil. Des gens venus de partout avaient apporté assez de nourriture maison pour un mois, et les récipients couvraient le plan de travail de la cuisine, la petite table à manger et même la table à apéritif dans le salon. Les sœurs de Père avaient fait le voyage de Hickory et Lenoir avec leurs époux, et son frère était venu en voiture depuis Elizabethtown. On entra, tout le monde se donna la main, il y eut des larmes, des rires, et nombre d'histoires racontées pour soulager un peu la douleur.

Je ne savais ni que penser ni qu'éprouver au sujet du décès de Maddy. Je me mouvais dans l'ombre du chagrin de tous les autres. Ce sentiment d'absence, étrange et nouveau, était, me semble-t-il, pour moi secondaire, et en quelque sorte subordonné aux sentiments qu'éprouvaient mon père et mon grand-père, tellement plus affectés par sa mort. L'immédiateté de leur souffrance était visible. La tristesse que je crus percevoir ce matin-là et lors des jours qui suivirent n'avait rien à voir, bien sûr, avec ce sentiment de chagrin isolé de tout le reste qui descend sur vous et pèse sur vos épaules tel un lourd manteau lors des nombreux jours de silence qui suivent un enterrement, quand, intellectuellement, vous venez à comprendre que la personne qui est morte ne reviendra jamais et que le monde est désormais changé de façon permanente. C'était plutôt la douleur bien réelle qui vous atteint quand un être aimé souffre et qu'on n'y peut rien.

Nous nous rendîmes à Avernus en voiture, où nous suivîmes une route de terre jusqu'au sommet plat d'une large colline, qui avait été déboisé. Sur la colline étaient éparpillées des dizaines d'anciennes pierres tombales, parfois regroupées en grappes de-ci, de-là. À l'évidence, ici, les enterrements ne se déroulaient pas de manière organisée. Nombre des pierres étaient assez anciennes pour que l'inscription gravée, s'il y en avait jamais eu, érodée par l'âge et les intempéries, ne soit plus lisible. Dans l'angle le plus éloigné du cimetière, une tente de fortune avait été montée à côté d'un gros tas de boue ocre rouge. À côté de la tente se trouvait un antique corbillard gris, et, juste devant, deux tables pliantes sur lesquelles avaient été installés quatre jerricanes de thé sucré et quelques assiettes de minces sablés industriels. Une dizaine de chaises en métal étaient appuyées contre la tente. Il n'y avait ni nappe ni sets de table. Des gobelets en carton avaient été disposés pour le thé et une petite pile de serviettes en papier maintenue par une pierre était posée au bord de la table.

Un homme maigre vêtu d'un pantalon de polyester et d'une chemise à large col se tenait debout près de la table, une bible serrée contre la poitrine, et mâchonnait une brindille d'orme juteux. Il se nommait Harold Specks. Il avait récemment repris la chaire à l'église de Helton et Maddy, en tant que pasteur par intérim. Il n'avait pas reçu d'éducation théologique, mais c'était le cas de tous les pasteurs à Old Buckram. Il n'avait jamais rien lu d'autre que la Bible, hormis les quelques ouvrages de ses premières années d'école. Il n'avait pas de vision privilégiée de ce que tramait Dieu, Jésus ou le Saint-Esprit, ni des trajectoires des anges, ni non plus des complots des démons qui peuplent les airs obscurs. Mais la véhémence avec laquelle il condamnait les pécheurs à l'enfer le propulsa à la tête de son église à un jeune âge, et il passa sa vie à prêcher.

Nous arrivâmes en avance. Au fur et à mesure, de plus en plus de voitures parvenaient au sommet de la colline et venaient se garer en rangs à côté du cimetière. La plupart des hommes et des femmes qui descendaient des voitures étaient âgés. Ils montaient péniblement jusqu'à la tente de toile vert passé qui surplombait la tombe. On donnait des chaises aux femmes qui devaient s'asseoir, tandis que les hommes restaient debout. Des saluts étaient échangés en silence ici ou là, mais la solennité régnait et on n'entendait aucun rire. Le ciel de septembre était uniforme, de l'horizon jusqu'au-dessus des têtes.

À 13 h 30, la dernière voiture avait gravi la pente et un groupe d'une soixantaine de personnes s'était amassé dehors, formant une ample courbe autour de la tombe. Le vent faisait battre la toile de tente, mais les quelques arbres qui se dressaient sur la colline derrière le cimetière ne bougeaient pas.

Le pasteur Specks s'avança à l'intérieur du cercle, le Livre serré dans la main gauche, de cette façon particulière qu'ont les prêtres de tenir leur bible. Il n'en lirait pas d'extrait. Il n'y aurait pas d'éloge pour la défunte, mais un sermon, et les gens l'écouteraient.

Il prêcha une heure. Ce ne fut que soufre et feu de l'enfer, à chaque mot. Il s'arrêtait à peine pour respirer. À la cadence marquée d'un bonimenteur diabolique, la voix du prêtre résonnait à travers les collines. Il postillonnait en proférant son message. Une écume blanche et gluante se formait aux commissures, remontant le long des lèvres. Il brandissait la bible bien haut au-dessus de sa tête, la secouant vers les cieux tandis que son oraison tombait en pluie sur l'assemblée, avec un degré d'hystérie croissant. Les personnes présentes l'observaient sans rien manifester. Ils avaient déjà entendu tout ça, et ils avaient la foi. Oh que oui. Ce message, ils le savaient, ne leur était pas destiné. Il s'adressait à un non-croyant parmi eux. Le prêtre savait qu'un homme ici présent abritait le doute dans son cœur noir, et ce doute devait être éradiqué tel un cancer. Le prêtre savait que le doute existait, car, en ces temps d'ombre et d'obscurité, il savait ce que c'était que douter. Il n'avait pas percé le mystère de l'énigmatique Trinité ; il n'avait pas accompli de vrai miracle. Il y avait les livres de l'Ancien Testament qu'il n'avait pas lus, d'autres qu'il ne comprenait pas. Seule l'exultation de sa voix qui emplissait les airs de la parole divine pourrait chasser les démons du temple sacré.

Enfin, après un long temps de prêche, il s'épuisa, et retourna à l'ombre calme de la tente, où il s'assit, le regard absent, pour se plonger dans la contemplation du vide.

Le moment était venu de rendre la douce Maddy à la terre. Mon père et les hommes qui l'accompagnaient soulevèrent l'austère cercueil en bois de sur le corbillard et le portèrent à grand-peine jusqu'à la tombe. Père ferma les yeux et versa des larmes quand on la mit en terre.

13

IL DEVINT UN FANTÔME, MON PÈRE. Durant les jours et les semaines qui suivirent l'enterrement de Maddy, il resta assis à son bureau mais sans écrire, et ne lut que très rarement. Notre maison, la nuit, devint silencieuse, à l'exception du son saturnien du piano s'élevant du rez-de-chaussée ; mais c'était moi qui jouais, et non mon père. Tandis que mes efforts artistiques s'intensifiaient, les siens déclinaient à vue d'œil, comme s'il n'y avait place que pour l'une des deux vocations sous notre toit. Cela dura des mois, sans perspective de changement.

Plus tard dans l'année, quand l'hiver revint à Old Buckram et que le ciel anémique ne fut plus visible, le jour comme la nuit, la dépression de mon père sembla s'intensifier. Un matin, par un froid polaire, alors que Père et Threnody dormaient encore, Mère et moi nous levâmes avant le soleil pour aller nous occuper des chevaux. Le vent, qui avait encerclé la maison et gémi toute la nuit aux fenêtres, était parti plus loin. À présent, le monde hivernal en noir et blanc était silencieux.

Dans l'écurie, en bas de la colline, je prélevai une portion d'aliments mélassés avec une vieille tasse à café, et humai l'odeur des boulettes de grain noir et de la mélasse. Une vapeur froide s'élevait de l'abreuvoir. Tandis que les chevaux avaient le nez plongé dans leurs seaux, je grimpai l'échelle jusqu'au grenier, d'où je jetai deux balles de foin, qui tombèrent en rebondissant jusqu'aux pieds de Mère, qui attendait. Avec une serpette, elle trancha la ficelle et, du centre de la première balle, détacha une poignée de foin qu'elle approcha de son visage pour inspirer profondément. « Ça sent si bon que je pourrais le manger », dit-elle. Pour elle, la luzerne était un régal.

« Je voudrais bien voir ça, fis-je en riant.

— Tu ne m'en crois pas capable ? »

Elle abaissa un peu son foulard et se mit une tige de luzerne dans la bouche, à la Huckleberry Fynn, et commença à mâcher. « C'est tellement bon, dit-elle. Je devrais me faire un sandwich avec. »

Elle vit que je l'observais d'un air sceptique depuis le grenier.

« Tu ne me crois pas ? Tu veux goûter ? »

Je descendis et goûtai. Le goût était conforme à ce qu'elle avait vanté : un mélange suave de poussière et de fleur.

« Pas étonnant que les chevaux aiment ce truc », dis-je.

Père était au piano quand nous rentrâmes, mais il ne jouait pas. Il était juste assis là, bien droit, mains croisées sur les genoux. Aucun vestige de son ne flottait dans l'air, aucun écho ténu d'un dernier accord. Le piano était au repos. Mère et moi, encore portés par l'ivresse de notre sortie matinale, comprîmes vite, au silence abyssal qui régnait dans la pièce, que notre arrivée inopinée avait rompu la solennité de la retraite de Père. Il hocha la tête pour nous signaler que nous étions repérés puis, aussitôt après, abaissa de nouveau le menton vers la poitrine.

Je passai en hâte en murmurant une excuse inaudible pour notre intrusion. Une fois sur les marches, je me retournai et le regardai de nouveau. Il n'avait pas bronché. Doucement, je dis « Bonjour ». Ma voix se brisa et le résultat ne lui parvint sans doute pas, car il ne répondit pas. Je répétai donc mon salut. Il hocha la tête sans me regarder et essaya de sourire. « Les oreilles me sifflent un peu, dit-il. J'ai remarqué que ça m'arrive quand je joue. Et cela me déconcentre. »

En levant les yeux, je vis un filament de coton blanc qui lui sortait d'une oreille.

Ce matin-là, ce fut Mère qui me conduisit à l'école en voiture. J'entrai par le gymnase et descendis le couloir jusqu'à la salle de mon premier cours. Mlle Williams, qui enseignait l'anglais, m'attrapa la manche. C'était une amie, ou peut-être une alliée, de mon père. Elle semblait mieux le comprendre que la plupart des habitants d'Old Buckram, qui, en général, ne le comprenaient pas du tout, et cette affinité prenait sa source dans leur passion commune pour les livres et la littérature. Elle était même passée chez nous deux ou trois fois pour admirer ce qu'elle nommait son « étonnante collection de livres », et d'ordinaire, quand elle me parlait, c'était en rapport avec Père. Je n'avais jamais vu ce dernier lui dire grand-chose, et, autant que je le sache, il n'avait jamais engagé avec elle une de ces conversations qu'on peut avoir avec un ami proche, mais, à l'évidence, il appréciait l'intérêt qu'elle témoignait pour ses livres. Je ne l'avais jamais eue en cours, mais elle s'était toujours montrée très gentille à mon égard, aussi l'aimais-je beaucoup en retour.

L'air tout excité, le nez encore rouge à cause du froid, elle me dit : « Je viens juste de l'apprendre ; non mais tu y crois ? Qu'a dit ton père ? »

Je ne savais pas de quoi elle parlait, ce qu'elle comprit à mon expression stupéfaite.

« Au sujet du livre ! Qu'a dit ton père ? Il est furieux ? »

Je ne savais que dire. Je crus d'abord qu'elle parlait du livre de Père.

« Il n'a rien dit du tout. De quel livre... ?

— Oh, alors tu n'es pas au courant. Bon, alors je me sens un peu moins mal de ne pas l'avoir su plus tôt. La bibliothèque, Mme Ester, fit-elle, le doigt pointé vers le bout du couloir et prononçant le nom avec une moue dégoûtée. Ils essaient de censurer un autre livre. Ou plutôt, c'est déjà fait. C'est arrivé la semaine dernière.

— Je n'en ai pas entendu parler.

— Je ne sais pas comment ça se peut, mais moi non plus. Je suis sûre que c'était calculé, et qu'on a fait en sorte que je l'apprenne le plus tard possible, parce qu'ils savaient que je ferais un scandale. S'il te plaît, rends-moi un service. Quand tu verras ton père tout à l'heure, dis-lui de m'appeler. Cette fois, c'est Faulkner, rien que ça. »

Par le passé, bien avant que je n'atteigne de raisonnables capacités de lecture, l'école avait déjà à deux reprises exclu des livres de sa bibliothèque. La commission chargée de la censure avait fait diligence, et banni ces mêmes livres de la bibliothèque du comté. Comme on pouvait s'y attendre, il s'agissait de *Lolita* et de *Tropique du Cancer*. (Apparemment, ni la bibliothèque du comté ni celle de l'école ne possédaient *Tropique du Capricorne*, ni n'en connaissaient l'existence, sans quoi ce livre-là aurait été interdit lui aussi.) Père, en ces deux occasions, avait fait une intervention dans le cadre d'un forum public. Il avait prononcé un plaidoyer d'une éloquence subtile en faveur de l'abrogation du décret, et conquis chaque fois assez de citoyens pour obtenir que l'on suive sa recommandation et que la prohibition soit levée, à contrecœur. Toutefois, concession inévitable, des limites d'âge, qui ont perduré jusqu'à ce jour, furent édictées sur ces livres. Il était le seul, bien sûr, à avoir lu ces ouvrages, et donc à en connaître le contenu, et à pouvoir juger s'ils étaient aussi gravement obscènes que le prétendait la rumeur. Je n'avais eu vent de ces batailles antérieures que parce que cette chère Mlle Williams m'en avait informé, en des termes hyperboliques qui avaient fait de l'épisode une légende fantastique, improbable, et j'étais malheureusement trop jeune et innocent pour douter de leur véracité, ou pour savoir que les contes où le bien triomphe du mal deviennent de plus en plus improbables et fantastiques avec le temps.

Les ennuis de Faulkner à Old Buckram survinrent à l'initiative de Mme Ephegene Ester, prude cousine de la susnommée Mme Tichborne, bibliothécaire connue pour son caractère obsessionnel. Mme Ester, plus terrifiante encore que Mme Tichborne, avait une forte influence auprès du conseil d'éducation, de par une longue tradition familiale de bons et loyaux services dans le système éducatif d'Old Buckram, et de par un statut de respectabilité dans la communauté (ne vous avisez pas de dire de *rigidité*). Entendant parler du « discours peu flatteur tenu sur le compte du Saint-Père » dans *Tandis que j'agonise,* Mme Ester prit la décision d'interdire ce chef-d'œuvre dans la bibliothèque de l'école ainsi que dans toutes les listes de lecture. Elle reçut en cela le soutien absolu d'une coalition d'églises locales, dont celle que nous fréquentions parfois. Quand la commission du comté eut vent de la démarche de Mme Ester, ils ne purent obtenir le quorum assez vite pour supprimer aussi le livre insultant de la (plutôt pâle) bibliothèque du comté. L'embargo littéraire, à la grande déception de son instigatrice, ne fit guère parler de lui à Old Buckram.

Je passai tous mes cours de la journée à rêvasser, imaginant l'émotion de Père quand il apprendrait la nouvelle et sa réaction. Naïvement, je voyais là une occasion de lui rendre sa vigueur d'autrefois. À l'école, j'abordai le sujet avec plusieurs professeurs et camarades de classe, annonçant fièrement à qui voulait l'entendre : « Croyez-moi, mon père va les remettre à leur place. » Je disais des choses du genre : « Oh que oui. Il est avocat. Je ne serais pas étonné qu'il intente un procès contre le comté s'il le faut. » Puis : « Il est inconcevable qu'il tolère pareil affront. Mme Ester va regretter amèrement le jour où elle a retiré ce livre des étagères ! » Je mentis même une fois, en disant que je lui en avais parlé et qu'il était livide de rage.

Quand je rentrai cet après-midi, j'allai droit à la bibliothèque de Père, où je trouvai trois exemplaires du livre, et me mis promptement à lire celui qui me parut le moins coûteux. Il n'était pas aussi obscène que je m'y attendais, en fait. La partie que je lus n'avait pas beaucoup de sens pour moi. Néanmoins, je bouillais d'impatience de tout raconter à Père. Je savais qu'il serait furieux et se précipiterait pour monter une défense publique pleine de verve. Ce soir-là, j'attendis, pelotonné sur la terrasse, frissonnant, de voir ses phares dans le lointain, en haut de la colline, et je l'abordai dans l'allée.

« Tu ne vas pas y croire, lui dis-je, en claquant des dents violemment. Mme Ester et la commission ont banni Faulkner ! »

Il marchait à côté de moi dans le noir.

« C'est ce que j'ai entendu dire.

— Non mais c'est incroyable, non ? »

Pour toute réponse, il eut un infime haussement d'épaules. Son indifférence me transperça telle une lance.

Saisi de détresse, je le suivis en trottant et entrai derrière lui. Il ôta son manteau et le déposa sur un fauteuil dans le hall. Je sentis en lui un agacement contenu ; une source de frustration non identifiée. Quand il entendit Mère descendre l'escalier, il prit son manteau, traversa vivement le Parloir peint et emprunta le couloir jusqu'à la Grande Pièce. En entrant, il baissa la lumière d'une secousse abrupte sur l'interrupteur et, avec une impatience perceptible, repositionna un certain nombre d'objets qui lui semblaient ne pas être à leur place, tel un oreiller basculé en avant sur un fauteuil, une pile de livres poussée à l'oblique. Puis il plongea derrière le bar et réapparut un verre à la main, quelque digestif de couleur sombre, qu'aucun ajout d'eau, de glace et de soda n'était venu rendre moins opaque. Il me décocha un regard plein d'exaspération : « Tu en veux un ? »

Il me détruisait, un mot après l'autre.

Comme je ne disais rien, il s'adressa à son verre : « Un vieux client m'a donné une bouteille d'alcool de contrebande l'autre jour, en guise de rémunération.

— Tu l'as goûtée ?

— Pas encore. Je la garde pour une occasion prestigieuse. »

Verre vidé. Un autre servi. Celui-là avec de la glace. Il promena ses yeux tout autour de la pièce, où les preuves que le temps passe avaient commencé à s'accumuler. Un vase esseulé de fleurs printanières oubliées, un éparpillement de pétales desséchés. Des piles de journaux non lus. Une pièce où tout respirait les promesses non tenues.

« Le livre, dis-je.

— Oui, le livre. Raconte-moi. »

Il ne me témoignait pas la moindre attention. J'aurais pu lui dire « Je vais mettre le feu à la maison », il m'aurait répondu « Magnifique ». Mon enthousiasme défait, je lui demandai « Franchement, tu t'en fiches ?

— Et pourquoi devrais-je m'en soucier, dis-moi.

— C'est Faulkner, fis-je. C'est Faulkner qu'ils bannissent. *Tandis que j'agonise,* bon sang ! Tu en as trois exemplaires. Trois exemplaires reliés. Comment peux-tu t'en ficher ? »

Tandis que Père et moi discutions, Old Buckram vibrait d'activité. La rumeur de mes fanfaronnades à l'école s'était répandue. Avec mon bavardage, j'avais malgré moi fait monter en épingle l'affaire Faulkner. En réaction à mon annonce de représailles vives et dévastatrices de la part de mon père, héros littéraire des masses, la coalition des églises s'était réunie, sous l'égide de Maynard Houck en personne. En l'occurrence, après qu'un employé de l'école lui eut notifié que j'avais (malgré moi) adressé un défi au nom de Père, Maynard ne perdit pas de temps à rassembler le clergé de son bord pour élaborer une stratégie. On se passa le mot par les moyens habituels, et, en quelques heures, un feu de joie impromptu fut organisé aux Barrowfields, où l'on apporterait des exemplaires du texte coupable pour les faire retourner à la cendre et la poussière.

Notre téléphone sonna à 20 h 30, bien après la tombée du jour, et assez longtemps après le retour de Père pour qu'il eût achevé une bouteille d'alcool et entamé une autre. Je sentis à la voix de Mère que l'interlocuteur n'était pas un inconnu mais pas non plus un proche, et que la nouvelle était déconcertante.

« Où est-ce que ça se passe ? crus-je l'entendre demander. Et pourquoi est-ce qu'ils font ça ? Oui, je vais le lui dire, mais... »

J'entrai dans la pièce en courant et la trouvai debout, mains sur les hanches, dans une posture qui marquait l'indécision.

« Où est ton père ?

— À son bureau, pourquoi ? Il est arrivé quelque chose ?

— Je ne suis même pas sûre de devoir l'informer. Viens avec moi pour que je n'aie à le dire qu'une fois. »

Nous montâmes ensemble, et Mère s'adressa au dos de Père. Il ne travaillait pas, ni ne lisait. Un livre fermé se trouvait sur son bureau, à sa droite, sous la lampe, mais, ainsi placé, à l'évidence, personne ne le lisait, ni ne s'apprêtait à le faire. Une trace serpentine d'anneaux de condensation récemment imprimés dans le bois du bureau y formait un spirographe lâche, dont le dernier anneau était partiellement masqué par le verre que Père tenait dans sa main droite.

« Henry, fit Mère, c'était Catherine Williams au téléphone. Elle voulait que tu saches qu'on va... qu'on va brûler les livres ce soir aux Barrowfields. Elle a dit qu'elle savait que tu voudrais savoir. Elle espère que tu pourras faire quelque chose, mais... »

La nouvelle fut apportée avec la ferveur du bourreau qui vient annoncer son arrêt de mort au condamné. Père se tourna pour me regarder mais ne dit rien à Mère.

« Quels livres ?

— *Tandis que j'agonise* ! criai-je. Je te l'ai déjà dit. » Et, me tournant vers Mère : « Ils vont le brûler ?

— Ta mère a dit "livres", au pluriel.

— Tous les exemplaires de *Tandis que j'agonise*, fis-je, incrédule. Ils vont tous les brûler. »

La nouvelle me plongea dans une crise de délire. Dans ma vision paranoïaque d'adolescent, je voyais dans l'autodafé un affront direct à mon père, en réponse à ma vantardise : un affront envers ma famille dans son ensemble. Ils nous faisaient la nique. Cette provocation ostensible me donnait la nausée.

Mon père avait les yeux rivés au fond de son verre. Le contenu lentement s'écoula dans sa bouche et disparut dans son gosier.

« Peu importe, fit Mère. On ne peut rien faire.

— Mais nous devons réagir, dis-je à Père. Comment... Comment peuvent-ils faire ça ? Il faut y aller, les empêcher. »

Il restait immobile.

« Tu n'iras nulle part, dit Mère. Réfléchis un peu. Tu veux que ton père débarque à cheval en tirant des coups de feu en l'air ? Et qu'est-ce qui se passerait à ton avis ?

— Comment peux-tu t'en ficher ! hurlai-je au visage de Père, avant de sortir chercher un livre dans sa bibliothèque. Alors tu t'en fiches qu'ils prennent tous ces livres pour les brûler ? »

J'ouvris le livre, en déchirai une poignée de pages, que je jetai au sol.

« Arrête ça tout de suite ! » fit Mère.

Je retournai aux étagères et rapportai un autre livre.

« Attention à ce que tu fais, dit Mère.

— Tu me dis que tu t'en fiches. Parfait. Si tu t'en fiches, alors, moi aussi. »

Je déchirai une autre poignée de pages, que je déposai devant lui, sur son bureau cette fois.

« Ça suffit ! s'exclama Mère.

— Mais il faut qu'on les arrête ! criai-je. On ne peut pas laisser faire ça !

— Tais-toi, lâcha Mère. Tu vas réveiller Threnody.

— Que peut-on faire pour les arrêter ? dit enfin Père, faisant tressaillir Mère par ses paroles soudaines.

— Il faut y aller !

— Ce n'est *pas* une bonne idée, dit Mère. Vous pourriez prendre un mauvais coup.

— Personne ne va prendre de coups, dit Père, la langue rendue pâteuse par l'alcool brun. Mais comme tu le dis, sacré bon Dieu, il n'y a vraiment rien à faire. Nous ne sommes pas les gardiens du temple. Ils ne font rien d'illégal à strictement parler. Bon sang, s'ils voulaient brûler la bibliothèque d'Alexandrie, eh ben ils peuvent y aller. »

Rebondissant sur un détail technique que je croyais astucieux, je soulignai : « Les livres qu'ils vont brûler appartiennent au comté. C'est l'argent de nos impôts. La propriété publique ! »

Comme un enfant capricieux, je tirai Père par le bras pour le faire se lever.

Il résista en répétant : « Il n'y a rien à faire, mon fils.

— Bon, eh bien, moi, j'y vais, hurlai-je. Je vais m'en occuper moi-même ! »

Je sortis en trombe et courus jusqu'au balcon de la véranda. Haletant, je scrutai l'obscurité en direction des Barrowfields, de l'autre côté de la vallée, en quête d'une lueur. Il n'y avait rien, ils n'avaient pas encore commencé. Je sentis une sécheresse me gagner la bouche et la gorge. Pour la première fois, je considérai l'hypothèse d'y aller seul, d'y aller sans lui, et une accablante vague de tristesse m'envahit. J'étais mort de peur. Qu'allais-je dire ? Allais-je dire quoi que ce soit ? Je savais que je ne dirais pas un mot.

La porte s'ouvrit doucement derrière moi. C'était Père. J'essuyai mes lèvres du revers de ma manche et me tournai face à lui, essayant d'assembler mon courage et mon esprit de défi. Avant que j'aie pu ouvrir la bouche, il dit : « Allons-y. »

Le soulagement se répandit en moi, avec un sentiment de libération si intense que j'en tombai presque à genoux. Avant que j'aie pu le rejoindre, il me dit, « On ne devrait pas, mon fils.

— Et pourquoi ?

— Parce qu'il n'en sortira rien de bon.

— Je ne comprends pas. Il faut faire quelque chose. J'ai dit que tu allais…

— Je sais, je sais », fit-il.

Nous revêtîmes des vêtements chauds et sortîmes en direction du garage. Mère nous suivit, les épaules entourées d'une couverture, et une conversation silencieuse s'ensuivit entre mes parents. La tête de Père retomba en signe de résignation, puis celle de Mère. Elle s'approcha pour me parler.

« Tu n'as pas à faire ça », dit-elle, mais rien ne pouvait m'en dissuader. Je ne sais trop comment, ma passion s'était mêlée d'une foi irrationnelle en ce que, grâce à mon insistance douce mais ferme, Père allait renaître de ses cendres et se retrouver. Je me mis à plaider ma cause devant Mère, mais elle m'interrompit : « Pas besoin de me le dire. Crois-moi, je sais ce que tu éprouves. Tu es le fils de ton père, après tout.

— On doit y aller, dis-je. On va arriver trop tard.

— Je souhaite que tu n'y ailles pas.

— Il ne va rien m'arriver.

— Ce n'est pas pour toi que je m'inquiète. »

Nous nous garâmes dans la rue principale, à moins de trois cents mètres du bord des Barrowfields. Il y avait plus de voitures en ville que je ne me rappelais en avoir jamais vu et les gens se tenaient debout par petits groupes, gelés, et se soufflaient dans les mains en se balançant d'avant en arrière pour se réchauffer.

J'étais prêt à bondir de la voiture pour prendre d'assaut les Barrowfields, mais Père ne bronchait pas. Assis, le regard dans le vide, il laissait les rouages tourner dans sa tête. Cela dura au moins deux minutes complètes. Ses lèvres bougeaient, mais je n'entendais pas ce qu'il disait. J'imaginais qu'il se récitait l'intégralité du livre prohibé. Quelque part, dans son cerveau, il en connaissait tous les mots. Il en était capable. Je l'avais déjà vu faire. J'étais sûr qu'il se représentait ce qui allait arriver ; quelle stratégie adopter ; comment il allait convaincre les masses d'individus pelotonnés les uns contre les autres. Je me disais : *Le voici. Voici mon père. Il a ça en lui.*

Il ferma les yeux et me dit : « Tu ne viens pas avec moi. C'est compris ? Reste là, et ne descends pas de voiture. Reste, sinon on va le payer trop cher. »

Peut-être était-ce l'arrangement passé avec Mère. Le ton définitif avec lequel ce message me fut adressé ne laissait aucun doute quant à l'inutilité de discuter.

« C'est compris ? » me demanda-t-il de nouveau. Je lui répondis que oui. Il boutonna son manteau jusqu'au cou et sortit dans la nuit.

Je l'observai tandis qu'il s'éloignait de la lumière de la rue et pénétrait dans l'obscurité en direction des Barrowfields. Quand il fut assez loin, je me mis en route sur ses pas. Ne sachant pas trop par où aller, d'instinct je me dirigeai vers le faible son de voix et la lueur diffuse qui se trouvait presque au-delà de mon champ de vision. La mousse noire qui recouvrait le sol, si lisse et régulière vue de loin, était rêche en fait, rebelle et broussailleuse. Je trébuchai et m'aplatis violemment sur le sol gelé. Je savais qu'un chemin sinueux traversait les Barrowfields, mais je n'étais pas parvenu à le trouver.

Je finis par rejoindre un large cercle de gens, hommes et femmes, qui tournaient autour d'un noyau caché d'activité. Une luminescence inutile provenait des feux croisés de quelques rares lampes torches. Ne trouvant pas Père, je me frayai un chemin à travers la foule, jusqu'à voir ce que tous étaient venus voir : un bûcher de branches et bâtons érigé autour d'une de ces grosses bobines de bois sur lesquelles on enroulait le câble téléphonique. Au sommet du bûcher se trouvait une plate-forme de fortune et, dressé dessus, à hauteur d'homme, un unique exemplaire de *Tandis que j'agonise.*

L'assemblée réunie autour de ce maigre édifice de bois n'était pas franchement festive, et l'ambiance plus proche de ce que l'on verrait lors d'un enterrement à Old Buckram. Les personnes présentes étaient pleines de solennité et d'incertitude, et je lisais dans leurs yeux la crainte et le doute. Père m'avait parlé des lynchages à Old Buckram, la dernière pendaison ayant eu lieu devant le tribunal en 1907, « pas si vieux », comme l'avait dit Père. Je sentais que cette foule, animée d'une curiosité morbide, eût été dans un état d'esprit comparable si, au lieu d'un livre à brûler, c'était un homme qu'on allait pendre cette nuit-là.

Maynard et un autre homme surgirent de l'obscurité, les bras chargés de bois. Ils étaient suivis d'un homme mince à l'allure décidée, vêtu d'une salopette de pompiste. Il portait un grand jerrican de gas-oil, dont les flancs étaient crépis de poussière mêlée d'essence. Quelqu'un lança « Allumez voir ça ! » et Maynard se mit à asperger le bûcher de gas-oil comme s'il répandait de l'eau bénite sur une congrégation réticente. Je scrutais frénétiquement la masse de visages, mais sans trouver celui de Père.

Maynard ajusta sa soutane et s'adressa à la foule en criant : « On se calme, allons, silence. Vous m'entendez au fond ? Allons, silence ! »

Son serpent de langue s'agitait aux coins de sa bouche grande ouverte. C'était son heure de gloire.

« Bon, okay. Écoutez-moi. »

Là, dans l'intervalle du calme enfin obtenu, il laissa le silence s'épanouir une minute. Puis il dit : « Vous savez pourquoi on est là. »

Quelqu'un lança : « Et pourquoi on est là, Maynard ? » et cela en fit rire quelques-uns. L'homme qui avait apporté le gas-oil alluma un chiffon imbibé d'essence fixé au bout d'un manche en métal. Il enfonça le manche dans la terre et des flammèches d'étoffe en feu jaillirent et vinrent se poser en flottant autour du monticule moussu où le pied de Maynard écrasait rythmiquement, mécaniquement, une pédale imaginaire. Dans ce regain de lumière, je vis les pasteurs des diverses églises d'Old Buckram debout en ligne, le visage sombre. Si Maynard jouait le rôle du juge, ils étaient les jurés.

Maynard reprit : « Ce n'est pas une blague. C'est grave. Et je sais qu'il y a deux façons de voir les choses… » Là il marqua une pause, puis avec le crescendo emphatique bien connu des orateurs religieux, et peut-être inventé par eux : « Mais je sais dans quel camp je suis !

— Amen », fit quelqu'un à côté de moi. Un autre amen passionné s'éleva de l'autre côté du cercle. Puis une autre voix : « Dis-le-nous, mon frère. »

Deux dames près de moi se mirent à chuchoter leurs propres prières dépareillées, qui se croisaient et s'enroulaient l'une autour de l'autre tels deux serpents remontant le long du même arbre.

« Bon, ce livre, je l'ai pas lu, dit Maynard.

— Tu ne l'as pas lu ? » fit Père, incrédule. Ayant surgi de nulle part, il se tenait à côté de Maynard, dont l'expression de surprise était si intense que je crus que les yeux allaient lui tomber des orbites.

« Tu ne l'as pas lu ? » répéta Père, avec un peu plus d'effort, cette fois. Il sentait encore les effets de l'alcool et peinait à faire sortir les mots.

« Non, je ne l'ai pas lu, fit Maynard entre ses dents, et je n'en ai pas l'intention. » Puis, se tournant vers la foule : « Mais je sais ce qu'il y a dedans ! »

Si l'assemblée avait jusque-là des sentiments mitigés, à présent elle avait choisi son camp. Une clameur enthousiaste accueillit les mots de Maynard, et on entendit une voix de femme dire : « Ça sert à rien de lire ces âneries ! »

Père s'éclaircit la gorge et dit « S'il vous plaît, s'il vous plaît », et il se tourna pour s'adresser à la foule. Ses premiers mots mirent longtemps à lui venir. Au bout d'un siècle, il déclara enfin : « Écoutez, mes amis. Ce serait vraiment absurde de faire ce que propose M. Houck. » Ses paroles étaient hésitantes et je discernais un infime tremblement dans sa voix. « Ce livre, poursuivit-il, que vous vous êtes réunis pour voir brûler, ce n'est pas un mauvais livre. Vraiment pas. Il a été écrit par un homme que vous connaissez tous, et ce n'est pas un hasard. C'est un grand écrivain. C'est l'un des plus grands écrivains américains, et nous devrions tous en être fiers, comme nous sommes fiers de Mark Twain, John Steinbeck et Emily Dickinson. »

On voyait ses yeux scruter les visages dans la foule, tandis qu'il essayait de penser à des noms dont ils avaient pu entendre parler mais n'en trouvait que très peu. Sentant qu'il ne remportait guère de succès, il enfouit les mains dans ses poches et reprit : « En 1949, l'homme qui a écrit ce livre s'est vu décerner le prix Nobel de littérature, et c'est un honneur insigne, je peux vous l'assurer. »

Personne ne sembla impressionné. Quelqu'un braqua une torche sur le visage de Père et l'y maintint, le forçant à détourner le regard en clignant des yeux.

« Écoutez, je ne vous demande pas de me croire sur parole, et, d'ailleurs, vous ne devriez croire personne sur parole. C'est bien là toute l'affaire. Vous ne devriez laisser personne vous dire ce que vous pouvez et ne pouvez pas lire.

— Mais c'est exactement ce que tu es en train de faire ! lança un homme dans la foule.

— Pas du tout, dit Père. Je ne vous dis pas que vous *devez* lire ce livre, que je vais vous *forcer* à le lire. Ce que je vous dis, c'est que c'est à *vous* de décider si vous allez le lire. Et pas Maynard Houck. Ni Ephegene Ester. Maynard dit qu'il ne l'a pas lu et je me demande combien d'entre vous, qui vous êtes réunis pour le brûler, l'ont lu. »

Je me réjouis qu'il ne leur demande pas de lever la main.

« Je vous dirai que je l'ai lu, fit-il, et je dois reconnaître que ce n'est pas mon livre préféré. Mais avant de brûler les livres, ouvrez-les au moins, et jugez par vous-mêmes. »

L'assemblée commençait à s'agiter et un murmure la parcourait, comme si Père était en train de délirer. On sentait de plus en plus l'alcool dans ses paroles et, à leurs yeux, je crois qu'il avait le pouvoir de persuasion de l'ivrogne de service. Une motte de terre jaillit de la foule et le frappa en pleine poitrine, lui maculant le visage de terre. Une autre fendit l'air telle une chauve-souris mais manqua son but. Quelqu'un lança « Henry, rentre chez toi », mais sans haine, avec sympathie.

S'étant nettoyé les yeux, Père se tourna vers le bûcher pour la première fois et vit le livre posé là, qui attendait patiemment qu'on le brûle. Père se mit à sourire. Une autre motte lui percuta violemment le dos et se désintégra. Une terrible colère me gagnait, et en cet instant même je me préparais à trouver les responsables de ces attaques pour les tuer. Mes mains tremblaient et je n'aurais pas pu cracher, ma vie en eût-elle dépendu.

« Attendez, dit Père, attendez une seconde, vous tous. Maynard, j'ai une question.

— Qu'est-ce que c'est, Henry ?

— Tu n'as qu'un exemplaire ? »

Père s'efforçait à grand-peine de dissimuler son amusement. Il ne riait pas, mais je voyais à son expression que, pour une raison qui m'échappait, il trouvait la situation d'un comique inégalé.

« Dans tout le comté, il n'y a qu'un exemplaire de ce livre ? »

Personne d'autre ne trouvait ça drôle, et les gens, mal à l'aise, passaient d'un pied sur l'autre.

« Allez, tire-toi, Henry », lâcha Maynard, ayant perdu toute patience. Il n'appréciait pas d'être ridiculisé. « Tu ne nous arrêteras pas.

— Oh que si, Maynard », dit Père, et sans crier gare, de ses jambes d'une longueur prodigieuse, il grimpa en titubant jusqu'au sommet du bûcher qu'on n'avait pas encore allumé. S'étant emparé du livre, il se stabilisa sur la plate-forme de fortune tel un marin ivre accroché à un mât, guettant l'étoile du nord. Quelques cris s'élevèrent, et on entendit : « Mais qu'est-ce qu'il fabrique ? »

« Descends de là, Henry, fit Maynard, les dents serrées. Un décret a été passé. Ce livre est illégal ici.

— Il n'y a pas de décret et il n'est pas illégal, dit Père.

— C'est ce qu'on va voir. »

Avec une agitation croissante, Maynard arpentait l'espace devant le bûcher, écumant aux commissures. « Et quand j'aurai brûlé celui-là, j'vais aller chez toi chercher les tiens. »

Mon père entra dans une fureur que je ne lui avais jamais connue auparavant. Son manteau noir ondulait au vent tel un nuage de tempête, il se redressa et cria : « Si tu veux voir brûler quelque chose, Maynard, viens donc chez moi et essaie seulement de prendre mes livres ! »

Maynard arracha la torche et la lança dans le bûcher : une explosion de feu illumina les cieux. Je poussai un cri et chargeai à travers la foule, mais je fus jeté au sol et piétiné, dans le mouvement de panique qui s'ensuivit. L'espace d'un instant, je ne vis plus que Père au centre de la fournaise empyréenne, le livre toujours serré dans ses mains, se protégeant le visage contre les flammes. J'avais la sensation de suffoquer.

Puis ce fut tout. Père sauta du bûcher et atterrit à quelques mètres de là, quasiment indemne, le livre interdit toujours à la main. Un camion de pompiers avait été placé en ville, prêt à intervenir, et dès que son gyrophare fut actionné en réaction au brasier, les témoins de l'opération, ne voulant pas être impliqués, disparurent dans l'obscurité. J'ignore ce qu'il advint de Maynard, mais il n'y avait plus aucune trace de lui, ni des autres pasteurs.

Quand je rejoignis Père, il était à quatre pattes et essayait de reprendre son souffle. Je tombai à côté de lui, pris d'une crise d'hystérie incontrôlable, et je m'efforçai de le traîner pour l'éloigner du feu, qui, déjà, retombait en émettant force fumée, à cause du bois vert et humide qui avait été négligemment utilisé comme combustible. Je le hissai contre une souche et le maintins par un bras, passé sur mon dos courbé, jusqu'à ce que sa toux s'arrête. Je pleurais et nous étions seuls, emplis de tristesse, sur les Barrowfields.

14

COMME ON POUVAIT S'Y ATTENDRE, cette mésaventure n'aida guère à guérir mon père de sa mélancolie. Il en éprouva une humiliation intense, et le sens accru de son isolement. Nos dîners dans les semaines qui suivirent furent expédiés en silence. Ensuite je faisais la lecture à Threnody et lui murmurais des chansons, jusqu'à ce que le sommeil l'emporte sur son char. Puis je m'aventurais en bas, pour m'asseoir au piano, où je jouais à la lumière vacillante de la bougie, cerné par l'obscurité croissante, tandis que Père noyait sa déprime dans l'alcool. Un soir après l'autre, nous nous retrouvions là, dans l'attente que le sortilège se rompe ; que le linceul de détresse se soulève à l'arrivée d'un beau matin éclatant.

Mais il n'y eut pas de beau matin éclatant. En lieu et place, la nature, si souvent cruelle ou du moins d'une indifférence tragique, donna à mes parents un nouvel enfant. Mère était enceinte à l'enterrement de Maddy mais n'avait rien dit à personne, pas même à Père. La nouvelle reçut un accueil mitigé.

Après la naissance de Threnody, ils n'avaient pas voulu d'autre enfant, aussi cette grossesse fut-elle une surprise. En effet, le bébé leur causa un choc à tous deux. Père feignit très brièvement d'être comblé de bonheur. Mais leur nouvelle fille naquit prématurément, le teint livide, aussi pâle qu'un ciel au petit matin. Au bout d'un certain temps passé à l'hôpital, on lui diagnostiqua une forme de cancer auquel même les enfants les plus forts ne résistaient que rarement. J'entendis mes parents, les yeux caves, employer entre leurs dents l'expression : « Autant que ça ne tarde pas. »

Et pourtant, contre toute attente, défiant toutes les sinistres statistiques, elle vécut assez pour voir son premier anniversaire, puis le second, cette frêle petite fille émaciée, mais adorable, avec une queue-de-cheval attachée par des rubans jaune jonquille qu'elle adorait. Nous commençâmes peu à peu à nous autoriser un fuyant espoir : peut-être que, malgré ce qu'on nous avait dit, elle allait grandir et s'en sortir un jour. Nous répétions : « C'est une dure à cuire. Elle va tous nous surprendre. Attendez seulement : elle nous enterrera tous. »

Quand elle fut rentrée de l'hôpital, Père restait dans sa chambre avec elle de jour comme de nuit et la berçait en lui racontant des histoires d'animaux idiotes qui la faisaient rire : une girafe sprinteuse avec des jambes de longueurs inégales et qui, au début de chaque course, partait dans des directions différentes en même temps ; un faucheux qui voyageait à cheval sur la tête de son compagnon, un golden retriever qui parlait, tous deux se trouvant engagés ensemble dans d'invraisemblables aventures. Il n'est en cette vie rien de plus extraordinaire ni de plus précieux qu'un enfant qui rit.

Les matins de beau temps, Mère la descendait à l'écurie, puis l'emmenait dans le pré, à travers les boutons-d'or et les pissenlits, pour lui faire voir les chevaux et tapoter leur nez froid en passant la main par la palissade. Après quelques tours de pâturage, installée en position précaire devant Mère sur la selle (et en ne dépassant jamais l'allure du pas), elle développa envers ces animaux un amour aussi intense que celui de Mère. Nous lui achetions tous les chevaux en jouets que nous trouvions dans le comté et les deux avoisinants, et, en un rien de temps, elle en accumula au moins une centaine, de toutes tailles et formes. Certains, tout petits, lui tenaient dans la paume de la main ou la poche de sa robe. D'autres, plus grands, avaient des crinières et des queues qu'elle brossait à leur faire tomber les poils. Son amour pour eux était, je pense, ce qui lui donnait la force de s'accrocher à la vie. Une chose tangible dans le royaume du vivant qui procurait du sens à une existence autrement inexplicable. C'était la partie d'elle-même qui luttait pour continuer à vivre. L'expression de son courage.

Sur le plancher de sa chambre, elle avait installé son écurie miniature, avec une petite clôture méticuleusement déployée autour de tous ses chevaux. Avec Mère, elle avait peint en vert un ensemble de triangles de bois figurant les arbres du pâturage, et elle avait absolument tenu à avoir du vrai foin venu de l'écurie pour nourrir ses chevaux, que Mère coupait au couteau et liait en bottes miniatures avec un élastique. Elle hennissait, faisait se cabrer ses chevaux puis les lançait au galop sur l'aire clôturée, avec force claquements de langue. Threnody, qui à l'époque avait six ans et était en CP, l'avait aidée à donner aux chevaux des noms qu'elle avait écrits dans un cahier qui se couvrit d'autocollants, complétés de dessins équins rudimentaires en brun et noir.

Un soir, je lui lisais un livre d'images, en la tenant sur mes genoux. Elle était légère comme une plume. Au fil de la lecture, je remarquai qu'elle approchait son visage du livre, presque comme si elle essayait de regarder par un trou de serrure inexistant au milieu de la page. Inquiet, je montrai une image du doigt et lui demandai : « Qu'est-ce que tu vois ? » Elle se colla le front contre la page, regarda d'un œil, puis de l'autre : « Un papillon ? » Il n'y avait point de papillon. Elle était quasi aveugle, ou l'était devenue.

Ce soir-là, je fus soulagé d'apprendre que Père et Mère s'étaient rendu compte de ses problèmes de vue bien avant moi. Pour son troisième anniversaire, en avril, cette année-là, elle reçut une paire de lunettes qui, dans la pratique, ne lui furent pas d'un grand secours. Elles étaient lourdes, malcommodes, avec leurs petites boucles au bout des branches à entourer derrière chaque oreille, censément pour les empêcher de tomber quand elle marchait ou baissait la tête. Parce qu'elles glissaient si souvent vers l'avant, les verres démesurés étaient toujours maculés de traces de ses doigts. Elle avait horreur de les porter, ce qui était bien compréhensible, mais, sans elles, elle ne pouvait que feindre d'y voir.

Et ne pas y voir correctement rendait tout compliqué. Elle trébuchait souvent, avait toujours les bras et les jambes couverts d'hématomes violacés. Au cours de l'été de sa troisième année, malgré tout, elle sembla devenir plus forte et s'enhardir. Quand l'automne arriva, elle se déplaçait seule avec aisance, et avait découvert le grand bonheur de grimper sans aide les nombreux escaliers de la maison et de les descendre.

Un matin pluvieux, elle se réveilla avant nous. Ayant chaussé ses lunettes et constaté que tout le monde dormait encore, elle franchit la porte et descendit la colline jusqu'à l'écurie. Personne ne la vit sortir. Personne n'entendit la porte se refermer derrière elle. J'imagine qu'elle cherchait l'un de nous, mais je préfère penser qu'elle se sentait enfin assez vaillante pour rendre visite aux chevaux toute seule. Mère fut la première à remarquer sa disparition. Je sortis sur la terrasse et scrutai l'étendue en contrebas, à travers le brouillard en mouvement, et je l'aperçus au bord du pâturage. Elle se tenait en équilibre sur la deuxième planche de la palissade, une astuce qu'elle tenait de Threnody. Les chevaux, rassemblés autour d'elle, lui donnaient mollement de petits coups de langue sur les doigts, dans l'espoir d'une gâterie. Rassuré, je gravis les marches de pierre en direction de la maison et criai à Mère que je l'avais trouvée. Quand, quelques instants plus tard, je me retournai vers l'endroit où elle se tenait, elle n'y était plus. Ses lunettes étaient tombées, et, n'y voyant plus rien, elle avait rampé sous la palissade à quatre pattes pour les récupérer. Pour elle, c'est là que le temps s'était arrêté. La seule consolation creuse dans l'horreur de cette mort fut la soudaineté du geste fatal, le faux pas d'un cheval, la rupture de sa colonne vertébrale, mince comme du papier, qui ne causa pas de douleur prolongée.

Deux jours avant les obsèques, Père et moi fîmes un tour en voiture, et sans dévoiler ses raisons il voulut se rendre à Avernus pour voir combien il restait d'emplacements à côté de la tombe de Maddy. Tout du long, il semblait plongé dans la réflexion, comme s'il tentait de résoudre une énigme qu'aucun autre ne pouvait discerner. En arrivant, nous vîmes un pick-up Chevrolet bleu tout rouillé garé sur la colline jouxtant le cimetière. Un homme squelettique avec une mâchoire à la Habsbourg et une chevelure rousse moussue creusait sous la pluie, comme s'il y avait été condamné. Nous nous garâmes au pied de la colline, comme nous l'avions fait pour Maddy, et gravîmes la route de terre jusqu'au cimetière sans dire un mot, sauf quand Père me dit : « Il doit se préparer pour un autre enterrement. » Nous pénétrâmes jusqu'au cœur du cimetière, au centre des tombes, anciennes et récentes, et Père me demanda si je savais où on avait enterré Maddy parce qu'il ne pouvait se le rappeler. Il n'était pas revenu depuis sa mort. Je crois que c'était au-dessus de ses forces. Je suscitai un vague souvenir de l'emplacement et pris cette direction, une intuition plus qu'une localisation précise, vers l'homme qui faisait voler la terre, et Père me suivit. La nuit tombait et il nous fallait nous pencher et froncer les sourcils pour déchiffrer les inscriptions sur les pierres tombales, en plus grand nombre que nous ne le pensions. Nous ne parvînmes pas à trouver la tombe de Maddy, et, finalement, Père demanda à l'homme qui creusait s'il savait où elle se trouvait ; d'une bouche édentée, il répondit : « Ouais, j'viens d'la voir. Elle est juste là. » Il abattit sa main boueuse sur la pierre pour la désigner. Mère avait déjà appelé les pompes funèbres et j'imagine qu'ils avaient aussitôt envoyé quelqu'un pour commencer à creuser la tombe tant que le temps le permettait, mais Père l'ignorait, et nous restâmes là, le regard fixe, quand nous eûmes compris ce que nous regardions.

15

UN JOUR CALME DE NOVEMBRE après les obsèques, Père partit et ne revint pas.

L'année de son départ, l'été à Old Buckram avait été d'une sécheresse biblique. Les sources montagneuses s'étaient taries et les dalles noires qui couvraient le lit d'Abbadon Creek s'étaient changées en os, mais l'automne avait apporté une pluie abondante et régulière qui, jour après jour, refusait de cesser. De nouveau, Abbadon Creek sortait de son lit, débordant d'une eau froide et trouble, et une lourde nappe de brouillard pesait sur chaque coin des sombres collines. Le sommet des montagnes était caché par des nuages qui ne bougeaient plus.

Le jour en question : le 16 novembre 1985. Un samedi. Trempé de pluie, sombre, la nuit tombant tôt. Mère était allée à Asheville rendre visite à une amie souffrante, nous laissant, Père et moi, veiller sur Threnody. J'avais passé la matinée avec elle tout au bout de la bibliothèque, à nous raconter des histoires et à lire un livre de Tolkien que nous avions commencé la veille au soir. Comme elle commençait à être fatiguée, elle était allée faire la sieste dans sa chambre, et j'avais quitté la maison et conduit jusqu'à la nationale Blue Ridge pour tuer ou accueillir une anxiété croissante qui s'était mise à m'attaquer le bord du cerveau tel un poinçon.

Pour mes seize ans, on m'avait donné une vieille Scout 800A en guise d'automobile. La Scout, que, par référence littéraire croisée, mon père appelait l'Arthur Radley, était un peu comme un chien qu'on adore mais qui attaque tout le monde sauf vous. C'était la voiture la plus géniale qui fût, même si, au bruit et à l'odeur, on eût dit un biplan mal entretenu qui ne tournait pas avec le bon carburant. Je conduisais avec le chauffage allumé, toutes fenêtres ouvertes, au son de l'album de Led Zeppelin *Presence*, poussé à un volume jugé dangereux par la plupart des gens qui vivent dans la crainte de Dieu.

En règle générale, après que les feuilles ont changé de couleur en octobre et commencent à tomber des arbres, les touristes ne voient plus de beauté sur la route de Blue Ridge, qui est désertée à un degré surprenant. On peut conduire jusqu'à un point de vue et l'avoir pour soi tout seul. Ce jour-là devait être de ces jours. Le monde m'appartenait, du moins, cette partie isolée du monde.

La chaussée était mouillée et des nuages bas de la couleur de la fumée de charbon pesaient dans le ciel. L'absence d'autres véhicules sur la route était à la fois une source de réconfort et d'une détresse cuisante. Je m'arrêtai au point de vue sur Elk Mountain, mais, ne voyant pas à trois mètres dans le brouillard, j'en essayai un autre, sans plus de succès. Dans ma totale solitude, je m'assis sur le bord du hayon et lus un moment, buvant de petites gorgées furtives de la flasque de Père, que j'avais volée dans le tiroir de son bureau le matin même. Après deux heures de ce régime, épuisé de solitude, je rentrai en faisant vrombir le moteur, dans l'ombre du vieux Ben Hennom.

En passant l'arête en face de la maison, je vis qu'elle était plongée dans l'obscurité. Apparemment, il n'y avait personne. Quand je reportai les yeux sur la route, Threnody déboucha dans les phares, et je dus donner un brusque coup de frein et braquer vers le fossé pour ne pas l'écraser. Elle était pâle, les yeux cernés de noir, comme si elle était morte ce jour-là. Elle marchait sur la route sous la pluie battante. Je descendis de voiture et elle me tomba dans les bras en sanglots.

« Tu l'as vu ? cria-t-elle, son corps tout entier tremblant de froid. Tu l'as vu ?

— J'ai vu qui ?

— Père ! Tu l'as vu ? » Elle était en pleine crise d'hystérie.

« Non, je ne l'ai pas vu. J'étais censé le voir ? Où est-il ? »

Sa chemise était trempée et couverte de boue. Elle avait les paumes et les coudes souillés de terre et de sang.

« Je suis tombée en descendant de la colline », dit-elle entre les sanglots. Son jean était déchiré et le sang qui coulait à ses genoux avait traversé l'étoffe.

« J'étais en train de le chercher et je suis tombée. Il a dit qu'il allait faire un tour, mais il n'est pas rentré. Il y a des heures.

— On va le trouver, lui dis-je. Je te promets qu'on va le trouver. »

Je la pris dans mes bras, fis le tour de la voiture, l'installai sur la banquette et remontai la colline en trombe, entre les arbres malingres qui bordaient la route.

« Mère est rentrée ? Threnody, qu'est-ce qui s'est passé avec Père ? »

Elle s'enfouit le visage dans les mains et se mit à pleurer de plus belle.

Je lui dis d'attendre dans la voiture et me précipitai dans la maison. La porte d'entrée était restée ouverte, mais, à l'intérieur, il n'y avait que du vide. Je traversai la maison à toutes jambes, remontai l'escalier qui menait au bureau de Père en criant son nom au point de suffoquer de terreur. Quand je posai les yeux sur son bureau, il était différent. Je m'arrêtai net, les yeux rivés sur le plateau, essayant de comprendre ce qui avait changé. Je ne pouvais penser à rien d'autre qu'à l'intuition infaillible qu'il n'occupait plus les lieux et n'avait nulle intention de revenir. Une feuille de papier solitaire gisait au sol : la page de titre de son livre. Elle arborait des mots écrits à la main en latin, et dont j'ignorais le sens, le salaud. Une part de moi-même savait qu'il était parti et ne reviendrait jamais.

Deuxième partie

16

UN AN ET NEUF MOIS PLUS TARD, Mère, debout à la fenêtre de la cuisine, me regardait marcher jusqu'à la voiture. Celle-ci était chargée pour mon départ à l'université. Je gardai le dos tourné pour qu'elle ne me voie pas pleurer. À l'étage, Threnody, allongée sur son lit, la tête enfouie dans l'oreiller, refusait d'allumer la lumière ou d'ouvrir les rideaux. Elle ne voulut pas me dire au revoir. Je lui dis que je reviendrais souvent la voir et elle répondit « Non, c'est faux. Tu ne reviendras jamais.

— Tu me verras tout le temps, dis-je. Et quand je ne pourrai pas te voir, je t'écrirai, et je t'appellerai tous les jours sans faute. Je rentrerai sûrement à la maison au moins une fois par mois. Et quand je ne pourrai pas rentrer, si j'ai un examen ou quelque chose, je te ferai venir en avion pour me voir et tu pourras te promener sur le campus et venir avec moi à tous mes cours si tu veux. »

Je savais que chaque mot désignait une improbabilité, mais j'espérais le contraire. « Ça ne va rien changer du tout », ajoutai-je.

Sans se retourner, elle dit dans son oreiller : « Qui est-ce qui va me lire des histoires ? Qui est-ce qui va me chanter des chansons pour m'endormir ? Et qui est-ce qui va jouer du piano pour que je chante ? Mère ne sait pas. »

Le dernier livre que nous avions lu, *La Sorcière de l'étang de Blackbird*, était posé sur sa table de nuit. Nous avions essayé de le finir avant mon départ, mais il restait plusieurs chapitres.

« Je vais continuer à faire tout ça. Seulement ce sera par téléphone pendant un moment.

— C'est vraiment une bonne idée. On aurait une facture de téléphone de dix mille dollars par mois. Tu ne pourrais jamais payer.

— Non, c'est vrai, sûrement pas », dis-je.

Je lui frottai le dos mais elle eut un vif soubresaut, comme un cheval qui essaie de se débarrasser des mouches, aussi cessai-je. Elle se mit à pleurer, et moi aussi.

« Je vais avoir peur ici sans toi », dit-elle.

Et comment aurait-il pu en être autrement ? La maison et tout son espace vide nous terrifiaient tous les deux, mais pendant si longtemps nous avions été là l'un pour l'autre, et c'était notre protection contre les sinistres malédictions susurrées dans le noir à notre encontre par la maison-vautour. Souvent Threnody, sur du papier quadrillé, dessinait au crayon des maisons qu'elle avait conçues pour que nous y vivions ensemble un jour, et elle en avait toute une collection. Nous disions toujours que bientôt nous pourrions quitter Old Buckram et prendre une petite maison à nous sur la plage, avec juste deux ou trois pièces, et nous dormirions dans des sacs de couchage à même le sol, ou dans des hamacs suspendus sur la véranda, et elle irait à l'école non loin, où nous pourrions nous rendre à pied. Je lui dis que c'était pour ça que je m'en allais : pour trouver un travail et gagner de l'argent, afin qu'un jour nous puissions nous installer dans notre petite maison ensemble. Je lui dis également qu'elle pouvait commencer à réfléchir à quel genre de maison nous allions acheter, où elle serait et comment on l'aménagerait. Elle dessinait tant de petites maisons. Elle dressait tant de listes.

Le mensonge de cette illusion partagée était le temps, bien sûr. Ce rêve que nous avions construit au fil des ans, avec des poutres et des briques d'une légitimité croissante, n'intégrait nul passage du temps entre mon départ et mon retour à la fin de mes études. Nous étions censés reprendre exactement là où nous nous étions interrompus, déménager dans la petite maison sur la plage, et elle aurait toujours neuf ans, ce qui ne serait pas le cas. La réalité, que je reconnaissais sans la dire, était que, lorsque j'aurais obtenu mon diplôme et gagné assez d'argent pour acheter une maison, quelle qu'elle soit, Threnody aurait grandi, et l'enfance qu'elle devait passer dans notre maison sur la plage aurait pris fin. Je le savais, mais je partais quand même.

Je lui dis que je l'aimais, la serrai fort dans mes bras, et tout du long je la voyais se replier en elle-même, loin du monde. Je retins mes larmes, mais elles revinrent et je ne pus les contenir. Elle ne disait plus rien, et je devais y aller. Je n'avais déjà que trop reporté ce moment. Je descendis les marches, les entrailles déchirées.

« Ça passera plus vite que tu ne penses. » C'était là le conseil d'un ami de la famille. « Profites-en au maximum. Ce sera fini avant que tu t'en sois rendu compte, et tu seras de retour à la maison. »

Pas question que je revienne ici, songeai-je, sans le dire. *Cette maison lugubre, pleine de tristesse, ce n'est pas pour moi.*

Ce matin-là, avant ma conversation avortée avec Threnody, je m'étais levé tôt parce que je n'arrivais pas à dormir. Il faisait encore nuit quand je sortis du lit. Je finis de préparer mes bagages, ajoutai deux ou trois choses, puis, comme personne n'était debout, je sortis et, dans la fraîcheur du matin, descendis jusqu'au bord de la terrasse, pour être seul et essayer de comprendre ce que j'étais en train de faire. Bien qu'il n'ait pas plu, l'herbe haute était humide et courbée, et les feuilles chargées de rosée. Je me hissai sur le mur de roche et contemplai la vallée, pour songer à tout ce que je laissais, et peut-être accepter tout ce qui s'y était passé.

Tandis que j'attendais, assis, le lever du soleil pour me prouver qu'un autre jour allait bien arriver, j'éprouvai le sentiment solitaire que le temps ne passait pas, comme on l'éprouve parfois dans les montagnes d'Old Buckram. Cela annonçait la paix intérieure que j'espérais trouver un jour, mais, au bout d'un moment, le vide, celui des collines boisées, de la route sinueuse, rarement empruntée, qui les parcourait, et celui de l'étendue stérile des Barrowfields qui, au loin, sortaient de la ville en rampant vers l'ouest, se fit audible et dévorant, me laissant accablé de chagrin.

Mère qui remontait la colline depuis l'écurie m'aperçut assis sur le mur. Une mangeoire à oiseaux, qu'elle avait fixée au rebord de la terrasse le plus proche de nous, n'avait pas été remplie depuis des semaines. Quand elle passa devant, elle posa la main sur le poteau de bois avec une furtive expression de souvenir et de regret, comme pour dire : *Je sais. Je ne vous ai pas oubliés.*

Elle grimpa sur le mur à côté de moi, perçut que sa présence me dérangeait et me passa un bras autour des épaules. « Ça ne va pas ?

— Tout va bien », répondis-je, pour mettre un terme à la conversation.

Respectant mon silence, elle baissa la voix et dit en chuchotant : « J'ai vu un pic mineur ce matin. Il n'y a rien de plus adorable. Tu en as déjà vu ? »

Puis, remarquant qu'un lilas qu'elle avait planté près du mur de la terrasse était mort, elle fit : « Oh, zut ! Je crois qu'il n'avait pas assez de soleil. Je m'étais dit que, s'il arrivait à grandir assez, il serait parfaitement heureux. Flûte alors. »

Elle sauta du mur pour aller inspecter le lilas, en quête de signes de vie.

« Il pourrait y avoir du vert dedans, dit-elle. On ne peut jamais savoir. Je vais lui donner encore un peu de temps.

— On ne peut jamais savoir », répétai-je.

Elle revint s'appuyer contre le mur. Elle avait du foin dans les cheveux.

« Ce devrait être une bonne journée pour prendre la route.

— Je l'espère.

— Je ne veux pas que tu te fasses de souci pour nous, dit-elle. Je sais que, parmi les nombreuses choses auxquelles tu penses, tu penses à nous et à ce qu'on va faire quand tu seras parti. Tout va bien aller. On s'est habituées à n'être que toutes les deux. Threnody s'est fait des amis à l'école, et ça lui fera du bien. Je la sortirai de la maison plus souvent. Et j'ai décidé que j'allais lire tous ces livres que j'ai toujours voulu lire. On a toute une bibliothèque en haut... » Sa voix céda. Elle avala sa salive et reprit : « Et ne te mets pas trop de pression. Je te connais.

— Je ferai attention. Promis, mentis-je.

— Et promets-moi aussi que tu vas continuer à jouer du piano. Tu as travaillé trop dur pour abandonner.

— Je vais à l'université, pas à l'armée.

— Sais-tu quand tu vas rentrer ?

— Pas encore. Bientôt. Je ne sais pas combien de temps il va me falloir pour y aller en voiture. Peut-être que je devrai prendre l'avion pour rentrer.

— Tu es nerveux ?

— À propos de quoi ? Non. Pas le moins du monde. Je suis impatient. »

Mère considéra l'expression sur mon visage et, en femme avisée, conclut que j'étais terrorisé par l'incertitude.

« J'ai un petit quelque chose pour toi. Ne bouge pas. Tu veux du café ? »

Je lui dis que j'avais très envie de café et elle remonta à la maison, où elle resta plusieurs minutes. Elle ressortit avec un livre et une enveloppe mais pas de café, grimpa de nouveau sur le mur et me tendit une enveloppe qu'elle me dit d'ouvrir. Elle contenait quatre cents dollars, les dix derniers en billets d'un dollar.

« J'espère qu'il y aura de quoi payer ton essence, et tes livres pour le premier semestre ; peut-être même qu'il restera un petit quelque chose pour une ou deux bricoles, de quoi te faire plaisir.

— Merci, maman.

— Tu prends ton manteau chaud ?

— Bien sûr.

— Il va faire froid là-bas.

— Plus froid qu'ici ? Ça m'étonnerait.

— Tu as dit au revoir à ta sœur ?

— Je vais le faire.

— Tout va bien aller pour elle », fit Mère. Son tour de me mentir.

Nous restâmes assis un moment en silence, à évaluer nos situations respectives. Je ne tenais plus en place et il me fallait prendre la route, quelles que soient les incertitudes qui m'habitaient.

Mère me dit : « Regarde-moi une minute. »

Je la regardai, vis un visage plein d'une détermination farouche. Comme si elle avait soigneusement répété ce discours plusieurs fois, elle me dit : « Je sais que si ton père était là, il prendrait un livre sur les étagères et te lirait quelque chose de profond pour l'occasion ; ou alors il citerait un extrait de T. S. Eliot de mémoire, et ce serait parfait.

— Mais il n'est pas là.

— Je le sais. Malgré tout, depuis deux mois j'essaie de trouver quelque chose qui convienne, pour te le dire avant ton départ, parce que c'est ce qu'il aurait fait, et tout ce que j'ai lu me fait penser à lui.

— Je suis désolé. »

Elle souleva un livre de récit de voyage, avec une couverture écornée, des lettres noires sur fond d'un ciel d'Afrique. C'était *Vers l'Ouest avec la nuit*, de Beryl Markham.

« Tu ne l'as pas lu, si ? »

Je lui répondis que non.

« C'est mon livre préféré, de tout temps. Je le lisais quand ton père et moi avons emménagé ici en arrivant de Baltimore. À l'époque, il m'avait donné le courage de venir ici et l'espoir de croire que ce serait une aventure extraordinaire. Et après tout ça, il continue de me donner espoir. Je veux que toi aussi, tu aies de l'espoir, même si je vois bien pourquoi tu pourrais ne pas en avoir.

— J'ai de l'espoir.

— Ce n'est pas grave si tu n'en as pas. »

Elle ouvrit le livre à une page marquée par un unique brin d'herbe. À l'intérieur, elle avait souligné un paragraphe, sans doute des années plus tôt.

« Oui, fit-elle, en le relisant avant de me tendre le livre. C'est ce que je voulais te montrer. »

Les pages usées étaient fines sous mes doigts, et fragiles comme des fleurs que l'on a fait sécher. En marge du passage souligné se lisaient les mots « Rappelle-toi », de la main de Mère. Le passage expliquait comment quitter un lieu où vous avez vécu toute votre vie, où votre âme demeure, et tous vos démons et fantômes persistent et resteront toutes les années que durera votre vie, aussi loin que vous partiez, aussi longtemps. Partez rapidement, tel était le conseil de Markham. Lisant par-dessus mon épaule, Mère tendit le doigt vers ces lignes : *Les années passées semblent un îlot de sécurité… tandis que l'avenir vit dans un nuage, terrifiant de loin. Le nuage se dissipe au fur et à mesure qu'on s'y engage.*

Utilisant mes mains pour refermer le livre, Mère dit : « Vas-y… c'est ce que tu dois faire. Tout ira très bien pour nous jusqu'à ton retour. »

Ma vie, notre vie de parent et d'enfant, n'avait pas été ce qu'elle avait peut-être souhaité. Et à présent j'allais quitter ces lieux, ces montagnes solitaires où elle était venue avec un homme qui l'y avait abandonnée, et où elle resterait. Et pourtant elle devait entamer seule un nouveau voyage. Ce ne serait pas un voyage spatial, mais il impliquerait néanmoins un départ et un recommencement. Désormais, sur la colline, il n'y aurait plus qu'elles deux. La vie avait été réorganisée. Le calme de la maison serait un calme d'un autre ordre, et le noir de la nuit plus noir, à présent que la solitude de la maison s'était accrue de trois départs.

17

UNE PILE DE CARTES POSÉE sur le siège à côté de moi, je pris la route du Connecticut, pour l'université de Wesleyan, où j'avais eu la chance de recevoir une bourse dans le département de musique. Entreprenant à contrecœur mon voyage vers le nord, je n'abritais pas le moindre espoir d'arriver à bon port. Je ne savais pas du tout à quoi m'attendre, ni même si la rosse poussive qui me tenait lieu d'automobile parviendrait à sortir de l'État. Malgré son intense et perpétuelle curiosité pour toutes les mécaniques de précision, Père n'avait guère montré de compétence pour l'entretien des véhicules, et il y avait fort peu de chances que le moteur de ma voiture, qui toussait et hoquetait sous le capot telle une machine agricole rouillée, ait bénéficié d'un contrôle efficace au cours des dernières années. N'empêche, il me fallait absolument m'éloigner. Je me rappelai les mots de Mère, m'y accrochai avec une foi déplacée et aux fondements douteux, et me dis que le nuage se dissiperait au fur et à mesure que je m'y engagerais, ce qui ne m'apporta guère de réconfort. Le monde entier qui s'étendait tel un arc à l'horizon semblait vaste et vide.

La simple sortie des montagnes de Caroline du Nord et du sud de la Virginie me parut interminable, sur d'étroits rubans de nationales recouvrant ce qui jadis avait été des pistes pour les chevaux et les chariots. La gravité me ramenait dans le gouffre qu'était Old Buckram. Mon Arthur Radley, que les ingénieurs imprévoyants d'International Harvester n'avaient pas équipée pour les incessants changements d'altitude, commençait à chauffer un peu, aussi fis-je halte quelque part au sud de Roanoke, pour prendre de l'essence et la laisser refroidir. Tandis que le réservoir se remplissait, je sortis mes cartes pour la dixième fois et suivis du doigt la longue route vers le nord, à travers la Pennsylvanie et l'État de New York, et franchement, à mes yeux emplis de larmes, cela semblait impossible. Il m'avait fallu trois bonnes heures pour arriver là où j'étais. Je supposais qu'il m'en faudrait douze de plus pour atteindre Middletown, si ma voiture coopérait, ce qui n'était pas le cas.

Quand je démarrai de nouveau, l'indice de température du radiateur vira au rouge. Dans un état de désespoir total, je poursuivis ma route jusqu'à trouver une banque abandonnée, où je me garai, à l'ombre du guichet drive-in pour laisser le moteur refroidir encore. *Au moins, je suis arrivé jusque-là*, me dis-je. *Il y a sûrement moyen de prendre un bus ici, s'il le faut.* Je me demandai combien j'obtiendrais pour la voiture. Plus d'une fois, je regardai en arrière sur la route menant à la maison en me demandant comment Mère le prendrait si je rentrais, tout bonnement. J'imaginais qu'elle comprendrait, en tout cas finirait par comprendre. Elle serait amèrement déçue, mais ça ne m'empêcherait pas de vivre. Ce qui me poussait à continuer, c'était Threnody. Si je fermais les yeux à demi, je la voyais dans sa chambre, porte fermée à clé, son petit corps recroquevillé face au mur, une peluche qui n'était plus de son âge serrée contre elle en quête d'un vain réconfort, tandis que la pluie s'avançait par-dessus les montagnes pour venir assombrir sa chambre d'une tristesse artificielle. Je la voyais sans même essayer, et je savais que si je perdais courage et rentrais, si je réapparaissais au sommet de cette colline, terrassé par la perspective de l'inconnu, d'une certaine façon, c'était là le pire abandon que je puisse lui faire subir.

J'étais déjà allé à Wesleyan une fois, brièvement, l'année précédente, lors d'un week-end portes ouvertes, mais je n'en avais que des souvenirs distants et kaléidoscopiques. J'étais arrivé en avion. Mère m'avait envoyé seul pour économiser sur les billets d'avion et parce qu'il n'y avait personne pour s'occuper de Threnody. Je devais découvrir le campus avec un groupe d'orientation, puis jouer deux morceaux de musique (sélectionnés par l'université) dans le cadre du processus d'obtention de la bourse. L'ensemble du séjour fut terrifiant, et ma prémonition fatale fut encore aggravée par des conditions météorologiques dont on pouvait à bon droit dire qu'elles frisaient l'apocalyptique. Je les avais apportées avec moi. Le brouillard d'Old Buckram rasait le sol et une pluie dégringolait d'un océan renversé en tourbillons galactiques que je n'avais jamais vus dans le ciel en aucun lieu ; et, à cet âge impressionnable, un jeune homme conçoit aisément qu'il assiste au début de la fin du monde, voire espère presque un peu que ce soit le cas. *Voici les signes*, me dis-je. Et par-dessus le marché, il y avait des écureuils noirs menaçants (l'un d'eux me montra même les dents) et de pleines brassées de feuilles tombées, véritables escadrons trempés qui étaient soudain propulsés vers le haut, vers le bas ou en cercles, par des vents qui s'insinuaient dans votre manteau et sous votre chemise.

L'unique lueur de cette sombre aventure fut une adorable jeune femme brune d'Austin, Texas, nommée Ashley Taylor. Elle faisait partie du groupe qui suivait la visite guidée. Ce fut la seule parmi les étudiants qui eut la délicatesse de se présenter, tandis que j'entrais en trébuchant dans la pièce, ruisselant de pluie et hors de moi, doutant d'être au bon endroit. Elle interrompit mon piétinement puéril, me prit la main droite et, me faisant me redresser d'un geste ferme, elle se présenta, en bonne Texane

(« Je m'appelle Ashley Taylor »). Puis elle se détourna de moi, pivota sur le côté, d'un mouvement bref et décidé, avança le menton un peu en avant (avec bravoure, me sembla-t-il), et reporta son attention sur notre guide, qui attendait que j'arrive pour commencer.

Ayant grandi à Old Buckram, je n'avais jamais rien vu de semblable à Mlle Taylor. Un vernis à ongles érubescent ; des bracelets à paillettes ; des bagues que j'avais jusque-là imaginé n'être portées que par les rois et reines de Mésopotamie à leur propre enterrement ; et des souliers qui reflétaient la moindre surface de la pièce. Elle arborait une robe courte d'une fine étoffe et l'assurance d'une baronne du pétrole. Nous nous lançâmes dans le tour diluvien des lieux, dignes de Hitchcock, Mlle Taylor fort heureusement placée à quelques pas devant moi. Il n'était pas difficile de voir en elle le trait le plus séduisant du paysage, nonobstant la beauté de ce terrain de golf sans fin qu'est Wesleyan, beauté toutefois invisible ce jour-là.

Elle et moi étions les deux seuls étudiants à ne pas être accompagnés de leurs parents, et, naturellement, au bout d'un moment, nous en étant rendu compte, nous migrâmes tels deux papillons l'un vers l'autre (certes un peu au hasard), pour passer le reste de la journée à essayer de paraître intelligent et avisé aux yeux de l'autre. Pour l'intelligence, je pouvais me débrouiller. Mais quant à paraître avisé, je dus simuler. Durant la pause déjeuner, à la chapelle du mémorial, nous nous installâmes côte à côte, à l'écart des autres, dans une petite pièce éclairée par une fenêtre, pour picorer notre pique-nique rance tandis que la pluie tombait dru. Mlle Taylor était perchée sur une chaise à côté de moi en une posture délicieuse, jambes croisées d'une manière traditionnelle d'abord, puis à l'indienne, style moins formel (son carnet sur les genoux). Elle devait passer la nuit chez des amis de sa famille qui vivaient dans une ville voisine et prendre le bus à trois heures, fait qui, une fois révélé, m'arracha les artères du cœur et répandit mon sang fébrile à terre devant ses pieds réfléchissants. À l'issue de notre brève entrevue, et malgré mes vaines suppliques aux diverses divinités de l'Antiquité, je me retrouvai debout dans la rue ventée à la regarder, mon manteau serré contre moi, désespéré de la voir gravir les marches d'un bus municipal décrépit. Elle se retourna pour dire quelque chose mais les portes du bus se fermèrent entre nous. Au bout d'un moment, elles s'ouvrirent de nouveau, et elle me sourit d'en haut. Elle me dit : « C'était sympa cette journée. » Je subis depuis longtemps le fléau d'une incapacité à trouver le mot juste au bon moment, en particulier dans un contexte romantique, et cette occasion lumineuse ne fit malheureusement pas exception. Conséquence fâcheuse, ses cinq mots marquèrent le terme du bref mais délicieux moment passé ensemble.

La performance musicale que je donnai plus tard dans la journée ne fut pas ma meilleure, mais apparemment sa qualité fut jugée suffisante. Je restai un moment assis sur les marches du bâtiment de la musique, soulagé, puis profitai d'une brève accalmie pour aller à pied chercher à manger au McDonald's, et de là à une supérette où j'achetai des provisions pour me tenir la soirée. Bien équipé, j'embarquai dans un bus pour gagner mon logement aux confins de la ville. Mlle Taylor, impeccable jusqu'au bout des ongles, m'avait laissé dans un grand émoi. J'espérais que, par quelque coup du sort, je la trouverais à mon motel, ou alors croiserais une autre fille avec qui passer la nuit, et je tremblais littéralement sous l'effet d'une combinaison d'angoisse, de terreur et d'excitation. L'unique ascenseur étant hors service, je grimpai les marches d'un escalier humide qui puait l'urine et m'enfermai à double tour dans ma chambre au premier étage. Songeant au grouillement des bactéries laissées par un millier d'occupants antérieurs, je débarrassai le lit de sa couette et me préparai pour la nuit, m'installant pour lire en me calant le dos. À force de penser à Mlle Taylor, j'avais du mal à me concentrer, aussi, après deux ou trois heures passées à lire en me masturbant à m'en luxer le poignet, je mangeai de nouveau et plongeai enfin dans un sommeil triomphal. C'est à Mlle Ashley Taylor que je pensais en commençant à m'éloigner lentement de la maison, mais, en vérité, elle ne s'était pas inscrite à Wesleyan et je ne la revis jamais.

Il me fallut finalement deux jours pleins pour arriver à Middletown. C'était beaucoup plus facile de rouler de nuit, quand les véhicules étaient moins nombreux et que le soleil avait réorienté son luisant antagonisme vers l'autre côté de la planète. Je m'arrêtai deux fois pour appeler Threnody depuis des cabines téléphoniques et la tenir informée de ma progression, mais personne ne décrocha.

À Wesleyan, quand je n'étudiais pas, je passais des heures les mains sur le piano, l'une des rares activités capables de maintenir mes souvenirs de la maison, qui frisaient le cauchemar, à l'abri des feux d'artifice de mon imagination. Je me fis quelques bons amis, mais aucun ne venait d'une région proche des lieux de mon enfance. En fait, en quatre années passées là-bas, je ne rencontrai personne venant des montagnes de Caroline du Nord. En outre, ce qui n'était peut-être pas étonnant, personne à Wesleyan n'avait entendu parler d'Old Buckram ni même de Blowing Rock. Je pris l'habitude de dire que j'étais de « quelque part au nord de Charlotte ». La plupart des gens se contentaient de cette réponse.

Huit semaines après le début de mon premier semestre, mon compagnon de chambre, un garçon d'Albany au visage de crapaud, qui avait l'air d'avoir passé beaucoup de temps, bébé, à dormir sur le ventre, fut renvoyé. Il avait succombé à une sévère addiction à la drogue et à l'alcool qui statistiquement aurait dû le tuer une demi-douzaine de fois. Souvent, il déboulait dans la chambre à deux heures du matin, en trébuchant, et vomissait des aliments avalés tout ronds dans notre poubelle commune, que j'étais ensuite obligé de laver sous la douche. Plusieurs fois, en sortant de cours, je le trouvai assis à la fenêtre entrouverte, à fumer de l'herbe ou à se faire une ligne de cocaïne sur sa commode. La pièce empestait l'encens et une serviette humide était plaquée par terre contre la porte pour empêcher la fumée de s'échapper dans le couloir. Il me hurlait d'entrer sans laisser sortir la fumée. En général, je rassemblais mes affaires et retournais directement à la bibliothèque ou au département de musique. Un samedi soir pendant les examens, il fit une overdose de Dieu sait quelle substance, une crise LSD digne de Woodstock. Je le tins dans mes bras en attendant l'équipe médicale, tandis qu'il claquait des dents en s'étouffant à moitié, l'écume de sa bouche me coulant partout sur les jambes. Ce fut un énorme soulagement de le voir partir, mais il ne fut pas remplacé avant le début de ma deuxième année, et parfois la chambre était terriblement solitaire.

En fait, Threnody avait raison. Je ne rentrai pas à la maison. Je ne sais pas pourquoi ; c'est juste que je ne parvenais pas à me résoudre à le faire. Parfois je descendais à pied jusqu'à la poste à Silver and Elm, pour envoyer à Threnody une lettre ou un livre. J'appelais de temps à autre et nous avions une conversation à distance, mais, pour sûr, je ne le fis pas assez souvent. Chaque fois que j'appelais, c'était comme si je les connaissais de moins en moins. J'avais promis de rentrer aux prochaines vacances, mais je n'en fis rien. Rentrer ne ferait que rouvrir de vieilles blessures dont nous mettions tous tant d'énergie à guérir. Plus je restais à distance, plus cela semblait dur de rentrer.

Vacances de Noël de ma deuxième année : je rentrai à ma résidence après mon dernier examen et restai un moment à errer sur le parking qui se vidait peu à peu, et où les familles chargeaient les dernières voitures pour ramener leurs enfants à la maison le temps des congés.

Je vérifiai ma boîte aux lettres, bien que, depuis le début du semestre, je n'eusse reçu que deux lettres. Dans l'étroit casier d'aluminium se trouvait une lettre d'Old Buckram. Une lettre de Mère. La lettre disait seulement qu'il fallait que je rentre pour les vacances, si ce n'était pour la voir, du moins pour voir Threnody. Si j'appelais, elle m'enverrait l'argent du billet d'avion pour m'épargner d'avoir à conduire dans toute cette neige. *Elle aimerait vraiment te voir*, avait-elle écrit. *Tu lui manques beaucoup. Et à moi aussi. Elle t'a trouvé un cadeau de Noël dont elle est très fière. Si tu voyais la peine qu'elle s'est donnée pour l'emballer. Il lui a fallu plus d'une heure, tant elle s'appliquait. Il y a des motifs de livres sur le papier cadeau.*

Cela faisait un an et demi que j'avais quitté ma vie et ma famille dans les montagnes de Caroline du Nord. Depuis tout ce temps, je n'avais pas revu Threnody et Mère. Des semaines s'étaient écoulées depuis la dernière fois que l'on s'était parlé, mais je ne rentrai pas ce Noël-là. Je n'appelai pas, ni n'écrivis, ni ne répondis au téléphone, et j'écoutai des messages laissés à mon intention avec une douleur que je n'avais jamais éprouvée auparavant, et sans avoir la moindre idée de ce qui me poussait à me conduire ainsi. Je me forçais à être seul. Je m'éveillais au petit matin, tout tremblant et frémissant, avec le sentiment que ma nuit de sommeil avait été un événement traumatique. Quand le soleil apparaissait, bas dans le ciel à l'est, et que sa lumière passant à travers les fentes des volets venait illuminer mon existence de reclus, mes yeux s'ouvraient grand sur les murs uniformément blancs, sur le plafond blanc de ma chambre, et aussitôt j'étais frappé par une peur indéfinie logée au creux de mon estomac et par un frisson omniprésent qui me parcourait les os ; la peur ne me quittait pas de la journée, tandis que je lisais mes livres en frissonnant, seul dans ma chambre, sans manger ni boire jusqu'à la tombée de la nuit, quand il serait temps enfin de soulager cette peur en me purgeant de ma douleur, ma colère et ma solitude à grandes gorgées d'une bière blonde bon marché, et avec ma guitare acoustique, dont je jouais chaque nuit des heures d'affilée, jusqu'à ce que, trop hébété par l'alcool pour jouer, je m'endormisse enfin, pour répéter le cycle avec la nouvelle journée qui débutait.

Durant le semestre, je travaillais à la librairie du campus, mais, à la fin du semestre, mon contrat s'acheva, et je commençai à manquer d'argent. À la fin du mois de décembre, par anticipation optimiste de l'arrivée du printemps, je vendis mon manteau chaud pour quinze dollars. Le 4 janvier, je pris un bus pour Hartford et vendis pour trente dollars à un prêteur sur gages la montre qu'on m'avait offerte lorsque j'avais obtenu mon diplôme. Plus tard, je vendis des stylos assortis pour cinq dollars, une pile de vieux CD pour vingt, et mes gants en cuir à un type dans la rue pour deux dollars. Pendant deux semaines d'affilée, je ne mangeai rien d'autre que du pain blanc trempé dans de la soupe de nouilles, et je perdis du poids qui n'était pas en trop.

Mère m'écrivit de nouveau à la fin du semestre de printemps, pour m'envoyer une nouvelle adresse à Charlotte, cinq cents dollars, et un billet écrit à la main :

Je n'ai pas eu de tes nouvelles depuis un moment mais j'ai pu me faire confirmer par l'administration que tu es encore en vie, donc je me suis dit que tu avais peut-être besoin d'argent. Je voudrais vraiment que tu achètes un billet d'avion avec cet argent et que tu passes l'été avec nous. Mais c'est à toi de voir, bien sûr. Tu nous manques vraiment beaucoup, nous parlons de toi tout le temps, en nous demandant comment tu vas. Bird a beaucoup grandi, de presque soixante centimètres depuis ton départ. Tu ne vas pas y croire. Elle me dépasse à présent. Elle te ressemble beaucoup.

La grande nouvelle, c'est que nous avons quitté la vieille maison sur la colline. Nous vivons à Charlotte à présent – c'est une longue histoire. Cela a été dur de partir mais nous n'avions pas vraiment le choix. En tout cas, je ne le crois pas. Quant aux chevaux… je n'aurais pas voulu te l'annoncer comme ça… je ne pouvais rien faire d'eux… Peu de temps après ton départ pour l'université, je les ai donnés à la dame qui venait les monter, celle qui avait un pâturage au nord du comté. Je crois qu'elle prend bien soin d'eux et qu'elle me les rendra s'il arrivait quelque chose qui fasse que je puisse les reprendre. Ah oui, autre chose : je me suis cassé la jambe l'année dernière (là aussi, c'est une longue histoire), il m'a fallu un moment pour guérir, et j'avais vraiment du mal à entretenir toute seule la maison, la colline et tout le reste. Il y avait trop à faire. Tous nos meubles sont encore là-bas, parce que je n'avais nulle part où les mettre. Je n'ai touché à rien dans ta chambre, sauf que j'ai jeté la bière que j'ai trouvée dans ton armoire. J'ai mis la maison en vente mais qui sait si elle se vendra jamais. Jusqu'à présent, personne n'est venu la visiter, sauf des gens curieux de la voir de l'intérieur. Je pourrais peut-être en faire un musée, qui sait ! Un homme qui est venu la visiter avec l'agent immobilier voulait acheter des livres, mais j'ai dit non pour le moment, tant que tu n'auras pas eu l'occasion de prendre ceux que tu veux garder.

S'il te plaît, écris-moi, ou appelle, pour me dire que tu vas bien. D'avoir de tes nouvelles compterait tellement pour moi, pour nous.

Maman

J'utilisai l'argent du vol pour acheter un pack de douze Heineken, une petite gâterie, et pour payer la caution d'un studio que je louerais pour l'été. De retour à ma résidence, je jetai tout ce qui n'entrerait pas dans ma voiture, emportai le reste et le lâchai en tas dans mon nouveau studio. Il était meublé quand je l'avais visité ; à présent, il était nu, et d'apparence vraiment misérable. La peinture était tout écaillée. Il y avait des trous dans les murs, dont certains de la taille du poing. La moquette était toute mince et tachée, et la cuisine avait besoin d'être décapée ou passée au napalm. Je mis ma bière au frigo et sortis acheter une grande pizza – là aussi, une gâterie. De retour au studio, je découvris que le réfrigérateur ne fonctionnait pas, ma bière était tiède, alors je ressortis acheter une glacière bon marché et un sac de glace. Après avoir mangé la pizza, je jouai de la guitare jusqu'à m'irriter la peau des doigts. N'ayant pas de lit, je dormis à même le sol, mon sweat-shirt en guise d'oreiller. Dans l'obscurité du petit matin, j'entrepris la longue route de retour. Tout du long, je pensais à Threnody.

18

JE L'APPELAIS BIRD. j'ignore quand ça a commencé, et pourquoi, mais, pour moi, elle a toujours été Bird. Je l'appelais Bird, et, pour des raisons encore plus mystérieuses, elle m'appelait Henry le lion.

Un souvenir ancien : elle avait trois ans ; je la trouvai sur la terrasse, ses petites mains repliées en triangle autour d'un objet posé sur ses genoux. C'était une chenille, jaune et vert, avec laquelle elle s'était liée d'amitié et qu'elle protégeait. Son petit nez rose et les sourcils froncés d'un enfant étaient tournés vers le bas, dans une attitude d'investigation. Je lui demandai : « Qu'est-ce que tu as là, Bird ?

— C'est Mme Chenille, dit-elle. Elle s'est perdue. Je l'aide à rentrer chez elle. »

Elle était si douce envers tous les êtres vivants, un don qu'elle avait hérité de notre mère. Assise dans l'herbe haute, elle plaçait une main de telle sorte qu'un scarabée ou une fourmi puisse monter dessus, et après avoir examiné la petite créature tel un jeune Charles Darwin, elle la déposait délicatement à terre avec un mot d'encouragement.

Le matin, elle gardait souvent un morceau de pomme de son petit-déjeuner qu'elle partageait avec l'un des chevaux. Ensemble, nous descendions la colline pour livrer la tranche de pomme, glissée à travers les planches de la palissade, Threnody déclarant d'un ton poli : « Tiens, voilà. S'il te plaît, ne me mange pas les doigts. Merci. »

Avant de remonter, elle collait l'oreille contre les planches dans l'espoir d'entendre les abeilles charpentières, en prenant grand soin de ne pas les déranger.

À quatre ans, elle contracta la varicelle. Je parierais que le corpus de littérature médicale sur le sujet ne renferme pas de description d'un cas plus exemplaire. Elle était couverte des pieds jusqu'à la tête, et malgré la quarantaine qu'on lui imposa au deuxième étage de peur que le virus ne contamine notre petite sœur, elle se montra d'une résilience admirable. Un soir, avant d'aller au lit, je lui étendais de la pâte d'avoine sur le dos pour essayer de la faire dormir. Elle avait remonté ses longs cheveux bruns sous l'une de mes casquettes de base-ball afin de se dégager les épaules. Tandis que j'éventais la mixture collante qui lui couvrait le dos pour la faire sécher, je lui dis : « Et voilà. Ça devrait faire du bien.

— Je me sens déjà beaucoup mieux, dit-elle, bien que ce ne fût pas vrai, j'en étais sûr. Et peut-être même qu'un jour, chuchota-t-elle pour elle-même, ils vont s'en aller.

— Oh, Bird, ils ne vont pas rester toujours. Encore quelques jours et tu seras comme neuve.

— Vraiment ?

— Mais oui, mon cœur.

— C'est une bonne nouvelle. »

Elle était tellement soulagée.

L'été, nous nous drapions dans des draps de bain en guise de capes et nous coiffions des masques en ficelle et papier mâché, pour nous lancer dans de ridicules aventures dans la Forêt noueuse, où nous cherchions les grottes en nous remplissant l'estomac de mûres géantes, et où je lui faisais faire le guet tandis que j'essayais de me jeter du haut d'affleurements rocheux, pendu à des lianes immobiles tombant du haut des arbres. La porte de sa chambre était visible depuis la mienne au premier étage, et parce que nos malheureuses aventures improvisées dans les bois se finissaient souvent mal, nous étions tout aussi souvent placés en état temporaire d'arrestation domestique dans nos chambres, jusqu'à ce que Père rentre et puisse écouter nos plaidoiries (ou, plus souvent, nos prières implorant sa clémence), après quoi il rendait son verdict, presque toujours juste, étant donné nos transgressions. Durant les périodes de confinement, nous ouvrions les portes de nos chambres pour nous asseoir dans l'embrasure, où nous pouvions nous voir et parler de part et d'autre de la béance de la grande bibliothèque.

Et cette merveilleuse enfant, plus que tout au monde, adorait les livres et les histoires. Peu importe l'heure qu'il était ou les circonstances. Les questions qu'elle posait le plus souvent étaient : « Dis, tu me racontes une histoire ? » et : « Tu veux bien me lire un livre ? » Je ne me rappelle pas lui avoir jamais dit non. Le meilleur moment de n'importe quelle soirée était celui où, après avoir achevé un livre, nous parcourions fébrilement les rayons de la bibliothèque pour trouver le suivant, que nous entamions aussitôt. Une fois le nouveau livre choisi, nous nous retrouvions de nouveau dans sa chambre où, avec de petits mouvements d'agitation, elle écoutait aussi longtemps que j'acceptais de lire ou jusqu'à ce qu'elle s'endorme. Dans certaines familles, on joue au croquet ; dans d'autres, aux cartes. On va s'asseoir au bord du lac pour pêcher la truite. Nous ne faisions rien de tout cela. Nos principaux passe-temps étaient lire et raconter des histoires.

Ce jour de novembre avant le départ de Père, j'étais en bas à jouer du piano et Threnody m'appela d'en haut.

« Henry ! »

Je continuai à jouer.

« Henry le lion ! »

Je la trouvai qui m'attendait en haut de l'escalier métallique qui menait à la bibliothèque. Elle était habillée en détective, portait une loupe et un trench trop grand pour elle et qui touchait le sol autour de ses pieds, accessoires hérités de notre lecture de toutes les histoires de Sherlock Holmes. C'est le déguisement qu'elle avait choisi en signe de deuil. Nous avions réagi à la mort de notre sœur chacun à notre façon.

« Hello, Bird.

— Il est temps de commencer un nouveau livre, non ?

— En effet, il est temps. Tu veux en choisir un ? »

Threnody grimpa à l'échelle, et, se propulsant d'un geste mis au point par une longue habitude, elle fila comme une flèche le long du mur, l'échelle grinçant bruyamment sur ses rails avant de s'arrêter dans un cliquetis.

« Tu n'es pas censée faire ça, lui dis-je. Mon Dieu, s'il t'arrivait quelque chose...

— Tous les bons livres sont par là. »

Par « tous les bons livres », elle voulait dire la collection de romans de Père. À ce stade, il avait au moins autant de livres que la bibliothèque municipale, et son assortiment varié avait certainement bien plus de valeur. Beaucoup d'entre eux étaient de premières éditions numérotées, et tous les livres qu'il avait lus au fil des ans renfermaient des pages volantes de notes qu'il avait prises et glissées à l'intérieur de la couverture. Il cherchait toujours les mots dont il ignorait le sens et en recopiait la définition, pour ensuite, de temps à autre, consulter ces listes qui venaient nourrir son écriture. Du moment que nous manipulions les livres avec soin (certains ne se prenaient qu'avec des gants et sous sa supervision), et qu'ils ne quittaient pas les lieux, sauf sous une vigilance rigoureuse, nous étions encouragés à lire tout ce sur quoi nous pouvions mettre la main.

« Tu crois que je serai aussi grande que toi un jour ? »

Nous étions face à face, au même niveau, Threnody debout sur la troisième marche de l'échelle.

« Tu seras plus grande, dis-je.

— On se ressemble beaucoup, n'est-ce pas ?

— Oui on se ressemble, Bird.

— J'aurais bien aimé avoir les cheveux blonds comme toi.

— Je sais. J'aurais bien aimé avoir les cheveux bruns comme toi.

— Peut-être qu'ils vont devenir bruns.

— Je suis sûr que oui. Et sinon, je me les teindrai.

— Ça me plaît, cette idée. »

Elle se mit à sortir des livres au hasard et à en inspecter les couvertures.

« Je sais que tu vas mettre un veto sur le livre que je vais choisir.

— Non, c'est faux. Enfin, okay, peut-être.

— À chaque fois c'est comme ça.

— C'est parce que je sais lesquels sont vraiment bien. Est-ce que je t'ai jamais laissée tomber ? »

Je fus surpris de voir Threnody réfléchir à la question.

« Donc c'est déjà arrivé une ou deux fois », fis-je.

Elle choisit d'abord *Les Brumes d'Avalon* parce qu'elle aimait la couverture, et, non sans réticence, j'usai de mon droit de veto, comme elle l'avait anticipé, et choisis *Bilbo le Hobbit* à la place.

« C'est une véritable aventure, lui dis-je, songeant que ça nous ferait du bien de passer du temps dans la Terre du Milieu plutôt que dans l'atmosphère pluvieuse d'Old Buckram.

— C'est vrai ?

— Oui, je te le promets. Tu vas adorer.

— Laisse-moi voir », fit-elle, mais ses doigts rouges et collants montraient que ce n'était pas une bonne idée.

« Père nous tuerait tous les deux, dis-je. Regarde tes mains. »

Instinctivement, elle se mit à se lécher le pouce, encore tout luisant d'avoir plusieurs fois retiré de sa bouche la sucette ou le bonbon trop gros pour être consommé d'un coup. Dans l'intérêt de notre survie commune, je remplaçai délicatement l'exemplaire ancien, emballé telle une archive, par une version de poche écornée qui se trouvait à côté sur l'étagère (73e édition, août 1979) et la tendis à Threnody pour qu'elle l'examine de près. L'air renfrogné, elle scruta la couverture – les tableaux de Tolkien représentant l'arrivée de Bilbo aux huttes des elfes sylvains. Je lui dis de me faire confiance et elle répondit : « Tu dis toujours ça.

— Rien qu'un chapitre, et tu seras captivée ! Regarde ces cartes. »

Je lui montrai la carte de Thror, celle de Wilderland, avec les araignées, la forêt obscure, le dragon et les mystérieuses runes. Threnody raffolait des cartes. Et moi aussi. Il n'y avait pas grand-chose dans un livre qui pouvait nous attirer davantage qu'une carte d'aspect ancien. « Tu as toute mon attention », dit-elle, répétant l'une des fameuses formules de Père. Je la suivis le long de l'ample arc que dessinait la balustrade de la bibliothèque, puis nous tournâmes dans le couloir et rejoignîmes sa chambre. Elle grimpa dans son lit et je m'assis sur la chaise à côté. Nous avions passé bien des heures à lire dans cette configuration.

« Tout va bien, Bird ?

— Je crois que oui. »

Elle ferma les yeux et me dit : « Fais-moi la lecture, s'il te plaît. »

Je lus jusqu'à ce qu'elle me paraisse endormie.

« Bird, chuchotai-je, tu dors ?

— Non, fit-elle sans ouvrir les yeux. Continue à lire.

— Je crois que tu viens juste de t'endormir.

— Pas du tout, j'ai seulement fermé les yeux.

— Alors qu'est-ce qui vient de se passer ?

— Gollum vient de demander à Bilbo ce qu'il a dans ses poches.

— Et qu'est-ce qu'il a dans ses poches ?

— L'anneau, bien sûr. Lis, s'il te plaît. »

Elle était innocente comme sont les enfants et capable de s'émerveiller sans limites. L'hiver, elle était comme un petit oiseau duveteux qui observait, posé sur une branche gelée, attendant avec impatience l'arrivée du printemps. Au printemps, elle était une fleur précoce qui s'élevait de toutes ses forces vers le ciel, sous un soleil encore froid mais plein d'espoir. Et nous l'avions tous abandonnée, tous sauf Mère. Nous l'avions abandonnée là, dans son univers qui empiétait sur le réel, et où son cœur magnifique s'amenuisait. Je traversai le territoire nous séparant, le cœur gros et lourd de tristesse.

19

UN CRÉPUSCULE SOLITAIRE régnait sur la ville quand j'arrivai à Charlotte. Je n'avais prévenu personne de mon arrivée, et une douleur sourde et persistante me retournait l'estomac. Toutefois, les indications de Mère « juste au cas où tu déciderais de nous rendre visite » étaient exactes, et je trouvai mon chemin sans trop de mal.

La maison se trouvait dans Myers Park, au niveau de Sharon Road. Comme je pus m'en rendre compte, c'était (et c'est toujours) un très beau quartier de Charlotte. Le genre d'endroit où, alors qu'on passe en voiture devant un imposant manoir de brique qui occupe la moitié d'un pâté de maisons, on se demande : *Il y a une maison ou deux ?* Chaque mètre carré était toiletté, les maisons offraient des abords luxueusement soignés, et arboraient, sur le devant, de luisantes automobiles allemandes, lavées à la main. Il y avait des cages à écureuil en bois, construites par des entreprises spécialisées, des passages voûtés, des treilles, des toits en ardoises vertes, et du lierre cultivé avec art couvrait toute la surface des murs en stuc. La maison de Mère ne faisait pas exception, mais tout, absolument, y semblait déplacé. Je sonnai, frappai, et comme personne ne venait, je fis le tour de la cour et trouvai Threnody assise sous la véranda à l'arrière de la maison, en train de lire. Traversant une haie imposante de cyprès de Leyland, je la fis sursauter violemment, mais elle ne se leva pas.

Elle se contenta de me regarder. Je la regardai aussi et lui dis : « Tout va bien, c'est moi. »

Est-ce que cela faisait si longtemps, et qu'elle ne me reconnaissait plus ?

« Retourne de l'autre côté, dit-elle. Tu ne peux pas rentrer par ici. »

Elle me retrouva à la porte d'entrée, me prit dans ses bras sans enthousiasme et retourna aussitôt sur la véranda pour reprendre sa lecture. Je l'y suivis.

« Mère est là ?

— Non, elle est sortie dîner et au cinéma. Elle va rentrer tard. »

La véranda était partiellement fermée et un trio de chaises cannées blanches avec de confortables coussins à rayures rouges étaient disposées en demi-cercle autour d'une table à plateau en verre. La maison était adossée à un terrain de golf et les voix de quatre hommes habillés en kilt s'élevaient par bribes à travers les arbres clairsemés, nous parvenant en murmures indistincts. Je demandai à Threnody ce qu'elle lisait car elle semblait décidée à ne pas me parler.

« *La Stratégie Ender*, fit-elle sans lever les yeux. Tu n'en as sûrement jamais entendu parler. »

Avec l'indolence feinte d'une adolescente, elle tourna mollement la couverture du livre pour me faire voir.

« C'est bien. J'ai presque fini, si tu le veux. Je t'aurais bien laissé l'emporter, mais il est pas à moi. »

Elle se remit à lire.

Elle avait tellement grandi, tellement changé, depuis la dernière fois que je l'avais vue. Ses cheveux, d'un doux châtain clair, lui descendaient jusqu'à l'épaule. Cette coupe n'était plus celle d'une enfant et lui donnait des airs d'adulte. Ses coudes et ses genoux noueux, ses jambes nerveuses, qui jadis partaient en six sens à la fois, étaient toujours nerveuses, mais semblaient robustes à présent, et minces. Ses mouvements, toutefois, étaient abrupts et sans assurance. Quand elle se leva, elle adopta en marchant la posture à peine voûtée d'une fille qui ne s'est pas encore habituée à être si grande.

Je la regardai fixement, pour essayer de déterminer à qui elle ressemblait. Je me rendis finalement compte, non sans un léger choc, qu'elle avait le visage de notre mère avec les expressions de notre père. Ses yeux revinrent à son livre et se mirent à parcourir la page avec un air de profonde concentration. J'essayai de nouveau.

« Tu veux qu'on aille se promener ? La nuit est belle, dis-je. Tu pourrais me montrer le quartier...

— Non », interrompit-elle, tournant une page. Il était clair qu'elle était en colère contre moi, et à juste titre. Je l'avais cherché, et je n'avais plus qu'à encaisser.

« Tu as faim ? Tu veux aller dîner quelque part ? Je n'ai rien mangé encore...

— Non, j'ai déjà mangé.

— Ah oui ? Qu'est-ce que tu as mangé ?

— Poulet à la quelque chose aux asperges sauce 'landaise. »

L'abréviation était une vieille blague entre nous, qu'elle débita sans joie. Avec un soupir d'exaspération, elle ferma son livre et le déposa soigneusement sur le siège entre nous deux.

« Je suis un peu gêné, mais je ne sais même pas à qui est cette maison. Elle est jolie.

— Y a de quoi être gêné. C'est celle du copain de Mère. Elle est franchement super, non ? Je n'ai pas vraiment de chambre à moi ici. Enfin, j'ai une chambre, mais avec les affaires de quelqu'un d'autre dedans.

— Elle a un copain ?

— Et pourquoi on vit ici, à ton avis ? Tu le saurais si tu avais appelé. Ils sortent ensemble depuis un moment.

— Ah oui ? C'est intéressant. Où se sont-ils rencontrés ?

— Ça, tu devras le lui demander. C'est la honte. Il s'appelle Hurricane.

— Hurricane ? Tu te fous de moi.

— Oh que non. C'est écrit sur son acte de naissance et sur ses cinquante mille diplômes. Je te montrerai.

— Wow.

— Ça pourrait être pire. Il pourrait s'appeler Threnody.

— Mais comment est-ce qu'on… ?

— Aucune idée. »

Elle feignit d'examiner ses ongles tandis que j'admirais le tapis du terrain de golf qui se déroulait, luisant, derrière des peupliers et des pins blottis les uns contre les autres, tout honteux, dans la cour à l'arrière.

« Tu l'aimes bien ?

— Ça va. Il est inoffensif, j'imagine. Il n'aime pas vraiment boire, et ça dérange Mère. Et quand il boit, c'est que de la bière super chère qu'il fait venir d'Allemagne ou de je sais pas où. Ça aussi, ça dérange Mère. Elle trouve ça prétentieux, ou un truc comme ça.

— On aurait pu penser qu'elle serait enthousiasmée par un peu de modération.

— Je sais. On peut pas tout avoir.

— Qu'est-ce qu'il fait ?

— Pas grand-chose. Il est avocat, mais il va pas au tribunal. Il a écrit un livre une fois.

— Ah oui ? Tu l'as lu ?

— Affirmatif. C'était au-delà du lamentable. Ça, c'est lamentable, et le livre est là. »

Elle tendit les mains comme si elle mesurait un canapé.

« Ça parle de quoi ?

— C'est l'histoire d'un avocat… qui… a écrit un livre. »

Cela nous fit rire et je me rappelai que nous avions toujours eu exactement le même sens de l'humour, et que nous avions toujours ri simultanément de choses que nul autre ne trouvait drôles.

Les moustiques finirent par nous forcer à rentrer, et Threnody me montra machinalement l'intérieur de la maison géante avant de se laisser glisser sur une chaise longue en velours très décorative, coincée dans un angle du salon. Au-dessus de nous, un globe en papier éclairé pendait au plafond telle une planète mineure. Nous avions été séparés si longtemps et tant de choses s'étaient passées dans l'abîme temporel et spatial qui s'était ouvert entre nos vies, lesquelles divergeaient de plus en plus, pourtant nous restâmes un moment sans rien trouver à dire de pertinent ni d'approprié. Threnody se leva, alla mettre de la musique et reprit sa position en tailleur sur la chaise. De nouveau, certaines cuticules, puis l'étoffe de sa jupe, devinrent l'objet d'un intérêt momentané de sa part. Se rappelant ses bonnes manières, elle me demanda : « Tu veux quelque chose à boire ?

— Non, merci.

— Tu n'as qu'à te servir.

— Oui, c'est ce que je ferai, merci.

— Fais comme chez toi. Le frigo est là. » (Pointant du doigt.)

Puis : « Tu m'as vraiment manqué, Bird. »

Elle se retint puis se mit à pleurer.

Le samedi matin, quand je me levai, Mère m'attendait dans la cuisine. Pyjama abricot, motifs citron. Pantoufles à semelles souples à lacets en fausse dentelle. Elle buvait du café et on entendait du Leonard Cohen quelque part dans la maison baignée de soleil. « Hallelujah » prit fin, « So Long, Marianne » débuta, valse discordante qui se perdait, poussive, dans le vide, pénétrant et quittant alternativement le champ de ma conscience. Elle courut à moi tandis que j'avançais dans le large couloir depuis la chambre d'amis, dans mes vêtements de la veille, et elle me serra dans ses bras.

« Je n'y croyais pas quand j'ai vu ta voiture dans l'allée hier soir. J'ai eu bien du mal à me retenir d'aller te réveiller. Pourquoi ne m'as-tu pas dit que tu venais ? Je t'aurais attendu.

— Je n'étais pas sûr de venir », dis-je, sans intention d'être cryptique, mais sans me corriger non plus quand je me rendis compte que mes paroles l'étaient. Elle me considéra de la tête aux pieds ; le pli synclinal de ses sourcils me dit qu'elle n'était pas complètement satisfaite de mon apparence.

« Il me semble que tu pourrais avoir grandi, dit-elle. Tu me parais plus grand qu'avant. Ou alors tu as maigri… Je te prépare un petit-déjeuner ?

— Je n'ai pas encore vraiment faim. Je ne prends pas vraiment de petit-déjeuner. Mais je boirais volontiers un café.

— Allons nous asseoir. Je veux tout savoir. »

Je la suivis dans le salon. Je passai devant un canapé tendu d'une matière qui ressemblait à de la peau de rhinocéros pour aller m'asseoir sur la chaise longue de Threnody. Mère s'assit dans le fauteuil en face. Nos places habituelles, mais cette fois dans la maison d'un autre. Entre nous, un vase de fleurs, blanc et bleu vif, était posé sur une table basse.

Et ainsi commença l'échange :

« Comment vas-tu ? Comment ça va dans le nord ? L'université est bien ? Je suis tellement heureuse que tu sois venu. Tu vas passer l'été ici ? Tu sais déjà ce que tu vas faire ? Threnody est tellement heureuse que tu sois là. Vous allez avoir plein de temps pour vous retrouver. »

Parler de moi m'a toujours mis mal à l'aise. J'ai l'impression de subir un interrogatoire, qui, cette fois-là, me rendit récalcitrant et renfrogné, sans raison valable.

« L'université est bien, répondis-je, saisissant au vol la seule question à laquelle je pouvais répondre sans risque. J'apprends beaucoup. »

Mon café était trop chaud pour que je le boive, donc je le posai sur la table. Un rai de soleil vint frapper la vapeur qui s'élevait, et les yeux me piquaient à cause du manque de sommeil.

« Ah oui ?

— Oui, oui. Je suis beaucoup de cours très cool.

— Comme quoi ?

— C'est ici que vous allez vivre maintenant ? »

Mère regarda autour d'elle, cherchant Hurricane. Guettant un bruit qui révélerait sa présence. À l'évidence, il n'était pas là.

« Il n'y a pas de piano, dis-je. Et pour les livres, pas grand-chose.

— Je ne sais pas où on le mettrait, fit-elle, saisissant au vol la seule question à laquelle elle pouvait répondre sans risque. Je ne suis pas chez moi. Mais ça me manque de ne plus t'écouter jouer. Tu joues souvent ?

— Oui, je joue un peu, et de la guitare aussi. Tu me croiras si tu veux, mais, en fait, j'arrive à jouer certains des morceaux qui me donnaient tant de fil à retordre.

— Tu donnes des concerts ?

— Non. J'aurais pu, mais je ne me suis pas inscrit. »

Elle tenait son café à deux mains comme pour les réchauffer. Je parcourus la pièce des yeux, sans m'arrêter sur rien en particulier. Le temps de mon absence, nous étions devenus des étrangers. Elle but une gorgée de café, puis se recroquevilla dans le fauteuil et passa les bras autour de ses genoux.

« Je sais que je te l'ai déjà dit, j'aimerais que tu joues ce morceau de Liszt à mon enterrement. Je l'adore. »

Chaque fois que Mère entendait un morceau qu'elle trouvait beau ou superbe, elle me demandait de me rappeler de le jouer à son enterrement. Ce n'était pas une pensée aussi horrible qu'il y paraît, mais plutôt une manière de plaisanter avec la mort ; de dire qu'elle n'avait pas peur.

« Quel morceau de Liszt ?

— Ce morceau vraiment sublime, et lent, que tu jouais. Celui qui scintille comme les étoiles.

— Je n'ai jamais joué ça. C'est Père qui le jouait.

— Tu es sûr que tu ne l'as pas joué ?

— J'en suis sûr. C'est l'une des *Consolations*.

— Il faut que je me fasse un mémo. N'empêche, tu pourrais l'apprendre, pour le jouer à mon enterrement, et puis jouer "Greensleeves" aussi ? C'est mon autre morceau favori.

— Il faut que je me fasse un mémo. »

Le silence s'engouffra dans l'espace entre nous, puis Leonard Cohen revint, avec « Bird on the Wire », émanant, nasal, de l'éther.

« Ça se passe bien pour toi ici ? Tu t'habitues ? demandai-je, surmontant enfin mes réticences ; me rappelant enfin qu'il n'était pas question que de moi.

— C'est très différent. Le plus dur, peut-être que tu n'y aurais pas pensé, c'est d'avoir laissé partir les chevaux, même après tout ce qui s'est passé. Ou peut-être à cause de tout ce qui s'est passé, je ne sais pas trop. J'ai entendu parler d'un élevage quelque part au nord, un genre de plantation, avec de jolies parois rocheuses en bord de route et de belles pistes le long de la Catawba River ; il faut voir.

— Ils ont des pur-sang arabes ?

— Non, seulement des quarter horses. Mais ça m'est égal. Ça fait quelque chose à quoi penser dans l'immédiat.

— Quelque chose à quoi penser, acquiesçai-je.

— Ta sœur a du mal dans son nouveau collège.

— Que veux-tu dire par là ?

— Elle n'a pas beaucoup d'amis.

— Ça ne m'étonne pas.

— Pourquoi dis-tu ça ?

— Parce qu'elle est comme moi. Les choses qui l'intéressent n'intéressent pas les autres jeunes. À ton avis, combien de ceux qui vont au collège avec elle ont déjà lu *Crime et Châtiment* ? Je vais te le dire. Sûrement aucun.

— Je me fais tellement de souci pour elle.

— Pourquoi ? Elle a l'air d'aller très bien.

— Oh que non. Tu étais son meilleur ami. Tu as disparu de sa vie. Elle n'a déjà que trop vécu ça.

— Merci, dis-je. Ça ne me fait pas du tout culpabiliser.

— Où sont tes affaires ? »

Mère comprit à mon air que je ne resterais pas. Elle se leva et quitta la pièce. Leonard chantait *I have tried in my way to be free* : à ma façon j'ai essayé d'être libre.

20

LE SAMEDI SOIR, THRENODY ET MOI nous attardâmes après que Mère fut allée se coucher. Il se trouva que Hurricane, ou Cane, comme il préférait qu'on l'appelle (de façon bien compréhensible) avait de la bonne bière dans le réfrigérateur de son garage, et je décidai de la boire. Threnody, allongée dans son lit, m'écoutait dans la semi-obscurité. J'étais assis dans un fauteuil que j'avais traîné jusque-là depuis le salon.

« Tu ne te rappelles peut-être pas, dis-je, mais Père nous racontait des histoires qu'il inventait sur nos parents éloignés dans les montagnes.

— Je me rappelle un peu.

— Elles étaient franchement bien. Il avait tout un casting de personnages ridicules, dont il inventait la moitié au fur et à mesure, je pense. Gideon était le personnage principal. Je le suppliais de me raconter des histoires de Gideon.

— Tu te rappelles d'autres personnages ? C'était qui, les autres, à part Gideon ?

— Quand j'y pense, tout était plutôt bizarre. La femme de Gideon, selon Père, était une femme immense qui s'appelait Corpulina Porcinus – à prononcer avec un accent italien –, qui, en fin de compte, était une géante. Elle était venue en Amérique sur un bateau nommé *La Cucina*, que les constructeurs avaient littéralement monté autour d'elle, l'ayant installée à barboter dans un canal. Pour le reste du chemin, on l'avait transportée jusqu'à Old Buckram sur une barge et dans une montgolfière. Je me rappelle qu'il disait que si elle avait été plus grande d'un pouce, son corps aurait été parfaitement rond.

— C'était une géante ? » demanda Threnody, qui commençait à montrer un certain intérêt. Toujours sous les couvertures, elle s'appuya sur un coude.

« Oui, en gros, c'est ça. Père disait qu'elle avait une force terrifiante (c'étaient ses mots) et qu'elle pouvait "facilement broyer les clous de girofle les plus récalcitrants et les poivrons rouges les plus rebelles".

— Ah. »

Tandis que nous étions assis à parler, j'observais la chambre de Threnody, sauf que ce n'était pas vraiment la sienne, comme elle l'avait dit. Le style et la décoration avaient été décidés à l'avance, et elle n'avait touché à rien. La pièce me rappelait une résidence en bord de mer : moquette antitache, murs peints en blanc coquille, deux photos assorties encadrées et accrochées à deux murs adjacents – dunes de sable et unioles maritimes (pensez à Ansel Adams). La couette sur son lit était d'un vert hêtre ordinaire, de la literie de chambre d'amis en quelque sorte, et non ce qu'elle aurait choisi pour elle. Elle n'avait accroché aucun poster aux murs, et le miroir posé sur la commode n'arborait pas l'assortiment habituel de joyeuses photos d'amis dans des poses idiotes. Rien n'indiquait qu'elle vivait dans cette chambre ; qu'elle était autre chose qu'un occupant temporaire, de passage. Pas de bibliothèque pleine à craquer, pas de livres recouverts de film plastique empruntés dans la bibliothèque de Père, ni livre sur sa table de nuit, un marque-page indiquant l'endroit où elle s'était arrêtée la dernière fois.

« Donc ça, c'était Corpulina, dis-je. Et voyons voir : Gideon avait un chien. Il s'appelait Balzac.

— Balzac ?

— Oui, comme l'écrivain français. Mais je me rappelle qu'il y avait une blague un peu graveleuse derrière ce nom. Tu t'en doutes. »

Threnody s'autorisa d'être amusée un peu et dit : « Oh mon Dieu.

— Et bien sûr, il y avait ce bon vieux Jim Rickey. La mule de Gideon. Dans chaque histoire, la mule trouvait le moyen d'être un peu saoule, alors elle se cognait partout, finissait par se perdre et parfois s'évanouissait.

— Je ne suis pas sûre pour ce bon vieux Jim Rickey, dit-elle. Il m'a l'air bien autobiographique. Tu te rappelles certaines des histoires ? »

Puis elle se redressa dans son lit et dit : « Hé, attends : tu as faim ? On se prend un truc à grignoter ? Allez, on va chercher un truc à grignoter et tu me racontes une histoire de Gideon ! »

Nous courûmes dans la cuisine tel un troupeau d'éléphants et nous mîmes à ouvrir tous les placards. Threnody attrapa trois bols qu'elle remplit de différentes variétés de chips et de crackers. Nous avions à manger pour deux ou trois jours. Elle prit un cream soda dans le réfrigérateur, moi une autre bière au garage, et nous étions fin prêts pour notre séance d'histoires.

Je commençai : « Je me rappelle une histoire de Gideon en particulier, celle sur comment le père de Gideon trouva sa femme, qui serait, je suppose comme ton arrière-arrière-arrière-arrière-arrière-je-ne-sais-pas-combien-d'arrière-grand-mère.

— Parfois je fais semblant de ne pas avoir de lien de parenté avec les gens des montagnes, dit-elle. Ici je raconte que ma famille est de Pennsylvanie.

— C'est à moitié vrai, mais quand même, tu ne devrais pas faire ça. Les habitants des montagnes ont un sacré tempérament et sont diablement robustes. Il leur a fallu une détermination incroyable pour arriver à survivre, en luttant pour tout juste assurer leurs besoins durant tant d'années et à plus de mille cinq cents mètres d'altitude. Et nulle part tu ne rencontreras personne de plus honnête et digne que les habitants d'Old Buckram. Tout ça, c'est là, en toi, dans ton sang, comme dans le mien, et tu devrais en être fière.

— Ouais, peut-être, mais tu as pris la tangente : tu n'entends pas les klaxons de la tangente ? Ils sonnent pourtant. Bon, alors, et cette femme de Gideon ?

— Okay. Apparemment, le père de Gideon, qui s'appelait Smoke, vivait à perpète, loin de la ville. Alors il se mit à sortir avec une des sœurs Houck – elles étaient deux – et voulut l'épouser, mais le greffier imprima le bulletin de mariage avec le nom de l'autre sœur.

— C'était quoi, leurs noms ?

— Hattie et Alverta.

— Vraiment ?

— Je n'en sais rien. Je viens juste de les inventer.

— Et lui, il s'appelait vraiment Smoke ?

— Oui, enfin, c'était un surnom. Son vrai nom, c'était Barty, mais tout le monde l'appelait Smoke.

— Okay.

— Bon, et donc...

— C'est cool, comme nom.

— Smoke ?

— Oui. J'aime bien.

— C'est vrai, je dois le reconnaître.

— Donc Smoke allait épouser Hattie, mais le greffier imprima le bulletin de mariage avec le nom d'Alverta, alors il épousa Alverta.

— Moi, j'aurais préféré qu'il épouse Hattie.

— Moi aussi.

— Et pourquoi il leur a pas juste fait imprimer un autre bulletin ?

— Eh bien, d'après l'histoire, ça allait coûter tout un dollar de plus de faire imprimer un autre bulletin, mais

Smoke dit qu'il ne lui semblait pas qu'il y avait un dollar de différence entre les deux sœurs. »

C'était la chute, et Threnody rit au moment voulu.

« Tu crois que c'est vrai ?

— Sans doute pas, mais je n'en sais rien.

— Tu te rappelles quand il jouait au vampire avec nous ?

— Oui. Je sais pas toi, mais moi j'étais mort de trouille.

— La cape, c'était un peu *too much*.

— Non, elle était très bien, la cape. C'est le cercueil, les dents et le sang qui étaient un peu *too much*.

— Bien vu », fit-elle.

Elle me dit qu'il lui manquait et je crus qu'elle allait pleurer. « Je sais, Bird, lui dis-je, je sais qu'il te manque.

— Et à toi, il te manque ?

— Il me manquera quand je lui aurai pardonné. »

Elle considéra la chose, puis ajouta : « Tu veux dormir par terre dans ma chambre ?

— Oui, ça me plairait beaucoup. »

Je lui lus son livre jusqu'à être sûr qu'elle dormait, puis je poursuivis un moment afin de m'assurer que le silence ne la réveille pas. Je déroulai mon sac de couchage et pris un coussin sur le canapé pour ma tête, volai une autre bonne bière de Cane dans le garage. Je fis un tour pour inspecter tous les livres de Cane, dont aucun ne semblait avoir jamais été lu. Beaucoup de livres sur la Seconde Guerre mondiale. Plusieurs traités sur l'art et les techniques artistiques, ostensiblement placés sur la table basse du salon, et dont il pensait sûrement qu'ils lui donnaient l'air sophistiqué et posé. Une imposante collection de livres religieux. Sa maison était neuve et immaculée. Je voyais mon reflet dans ses planchers et équipements en bois massif.

Je finis ma bière et restai là un moment dans la cuisine, à regarder des photos de personnes que je ne connaissais pas, qui souriaient, bien propres sur elles. Des photos d'Hawaï. Des photos de Paris. Eh, sans blague, mais c'est cette putain de tour Eiffel ! Ça doit être Venise. Et là, c'est Cane en chemise de crépon, l'air très sûr de lui, debout à côté d'une Mercedes argentée qui a dû coûter quatre-vingt-dix mille dollars. Il doit être bourré aux as. On pourrait dire qu'il « a réussi », d'une façon ou d'une autre. Tout était à sa place, impeccable. Je suis sûr que sa putain de vie était comme ça aussi. L'absolue perfection et l'ennui absolu.

Inconsciemment, j'avais hérité les tendances nocturnes de mon père. Je me rendis compte alors, maintenant que j'y songeais, qu'il passait un sacré paquet de temps réveillé pendant que tout le monde dormait dans son hémisphère. À présent, c'était mon tour. C'est un sentiment de grande solitude que d'être réveillé quand partout, tout le monde est bien en sûreté dans les terres du Somme. J'étais vide, et les vers de l'insomnie étaient de retour, me rongeant de l'intérieur. Finalement je me rendis, et essayai de dormir. Au matin, je m'éveillai avant le lever du soleil et décidai d'épargner à tous l'horreur des au revoir.

21

APRÈS QUATRE ANS D'ÉTUDES universitaires zélées, je réussis à décrocher une licence en philosophie, sans la moindre idée de ce que je voulais faire de ma vie. J'étais incapable de concevoir une carrière qui pût me convenir ni m'intéresser le moins du monde. En pleine indécision, et sans emploi, je sollicitai une inscription en école de droit. À ce jour, je ne sais toujours pas ce qui me poussa à le faire. Je suppose que c'était une stratégie, qui, notamment, me tiendrait éloigné de la maison, où qu'elle fût.

En fouillant mes souvenirs, je ne me rappelle qu'une seule conversation avec mon père au sujet de ce qu'il pensait que je pourrais faire dans la vie, et elle n'éclaira en rien mes délibérations à venir sur la question. C'était peu de temps après la mort de Maddy. Mon grand-père, Helton, avait subi une grave attaque, et se trouvait dans une maison médicalisée à Winston-Salem. Le bâtiment dans lequel il logeait, qui ressemblait à s'y méprendre à un poulailler de taille industrielle, par son architecture, son odeur et son attrait extérieur, comportait un unique couloir immensément long, dont l'on ne pouvait distinguer l'autre extrémité en entrant, dans le faible éclairage.

Toutes les fenêtres des locaux étaient fermées au verrou, pour « raison de sécurité », nous dit-on. Après quelques visites, me vint l'idée que les fenêtres verrouillées avaient pour but d'empêcher quelque vieillard gâteux de s'échapper et d'errer dans les rues de la ville, délirant et à moitié nu hormis sa couche. Tandis que nous descendions le couloir étouffant jusqu'à la chambre de mon grand-père, je jetai des coups d'œil furtifs dans les quelques chambres dont la porte était ouverte, où j'apercevais, dans l'obscurité stagnante, des patients cadavériques en posture rigide d'attente de la mort, leurs silhouettes déformées d'obscènes contorsions, formant des tas d'inhumaine déchéance perdus, dans leur finitude, sous les couvertures austères. Nous passions devant d'innombrables rangées de fétides lits de langueur et d'yeux affolés qui roulaient dans les crânes, de bouches figées dans la béance par l'âge ou les progrès de la maladie. Nos visites n'étaient pas de joyeux événements.

Mon grand-père avait quasiment perdu la vue et la mémoire à cause des dégâts causés à son cerveau, et il ne nous reconnaissait plus. Sa tête semblait s'enfoncer de plus en plus profondément dans son lit et dans son oreiller, au point qu'on ne voyait plus de lui qu'une bouche grande ouverte, comme arrêtée en plein bâillement, et hérissée de grandes dents jaunes protubérantes. Nous ne restions qu'un moment dans la chambre, sans un mot, hormis de sévères commentaires sur les lieux. De temps à autre, Père essayait d'ouvrir une fenêtre et remarquait : « On aurait pu croire que l'incendie du Highland Hospital leur aurait donné une leçon », faisant référence à un établissement psychiatrique d'Asheville qui avait été complètement détruit par le feu, coûtant la vie à huit de ses patients, bouclés à l'intérieur.

Père finit par cesser ses visites. Pendant ce temps, je réussissais bien à l'école, et au basket, et j'étais même intéressé par deux ou trois filles qui, malheureusement, ignoraient jusqu'à mon existence. Père n'en savait rien. Des semaines durant, il crut que je faisais partie du club de maths, et je me demande bien d'où il tenait ça, car notre école n'avait pas de club de maths. Il ne vint pas voir un seul de mes matchs de basket, malgré la promesse faite par Mère qu'il les verrait tous. Il était bien sûr occupé à d'autres choses.

Par un dimanche d'octobre tendu, nous étions tous à la maison, Père ayant décidé de ne pas faire le voyage inutile à Winston-Salem. Nous étions assis dans des coins différents de la Grande Pièce, en train de lire différents livres, notre moyen d'échapper à l'horreur basique persistante de la maison-vautour. À cette époque-là, il était rare que nous soyons tous ainsi réunis. Le téléphone sonna et Mère répondit. C'était le fabricant d'enseignes de la ville. Il appelait pour poser à Père une question de ponctuation.

S'il ne refusait pas au fabricant d'enseignes un conseil à l'occasion, autant dire que Père n'appréciait pas d'être interrompu par quoi que ce fût. Le fabricant savait peindre de belles enseignes, avec de jolies lettres en caractères gras, mais ses compétences linguistiques n'étaient guère développées. Partout dans Old Buckram pendaient des enseignes avec des fautes d'orthographe et autres erreurs à vous faire frémir (VENTE DE CHAIVRES / BOIS ECT & Plus). Il appelait Père une douzaine de fois par an, voire plus. Mère avait l'habitude de commenter : « Au moins il sait ce qu'il ne sait pas. »

Père lui parla brièvement au téléphone, reposa le combiné, arracha son manteau du crochet où il était suspendu, et sortit en claquant la porte. Je lui emboîtai le pas et, sur ses talons, traversai la cour, descendis la colline puis entrai dans le pré, où les chevaux broutaient. Tout était calme, de ce calme qui n'existe que dans une petite ville de montagne, mais une tempête se préparait, et je la sentais déjà sur mon visage. Au pied de la colline, plus près de la ville, les éternels corbeaux s'envolaient, s'élevaient au-dessus de la colline en scrutant les alentours, et s'installaient dans un arbre près du chemin que nous suivions.

Tandis que nous avancions, je remarquai que les rudbeckies que Mère avait plantées le long de la palissade étaient toutes mortes. Ce n'était plus qu'une troupe de têtes noires fichées sur des tiges desséchées. Tout du long du mur de la cour, des dahlias jaunes penchaient leurs têtes trop lourdes pour leurs hampes. Nous passâmes sous les deux chênes ancestraux dans le champ, là où veillaient les corbeaux, et, juste en dessous, le sol était jonché de glands en train de pourrir, à moitié rongés. La Morning Mountain était parée de couleurs changeantes, mais, au-dessus, le ciel, aussi loin que je pouvais voir, était gris pâle. Père était emmitouflé dans l'isolement de son long manteau noir, faisant des enjambées trop longues pour moi.

Assis sur le sol froid au bord du plateau, au sommet de la colline, nous plongeâmes les yeux dans la brume qui s'élevait. Père m'offrit une lampée d'une flasque ornementée puis se rappela mon âge. Il avait la tête ailleurs. Comme d'habitude, ailleurs qu'avec moi. Je me demandai comment il avait réussi à se concentrer assez pour lacer ses souliers, pour enfiler son pantalon et boucler sa ceinture.

« Non, merci », fis-je, de plus en plus tiraillé par le désir de m'enfuir pour apaiser la douleur suffocante que j'en étais venu à ressentir en sa présence. Sans que nous l'ayons vu, quelque chose fit détaler les chevaux, qui partirent à toute allure vers le bas de la colline. En un instant, ils étaient de retour, ayant fait une boucle, rejetant la crinière en arrière d'un air de défi.

« Je me demande pourquoi ils font ça », dis-je.

Sans lever les yeux, il répondit : « Je ne sais pas », mais je ne suis pas sûr qu'il les avait seulement vus.

« Ceci… Tout ceci… » Il fit un arc de cercle de la main, désignant l'ensemble du paysage maussade. « Tout ceci, je ne sais pourquoi, me rappelle Yeats. Tu vois l'étang là-bas, comme il est calme ? L'été, les hommes y descendent pour pêcher et boire de la bière. Je les vois depuis ma fenêtre. Les garçons et les filles jouent à s'éclabousser, les citadins étalent des couvertures pour pique-niquer et se trempent les pieds dans l'eau. Mais, à présent, l'automne est venu mettre un terme à tout ça, et un calme silencieux s'est posé sur les lieux. »

Comme si on l'avait convoqué pour compléter la scène qui venait de s'écrire, le vent se leva depuis la profondeur des bois, et vint nous encercler dans un tourbillon de feuilles récemment tombées.

« J'aime bien Yeats », dis-je, soucieux d'être à la hauteur, en ce moment d'une rare intensité entre nous, mais aussitôt je sentis que ma réaction était inadéquate, et je cherchai désespérément d'autres mots pour arriver à un accord avec lui. Mais je ne trouvai rien de plus à ajouter. Le silence qui suivit me confirma que ma maigre contribution était en effet pour lui totalement insignifiante.

C'était le tour que prenaient d'ordinaire nos conversations dans les années qui avaient suivi la mort de sa mère : un silence terrifiant ponctué de temps à autre par un bref échange, suivi par une nouvelle période de terrifiant silence contemplatif. Nous restâmes donc assis. Imaginez deux empilements de rochers plantés là, immobiles dans ce champ inégal, à flanc de montagne, la forêt derrière nous envoyant des rafales de vent glacé qu'elle rappelait ensuite à elle. Père remonta le col de son manteau tandis que les corbeaux au-dessus de nous se balançaient sur les branches.

« Ce serait bien que le soleil sorte, dis-je. J'ai l'impression de ne pas l'avoir vu depuis un moment.

— Cela ne me dérange pas qu'il ne sorte pas, dit Père. La pensée me vient sans cesse, involontairement, que le soleil n'est qu'une fournaise cosmique sans pitié dans laquelle la terre tombe progressivement.

— Il est là-haut, fis-je, le doigt tendu. On ne peut pas franchement tomber dedans.

— C'est une question de perspective, dit Père. J'ai toujours pensé que nous regardions le soleil d'en haut. »

Puis, changeant de sujet : « Est-ce que tu… as une idée de ce que tu veux faire plus tard ? Il me semble que le moment est approprié pour que nous parlions de ça. »

Maladroitement, il se forçait à jouer son rôle de parent et essayait péniblement, hésitant, de l'assurer. Je le sentis, et adoptai le personnage correspondant du fils consciencieux qui envisage son avenir.

« Je suis en train d'essayer de me décider », dis-je, alors que, en fait, je ne m'étais pas posé la question un seul instant. La vie semblait à peine avoir commencé pour moi. Mes journées pouvaient encore être d'une lenteur atroce, et il m'était difficile de voir au-delà du prochain été. À une époque, tout ce que je voulais vraiment, c'était être comme lui. Je voulais être écrivain ; et peut-être avocat aussi. Je voulais jouer de la musique d'une mélancolie suave à la lumière de la bougie une fois que tout le monde était allé se coucher. Je voulais être l'homme solitaire qui lisait à la limite des Barrowfields. Je voulais être tout ce qu'il avait été avant que la tristesse ne vienne. Mais ces temps étaient révolus, et à jamais.

À la pensée de tout ce qui avait mal tourné, j'éprouvais une amertume mêlée de haine à cause de son absence dans ma vie, de mon incapacité à le comprendre et de son indifférence envers mon incapacité à le comprendre. Je me mordis la langue à l'en transpercer, et déclarai avec un parfait sarcasme : « Parfois je me dis que j'aimerais être écrivain. » C'était dur pour moi de ne pas être en colère, de ne pas être tenté de m'opposer à lui, et le sentiment que j'exprimai était lourd de toute une vie d'ironie sardonique.

« Comme moi, fit-il, morose.

— Comme toi. Exactement comme toi.

— C'est ainsi que je me voyais jadis. »

Un chat noir, pas le nôtre, passa sur le sommet de la palissade puis disparut dans les bois hurlants. Père se leva brusquement, secoua la flasque pour en faire tomber les dernières gouttes, et prit la direction de la maison. Je l'appelai : « Où vas-tu ? »

Il revint en rechignant et se plaça juste au-dessus de moi, nos orteils se touchant.

« Pourquoi m'avoir dit ça ?

— Je ne sais pas. Peut-être que c'est ce que je pense. »

Il examina mon visage, essayant de deviner l'intention cachée derrière mes paroles. Il se pencha sur moi, formant un long arc, les pans de son manteau noir immense soulevés par le vent s'étalant derrière lui telles les ailes d'un oiseau.

« Je ne te l'ai jamais dit, mais je t'ai élevé pour que tu sois écrivain. Je pensais que tu le serais peut-être un jour. Tous ces livres que je t'ai lus. Toutes ces histoires. Tu ne te rappelles même pas, n'est-ce pas ? Mais je vois à présent, à la lumière de... ce qui m'arrive à moi... que ça n'arrivera pas... Tu ne le pensais pas vraiment, fit-il d'un ton acerbe. Je sais que tu ne le pensais pas.

— Je suis désolé. »

Je me rendis compte que je l'avais blessé plus que je n'en avais eu l'intention. Il secouait la tête sans s'arrêter. Sans pouvoir chasser sa déception.

« Tu..., commença-t-il. Je croyais..., de nouveau secouant la tête.

— Tu croyais quoi ?

— Je croyais que toi, peut-être, entre tous, tu comprendrais. »

Se détournant de moi, il s'éloigna, et, dans un grand froufrou d'ailes, les corbeaux s'élevèrent en masse dans le ciel et le suivirent à travers le champ.

Pendant des années, je ne connus de sa main qu'un seul bref passage qu'il écrivit après la mort de Maddy. Une fenêtre sur son chagrin :

Les gens disent « a disparu » pour dire que quelqu'un est mort. Ils pourraient dire : « Elle a disparu il y a un an aujourd'hui », pour dire que, il y a de cela un cycle orbital autour du soleil, son cœur épuisé dans un frisson s'est arrêté, les molécules de son dernier souffle se dispersant sans bruit dans la pièce. Esprit, *espirit, esperit, spiritus, spirare,* respirer. Dire « a disparu » est plus doux que dire que quelqu'un est mort. De manière rassurante, ils pourraient dire : « Elle est partie pour un monde meilleur. » Ou : « Si Dieu le veut, elle est allée rejoindre sa famille dans les rues du paradis. » « Elle est mieux là-bas », dira-t-on, tout le monde approuvera d'un hochement de tête solennel, et un homme se curera les dents avec un cure-dent qu'il avait dans sa poche de chemise depuis quatre jours. À eux-mêmes, et à la défunte, ils diront : « Repose en paix. »

N'est-il pas vrai que la première fois que vous parlez de quelqu'un dont le temps de vie sur terre a cessé, par habitude vous employez par erreur le présent, parce que c'est ce que vous avez fait toute sa vie. C'est dur de ne pas vouloir dire : « C'est une bonne mère pour ses enfants. » Vous le ferez une fois, peut-être, puis votre cerveau sursaute avec un bruit creux, et quelque chose vous dit que le langage connaît la vérité, et que la vérité, c'est qu'elle a disparu. Alors vient l'imparfait. « C'est… C'était… une bonne mère pour ses enfants, direz vous peut-être. Sa famille comptait beaucoup pour elle. » « Elle adorait les curés et les sœurs et pouvait leur parler toute la journée si on la laissait faire. » Je songe à tous ces moments qui, faute de photos ou d'enregistrements, sont à jamais perdus pour tous. Quelle trace reste-t-il de sa vie ? Désormais elle est tout entière contenue en moi.

On se rend compte, toutefois, parce que cela doit arriver, de la finitude du souvenir. Il ne peut traverser qu'un nombre restreint de générations avant de se fondre dans l'indistinction. Un homme se rappelle son père, peut-être son grand-père, et le détail des vies

qu'ils ont vécues. Mais c'est bien plus dur de voir plus loin en arrière. Je connais le nom de mon arrière-grand-père, mais nos temps de vie ne se sont pas croisés. Nous n'avons pas cheminé sur la terre à la même époque. Pour moi, ainsi, n'est-il qu'une photographie ; une histoire que j'ai entendu mon grand-père raconter. Ce n'est pas une vie que je me rappelle. Et mes enfants ne le connaîtront peut-être pas du tout, à moins qu'ils ne le trouvent par hasard dans un livre. Au fil du temps, il sera complètement oublié, comme nous tous, après un nombre suffisant de révolutions de la planète autour du soleil qui expire lentement.

Chaque cœur fragile qui bat à présent un jour s'arrêtera. Je regarde mes enfants. Je sens leur cœur dans leur poitrine, qui bat si vite et délicatement. Je sais qu'ils ne dureront pas toujours. Je ne peux supporter l'idée que…

Nous ne sommes guère plus qu'une poussée de feuilles sur un arbre dans une forêt à flanc de colline. Nous goûterons notre bref moment de soleil, pour tomber avec tous les autres et laisser place à la verdoyante génération d'après.

Je vous laisse juges.

L'automne suivant l'obtention de ma licence, je commençai l'école de droit à Chapel Hill. Sans être chez moi, cela me rapprocha de la maison, et mon cœur souffrait quand je retournai en Caroline du Nord, dans l'État de l'Old North.

Troisième partie

22

CHARLES YOUNG, L'ANCIEN ASSOCIÉ DE MON PÈRE au cabinet juridique, possédait une petite maison dans Rosemary Street à Chapel Hill, près du campus, et il accepta de me la louer le temps de mes études. Il avait bien voulu recommander ma candidature, et quand il apprit que je pourrais aller étudier à Chapel Hill, il ne renouvela pas le bail de son locataire précédent, et garda la maison libre plusieurs mois au cas où je voudrais la prendre ou en aurais besoin. En échange, il me demanda seulement de le laisser venir faire une bringue avec deux ou trois amis au moment de la saison de foot ou de basket, s'il allait en ville pour un match. Je m'en trouvai bien, car à chaque match de week-end qui impliquait l'équipe locale, la maison et la cour s'emplissaient de monde : tous arboraient les couleurs bleues de la Caroline, tous buvaient de la bonne bière et cuisinaient de bons plats. Les fêtes commençaient tôt et finissaient tard. Même pour les matchs en soirée, on pouvait être sûr qu'un type et sa femme se pointaient vers neuf heures du matin pour lancer le barbecue. On passait chaque fois de sacrés bons moments, et je récupérai un paquet d'entrées gratuites au stade.

Ma première année de droit se passa bien, et j'écartai l'hypothèse que ce fût parce que nombre de professeurs me connaissaient ou avaient entendu parler de moi via mon père. Bien que le droit ne représentât pas à mes yeux un grand intérêt, c'était un défi, qui réclamait des heures de lecture, de recherche et de réflexion quotidiennes. J'avais beaucoup entendu mon père en parler dans mon enfance et mon adolescence, aussi les concepts cryptiques tels que les intérêts futurs ou même la très obscure « loi de l'affaire Shelley », autant adorée des professeurs de droit qu'elle était déroutante pour les étudiants, ne m'étaient pas totalement inconnus, et le mince degré de familiarité que j'avais avec le sujet me valut un certain succès dans mes études.

Rapidement, je formai un groupe de travail avec deux jeunes hommes nommés J. P. et Tyler, tous deux excessivement brillants et remarquablement originaux, chacun à sa façon. J. P., qui tenait à l'espace entre le J et le P, « pour des raisons logiques évidentes », venait de Savannah, d'une famille à qui avait soudain échu une richesse obscène quand la Gulfstream Aerospace Corp. avait été rachetée en 1985. Le père de J. P. était un gros actionnaire de la Gulfstream depuis ces tout débuts, et quand Chrysler en fit l'acquisition on estima qu'aucun membre de la famille n'aurait plus à travailler pendant plusieurs générations. J. P. avait néanmoins reçu une éducation supérieure de premier ordre à Princeton et était capable de vous parler loi de Bernoulli jusqu'à ce que vous tombiez d'épuisement. Quand je lui demandai pourquoi il avait décidé de faire du droit, il répondit : « Je ne sais pas trop. » Sa véritable ambition était d'être écrivain, ce dont, malheureusement, je savais quelque chose. Il lisait de la science-fiction, presque exclusivement, et avant de faire son droit avait publié deux ou trois nouvelles dans des magazines de SF assez réputés.

Tyler, quant à lui, avait grandi à Raleigh, dans une famille légèrement plus modeste. Son père, ingénieur en électricité, avait fait toute sa carrière chez Bell South à Durham, et sa mère était professeur de calcul dans le secondaire. Comme J. P., c'était avant tout un ringard pur jus, féru d'abstraction intellectuelle. Ambidextre, il était capable de résoudre simultanément une équation au tableau par les côtés droit et gauche, un bout de craie dans chaque main, prouesse à mes yeux totalement inédite. Je lui posai la même question qu'à J. P. : pourquoi faire du droit alors qu'il était plutôt destiné à devenir ingénieur ou physicien. Après avoir réfléchi un moment, il répondit : « Vraiment, je ne saurais pas le dire. Je pense qu'il me fallait un projet, voilà tout. » J'étais reconnaissant d'avoir ces amis.

On bûchait ferme, et on passait six jours de la semaine ensemble, mais, pour une large part, les conversations portaient sur des choses diverses et variées, sans rapport avec le droit. Nous préparions des guides d'étude (connus en droit sous le nom de plans), épiques à proprement parler, par l'envergure et le détail, et après nos bons résultats au premier semestre, la rumeur se répandit et tout le monde en voulut des copies. Pour le second semestre, je vendis une guitare et avec l'argent j'achetai un ordinateur portable, pour taper les plans en temps réel pendant nos séances d'étude, et tout naturellement les obscénités libidineuses propres à un groupe de jeunes gens brillants qui s'ennuient vinrent se mêler aux plans que je transcrivais au moment même où s'énonçaient les vulgarités. Un jour, par exemple, J. P. fit remarquer qu'il avait installé son livre sur une trique récalcitrante en cours de droit des affaires, et que l'ouvrage montait et descendait comme le gouvernail arrière d'un biplan, ce qui fut cité dans le troisième paragraphe d'un briefing sur une affaire de responsabilité de société mère. La plupart du temps, toutefois, la brillante spontanéité de ces deux jeunes gens se manifestait d'autres manières. Je peux par exemple affirmer avec certitude que notre plan relatif aux biens fonciers est le seul dans les annales à utiliser le mot *lemniscate* en rapport à une analyse de la loi contre les rentes perpétuelles.

Le premier jour de notre seconde année entra dans la classe une fille que je n'avais jamais vue. Elle resta un instant dans l'embrasure de la porte, cherchant un siège. Je perçus en elle un côté sage, quelque ancienne tristesse héritée de blessures subies longtemps auparavant, mais, quand elle se tourna vers moi, je discernai dans ses yeux et sur son visage un éclat qui revendiquait la détermination et d'étonnantes profondeurs d'intelligence et d'expérience.

Elle se lia vite d'amitié avec un groupe de filles sympathiques de notre classe, avec qui j'avais de vagues liens, mais les détails la concernant n'émergeaient pas vite. J'appris seulement qu'elle venait d'une autre école de droit dans le nord-est, et qu'elle avait de la famille à Charleston. À mon grand dam, nous nous trouvions dans deux groupes différents, et un destin cruel avait voulu que nous n'ayons qu'un cours en commun, et qui n'avait lieu qu'un jour par semaine. Malgré mes efforts soutenus, je n'avais l'occasion de lui parler que lors de ces rares moments d'allégresse où nous nous croisions, à l'entrée ou la sortie du bâtiment, et nos brefs échanges monosyllabiques n'avaient malheureusement pas plus de profondeur ni de sens que ceux que l'on a avec un étranger croisé dans la rue. Je ne la voyais jamais à la bibliothèque, ni dehors le week-end. Selon la rumeur, elle passait beaucoup de temps en allers et retours à Charlotte.

Elle était grande et mince, bien proportionnée, avec des cheveux blond très clair qui lui tombaient juste en dessous de l'épaule. Elle avait le rire prompt, franc et plein de douceur. Le moindre de ses gestes ou de ses mouvements semblait être un idéal géométrique ou un modèle d'évolution. Des pieds jusqu'à la tête, Darwin et Euclide n'auraient pas pu, par leurs forces alliées, former un être plus sain, du point de vue naturel et mathématique. Ajoutez à cela une posture de cygne et une élégance athlétique, et vous aurez le séduisant chef-d'œuvre d'un art captivant, qui m'affolait le cœur chaque fois que je la voyais.

Un samedi après-midi avant les examens, J. P., Tyler et moi étions assis sur ma véranda après notre séance de travail, et je leur confiai ma fascination pour cette jeune femme, dont j'appris qu'elle portait le prénom curieux de Story, « histoire ». J. P. fut pris d'un rire convulsif et me dit que je n'avais pas la moindre chance. « Et d'un, elle a l'air *bien* trop normale pour toi. Et tu ne la connais même pas. En dépit des apparences, elle est peut-être folle. Fais comme moi, vise les fruits plus accessibles, pas ceux du sommet de l'arbre.

— Quand il dit les fruits plus accessibles, il parle de ses boules, fit Tyler. C'est la seule action qu'il connaît. »

J. P. lui répondit : « Taille-moi une pipe, tu veux ? » Puis à moi : « Elle va juste te fendre le cœur. Il n'y a aucune bonne raison de te torturer pour une chose que tu n'auras jamais. T'as qu'à prendre un chien.

— Oh, et puis je sais pas, fit Tyler. Je vous verrais presque ensemble, tous les deux. Vous vous ressemblez en fait, d'un tas de façons que j'arrive pas vraiment à formuler.

— Ils ont les mêmes cheveux, dit J. P.

— C'est vrai, dit Tyler, sauf qu'elle, elle les a plus longs.

— Elle est presque aussi grande que toi, dit J. P. Vous auriez de grands bébés.

— Mais écoute-moi bien, fit Tyler. Si tu te lances, il faut faire gaffe de pas tout foirer. Fais pas le con, comme tu en es capable, ce qu'on sait tous les deux. »

Cette nuit-là, je rêvai d'elle. Elle était debout devant moi, et son regard scrutait mon visage. Puis elle m'embrassa, une seule fois, et pressa son corps tout entier contre le mien. J'essayai de lui prendre les mains, mais elle se recula d'un air énigmatique et, lentement, s'éloigna pour plonger dans un abîme d'obscurité. Sans mentir, je vous assure que ce genre de rêve peut rendre un jeune homme complètement fou.

Je ne la revis pas pendant ce qui me parut une éternité. Après les vacances de Noël, quand il devint clair que nos chemins ne se croiseraient jamais à cause de nos divergences d'emploi du temps, j'essayai de me la sortir de la tête une fois pour toutes. Suivant le conseil de J. P., je me rendis au foyer d'animaux local en quête d'un chien, où on m'envoya à une société de sauvetage du coin qui venait de récupérer quatre douzaines de chiots réchappés d'un élevage à Reidsville, fermé par la police pour traitements cruels envers les animaux. Les propriétaires à qui on avait pris les chiens étaient bien engagés dans un programme dément d'eugénisme canin quand le complexe fut dénoncé auprès de la SPA. Tous les chiens vivaient dans des conditions misérables. La société de sauvetage avait loué une ferme sur New Hope Church Road et distribuait les chiens à adopter (en échange d'une donation suffisante) à des personnes jugées raisonnablement aptes, aussi fis-je une donation par chèque sur ma bourse d'étudiant fédérale, et entrepris un tour de cour en quête d'un chien.

Une vingtaine de chiots environ avaient un ruban de soie rouge noué autour du cou. Cela signifiait qu'ils étaient réservés. Je fus aussitôt rassuré de ce rétrécissement du champ des possibilités. Un chiot qui n'avait que la peau sur les os, bien qu'il fût un peu plus grand que les autres, était assis tout seul dans un enclos de grillage à poule. Il se distinguait par un ruban orange. De temps à autre, il gémissait, appelait les autres chiens, et grattait le grillage. La plupart du temps, il restait juste là à observer. Il avait déjà de grosses pattes et semblait voué à devenir un gros chien.

« Et ce petit-là, c'est quoi l'histoire ? demandai-je.

— Il est adorable. Mais on ne peut pas vous le donner », dit une dame gentille, d'âge moyen, qui semblait épuisée après avoir passé l'essentiel des deux jours précédents à transporter les chiens dans des caisses depuis l'élevage jusqu'à la ferme. « Mais il y en a plein d'autres, comme vous pouvez le voir.

— Il a un problème ? Que veut dire le ruban orange ?

— On pense qu'il a fait une attaque. Peut-être deux. Alors on l'a mis à l'écart pour l'observer. On ne peut pas donner un chien qui risque d'être une charge financière. »

Elle expliqua que certains gros chiens sont sujets aux attaques et requièrent beaucoup de soins, ainsi qu'une quantité correspondante de médicaments et de surveillance médicale.

« Ça ne vous dérangerait pas que je reste un moment avec lui ? demandai-je.

— Non, bien sûr. Mais ne vous faites pas de faux espoirs.

— Il a un nom ? »

Elle se pencha par-dessus le grillage pour examiner le ruban. « Ouais. Pour le moment, il s'appelle n° 42. »

Je m'assis dans l'herbe avec n° 42, qui me grimpa sur les genoux et se mit à me mâchonner la main avec des dents plus acérées que ce à quoi je m'étais attendu. Nous restâmes assis à jouer durant les trois heures qui suivirent, et à observer tous deux avec intérêt les allées et venues des gens qui arrivaient pour choisir des chiots, tandis que les bénévoles bien intentionnés, presque tous des filles d'une vingtaine d'années, remplissaient des documents et vérifiaient avec efficacité la recevabilité des demandes. Quand il fut dix-sept heures, n° 42 s'était endormi sur mes genoux tandis que je lui frottais le dos. La gentille dame s'approcha de nous et dit : « J'espère que vous ne vous êtes pas trop attaché. »

Ben tiens.

« Je suis resté un bon moment avec lui et tout semble bien aller, dis-je. Je n'ai rien remarqué.

— Je ne peux pas vous le laisser. Je voudrais mais c'est impossible.

— Mais qui va le prendre ?

— J'allais le prendre moi. Je peux m'occuper de lui.

— Je parie que vous avez déjà une demi-douzaine de chiens. »

Elle répondit en riant : « Exact. Pour un chien, je ne sais pas dire non. Fut un temps, j'avais une demi-douzaine de chiens et un mari ; maintenant, j'ai juste une demi-douzaine de chiens.

— Alors vous n'avez pas besoin d'en avoir un de plus, et surtout s'il est malade. Laissez-moi l'emmener chez moi. Je m'en occuperai bien. »

Elle m'examina longuement et me serra dans ses bras.

« Allez, mon gars, dis-je à n° 42. Tu viens avec moi. »

Nous montâmes en voiture, lui sur le siège passager, moi à la place du conducteur. Je n'avais pas encore fait marche arrière pour regagner la route qu'il était venu se glisser sur mes genoux et s'était installé pour dormir, sa tête reposant au creux de mon coude.

Nous passâmes à l'animalerie pour l'équiper et avant que j'aie pu lui mettre une laisse, il se baissa et pissa sur le sol carrelé luisant. Il n'était pas encore propre et je craignais qu'on ne pense que j'étais un mauvais maître. « Je viens juste de l'avoir, expliquai-je aux clients qui n'en avaient vraiment rien à faire. Il a été sauvé d'un élevage. Oui je sais, c'est terrible, n'est-ce pas ? On va rentrer prendre un bon bain. »

Une fois à la maison, je le libérai dans la cour derrière. Il courut, joua, détala en trombe derrière les bâtons que je lui lançais, mangea de l'herbe et la vomit, explora le moindre recoin de la cour, découvrant dans la clôture quatre ou cinq trous que je n'avais pas remarqués. Je lui versai de la nourriture, qu'il dévora après avoir renversé le bol et répandu le contenu sur le sol. Puis, d'un air triomphant, il planta les pattes avant dans son bol d'eau. Au bout d'un moment, il me rejoignit sur les marches à l'arrière de la maison et s'écroula à mes pieds, encore haletant.

« Je sais déjà comment je vais t'appeler, lui dis-je. Tu ne seras plus contraint de subir l'indignité de n'être qu'un numéro, n° 42. Désormais, officiellement tu t'appelles Buller. »

Il grandit vite et, en quelques mois, passa d'une petite peluche à un animal plus proche du lionceau. De fait, il avait la couleur fauve d'un lion, et un large et puissant poitrail qui se musclait de jour en jour. Je le sortais tous les matins avant mes cours, l'après-midi en rentrant et le soir avant d'aller me coucher. Pendant que j'étais en cours, il se mit à manger mes affaires, une par une, et parfois plusieurs à la fois. Mes livres étaient pour lui un régal. Un jour, je découvris à mon retour qu'il avait complètement détruit une étagère entière de livres, Wordsworth, Keats, Shelley, Byron, Coleridge et *Chants d'innocence et d'expérience* de William Blake. Apparemment, il préférait les romantiques. Je retrouvai des pages déchirées dans toutes les pièces. Il avait dû s'en donner à cœur joie. Un jour, il dévora mon sommier, y laissant un large trou. Une autre fois, ce fut une porte.

Il comprit très vite tous les ordres que je lui appris. Chaque jour, il boudait quand je partais en classe à l'université, et une mélancolie suicidaire le gagnait si je sortais dîner ou prendre une bière après les cours. Il restait allongé, la tête dans un coin, regardait ostensiblement ailleurs, et m'ignorait quand je l'appelais. Où que j'aille, il voulait m'accompagner, et, bien sûr, je l'emmenais partout où je pouvais. Il avait toujours un jouet dans sa gueule. Un de mes camarades de classe lui donna un ours en peluche tout doux dont j'étais sûr qu'il le mettrait en pièces instantanément, mais, au lieu de ça, en Sebastian Flyte canin, il l'emportait partout et cette affection pour l'ours lui valut une réputation sur le campus. Quand Buller ne pouvait pas m'accompagner, pour une raison ou pour une autre, je lui disais : « Tu dois rester là, mon gars », et il lâchait le jouet qu'il avait dans la gueule à mes pieds, pour prendre la direction du coin de la pièce où il allait bouder.

Pendant ce temps, il continuait de grandir, jusqu'à devenir franchement léonin. À un an, il faisait le poids incroyable de soixante-deux kilos, tout en os et en muscle. Plus que tout au monde, il adorait courir après les balles de tennis, et chaque fois qu'il était prêt à jouer, ce qui arrivait très souvent, il m'en apportait deux ou trois, qu'il posait sur mes genoux en aboyant pour que je l'emmène au parc. Tant que je lui lançais la balle, il allait la chercher pour me la rapporter. À la fin de nos journées respectives, nous étions d'ordinaire tous deux totalement épuisés. Il venait se coucher avec moi chaque soir et dormait toujours la tête posée sur mon torse.

23

AU TOUT DÉBUT DU PRINTEMPS de mon dernier semestre de droit, Tyler, J. P., l'un des amis que Tyler avait gardés de Raleigh, prénommé Will, et moi allâmes manger des crevettes au gruau chez Crook's Corner, lors d'une parfaite soirée, un samedi. Il avait fait chaud ce jour-là, et, avec la promesse du retour du beau temps, tout le monde était de sortie. Le restaurant était bondé, et les gens faisaient la queue jusque sur le trottoir. Quand nous pûmes enfin entrer, l'hôtesse d'accueil nous demanda si nous avions une préférence en termes de fumeurs, J. P. répondit : « Marlboro Lights » et moi : « Ce qui se libérera le plus tôt. » Nous nous serrâmes dans un coin du bar en attendant notre table. Les hommes portaient des pantalons de treillis et des chemises à boutons, les femmes des robes imprimées à fleurs en tourbillons de couleurs. Nous nous réjouissions du spectacle et J. P. déclamait un discours pontifiant sur l'évolution qui avait conduit le téton à ressembler à une cible quand Story et cinq de ses amies d'école entrèrent. Naturellement, elles avaient eu la prévoyance de faire une réservation, et elles nous passèrent droit devant tandis qu'on les escortait jusqu'à une table dans le patio déjà surpeuplé. Dès que j'eus repris conscience, je demandai à l'hôtesse de changer notre préférence de « première disponibilité » à « patio », ce dont elle fut heureuse de s'acquitter.

« À l'attaque. » Mes compagnons me regardèrent comme si j'étais fou. « Allez les gars, à l'attaque.

— Qu'est-ce qui se passe ? demanda Will.

— Un coup dur, fit Tyler.

— Et comment. Story est là, ajouta J. P.

— Exact, dis-je. Deux choses : primo, c'est ma chasse gardée. Vous savez ce que j'ai enduré, alors, par pitié, laissez-moi au moins être le premier à me ridiculiser. Si elle m'envoie paître, c'est son droit, mais je vous jure que je vouerai une haine éternelle à celui d'entre vous qui finirait par la raccompagner. Je ne plaisante pas. *Éternelle*. Tu ne me connais pas, Will, mais je suis capable d'emporter une rancune outre-tombe. Deuzio, quoi qu'il arrive, ne me laissez pas faire un truc idiot. Si je bois trop, ne me laissez pas lui parler. Allez chercher une ordonnance restrictive. J. P. ?

— Pas de problème. Je connais un juge. Je vais assurer. Je peux te faire mettre en isolement temporaire.

— La solution, dit Tyler, c'est de ne rien dire du tout. Juste rester près d'elle, mais ne pas parler sauf si tu es obligé. Essaie juste d'avoir l'air sûr de toi. Tu vas tout faire foirer si tu parles.

— Merci, c'est sympa.

— Je suis de tout cœur avec toi. J'espère que ça va marcher autant que toi.

— Vraiment ?

— J'en ai marre de t'entendre geindre.

— Merci. »

Plusieurs siècles s'écoulèrent et l'hôtesse vint enfin nous conduire à notre table dans le patio surencombré. « L'heure est venue, lançai-je. Mais que le nautonier de ma destinée dirige ma voile !... En avant, joyeux amis ! »

J. P. dit à Will : « Il sort des conneries comme ça tout le temps. Tu t'y habitueras. » Puis à mon intention : « C'était *Roméo et Juliette* ?

— Exact. Je ne sais pas comment tu fais. »

J'essayai de m'asseoir à un endroit d'où je pourrais voir Story mais Tyler ne me laissa pas faire.

« Tu vas la fixer comme une bête stupéfaite et elle te prendra pour un exhibitionniste.

— Il a raison, dit J. P. On te dira ce que t'as besoin de savoir.

— Salauds. »

Tyler me rapporta que la table de Story était pleine.

« Parce que tu crois que je vais aller m'asseoir à côté d'elle ?

— Et comment tu vas faire pour lui parler sinon ? Tu veux attendre qu'elle s'en aille et la rattraper sur le parking ? »

Mon tourment se poursuivit donc un moment. Puis Tyler remarqua qu'une fille assise à côté de Story avait quitté la table et réglé sa note, laissant une place libre. *Ô, coup du sort !*

« À toi de jouer, fit Tyler. Allez, le tigre, tu vas leur montrer.

— Mais je peux pas juste comme ça aller m'asseoir à côté d'elle.

— Mais si. T'as qu'à faire comme si t'allais pisser, tu joues la surprise quand tu la vois, et tu t'assois à côté d'elle. Tu devrais y arriver. »

Le cœur battant, la tête pleine de tous les vers de poésie romantique que j'avais jamais lus ou entendus, qui bondissaient tous azimuts et fendaient l'air autour de moi en un tourbillon insensé, je gagnai la table de Story et m'assis sur le siège vide à côté d'elle. Toutes les conversations à la table s'interrompirent abruptement. Story et ses amies me regardaient comme un homme nu qui leur aurait apporté le dessert.

« Bonsoir, tout le monde, ça va bien ? »

Au bout d'une longue seconde, toutes me répondirent joyeusement, et se remirent à parler examens et emplois. Heureusement pour moi, le serveur s'approcha et je commandai une bière. Je restai assis une minute ou deux sans rien dire, comme s'il n'y avait rien eu d'anormal à ma présence à cette table, au milieu de ces gens avec qui je n'avais jamais auparavant eu de conversation substantielle. Tyler et J. P. se débrouillaient comme des chefs pour ne pas suivre ma progression. Ils poursuivaient comme si la situation était tout à fait normale, et j'admirai leur professionnalisme. Ma bière arriva et j'en bus une longue gorgée, plein de gratitude. Du bout des doigts, j'examinai le motif sur la table de métal comme si cela avait une importance réelle, puis je feignis d'étudier le menu avec une intensité quasi scientifique, bien que j'eusse déjà mangé. Story croisa les jambes et se tourna vers moi. À sa table, et peut-être dans l'ensemble de l'établissement qui grouillait de monde, elle et moi étions les seuls à ne prendre part à aucune conversation. Nous devions avoir l'air assez bête.

« Je m'appelle Story.

— Bonjour. Moi, c'est Henry. Je vous ai vue assise là et je me suis dit que je viendrais vous dire bonjour.

— Vous m'avez vue assise là ?

— Je vous ai vue entrer.

— Et vous vouliez me dire bonjour ? demanda-t-elle.

— Oui.

— Mmmhh. »

Elle semblait sceptique. Le visage commença à me brûler et je fus saisi d'un élan de timidité si intense et profonde qu'il provoqua presque l'incontinence. Je n'avais rien à faire là et n'avais pas la moindre idée de quoi lui dire. « Bon », fis-je en m'étouffant. Je me levai pour partir. BethAnn, l'une des amies d'école de Story, me dit « Tu as commencé à réviser ? »

Merci, grands dieux. Je me rassis. Elle parlait de l'examen de droit qui était tout proche.

« Il paraît que t'as été interrogé en procédure criminelle l'autre jour ? dit-elle sans attendre ma réponse à son autre question.

— C'est exact.

— C'est complètement délirant. Je me rappelle pas la dernière fois qu'un troisième année a été interrogé. Qu'est-ce que tu faisais ?

— Je lisais. Mais pas le manuel. Je n'aurais sans doute pas dû mettre les pieds sur la table non plus, même si j'étais au fond. »

Cela fit rire Story et je sentis mon rythme respiratoire redescendre à une fréquence plus acceptable d'un point de vue médical.

« Qu'est-ce que tu lisais ? » intervint cette fois Nichole, une autre des amies de Story, à qui son « h » superflu, ses minijupes et sa farandole de copains à court terme n'avaient pas rendu service. Turpitude mise à part, elle était en lice pour les honneurs de la première place à l'obtention du diplôme.

« *Pour qui sonne le glas.* »

Story rit de nouveau. Titre ô combien de circonstance.

« C'est fou, dit BethAnn. Toi qui es au top de la promo. Qu'est-ce que t'a dit le prof ?

— Quand je lui ai répondu *je passe mon tour*, il a repris, d'un ton fort menaçant, je dois dire : "Ça va pour cette fois, mais est-ce que ça passera à l'examen ?"

— Oui, c'est ce que j'avais entendu dire, dit Nichole. C'est franchement drôle. À l'évidence, il ne te connaît pas du tout. » Par quoi elle voulait dire que j'étais l'un de ses plus sérieux concurrents.

« On peut le trouver désagréable, sans doute, dis-je.

— Sans le moindre doute, c'est un parfait imbécile », dit-elle. Touché, Nichole.

Le reste de la table reprit le fil des conversations. La chatoyante chevelure de Story était tirée en arrière, mais revenait en boucles autour de son cou exquis, qu'elles masquaient en partie. Elle portait une robe noire sans manches et je m'émerveillais des contours de ses bras et de ses épaules. Il y avait dans sa manière d'être une résilience inhérente, qui se dégageait de sa posture et de la façon même dont elle posait les bras sur la table. Elle parlait à AnnBeth d'un ton animé, et avait oublié apparemment que j'étais toujours assis à côté d'elle. Quand elle se retourna vers moi, je lui dis : « Je ferais mieux d'y aller.

— Je peux te poser une question ? dit-elle.

— Bien sûr.

— Qu'est-ce que tu veux faire plus tard ? »

Le volume sonore s'était tellement amplifié dans le patio que nous dûmes presque crier pour nous faire entendre par-dessus les bruits de voix et le tintement aigu des couverts sur la porcelaine et l'émail. Elle s'était penchée vers moi et nos visages étaient tout proches.

« Je n'en ai pas la moindre idée. Mais sans doute pas avocat. Et toi ?

— Je croyais que je voulais être avocate, dit-elle. Mais je n'en suis plus si sûre.

— Et pourquoi ?

— Parce que je voudrais vraiment aider les gens. »

Je considérai sa réponse et, levant les yeux vers elle, je vis le sérieux se refléter sur son visage. Son regard avait quelque chose de captivant. Elle sembla momentanément gênée de mon visible émerveillement.

« Qu'est-ce que tu bois ? »

Elle pencha sa bière vers mon verre de bière et se passa une mèche de cheveux derrière l'oreille. J'observai la remarquable économie de mouvements avec laquelle son bras se leva et retomba. Assurément, une centaine de personnes ou plus discutaient dans le patio, serveurs et serveuses s'affairaient, portaient de pleins seaux de bière, les gens allaient et venaient : mais, tout aussi assurément, je n'avais conscience de rien de tout cela.

« Franchement, je ne sais plus », dis-je. En cet instant, je ne savais vraiment plus. « Mais c'est bon, si tu veux goûter ? Et toi, qu'est-ce que tu bois ?

— Je ne sais pas trop. Quelqu'un a commandé pour moi. Le verre est apparu devant moi. »

Je bus une autre gorgée. « Tu veux que j'en commande deux autres ?

— Oui, s'il te plaît. Comme ça, on saura peut-être ce qu'on boit. »

Je fis signe au serveur et commandai deux bières. Des Corona citron. Simple et de bon goût.

« Avec qui es-tu venu ? » demanda-t-elle. J'indiquai ma table bruyante, où J. P. et Tyler causaient un peu d'agitation. BethAnn posa une autre question à Story ; je perdis son attention, sans être bien sûr de la retrouver ensuite. Je me dis qu'il serait raisonnable d'attendre à la table que la bière arrive, ce qui se produisit peu après. Story et moi plongeâmes la tranche de citron dans le verre pour trinquer.

« À notre unique lune et notre myriade d'étoiles, dis-je.

— Oui, fit-elle, avec délices. Ça me plaît. À notre unique lune et notre myriade d'étoiles. Ça vient d'où ?

— J'ai dû le lire quelque part. »

Je lui demandai d'où elle était, et elle répondit : « Une ville de Caroline du Sud dont tu n'as jamais entendu parler, j'en suis sûre. »

Son air amusé disparut et fut remplacé par un superbe froncement de sourcils. Ses amies, ayant demandé leur addition, s'étaient levées pour partir. Elles lui demandèrent si elle était prête à y aller. Elle me regarda une longue seconde et je me dis qu'elle pourrait rester.

Enfin elle dit : « Je suis prête. »

Elle se leva précautionneusement, sa robe noire moulante soulignant son corps. « C'était sympa de te parler. Je ne peux pas boire tout ça. Tu veux le reste ? »

Elle me tendit sa bière, que j'envisageai d'emporter chez moi pour la garder dans un réceptacle hermétiquement fermé, un geste qui signifierait sans doute pour les autres qu'il était temps de me faire interner pour un bon bout de temps.

« Bonne soirée, fit-elle.

— Merci, ça ira. Toi aussi. Profite de la lune et de notre myriade d'étoiles. »

Puis elle partit.

24

POUR FÊTER LA FIN DE NOS ÉTUDES DE DROIT, mes amis et moi décidâmes de louer une maison sur la plage à Sullivan's Island, durant un long week-end après le dernier jour d'examens. La rumeur se répandit rapidement et, très vite, plusieurs autres de nos camarades s'étaient inscrits pour nous accompagner. De la maison, nous ne savions rien, sauf qu'elle était spacieuse et très chère, avec des portes-fenêtres peintes en rouge à trois des chambres du rez-de-chaussée, qui ouvraient sur les dunes juste avant la plage. Le jeudi après-midi, tandis que nous chargions la voiture pour le week-end, Story m'appela à la maison de Chapel Hill. Je ne lui avais pas parlé depuis cette soirée au restaurant.

« Salut... c'est Story... on s'est parlé l'autre soir au Crook's Corner... tu te rappelles ?... Okay, super. J'ai entendu dire que vous alliez à la plage. Tu penses que vous auriez encore une place ? »

Mes organes vitaux se paralysèrent. Quand j'eus recouvré mes esprits, je lui dis que nous serions ravis qu'elle se joigne à nous, qu'il y avait beaucoup de place. BethAnn et Nichole avaient déjà été invitées par des membres de notre groupe, et Story dit qu'elle les suivrait plus tard dans l'après-midi. Elle connaissait Sullivan's Island, il lui fallait juste l'adresse.

« C'est sur Poe Avenue, lui dis-je. Tout au bout. On est dans une grande maison blanche sur la gauche, côté océan. Tu verras ma vieille Scout, enfin si cette brave fille tient jusque-là. C'est écrit VP-KAN sur la plaque d'immatriculation. »

Les premiers arrivés attendirent les autres en buvant de la bière sur la véranda à l'avant de la maison, tandis que le ciel corail se ternissait langoureusement à l'approche de la nuit. Nous n'avions pas moins de trois glacières géantes, et les planches délavées de la maison étaient de la couleur blanche du sable omniprésent. À l'intérieur, quelqu'un trouva un antique saladier en cristal qu'on remplit de lunes de citron. Il trônait, bien visible, sur la balustrade de la véranda, émeraude glauque se détachant sur le fond blanc sable des planches. Une compil de reggae émanait du deuxième étage, rythmant le moindre geste et tous les pas.

J. P., rendu prolixe par l'alcool, me parlait d'écrire un roman et de son projet attenant de devenir le futur Ursula K. Le Guin. J. P. était l'un de mes amis les plus proches, je l'appréciais intensément, mais l'assurance avec laquelle il discutait de son probable succès futur d'écrivain et sa façon d'insinuer qu'il détenait un savoir supérieur étaient pour moi cuisantes et me hérissaient. Je ne lui avais pas parlé de Père, et ne pouvais donc rien lui reprocher, et, d'ailleurs, même si je lui avais raconté son histoire, il n'y avait pas là motif à empêcher J. P. de parler d'écrire. Néanmoins, quelque chose dans sa façon de présenter l'entreprise comme un jeu d'enfant, un de ces coloriages où des chiffres indiquent les couleurs à apposer, plantait des clous dans les paumes de ma conscience. Fort heureusement, en cette occasion, l'effet en fut atténué par ma difficulté à me concentrer. De fait, j'étais préoccupé à un degré qui frisait la folie. Je ne pensais à rien d'autre qu'à Story, et me demandais si elle viendrait ou non à la plage.

« Je crois que le filon, c'est la littérature érotique. Enfin, si on veut vendre. Peut-être que je vais mettre mon nez dedans un de ces jours. »

Sous cette lueur d'espoir momentané, J. P. se changea les testicules de côté. J'ignorai l'allusion salace, les yeux rivés au-delà, dans l'espoir de voir arriver Story, et lui dis : « Comme qui ? D. H. Lawrence ? Ou plus dans le genre de Henry Miller ?

— Tu vois, ça, c'est pas possible. Tu ne peux pas entreprendre d'écrire *comme* qui que ce soit. Il faut créer, voilà tout. Laisser le miracle se produire. Laisser ton cerveau suivre ses schémas naturels, dont tu peux être sûr, dans la plupart des cas, qu'ils n'ont pas été reproduits dans la nature auparavant. Et on ne peut pas dire que Henry Miller soit de la littérature érotique. La présence du terrible mot qui commence par "c" ne suffit pas. Si tu lis Henry Miller en quête de scandale, tu vas être déçu – sauf si le mot *con* te fait rebiquer les orteils. »

Il alla chercher quatre bières dans la glacière, m'en tendit deux, si bien que j'en tenais à présent trois. Il ouvrit la première des siennes d'un coup sec sur la capsule qu'il avait préalablement coincée contre la balustrade de la véranda, et l'envoya valdinguer dans l'allée telle une fusée de feu d'artifice. L'air surpris, il descendit les marches d'un pas mal assuré pour aller la récupérer.

« Tu es tellement consciencieux, lui dis-je.

— Dis-le à ma mère.

— Mais est-ce qu'il ne faut pas lire tout ce qui s'est écrit avant, pour être sûr de ne pas reproduire une œuvre antérieure ? demandai-je, histoire de jouer le jeu.

— Premièrement, c'est impossible. »

J. P. était grand et mince, peut-être plus grand que moi, et ses longs membres s'étendaient dans toutes les directions. Je trouvais qu'il ressemblait à un cerf-volant en toile très blanche tachetée de roux. Il entretenait toujours une barbe clairsemée d'environ deux jours, à la Yasser Arafat.

Il avait de beaux traits mais tout dans son comportement disait l'excentricité, et, par honnêteté intellectuelle, il préférait de loin atterrir dans cette catégorie. Autant que je le sache, il n'avait jamais couché, ni n'était vraiment sorti avec personne. Quand il parlait, c'était en gesticulant, à grand renfort de moulinets de bras, ce qui produisait un effet saisissant.

« Y en a juste trop », dit-il, et là, il se changea en ptérodactyle planant à peine au-dessus de moi, une bière dans chaque main, aux deux extrêmes de l'envergure des ailes. « Y aurait de quoi se paralyser. Et puis où trouver le temps d'écrire ? Et là... là, fit-il, buvant une gorgée de bière, pour le coup, tu risques de trouver quelqu'un que tu aimes vraiment et, inconsciemment, de te mettre à essayer d'écrire pareil. Et ça, c'est ce qu'il faut éviter à tout prix.

— Alors tu fais quoi ? dis-je. Tu ne lis pas. Tu écris seulement ?

— Moi ? Personnellement ? Putain, moi, je lis tout. Tout ce qui me tombe sous la main. Et malgré ce que j'ai pu te dire, je suis complètement d'accord avec toi. Je suis absolument mort de trouille à l'idée que ce que j'écris ne soit pas aussi bon que ce qui s'écrit en ce moment, et, neuf fois sur dix, c'est pour ça que je n'écris rien, finalement. Mais c'est juste que je suis conscient que c'est pas une bonne stratégie, ce que tu proposes.

— Tu as lu Gaddis ? demandai-je, pour essayer de trouver quelque chose du monde des lettres que J. P. n'ait pas lu.

— J'y arrive pas.

— Pynchon ?

— Même chose pour Pynchon. Je peux pas m'empêcher de penser qu'ils écrivent juste pour voir jusqu'où ils peuvent aller, et si on va les lire.

— Poe ?

— C'était une tafiole. Non, je plaisante. C'est génial, Poe. J'adore. J'adore tellement que, s'il était en vie, je pourrais le tringler. À lui en faire tomber les poils du cul.

— Wow.

— Quoi, wow ?

— Je regrette de pas avoir un stylo sous la main. Je jurerais que tu viens de façonner une phrase absolument inédite.

— Quelle phrase ?

— Tu pourrais tringler Edgar Allan Poe à lui en faire tomber les poils du cul. Je sais pas trop ce que ça veut dire, mais je suis quasi sûr que personne n'a jamais dit ces mots, dans cet ordre-là.

— En anglais ?

— En anglais ou dans toute autre langue.

— Arrrgghh ! Je pourrais tringler Edgar Allan Poe à lui en faire tomber les poils du cul !

— Barbe noire rencontre Edgar Allan Poe.

— Aha ! En voici une belle nouvelle. Barbe noire rencontre Edgar Allan Poe. Ils étaient contemporains ? Sans doute pas. Peu importe. Le fantôme de Barbe noire rencontre Edgar Allan Poe. Le *petit-fils* de Barbe noire, pirate lui aussi, rencontre Edgar Allan Poe. »

J. P. tira de sa poche son carnet en moleskine et prit quelques notes. Comme je sentais que la discussion littéraire touchait à son terme, une vague d'un soulagement indéfini me parcourut l'échine.

« Où est ton chien ce week-end ?

— C'est Soubrette qui s'en occupe. Elle a une grande cour, et Buller s'entend vraiment bien avec ses chiens.

— Elle va sûrement t'appeler pour te dire qu'il a attrapé et tué un chevreuil dans sa cour. Tu sais que ça va arriver. Parce qu'il en est capable. »

De l'intérieur, quelqu'un cria que Story et ses amies étaient parties plus tard que prévu mais étaient en route. Une heure d'angoisse plus tard, la nuit lourde de promesses empressées, une voiture remontait lentement la rue. Elle se gara dans l'allée devant la maison et les filles en jaillirent, en short et sandales, leurs queues-de-cheval leur sautillant sur la nuque, mais Story n'était pas avec elles. Trois cents secondes se traînèrent avant qu'une autre voiture ne passe le virage et ne vienne se garer derrière la première. Je vis le levier de vitesse revenir au point mort, les phares s'éteindre. Une seconde plus tard, on mit le frein à main, bien que le parking fût aussi plat qu'un lac. Puis un plafonnier s'alluma, mais, malgré tous mes efforts, je ne pouvais rien voir à l'intérieur de l'habitacle, et ce supplice se prolongea un moment, jusqu'à ce que, enfin, retentît le clic de la lumière qu'on éteignait. J'entendis des insectes ; les vagues ; des voix, claires ou confuses ; des voitures plus bas dans l'allée ; le chant sautillant d'un oiseau non exotique, peut-être un sansonnet européen naturalisé ; un enfant poursuivi par un autre, le second au pas plus lourd que le premier ; le *psshht* d'une bouteille de bière qu'on débouche ; le bruit de verre brisé d'une bouteille vide qu'on jette ; des pneus sur le gravier ; une fenêtre collée par la peinture qu'on ouvre de force de l'intérieur ; un chien qui aboie, un barzoï châtré peut-être, ou vieux ; et enfin, Dieu merci, enfin, le *plunk* – métal contre plastique – de la portière côté conducteur qui s'ouvre. Je ne respirais plus, ni inhalation ni exhalaison, depuis cinq minutes sans doute. Enfin, la tête blonde de Story apparut derrière la voiture, sa chevelure folle soulevée par le vent, et je fus frappé de stupeur. Difficile de dire si j'eusse été plus impressionné par l'apparition du Seigneur Lui-même, écartant les nuages, ou du King, Elvis Aaron Presley. Je restai planté là, à peine capable de parler.

Story rejoignit les autres filles et elles caracolèrent telles des pom-pom girls, échangèrent des accolades de cette façon mignonne qu'ont les filles, et on déchargea les bagages. Bientôt elles paradaient en file sur la véranda, où mes amis les accueillirent à grand renfort de sifflements amicaux. Debout sur les larges marches menant à l'allée, je restai de marbre, une bière dans une main, l'autre bêtement fourrée dans ma poche. Story lâcha sa valise sur la véranda et, lentement, s'approcha de moi.

« Voilà, j'y suis arrivée. Comment vas-tu ? »

Sage comme une fleur. Avec un délicat manque d'assurance, mais sans en être complètement dépourvue.

« Je suis désolée d'avoir mis si longtemps. Tout le monde s'amuse bien ? On dirait en tout cas. »

Incapable de faire sortir la moindre syllabe dans l'espace qui nous séparait, je me tournai et rentrai dans la maison sans dire un mot.

25

PLUS TARD DANS LA SOIRÉE, nous décidâmes de nous rendre en convoi jusqu'à Charleston, de l'autre côté du pont, pour y dîner, bien qu'aucun de nous ne fût en état de conduire. Dans une folle bousculade, nous nous empilâmes dans trois voitures, assis les uns sur les autres, peaux brûlantes en contact, têtes collées au plafond des voitures et nuques courbées de droite et de gauche en d'inconfortables positions. Nous prîmes la route toutes fenêtres ouvertes. Story monta dans une voiture, moi dans une autre.

Nous dînâmes chez Magnolia sur East Bay. Notre serveur sut que nous étions des buveurs dès notre entrée, et s'ingénia gracieusement à satisfaire notre soif persistante, si bien que, en fin de soirée, l'essentiel de la note consistait en boissons. Par chance, Story était assise à la table d'à côté et me tournait le dos. J. P. était assis entre nous, me bloquant la vue avec sa tête et ses bras qui s'agitaient telles des pales d'hélicoptère. Il reprit notre conversation antérieure : « De nos jours, ce que les agents et les éditeurs recherchent avant tout, c'est une voix narrative forte. »

Je la regardai rire avec les autres à sa table. Avec tout ce bruit, je ne l'entendais pas, mais elle semblait s'amuser.

« Le nombre de mots compte aussi, reprit-il. Pour une œuvre de fiction littéraire, je dirais qu'il faut au moins quatre-vingt mille mots. En fait, sûrement qu'il faut plutôt se situer entre quatre-vingt-dix et cent mille. Cent dix mille, c'est trop, mais si le livre est *vraiment* bon, ça peut passer.

— Je vois des centaines d'exceptions, dis-je. Qu'est-ce que le nombre de mots a à voir avec la qualité, bon sang ! Est-ce que le nombre de mots ne devrait pas être dicté par l'histoire ?

— Moi, ce que j'en dis... Pas la peine de donner aux agents une raison de plus de foutre ton fichu manuscrit à la poubelle. »

Juste pour le contredire, j'objectai : « Si je devais écrire un livre, il aurait exactement cent dix mille sept cent quatre-vingt-trois mots, pas un de plus pas un de moins. »

Story commanda une tournée de boissons pour sa table. Quand notre serveur harassé revint à notre table, J. P. demanda des cocktails. « Qu'est-ce que tu aimerais ? me demanda-t-il.

— Une vodka.

— Original. C'est pas ce que j'avais en tête, mais ça fera l'affaire. Deux vodkas. Par solidarité, mon frère. J'ai des principes. »

Le serveur nous demanda si nous avions une préférence.

« Celle de la maison, c'est parfait pour un cul sec, dis-je. Sinon, pour déguster, la Wyborowa, c'est mieux. »

Je n'y connaissais rien en vodka, à part que, pendant des années, j'avais servi à mon père des verres d'une bouteille portant ce nom sur l'étiquette.

« Va pour cul sec, dit J. P.

— Alors on s'en fiche, dis-je au serveur. La vodka de la maison, ça ira très bien.

— Bien vu, fit J. P. Pas la peine de débourser dix dollars de plus pour un truc qui va nous rester dans la bouche moins d'une seconde. Et même pas dans la bouche. On va juste se le jeter derrière la cravate, comme un pélican qui avale un poisson.

— Comme un chat qui avale une meule.

— Comme un chat qui avale quoi ?

— Comme un chat qui avale une meule… Il y a zéro rapport mais c'est tes putains de comparaisons qui m'y ont fait penser. C'est un truc que ma grand-mère disait toujours. Une histoire de détermination face à l'adversité. Elle avait une comparaison pour tout.

— Elle aurait pu avoir un calendrier avec une comparaison par jour, dit J. P. Quelle révolution ! »

Nous fîmes cul sec et J. P. en commanda d'autres, cette fois pour toute la table.

« Je commence à partir, fit-il. La dernière fois que j'ai bu de la vodka, j'étais tellement parti que j'ai pissé dans le tiroir à sous-vêtements de ma mère par erreur. J'étais rentré leur rendre visite.

— On est jamais trop parti, dis-je. Il faut que tu m'empêches de faire un truc franchement idiot, ou déjanté, ou regrettable à un degré historique.

— Trop tard, putain. »

J. P. se retourna pour glisser un coup d'œil à Story. Elle surprit son regard, sourit, et il lui adressa en retour un sourire à peine coupable. Se retournant vers moi, il dit : « Ouaip. T'es fichu. De mille et une façons depuis dimanche. Putain qu'elle est belle. Elle a des tétons noirs poilus ? Dis-le-moi dès que tu sais. Il va falloir que je voie des photos. Allez bois. *Salud.* »

Et ce verre-là descendit rejoindre les autres.

La note du dîner pour ma table atteignit presque neuf cents dollars. Aucun de nous n'avait d'emploi et nous avions tous emprunté pour nos études, aussi la somme fut-elle un choc. Après de vaines négociations avec la direction du restaurant, nous ressortîmes dans un bain de vapeur. Des joueurs de cornemuse en kilt passèrent et J. P. les rejoignit, marchant au pas, et nous suivîmes. Ils descendirent East Bay vers le sud un moment, puis franchirent la porte de la brasserie Southbend, pour former un ample cercle près de l'entrée. L'un d'eux compta jusqu'à quatre et ils commencèrent à jouer. J. P. se trouva vite en plein tumulte, à improviser une danse folklorique russe assez crédible. Une fille de grande taille sortit du bar pour se joindre à lui et se mit à imiter sa danse tandis que tous tapions dans nos mains à l'unisson. Au bout de dix minutes, ils quittèrent le cercle sous les applaudissements et s'approchèrent du bar, ruisselants de sueur. J. P. offrit un verre à la fille mais elle refusa. Il fut momentanément dépité mais commanda un verre à notre santé à tous deux et aussitôt revint au jeu. Je lui demandai s'il était saoul et il répondit : « Non... mais je monte en pression. »

Je fis le chemin du retour assis à côté de Story. C'était bon de sentir son corps contre le mien. BethAnn fut la seule à avoir le courage, ou, au choix, la mauvaise idée, de conduire (les autres prirent sagement des taxis), et elle était au volant. Tyler, sur le siège passager, manipulait la radio. Il avait la chance de ne trouver que de bonnes chansons. La musique était parfaitement adaptée à la situation et sur le siège arrière, dans le noir, je voyais Story sourire, et je ne m'étais jamais senti si intensément vivant.

De retour à la maison sur la plage, l'un de nous proposa, en l'honneur de cette nuit lumineuse et du ciel dégagé, que nous sortions tous regarder les étoiles. Les portes à l'arrière de la maison, face à l'océan, étaient ouvertes, et le bruissement des vagues puissantes, assourdi en alternance, nous appelait pour nous attirer vers l'océan.

Il y a quelque chose d'extraordinaire à se trouver debout sur le rivage, de nuit, en pareille circonstance. On ne peut espérer s'approcher plus près du sentiment d'immortalité, ou du moins de cette euphorie d'insignifiance que l'on éprouve au bord d'une mer immortelle. Par une nuit claire, l'effet est plus prononcé, car les innombrables étoiles qui brûlent dans le ciel nous rappellent que le temps dépasse notre entendement, et que l'univers ne nous montre bien que de l'indifférence – mais nulle bienveillance.

Nous restâmes plusieurs minutes plus ou moins alignés face à l'océan, plongés dans une contemplation profonde et muette des ténèbres impénétrables.

Il est habituel, pour ne pas dire inévitable, par une nuit si étoilée, que quelqu'un se demande à voix haute où est la Grande Ourse et se mette à déambuler, les yeux au ciel, en quête de la célèbre constellation. D'ordinaire, quelqu'un repère aussi les Pléiades – Blanche DuBois ne fut pas la première – et déclare avec assurance que c'est soit la Grande soit la Petite Ourse, alors que ce n'est ni l'une ni l'autre. De la même façon, il n'est pas rare que les gens voient le Grand Chien juste en dessous d'Orion et le prennent pour une planète, Vénus en général, à cause de son éclat hors du commun. À l'inverse, Jupiter, Vénus, Mars et Saturne, qui pourtant, dans leurs errances, ne cessent d'entrer et de sortir d'autres constellations, ne sont presque jamais observées comme des planètes, sauf par les astronomes.

Toutes ces idées firent surface parmi de nombreuses autres spéculations naïves sur les corps célestes, le tout faussé par l'alcool. Renvoyé à mon enfance, j'entrepris de mettre de l'ordre dans les merveilles de l'univers magnifiquement déployées sous nos yeux. La Grande Ourse est là, au nord. Ces deux étoiles, au creux de la Grande Ourse, indiquent la position d'Arcturus, dans le Bouvier. À partir de là, on avance jusqu'à Spica, une étoile très brillante qui se trouve peut-être à quinze degrés au-dessus de l'horizon cette nuit. Cette étoile-là, oui, elle ne brille que faiblement, mais, fort heureusement, elle est toujours au même endroit, c'est l'étoile du Berger, Polaris. Vous voyez, la traîne de la Grande Ourse est tournée vers elle. Et cette étoile, là, oui, la blanche, immense, qui plane juste au-dessus de l'horizon, eh bien, mes amis, ce n'est pas une étoile, mais bien le grand Jupiter, dieu du ciel nocturne. Je leur explique que, par nuit claire, mais sans la moindre trace de pollution, les gens doués d'une vue parfaite voient ses lunes, tout comme Galilée avec son télescope rudimentaire il y a tant d'années. Mes amis expriment une certaine incrédulité. Comment est-ce que je sais que cet objet est une planète ? Je fais des pronostics quant à son emplacement futur par rapport à la toile de fond des étoiles, ce qui semble satisfaire même les plus sceptiques d'entre eux.

Quand l'attention portée aux étoiles retombe, J. P. récite un extrait de « Darkness », de Byron, image angoissante d'un monde privé de la lumière du soleil, puis chacun prend son tour. Nichole convoque une comptine tirée de Schoolhouse Rock[1] et nous fait mourir de rire avec son « Lolly, Lolly, Lolly, ramène tes adverbes… ». Tyler impressionne tout le groupe par sa performance érudite du discours de Gettysburg. Puis tous les yeux se tournent vers BethAnn, dont les petits pieds nus dansent sur place et qui me ravit la vedette en récitant « Le violoneux de Dooney », un poème de William Butler Yeats.

« Ton tour, dit J. P., qui s'adresse à moi.

— Je n'ai pas d'idée, dis-je, évitant d'attirer l'attention sur moi. Je passe mon tour. »

Le spot imaginaire s'écarte de moi. « Le violoneux de Dooney » : c'était un de ses poèmes favoris. Superbe coïncidence. Dans mon état affaibli d'ivresse nostalgique, je ne peux m'empêcher de l'imaginer parmi nous, entouré de sa cour, et une stupeur nauséeuse m'envahit. Mon esprit tente de résister contre une vague de poésie mêlée de souvenirs longtemps réprimés. En quelques secondes, tout me revient, comme si dix millions de mots issus d'autant de livres me tombaient ensemble dans les oreilles et me submergeaient en une cataracte inintelligible. J'entends la voix de mon père et ses incantations. Un déluge de prose, présente à la mémoire puis oblitérée, restes de l'enfance d'un fils d'écrivain, tels les débris infernaux d'une épave.

1. Série télévisée de films musicaux animés éducatifs (1993-1999).

Le moindre mot qu'il m'ait jamais dit. Le moindre poème. Le moindre paragraphe écrit par lui et lut à voix haute. *Mets ça de côté,* me dis-je. *Mets ça de côté.* Enfin mon sentiment de révulsion s'estompe et j'observe, absent, tandis que les vagues d'argent tachetées d'étoiles lancent leur clameur vers la plage et interpellent de leur rugissement mon cœur qui reste de marbre.

J. P. reprend avec « Mon cœur lourd de chagrin » de Housman, qui fait s'abattre un linceul de mélancolie sur notre groupe. Nous portons un toast amer aux « jeunes filles aux lèvres roses », et on dirait que J. P. pourrait bien pleurer. Nous restons debout en cercle dans le noir, nos visages contemplatifs plongés dans l'ombre. Story est face à moi. Elle a les cheveux lâchés ; les bras croisés devant elle comme si elle avait froid. Elle me regarde.

26

LE MATIN ARRIVA TÔT POUR CHACUN DE NOUS, et, aveuglés par la lumière du jour horizontale, nous prîmes tous la direction d'un tiki-bar sur la plage au nord de la maison, en quête de nourriture et de boissons propres à traiter notre gueule de bois. Les filles portaient toutes des hauts de maillot de bain et des shorts. Les gars, qui, pour l'heure, ne montraient nulle intention de finir dans l'eau ni de faire grand-chose de plus que de rester assis à boire de la bière et à regarder les sports à la télé suspendue au plafond du bar, étaient en short et polo. Une palissade délavée traversait les dunes entre nous et l'eau. C'était une journée très chaude et d'une lumière éclatante. Très vite, la plus grande partie de notre troupe était installée au bar à bavarder en riant avec cette animation qu'on voit souvent chez ceux qui commencent à ingérer de substantielles quantités d'alcool tôt dans la journée. J. P. arriva au bar plus tard et s'assit sur le tabouret vide à côté de moi.

« Est-ce que j'ai *mangé* un paquet de cigarettes hier soir ou juste fumé ?

— Tu les as fumées, lui dis-je.

— Mais pourquoi est-ce que je fume quand je bois ? Je ne sais même pas où je les ai trouvées, ces fichues clopes.

— Tu en as acheté six paquets à ce type dans la rue. Je pense que c'était un sans-abri...

— Ouais, c'est ça, sûrement, dit J. P. Putain de merde.

— Faut être costaud pour jouer au con.

— Ah, c'est profond, ça. Mais terriblement vrai.

— T'as l'air explosé », lui dis-je. Il gardait sur le côté du visage une diagonale imprimée par son oreiller.

« Ah oui ?

— Tyler, il a l'air comment, J. P. ? »

Tyler se pencha pour considérer J. P. « Il a l'air explosé.

— Putain de démocratie, fit J. P. Mais c'est vrai que je me sens comme une grosse merde flasque et infecte. On m'a mis dans le sèche-linge hier soir ? Côté équilibre, c'est pas top.

— Pas que je sache.

— Dieu soit loué. Parce que j'allais m'arrêter de boire. Qu'est-ce qui s'est passé après que je suis allé me coucher ? Il s'est passé quelque chose ?

— Pas à ma connaissance. Tout le monde est allé se coucher. Tu veux une bière ?

— Oh et puis merde. Autant rallumer la chaudière, hein ? Et avec Story, y a du nouveau ? »

Je lui tendis la bière que je venais de commander et en demandai une autre.

« J'admire ton courage, dis-je. Non, rien du tout.

— Il y a un continuum du courage à l'idiotie. En général, je tombe plus près de l'idiotie. »

Tyler se pencha pour dire : « J. P., je crois qu'il est temps d'admettre que tu as un problème avec l'alcool.

— Mais on vient de me tendre une bière gratuite, fit J. P. C'est pas un problème avec l'alcool. C'est une solution. »

Au début de l'après-midi, Story ne nous avait toujours pas rejoints au bar. Au bout d'un moment, je trouvai le courage de m'enquérir du lieu où elle se trouvait, et on me dit qu'elle avait décidé de passer du temps sur la plage plutôt que de venir au bar. Je jetai un coup d'œil sur notre groupe pour essayer de déduire qui pouvait être avec elle. Tout le monde semblait être là sauf elle. Peut-être qu'elle était seule. J'aurais voulu saisir cette occasion de lui parler en privé, mais c'était gênant d'abandonner mes amis pour cette expédition clandestine.

Je finis ma Corona, en commandai deux autres. « Je vais à la plage, fis-je. Pour lire un peu, je pense. »

Et de brandir le livre que je portais pour preuve. Je pris le livre et les deux bières et descendis la passerelle de bois qui menait à la plage. Au bout de cent cinquante mètres environ, j'aperçus une silhouette allongée au soleil. C'était Story, seule, face à l'océan. Je m'enflammai aussitôt. Je m'approchai d'elle sur le sable blanc brûlant et lui demandai la permission de m'asseoir, ce qu'elle m'accorda d'un signe de tête. Elle prit l'une des bières et me remercia, comme si elle m'attendait.

Nous restâmes assis longtemps juste à regarder l'eau sans rien dire. Je ne voulais pas perturber sa rêverie ; j'imaginais qu'elle était plongée dans la contemplation de quelque question troublante. Nous terminâmes nos bières simultanément, et en faisant ballotter la tranche de citron au fond de sa bouteille, Story me demanda : « Il y en a d'autres ?

— Oui, au bar. Je vais en chercher deux ou trois.

— Attends... on va te parler, tu vas rester coincé, pendant que, moi, je serai là à me morfondre. Je vais filer en chercher chez moi. »

Elle remit son short et marcha jusqu'à la maison, toute proche. Un moment plus tard, elle revint avec un sac en plastique contenant de la glace, quatre bières et plusieurs tranches de citron emballées dans du papier d'alu. Au regard suspicieux que je posai sur le papier d'alu, elle répondit en haussant les épaules : « J'ai pas trouvé de film. Oh, et voici un ouvre-bouteilles. »

Elle l'avait glissé dans sa poche.

« Tu es un génie », fis-je en nous sortant une Corona chacun. Elle avait aussi apporté un drap de bain, qu'elle m'aida à étaler à côté du sien, puis elle laissa tomber son short et reprit sa position sur la plage.

À présent allongé, je sentais la chaleur de l'air et le vent venu de l'océan. Story était allongée sur le dos, et je me retournai pour observer son corps dans toute sa longueur. Ses cheveux, encore humides après son bain, formaient des boucles sur le drap de bain. Sur ses bras, ses jambes et son ventre, où le soleil déposait ses baisers, courait un duvet couleur miel, presque imperceptible. Elle avait les yeux clos derrière ses lunettes de soleil et, sur le visage, une expression de satisfaction paisible. Sa poitrine se soulevait et s'abaissait à chaque respiration.

« Qu'est-ce que tu lis en ce moment ? » demandai-je, en me redressant pour boire une gorgée de bière. C'était un livre sur l'Afrique intitulé *Vers l'Ouest avec la nuit*, de Beryl Markham, qui était pilote freelance en Afrique. Je lui dis que j'en avais entendu parler. Elle me demanda si je savais qu'Ernest Hemingway et Beryl avaient été amis en Afrique. On parla littérature un moment, et des livres qui l'avaient touchée.

D'où nous étions, je pouvais compter au moins quatorze personnes sur des surfs de couleurs vives, et dont la plupart attendaient patiemment qu'une vague se soulève de la masse marine en dormance. Sous mes yeux, une jeune femme mince et souple aux cheveux noirs en combinaison s'éleva sur un léger renflement et fila à toute allure de gauche à droite, mais, en une seconde, son envolée prit fin, et elle était retombée à l'eau. Les autres restaient assis, passifs, sur leurs planches, leurs silhouettes se découpant sur fond de brume océanique.

Juste derrière la ligne des surfeurs, à moins de cent mètres, se trouvait une imposante troupe de pélicans, peut-être cent ou plus. Paresseusement posés sur l'eau, ils faisaient face aux surfeurs et à la plage. Pour me divertir, j'imaginai qu'ils s'étaient réunis pour tenir lieu de spectateurs de fortune aux malheureux surfeurs. Un avion passa bas dans le ciel, et aussitôt les oiseaux se mirent en mouvement, et, d'abord maladroits puis gracieux, déployèrent leurs ailes pour venir raser la surface de l'eau.

Après un temps interminable, Story roula sur le flanc pour se mettre face à moi. « Tu sais que je vois quelqu'un. »

Exécution par pistolet à bout portant.

« Non, je l'ignorais.

— Eh bien c'est le cas.

— Je l'ignorais.

— Tu l'as déjà dit. »

Elle se redressa et ramena les genoux contre la poitrine.

« Je le connais ? » Dieu du ciel, faites que je ne le connaisse pas.

« Non. On sort ensemble depuis ma première année de fac. Il vit à Charlotte. »

J'essayai de faire comme si cela m'était égal. « Eh bien, c'est super. Je suis sûr que c'est vraiment quelqu'un de bien.

— *C'est* vraiment quelqu'un de bien. J'ai l'impression de le connaître depuis toujours. Et mes parents l'adorent.

— Il fait quoi ?

— Il est investisseur. Il travaille pour une grande banque. L'an dernier, je l'ai aidé à choisir un appartement dans l'Uptown. Notre plan, c'est que j'emménage avec lui quand j'aurai fini mon droit. Pour le moment, on fait une petite pause. Lui et moi on essaie de régler un ou deux trucs avant.

— Je comprends. J'espère que vous allez trouver une solution. »

Et merde. Plutôt mal engagé.

Je sentais le sable sous mon corps. Devant moi, les vagues émettaient un grondement lointain ; le bruit m'entourait mais j'en étais à peine conscient. Le soleil me cuisait les épaules, mais perçut mon humeur et l'imita : des nuages vinrent rapidement plonger l'ensemble de la plage dans l'ombre. Le tonnerre fit entendre son roulement au loin, puis vint couvrir le fracas du ressac tandis que je ruminais mon malheur.

« On devrait rentrer avant la pluie, dis-je en me levant pour partir. Tu vas rester dehors encore un moment ?

— Attends, s'il te plaît. »

Elle enfila son short et je m'agenouillai à côté d'elle.

« Est-ce que je peux juste te dire ça ? Je ne sais pas comment le dire, ni même *pourquoi* je le dis, mais... c'est pas le bon moment pour moi.

— Pas le bon moment pour quoi ?

— Je ne sais absolument rien de toi, à part ce que tu m'as dit aujourd'hui.

— Et je ne sais rien sur toi. Mais tu as raison. Ce n'est pas le bon moment. Je ne sais même pas de quoi on parle.

— On se connaît à peine, dit-elle.

— On ne se connaît pas du tout.

— Alors pourquoi est-ce qu'on est si sérieux ? On dirait que c'est la fin du monde. C'est complètement fou.

— C'est fou.

— *Complètement* fou, reprit-elle. Je ne comprends pas. On était censés venir s'amuser.

— Et on ne s'amuse pas ? Moi je croyais. »

Partout sur la plage, les gens remballaient leurs affaires pour se mettre à l'abri tandis que le ciel s'assombrissait, fendu d'éclairs qui descendaient jusque dans l'eau. Un parasol retourné par le vent sautillait sur la plage, poursuivi par une maman qui portait une demi-douzaine de jouets en plastique.

« On devrait rentrer.

— Tu veux bien me regarder une minute ? »

Story se tourna vers moi, les yeux cachés derrière ses lunettes de soleil.

« Tu veux bien enlever ça ? dis-je.

— Oui. Et toi les tiennes ?

— Oui. »

Et voilà. Deux êtres qui n'avaient pas eu une demi-heure de conversation et c'était comme si je perdais l'amour de ma vie. Quelle folie. Nous restâmes assis là sans un mot jusqu'à ce que la pluie se mette à tomber.

27

LE DIMANCHE, ELLE ET MOI fûmes les derniers de la troupe à quitter la plage. J'avais accepté de rester nettoyer pour assurer le remboursement de la caution, et elle s'était gentiment proposée pour m'aider. Après avoir placé les sacs de bouteilles vides à l'arrière d'une voiturette de golf, nous allâmes les déposer au point de collecte d'ordures en bas de la rue. Je remis en place les meubles qu'on avait redistribués au hasard pour libérer une piste de danse tandis que Story balayait le plancher et passait la serpillière dans la cuisine. Après une heure de nettoyage assidu, on n'avait plus l'impression que Page, Plant et Bonham avaient passé le week-end dans la maison, et peut-être avions-nous une petite chance de ne pas être poursuivis en justice par les propriétaires. Le soleil tapait fort, vidant le paysage de ses couleurs.

« Tu as une idée de ce qu'on est censés faire de la clé ? »

Story s'essuya le front du revers de la manche. « Oui, il faut la déposer à l'agence en partant. Sur la droite juste avant de tourner à gauche pour quitter l'île.

— Comment tu sais ça ?

— Parce que j'ai vu la boîte de dépôt quand on est allés dîner à Charleston vendredi soir. Il y a le même logo sur la vitrine de l'agence et sur la clé. »

Plus que tout, je voulais passer la journée avec elle. Chérir ce moment, le faire durer et repousser l'inévitable retour à nos vies respectives et séparées à Chapel Hill, mais je savais que c'était impossible. *C'est pas le bon moment pour moi*, voilà ce qu'elle avait dit. Ces mots m'étaient restés en travers de l'estomac et me brûlaient la gorge. Je tendis le bras pour lui serrer la main mais elle sourit et me donna une accolade amicale. Il me fallait laisser cette histoire derrière moi. Je lui dis au revoir et elle répondit : « Je crois que je vais rester un moment. Peut-être acheter de la bière et retourner à la plage. Il est tôt, la journée est magnifique, et on en a été privés hier à cause de la pluie. Je ne vois rien qui m'oblige à rentrer tout de suite. »

Était-ce une invitation ? Elle m'avait dit clairement qu'elle avait un copain, donc c'était impossible. J'aurais pu lui poser la question, mais je n'en fis rien. Bêtement, par défi peut-être, toujours vexé de m'être entendu dire que ce n'était pas le bon moment alors que je n'avais pas fait la moindre allusion amoureuse, je ne parvins qu'à dire que je devais « y aller », mais qu'elle faisait bien de rester s'amuser à la plage. Peut-être eut-elle un signe de la main tandis que ma voiture s'éloignait dans l'allée, mais je ne regardai pas. La pluie me surprit juste après Charleston et me suivit tout le long de la route.

Beaucoup d'entre nous restèrent passer l'été à Chapel Hill pour préparer l'examen de droit, Story y comprise. Sa proximité, même toute relative, devint pour moi une torture absolue. Elle m'occupait l'esprit chaque seconde du jour et de la nuit. Les feuilles avaient depuis longtemps réapparu sur les arbres mais dans mon cœur c'était l'hiver. La seule fois où je l'aperçus, tard un soir, dans l'atrium de la bibliothèque de droit, j'eus le choc de la voir passer droit devant moi sans dire un mot. Je l'appelai, elle se retourna et me considéra sans aucune expression sur son visage, comme si nous ne nous étions jamais rencontrés. L'abîme avait réapparu entre nous et s'était encore creusé. Quand je lui demandai comment elle allait, elle répondit : « Je vais bien. Mais j'ai beaucoup de travail. » Je fis mine de m'approcher, mais elle se retira au fur et à mesure que j'avançais. Je la laissai s'éloigner. Je ne voyais plus quoi dire. J'avais laissé passer ma chance.

Ce soir-là, je sortis avec Buller sur la véranda à l'arrière de la maison et je vis la pleine lune se lever au-dessus des arbres. J'étais malade d'amour. Je lui avais écrit mais sans jamais poster les lettres. J'avais songé à l'appeler, mais chaque fois que je décrochais le téléphone, j'étais incapable de composer son numéro. J'écrivis la scène du moment passé ensemble sur la plage dans ses moindres détails, mais il semblait appartenir à un univers à part, à une époque révolue à laquelle je ne retournerais jamais. J'essayai de lire pour me distraire, mais toutes mes tentatives avortaient dans la douleur.

Je me consumais. Bus plus que de raison. Assis à la lueur déclinante des bougies dans mon salon dépouillé, j'avais l'impression d'être le dernier habitant de l'univers. Parfois je passais des heures sans pouvoir m'extraire de mon fauteuil. Un bloc de pierre me pesait sur les épaules et me pendait au cou. Quand je fermais les yeux, je voyais sa peau au soleil, sous l'étendue infinie du ciel bleu. Je voyais la lueur des étoiles sur son visage pensif.

J'avais acheté un vieux piano au département de musique l'année précédente et j'en jouais jour et nuit, en proie au fantasme absurde selon lequel elle viendrait à ma porte, s'arrêterait pour écouter et comprendrait aussitôt l'intensité de ma passion. Tard dans la nuit, je gagnais la chapelle à pied pour y jouer du piano à queue, avec moi-même pour seul auditoire. Le *Kind im Einschlummern* de Schumann. Schubert. Liszt. Les nocturnes de Chopin, encore et encore. La *Fantaisie-Impromptu* ! J'étais égaré dans l'abstraction de quelque idéal romantique. Mon cerveau refusait de s'arrêter. La mazurka en *la* mineur. Je jouais le mouvement *dolce* avec tristesse. Il arrivait que des gens entrent dans l'église, attirés par la musique, et je continuais à jouer, courbé sur le clavier, incapable de m'extraire de mon délire ne fût-ce que pour leur adresser un regard amical. Un samedi soir, l'un des gardiens de l'église m'y trouva dans le noir à une heure du matin avec deux bouteilles de vin et me fit sortir, escorté par la police.

Quand j'entrais dans la bibliothèque de droit à la fraîcheur du matin, je me sentais étranger au monde entre ses murs de pierre qui s'étendaient sans fin. Je ne parlais à personne. Inconsciemment, je récitais « Le chagrin de l'amour » de Yeats, mort parmi les vivants.

Et là tu surgis, tes lèvres rouges de deuil,
Et avec toi, toutes les larmes du monde…

Enfin vint le jour où je la revis. J'étais allé retrouver J. P. et Tyler au He's Not Here pour essayer d'oublier un peu ma déprime, et je la trouvai assise sur l'une des tables à pique-nique avec ses amies. Nous restâmes longtemps sans nous parler. Dans l'intervalle, héroïque, je me mis à vider des godets bleus (un « godet bleu » du He's Not Here = un litre de bière). Enfin, elle se leva pour partir et, en passant devant moi, s'arrêta brièvement pour me dire bonjour. Elle me demanda comment j'allais.

« Très bien, dis-je. Et toi ? »

Un modèle de stoïcisme.

« Oh… »

Elle parut un peu surprise par ma réponse.

« Donc j'imagine que tu vas bien aussi ? dis-je.

— Oui, ça va. Je suis prête à passer l'examen de droit.

— Super. Heureux de l'apprendre. Moi aussi.

— Super », fit-elle.

Nos amis mutuels parlaient tandis que nous restions silencieux. Story remarqua ma pile de trois godets bleus et haussa les sourcils. Je lui demandai pourquoi elle ne buvait pas et elle répondit qu'elle allait courir le lendemain matin. Nous nous tournâmes le dos. J'entendis J. P. dire à l'une des amies de Story qu'il n'avait pas révisé plus que ça. Story me contourna pour venir se placer devant moi.

« Comment ça va vraiment ?

— Je ne vois pas pourquoi tu me poses la question.

— Je ne vois pas pourquoi tu ne me réponds pas.

— Je vais te répondre, fis-je en me mordant la lèvre.

— Alors, réponds-moi.

— Franchement, ce n'est pas reluisant.

— Mais je veux savoir comment tu vas. »

Des yeux, elle me parcourait le visage.

« C'est ridicule, ce que tu fais.

— Ah oui ? » Je bouillais à l'intérieur. « Oh et puis j'en ai marre. »

Je me tournai pour partir, mais elle m'attrapa par le dos de la chemise et me tira vers elle. Nos amis cessèrent de parler.

« Mais qu'est-ce qui t'arrive ? » chuchota-elle.

Je me contentai de secouer la tête. Je n'allais pas le lui dire. Elle prit ma pile de godets bleus, parvint à en tirer une gorgée de bière tiède et fit la moue.

« Bon Dieu, ça fait combien de temps que tu bois ça ?

— Une demi-heure environ. Je n'aurais pas tout bu.

— Tu aurais dû me prévenir.

— Tu ne m'en as pas laissé le temps. »

Quand nos amis eurent repris leur conversation, elle me dit : « J'ai pensé à toi l'autre soir.

— Ah oui ?

— Oui.

— L'autre nuit ?

— Exact. »

Elle ne m'en dirait pas plus. De nouveau, j'essayai de partir, mais elle me dit « Attends » ; je m'arrêtai, la gorge serrée, et me rendis compte que j'allais prononcer des mots que je ne devrais pas et ne pourrais jamais retirer, et tout ce à quoi je pouvais penser, c'était à ce couillon d'Andrew Marvell, et à l'occasion que j'avais laissée passer, ce que je ne risquais pas de renouveler, au diable les conséquences.

« Story...

— Oui...

— Story...

— Oui ?

— Je...

— J'ai vraiment peur de ce que tu vas dire.

— Story, je suis terriblement malheureux.

— Malheureux ?

— C'est une véritable agonie. Je suis incapable de me concentrer. Je suis en train de crever. Je ne sais pas ce qui m'arrive.

— Mais de quoi tu parles ?

— C'est clair que tu n'en as pas la moindre idée, dis-je, et je me tournai pour partir. Mesdames et messieurs, ce fut un plaisir. Recommençons quand vous voulez. »

Je sortis en trombe dans Franklin Street, fébrile et bouillonnant, et continuai à marcher à grands pas jusqu'à ce que j'eusse évacué un peu de ma colère. Plus loin, je commençai à goûter la douceur de l'air de la nuit et à éprouver une étonnante allégresse. Ça y est, c'était dit, enfin, plus ou moins. Au moins, j'avais dit quelque chose. J'étais en vie. Tout autour de moi revenait à la vie. Je remarquais le moindre mouvement, le moindre son. Chaque fois que la porte d'un club s'ouvrait, de la musique s'échappait dans la rue et m'inondait, pour ensuite lentement se retirer. Dans les bars, on dansait dans l'air étouffant au son des basses qui vous faisaient vibrer le torse. Je voyais les corps collés les uns contre les autres qui se mouvaient ensemble, unisson rythmique et sexuel. L'odeur de leur sueur et de leur parfum envahissait la rue. Des étudiants de première année se déplaçaient en petites troupes, serrés les uns contre les autres, tout excités. Un taxi s'arrêta près de moi et quatre types tirés à quatre épingles et cheveux gominés se déversèrent dans la rue dans un nuage d'eau de Cologne. On eût dit que leurs vêtements venaient d'une seule garde-robe. Ils étaient plutôt beaux, et j'imaginais qu'ils auraient du succès en ville. J'espérais qu'ils n'allaient pas au He's Not Here. L'un d'eux dit : « Putain, je suis défoncé. » Un autre sortit du taxi un gobelet rouge à la main, plein de quelque substance grisante. Ils firent le guet, à l'affût de la police, tout en se partageant le verre à tour de rôle. En trois longues rasades bestiales, le liquide disparut. Ils prirent la direction du Players. Je passai devant tandis qu'ils montraient leurs papiers au videur sédentaire au cou épais et dont les biceps étaient gros comme ma tête.

Plus bas dans la rue, un gamin assis sur le trottoir face à la chaussée jouait de la guitare avec passion. Son étui était ouvert devant lui et quelqu'un y avait jeté deux ou trois dollars froissés. Des cheveux longs égalisés lui masquaient la moitié du visage. Il avait savamment cultivé le look du barde errant. Je m'arrêtai pour l'écouter et abandonnai mes cinq derniers dollars dans son étui.

« Merci, gars.

— Continue, lui dis-je. *Ars longa.*

— *Ars longa* », répéta-t-il.

Afin d'éviter un fou prosélyte qui brandissait un panneau écrit à la main (Lévitique 20:13) et s'agitait devant la poste, je quittai Franklin Street et bifurquai pour rentrer. Un mur de pierre courait d'un côté de la rue. Il s'écroulait par endroits, et plusieurs tentatives de réparation bien visibles me rappelaient les murs de pierre de la cour au pied de la colline sur laquelle s'élevait la maison-vautour, mais tout cela était si loin à présent. À un carrefour, je trouvai un garçon et une fille assis sur un mur, qui, à la faveur de la nuit, parlaient sur ce ton solennel et délicat de ceux qui sont en train de tomber amoureux. Je l'entendais lui chuchoter des choses avec passion, pas sur l'amour, mais sur la vie, la vision qu'il en avait et tous ses rêves qu'il voyait avec une telle intensité. Il était encore assez jeune pour y croire ; et elle se sentait conquise. Quand je passai devant eux, je fus envahi par une vague de nostalgie. C'était le sentiment que suscitait Story.

28

MA MAISON – LA MAISON DE CHARLIE, PLUTÔT – était un bungalow dix fois centenaire, avec, à l'avant, une véranda ombragée et un petit terrain planté de deux chênes serrés l'un contre l'autre. J'avais oublié de laisser une lampe allumée pour Buller, et j'avais honte que ce pauvre chien ait dû m'attendre dans l'obscurité maussade de la maison vide. Après avoir bataillé avec cette fichue serrure une demi-minute, j'entrai et découvris qu'il avait détruit la moitié des plantes laissées par le locataire précédent, et répandu la terre et les fragments végétaux dans trois pièces différentes. Assis au milieu du chaos, il semblait plongé dans une extase de bonheur, comme s'il bouillait de me montrer ce qu'il avait fait.

« Bon sang, Buller, dis-je. Mais c'est pas vrai ! »

Il courut à moi et se jeta contre mes jambes à l'oblique, son attaque favorite, que je désignais sous le nom de « burrito volant », après quoi je dus vérifier l'articulation de mon genou pour m'assurer que je n'avais pas de ligament déchiré. Nous chahutâmes une minute, roulant sur le seul coin de plancher propre que je pus trouver, et je me retrouvai terrassé, marqué de plusieurs douloureuses empreintes de crocs sur les avant-bras. J'essuyai les restes de salive sur mon corps et mes vêtements, attrapai une bière et mon carnet, et je sortis m'asseoir avec Buller sur la véranda pour apprécier cette nuit incomparable.

Nous occupions cette position depuis une heure quand un véhicule arriva, poussif, dans la rue, et s'arrêta à une quarantaine de mètres. Au bout d'un petit moment, il avança de nouveau et se gara devant chez moi. J'apercevais des visages qui jetaient des regards au-dehors comme s'ils étaient perdus et je supposai que c'étaient une troupe d'étudiants saouls. Une portière s'ouvrit de l'autre côté de la voiture et Story en descendit. Elle fit le tour pour venir devant la fenêtre du conducteur et une discussion intense s'ensuivit. Je discernais quatre ou cinq voix différentes, me semblait-il. Après deux bonnes minutes de débat, la voiture s'éloigna et Story, restée là, se tourna vers ma maison et se mit à jeter des regards incertains dans ma cour. Buller, qui n'avait jamais rencontré d'inconnu, s'élança à toute allure depuis la véranda pour l'accueillir de la manière habituelle : en la plaquant au sol sans ménagement. J'essayai de l'attraper par le collier pour le retenir, mais je ne fus pas assez rapide. Elle se baissa pour lui dire bonjour et il lui sauta dans les bras à environ cinquante kilomètres heure, tel un guépard s'attaquant à une gazelle de Thomson. Story se retrouva sur les fesses, dans la terre, tandis que Buller, tout excité, la léchait abondamment. Ce fut le coup de foudre.

Je l'aidai à se relever et à épousseter ses vêtements, me confondant en excuses. Elle accepta gracieusement une bière en compensation, et nous prîmes place sur les marches tordues de la véranda, Buller assis entre nous, ravi de l'attention que Story lui portait. Les bruits du monde et de la circulation avaient cédé le pas aux doux trilles continus des cigales et des criquets. Dans un arbre au-dessus de la véranda, une colombe imitait le cri de la chouette. L'humidité du jour avait disparu.

Comme Buller, j'étais aux anges d'avoir Story à mes côtés. Et j'avais bien du mal à ne pas me rendre complètement ridicule. Story, quant à elle, avait l'air d'une patiente qui a rendez-vous avec un chirurgien pour une opération délicate. Je compris qu'elle devait en partie regretter d'être venue.

« Merci d'être passée. Tu es sûre que ça va ?

— Oui, oui. Pas de problème. Je devrais peut-être me mettre un pansement sur le coude. »

Elle en trouva un dans son sac à main et je l'aidai à l'appliquer.

« Je ne sais pas trop pourquoi je suis là.

— Tu veux manger ? Je peux t'apporter quelque chose ?

— Non, merci. Il est une heure du matin. Mais merci pour la bière. Je m'étais dit que je ne boirais pas. Mais elle est vraiment bonne. Je n'avais jamais goûté la Peroni.

— Tant mieux. C'est une super bière pour l'été. Légère, pétillante à souhait.

— Tu devrais te faire embaucher pour les pubs à la télé. »

Story considéra la maison, et Buller se tourna vers ce qu'elle regardait, comme dans l'espoir d'y trouver quelque chose d'intéressant.

« Ta maison me plaît vraiment. Elle est très cool, et proche de tout.

— Merci. Je l'aime beaucoup. Elle peut s'écrouler sur nous d'une seconde à l'autre, mais bon. Le peu de recherches que j'ai menées m'a appris qu'elle a été construite par les tout premiers Nord-Américains, peu de temps après l'âge de glace. À l'origine, c'était un tertre funéraire.

— Où est-ce que tu vas chercher tout ça ?

— Désolé.

— Tu as fait beaucoup d'études ?

— Un peu, pas beaucoup. Et toi ?

— Pas assez. Je cours beaucoup. Tout est bon pour me tenir loin des cahiers. Je cours entre dix et vingt-cinq kilomètres par jour. Ce week-end, ce sera trente.

— Tu t'entraînes pour le marathon ?

— Oui. »

Elle tendit les jambes devant elle et nous les admirâmes de conserve. Buller essaya de lui lécher le visage et le cou. Je lui dis d'aller chercher sa balle, il réfléchit une seconde et partit au petit trot vers la cour arrière, pour disparaître à l'angle de la maison.

« Comment s'appelle-t-il ? Il est adorable.

— Buller Copernicus.

— Bowler ?

— Non, Buller.

— Oh mon Dieu. Comme le chien de *Vers l'Ouest avec la nuit*.

— Exact.

— Ah, j'adore. Je ne savais pas que tu l'avais lu. C'est quelle race ?

— Aucune idée.

— On dirait un lion.

— C'est vrai.

— Tu n'as pas peur qu'il se sauve ?

— Non. Il se débrouille franchement bien sans laisse. Il va où je vais, tout simplement. »

Au bout d'une minute, il revint devant la maison, deux balles de tennis dans la gueule, dont l'une était toute mâchouillée et pleine de terre. Il les recracha sur la marche à nos pieds.

« Bravo, mon gars. Une chacun. Prends la moins abîmée.

— Il est énorme. Quel âge a-t-il ?

— À peu près un an et demi, je crois. Je n'en suis pas vraiment sûr.

— Mon Dieu, non mais regarde ses pattes ! fit-elle avec une stupéfaction feinte.

— Ah, ça, il est énorme. J'espère qu'il ne va plus grandir. Il coûte plus cher à nourrir que moi. »

Story ramassa la balle en bon état et la lança en l'air. Buller l'attrapa et la recracha aussitôt sur la marche devant elle.

« Il est vraiment adorable », dit-elle.

Nous lui lançâmes la balle un moment, l'un après l'autre.

« Il sait faire des tours ? » Elle se tourna vers Buller et lui dit : « Assis. » Il s'assit. « Couché », fit-elle. Il resta à la regarder. « Couché, Buller. » Pas de réaction. « Il ne sait pas se coucher ?

— Seulement quand il joue aux cartes, fis-je. Couché, mon gars. »

Buller s'aplatit comme pour éviter des balles ennemies.

« J'imagine que je ne devrais pas être surprise.

— Par quoi ?

— Le fait qu'un chien qui t'appartient n'obéisse que si la forme verbale employée est correcte.

— Il sait aussi quand il faut utiliser "tu" ou "toi". »

Story ôta une chaussure et se frotta le pied. Puis elle dit : « Je ne sais pas trop ce qui s'est passé l'autre soir au bar.

— Moi non plus. Je...

— ... Il va sûrement falloir que j'y aille.

— Tu veux que je te raccompagne en voiture ?

— Non, pas de problème. BethAnn et Nichole ramènent Kim – elle est complètement ravagée, incroyable ; son copain recommence à faire l'imbécile –, ensuite elles passeront me reprendre. »

Oubliant le génocide foliaire perpétré par Buller, je l'invitai à entrer visiter et nous tombâmes directement sur les traces du massacre. Buller entra en courant et reprit ses cabrioles : il attrapait une pousse et la lançait en l'air. Je vis Story tout observer soigneusement. Dans l'angle se trouvaient mes rayonnages pleins de livres, mes préférés (ceux qui avaient eu la chance de réchapper au précédent assaut de Buller). Deux guitares étaient appuyées contre un mur dans un autre angle de la pièce, une acoustique et une électrique. Sur le bureau de la pièce adjacente se trouvaient deux lettres que j'avais écrites à Story mais jamais postées. Une voiture se gara devant la maison et Story fit signe par la fenêtre qu'elle arrivait.

« Il faut que j'y aille.

— Je sais. Merci d'être passée. »

Ses amies l'attendaient. L'heure tardive apportait une connotation d'impatience.

« Okay. À bientôt alors. »

Elle gratta énergiquement la tête de Buller. « Et toi aussi, à bientôt, mon coco. Sois bien sage. »

Dès que la voiture eut disparu et que je fus sûr qu'elle était en bas de la rue, là où il n'y avait plus de risque d'être vu, j'entamai une danse endiablée avec Buller, en cercle, comme un fou.

« Alors, qu'en penses-tu, mon gars ? Est-ce qu'elle n'est pas incroyable ? Est-ce qu'elle n'est pas époustouflante ? »

Je n'arrêtais pas de sauter en l'air et Buller sautait autour de moi, et, à force de mordiller ma chemise, il finit par y faire un grand trou, ce qui mit un terme temporaire à notre chahut. Je passai la main à travers le trou.

« Bon sang, Buller. Je viens juste de l'acheter. »

Il se contenta de rester assis et de me sourire.

29

LE SOIR SUIVANT, J. P. ET MOI SORTÎMES boire un verre après une pleine journée de travail. Il s'était débrouillé pour faire publier une autre nouvelle, alors qu'il aurait dû préparer son examen, et notre propos ce soir-là était clairement de fêter cette publication. Nous commençâmes par un bar mexicain dans une rue adjacente à Weaver Street, à Carrboro.

J. P. commanda le premier. « *Cuatro Corona, por favor.*

— Bravo pour l'espagnol. Tu as soif ?

— Le service est lent parfois ici. Si tu ne commandes qu'une bière, ton *delirium tremens* démarre avant que la deuxième n'arrive. »

Le serveur revint avec les bières de J. P., un panier de tortillas et un petit bol, sculpté à la main, plein de *salsa*. Je pris une de ses bières et pressai la tranche de citron dedans, avec force éclaboussures.

« Alors, il paraît que Story s'est séparée de son copain.

— Tu déconnes. C'est une blague ? Parce que si tu mens, je te plante une lame dans la nuque.

— Et ce serait mérité. Mais c'est ce que j'ai entendu dire.

— Où ça ?

— Je crois que BethAnn l'a dit à Rachel, qui en a informé Keith, lui-même l'a répété à Tyler, et Tyler m'en a parlé quand je l'ai vu avant de te rejoindre. Il arrive.

Mais ça a l'air sérieux. Apparemment, ils ne se sont pas vus depuis quelques mois.

— Je vais faire une crise cardiaque, tu le sais.

— Je dois être honnête avec toi, fit-il. J'aimerais bien l'avoir pour moi.

— Regarde, prends mon pouls : je ne plaisante pas.

— Je pourrais la kidnapper.

— Tu ne t'en sortirais pas comme ça. Sauf que… j'oubliais, tu connais le procureur du comté d'Orange. Tu t'en tirerais peut-être.

— Ben tiens. C'était le coturne de mon frère aîné à la fac. Mais, à dire vrai, je comptais plus sur le syndrome de Stockholm. Plutôt attentionné, quand on y songe. »

Je regardai autour de nous pour vérifier que personne n'enregistrait notre conversation.

« Quoi qu'il en soit, fit J. P., apparemment, elle est jusqu'au cou dans des histoires de famille. Je suis pas sûr de vouloir m'embarquer là-dedans.

— Quel genre ?

— Aucune idée. Peut-être qu'elle a été adoptée et qu'elle essaie de retrouver sa vraie famille, ou un truc de ce genre ? Je sais pas trop. Une drôle d'histoire.

— Et en quoi ça me concerne ? J'y vais de toute façon.

Tout doux, Delacroix. Il faut garder la tête froide. Je t'ai déjà raconté ce que m'a dit mon père quand j'étais en licence et que je lui ai annoncé que je voulais aller voir une fille à Boston dans ma vieille Volvo pourrie ?

— Non. Dis-le-moi, je te prie.

— Il m'a raconté l'histoire des deux Indiens Navajo qui s'aiment, mais qui appartiennent à deux tribus différentes, et donc ils vivent sur deux berges opposées de ce lac immense, et ils n'ont pas le droit de se voir à cause des coutumes tribales ou une connerie de ce genre – il avait peut-être un peu brodé là-dessus. Donc ces deux jeunes Indiens s'aiment mais ils ne peuvent pas être ensemble, alors, chaque nuit, ils contemplent l'autre berge du lac ondulant…

— Le lac *ondulant* ?

— Ça te plaît ? Pas mal, hein ? Donc ils contemplent l'autre berge du lac ondulant, dans l'espoir de se voir, même si, dans l'histoire, le lac a l'air d'être vraiment trop grand pour que ce soit possible. Finalement, par une nuit étoilée, le jeune homme, n'y tenant plus, brûlant de désir, plonge dans les eaux du lac et se met à nager. Mais le lac est trop large, et ce n'est pas un nageur exceptionnel, aussi n'y parvient-il pas. Arrivé au milieu du lac, il sombre comme une caisse de je ne sais trop quoi. Une piètre imitation de pointe de flèche qui n'est en fait qu'un caillou de forme bizarre qu'on vend pour des pointes de flèche dans ces boutiques à touristes sur le territoire cherokee. Voilà comment il coule.

— Triste fin.

— Oui, c'est terrible. Mon père raconte que tous les membres des deux tribus furent si impressionnés par son dévouement, sa valeur et l'amour qu'il portait à cette femme qu'ils décidèrent de donner son nom au lac. Tu veux savoir comment ils l'ont rebaptisé ?

— Le lac Véritable-Amour ?

— Non. Le lac Pauvre-Bille.

— Wow.

— Autrement dit, aucune fille ne vaut ça.

— Mon grand-père me racontait des histoires du même genre. Il disait que les femmes sont comme des tramways. Si tu en manques un, tu n'as qu'à attendre dix minutes pour qu'un autre s'amène.

— Ça, c'est un cri du cœur. Il faut que je me le rappelle. Mon père adorerait. En gros, c'est la même histoire que la blague navajo, mais en plus concis, et qui risque pas de heurter les sensibilités ethniques.

— Je suis sûr que mon grand-père avait tort, cependant. Je suis franchement quasi certain qu'il n'y a pas plus d'une Story.

— J'ai tendance à penser que tu as raison », fit J. P.

C'était peut-être la chose la plus sincère qu'il m'ait jamais dite. Je bus une demi-douzaine de bières, en pleine démence extatique, et exigeai d'être conduit chez elle immédiatement.

« Il n'en est pas question, dit J. P.

— Alors je vais marcher.

— Est-ce que tu sais seulement où elle habite ?

— Pas exactement. Mais je trouverai.

— Tu vas te faire renverser, bougre d'imbécile. Attends demain. Crois-moi, les jeunes filles respectables ne veulent pas qu'un gars ivre se pointe à n'importe quelle heure de la nuit. Ça fait mauvaise impression. Je le sais. Je l'ai appris à mes dépens. Et plus d'une fois. Peut-être plus de deux. Pourquoi je suis célibataire, à ton avis ? J'ai failli me faire mettre en taule comme ça. En fait, je me suis bel et bien fait arrêter, mais j'imagine que, techniquement, je n'ai jamais été mis en accusation.

— Je ne te crois pas.

— Mais c'est vrai. C'était il y a quelques années. Je suis allé chez mon ex pour, disons, attirer son attention. Donc j'avise un arbre de bonne facture et je commence à grimper... »

Je me mis à rire, sans pouvoir m'arrêter. « Tu as grimpé à un arbre ? Quel genre d'arbre ?

— Un cyprès. Est-ce que je sais, moi. Il avait des branches. Il faisait nuit. Ça aurait pu être un rhododendron. Va savoir. Je grimpe à cet arbre, enfin, à ce truc, et comme je n'avais pas de caillou, je fouille mes poches, et tout ce que j'avais d'assez lourd pour produire un bruit sur la fenêtre, c'était un mocassin, donc j'en enlève un et je le lance contre la fenêtre. Mais au lieu de rebondir comme prévu, c'est une putain d'explosion, colossale, le mocassin passe à travers la fenêtre, et, là, le plus drôle, c'est que ce n'est même pas sa fenêtre mais celle de sa sœur, et sa sœur croit que c'est un cambriolage...

— Ben qu'est-ce qu'elle aurait pu imaginer d'autre ?

— Très juste. Et donc elle se met à hurler en courant dans toute la maison, elle se casse la figure dans l'escalier, se pète la clavicule, le bras droit et peut-être qu'elle avait un traumatisme crânien aussi, autant que je m'en souvienne, mais tu te doutes que je n'ai pas été mis dans le secret du rapport des urgences, puisque, au moment même, j'étais déjà incarcéré, et j'attendais qu'on me libère sous caution.

— Tu n'as pas pu t'échapper ?

— Non. Je n'avais qu'une chaussure. L'autre était à l'intérieur. Donc, pas question.

— Bon Dieu de bois. Et tu as raconté tout ça au jury d'examen ?

— Oui, monsieur. Pas mal, hein ? Mais je n'ai raconté que l'arrestation. J'espère avoir l'occasion de m'expliquer un jour.

— Tu étais amoureux, offris-je en guise d'explication possible.

— Oui, j'étais amoureux. Aussi simple que ça. "S'il vous plaît, laissez-moi passer l'examen de droit : j'étais amoureux, moi." Tu vois, je me suis entraîné. Allez, prenons une autre bière. »

Le lendemain matin, je m'éveillai tôt, sortis faire un bref jogging, puis, avec Buller, je cueillis des pâquerettes dans la cour et nous fîmes à pied, sous le soleil ardent, le kilomètre et demi environ qui nous séparait de la maison de Story. Elle était assise sur la véranda à l'avant, en short de foot bleu marine et T-shirt de sport, et elle s'étirait après sa course. Je l'appelai depuis l'allée, et elle parut un peu surprise de me voir. « Ah… bonjour. Qu'est-ce que vous faites là, tous les deux ?

— On est juste sortis faire un tour. Je t'ai apporté quelque chose.

— C'est vraiment adorable. Où les as-tu trouvées ?

— Espace public.

— Je n'arrive pas à me rappeler la dernière fois qu'on m'a offert des fleurs en dehors de la Saint-Valentin. Les pâquerettes, c'est mieux que les roses, de toute façon. Elles sont plus jolies, et plus réelles.

— Elles présentent aussi l'avantage d'être un tantinet moins chères et de parfois pousser dans la nature. »

Elle les sentit une ou deux fois, ce qui nous fit rire, car elles ne sentaient rien.

« Je veux te voir ce soir, dis-je. Il faut qu'on parle. Et maintenant, ce n'est pas idéal. »

Comme en réponse à ma déclaration, BethAnn apparut sur la véranda en haut de pyjama et caleçon, une tasse de café à la main, les yeux plissés face au soleil. Pas de soutien-gorge. Cheveux électrifiés. Signes indubitables de coucher sans démaquillage.

« Tiens, salut. Quelle surprise.

— Salut, BethAnn. Comment ça va ?

— Je viens juste de me réveiller, j'ai pris six Doliprane, je vais boire mon café et retourner me coucher pendant au moins trois heures.

— Tu t'es couchée tard ?

— Mmmhh, ouais, un peu. N'essayez pas de me proposer un autre verre, parce que c'est non. C'est ton chien ? Il est beau.

— Buller, dis merci. »

Buller me regarda en attente d'instructions, mais le moment passa.

« Vous avez fait un guide d'étude pour testaments et fidéicommis ? »

BethAnn venait du Mississippi (ce qui explique son prénom) et son accent, qu'elle contenait d'ordinaire, se révélait ce matin au grand jour.

« Oui, dis-je.

— Ça t'ennuierait de me l'envoyer ? J'ai foiré ce cours et on m'a dit que votre guide était top.

— Pas de problème. Je m'en occupe aujourd'hui.

— Ne l'envoie pas aujourd'hui, fit BethAnn, sa tasse tout près des lèvres et les bras plaqués contre la poitrine. Attends demain, que je ne me sente pas coupable de ne pas bosser un samedi. Bon, à bientôt. »

Elle disparut dans la maison et ferma la porte derrière elle.

« Ce soir, je ne peux pas, dit Story. Ma délicieuse mère vient en ville faire du shopping avec des amies et elle est censée m'emmener dîner au Rat. Ensuite, j'ai promis à BethAnn d'aller à une soirée avec elle.

— Qui est-ce qui donne une soirée ?

— Ce n'est pas ce genre de soirée. C'est plutôt une soirée de mariage. Pour donner les cadeaux. Je dois en porter un. Tu n'aimerais pas. »

Elle descendit les marches de la véranda en sautillant pour venir voir Buller. « Hey, Buller boy », fit-elle en lui grattant la tête fort, sous le menton et derrière les oreilles. Il tomba brièvement en catatonie, puis se mit à bondir comme s'il se brûlait les pattes sur le ciment. Il la lécha avec frénésie et lui sauta dessus, la faisant presque tomber.

« Il t'aime vraiment, dis-je.

— Je sais, fit-elle. Je l'aime vraiment moi aussi.

— Viens après ta soirée. »

Elle leva sur moi ses immenses yeux tristes.

« Ne dis rien, fis-je. Je sais que tu vas dire quelque chose que je ne veux pas entendre.

— Ce sera tard. Je passerai si je peux, mais je ne pourrai sûrement pas, donc ne change pas tes plans pour moi. Je t'appellerai si ça me paraît jouable. Mais n'y compte pas trop. »

Je passai le reste de la journée dans des limbes quasi infernaux. Il faisait chaud, le soleil était seul dans un immense ciel bleu, aussi en profitai-je pour aller faire un tour à vélo, travailler dans la cour, lire un moment sur la véranda, emmener Buller au parc et lui lancer la balle jusqu'à ce qu'il s'épuise. En début d'après-midi, mon estomac se mit à se serrer, j'ouvris ma première bière et jouai de la guitare en buvant deux autres bières ; à ce stade, je passai au piano et, de nouveau, j'imaginai Story en train de gravir les marches du perron et entendre la musique qui émanait de l'intérieur de la maison. Dans mon imagination, elle restait debout sur le seuil, à écouter, émerveillée par mon épanchement d'émotions. Elle attendait que j'entame un autre morceau et s'introduisait subrepticement à l'intérieur pour me regarder jouer. Chaque morceau, je le jouais tel le chef d'orchestre fou d'un très grand orchestre, et quand je l'achevais, j'ouvrais les yeux, avec le fol espoir qu'elle serait dans le salon avec moi, à écouter et regarder. Cela n'arriva pas et ma détresse s'accrut. Buller ressentit mes ruminations et partit s'allonger sur son lit dans l'autre pièce. Je l'appelai depuis le piano :

« Buller ? Tu sais le truc que je déteste franchement chez Chopin ? C'est qu'il a le chic pour placer la musique la plus extraordinaire en plein milieu de morceaux dont le début et la fin sont quasiment injouables ! »

Buller vit glisser un recueil de mazurkas et de polonaises qui tomba à côté de lui sur le plancher.

« Et le pire, c'est qu'en gros il faut attendre toute la journée pour voir si elle va passer, et qu'elle ne viendra sûrement pas. Toi et moi, on va l'attendre, et souffrir comme des lapins sur une broche, et, à une heure du matin, selon toute vraisemblance, on sera seuls, vautrés dans une mare de détresse. Pardon, Buller ? Tu dis que les femmes sont comme des tramways ? Que si tu en manques une, une autre arrive dix minutes plus tard ? Ma foi, tu as peut-être raison pour la plupart des femmes, mais pas celle-ci. Ou peut-être que tu as raison pour elle aussi. Comment savoir, bon Dieu. Mais qu'est-ce que je fais là, bon sang ? »

Buller lança un aboiement suraigu.

« Oui, je sais, mon gars. Moi aussi. C'est terrible. »

Péniblement, nous passâmes le temps, une heure après l'autre, tels des accusés en attente de la sentence. Il se peut que je me sois saoulé un peu, et Buller voulait chahuter, ce que nous fîmes un moment, jusqu'à ce que, d'un coup de tête, il manque me transpercer la tempe de l'une de ses canines format grand requin blanc. J'entendis la chair céder et de petites billes de sang apparurent sur ma peau. Buller m'apporta un essuie-main à plaquer contre la blessure, ou peut-être allai-je le chercher moi-même, je ne sais plus.

« Si j'en meurs, Buller, s'il te plaît, dis à ceux qui viendront chercher mon corps que je veux pour épitaphe *J'aurais dû adopter un chien moins gros.* »

Story m'appela à 23 h 11 pour me dire qu'elle venait de quitter sa soirée. Il était tard, dit-elle, donc elle allait rentrer chez elle. On pourrait parler demain matin. Elle avait prévu un long jogging à six heures du matin, il lui fallait une bonne nuit de sommeil. Rongé par la déception, je lui dis que je comprenais.

Je ne trouvai rien de mieux à dire que « Merci d'avoir appelé ».

Ce fut le silence à l'autre bout de la ligne, et je me dis qu'elle avait peut-être raccroché. Je lui demandai si elle était toujours là, et un autre silence suivit. Puis : « Oui, je suis là. Qu'est-ce que tu fais ?

— Je jouais du piano.

— Tu n'es pas couché ?

— Non, je ne suis pas couché.

— … Et toi, tu fais quoi ?

— Je n'en suis pas fière, mais je n'ai pas la moindre maîtrise de moi-même. Je suis dans ma voiture, devant chez toi. »

30

BULLER ET MOI CHARGEÂMES jusqu'à la porte d'entrée pour regarder dehors. En effet, Story était bien assise dans sa voiture, dans l'allée, le téléphone toujours à l'oreille. Je me ressaisis et sortis pour l'accueillir. Avant que j'aie pu ouvrir la bouche, elle dit : « Je ne peux pas m'arrêter. » Elle ne sortit même pas de sa voiture.

Elle me demanda ce qui était arrivé à ma tête. J'avais apposé une compresse juste à côté de mon œil et le sparadrap était placé maladroitement. Il ne manquait qu'une bande de gaze sanguinolente tout autour de mon crâne et une balafre pour compléter le tableau.

« Buller a essayé de me tuer. Heureusement pour lui, j'ai décidé de ne pas le poursuivre en justice.

— Bon, eh bien… je dois rentrer. Je passais par là, je me suis dit que je pourrais te faire un petit coucou. Je n'aurais pas dû m'arrêter sans t'avoir demandé. Je suis vraiment désolée. Il est tard. »

Je regardai à l'intérieur de la voiture. Elle portait une robe avec ceinture à cordon, à l'ancienne mode du Sud, blanc et bleu pâle, et ses cheveux blond très clair tombaient en boucles sur ses épaules. Jamais on n'avait vu jeune fille aussi délicieusement belle que Story. Je fondais, et elle laissa ses yeux croiser les miens l'espace d'un instant, puis elle inspira vivement, tandis que, le souffle court, je m'imaginais soulever aisément sa voiture pour la faire virevolter autour de ma tête si elle me l'avait demandé.

« Okay, alors on se parle demain. Désolée de t'avoir dérangé. Soigne bien ta tête.

— Okay. »

Elle passa en marche arrière.

« Story.

— Oui ?

— Tu veux bien me regarder une seconde ? » Retour au point mort.

« Ça me fait un peu peur.

— Pourquoi ?

— Je ne sais pas.

— C'est complètement délirant. Je ne sais pas ce qu'on fabrique ni pourquoi je me sens comme ça. On dirait que je te connais depuis des années et que l'un de nous déménage pour un autre continent. C'est ridicule, je te connais à peine. »

Elle essuya une larme du revers de la main et eut un rire comme pour chasser cette pensée en rationalisant.

« Story, attends. »

Elle se retourna et me regarda droit dans les yeux.

« Je crois que je suis en train de perdre la tête, fis-je.

— C'est faux.

— Je n'arrête pas de penser à toi.

— Je suis désolée.

— Et toi, tu ne ressens rien pour moi.

— Je ne sais pas ce que je ressens. »

Buller aboya et heurta la porte pour sortir, faisant battre les volets à l'avant de la maison. Je lui fis signe d'attendre.

« Il faut que j'y aille.

— Je voudrais tellement que tu restes.

— Je sais, mais je dois y aller.

— La nuit est superbe. Est-ce que tu te rappelles seulement une aussi belle nuit ? »

Pour me faire plaisir, elle sourit et regarda, par la fenêtre de sa voiture, les chênes verts au-dessus de nos têtes et le ciel étoilé au-delà.

« Sens comme il fait chaud, dis-je. Dans dix ans, en regardant en arrière, nous regretterons de ne pas en avoir profité.

— Je t'appelle demain. »

Mais je sentais qu'elle hésitait. Je courus jusqu'au porche pour laisser sortir Buller avant qu'il n'ait complètement défoncé la porte. Il me passa devant comme une flèche et se jeta contre la portière de la voiture de Story, essayant d'entrer par la fenêtre de la conductrice, ce qui, y fût-il parvenu, eût sans doute mis un terme aux jours de cette dernière. Quand il se fut calmé, il resta là comme un ours, tête et pattes avant dans la voiture, tandis qu'elle lui frottait la tête et qu'il ronronnait puissamment. Il me lança un regard qui semblait vouloir dire : *Rentre donc et laisse-nous tranquilles*.

« Il t'adore, dis-je.

— Moi aussi, je l'adore.

— Allons nous asseoir sur la véranda de derrière pour regarder les étoiles. Je ne te garderai pas longtemps.

— Tu t'y connais en étoiles, n'est-ce pas ?

— Il faudra peut-être que tu sortes côté passager. »

Avec une certaine effervescence, nous entrâmes tous trois dans la maison, qui avait été entièrement nettoyée depuis la dernière visite de Story. Elle avançait lentement, observait tout avec une grande curiosité à la lumière des bougies, examinait les livres qui jonchaient le sol ici et là, inspectait les rares photos de famille sur le manteau de cheminée.

Elle prit une photo encadrée de Threnody, ancienne, sur laquelle elle n'avait pas plus de cinq ans. La photo immortalise une très sérieuse Little Bird en nattes à l'apex d'un grand jeté exemplaire, avec derrière elle des centaines de kilomètres de paysage improbable, comme si elle avait exécuté sa danse dans un paysage peint. Je me rappelle le jour de la photo ; c'est moi qui l'avais prise. On s'était arrêtés à un point de vue sur la nationale, juste après Raven Rocks, en route pour Asheville. Un pèlerinage, avait dit Père. Threnody bondissait avec grâce comme seuls en sont capables les enfants avant d'être plus sérieusement atteints par la gravitation, et je prenais une série de photos avec l'appareil de mon père, un Nikon analogique de cinq kilos, de prétentieux paysages lointains. Je me rappelle que Mère marchait dans le champ au bord de la route, et donnait les noms des fleurs à voix haute pour que tout le monde en profite. Dans mon souvenir, elle me tourne le dos et porte quelque chose de lourd dans les bras.

« C'est ma sœur, dis-je.

— Elle est adorable. Sacré saut. »

Je m'approchai pour regarder la photo et sentis mes entrailles s'ouvrir à l'idée du temps écoulé depuis que je n'étais pas allé à Charlotte. Depuis que je n'avais pas parlé à Bird.

« Vous êtes proches ?

— Pas autant qu'on devrait. »

Story eut une grimace de tristesse et reporta son attention sur une autre photo, cette fois de mon père assis à sa table de travail, avec moi, enfant, à ses pieds, en train de lire.

« C'est mon père. Et moi, à environ trois ans.

— Tu étais mignon. C'est quoi au mur ?

— Un oiseau, je ne sais pas trop de quelle espèce. Je crois que c'est une corneille, mais c'est censé être un corbeau. Il avait un faible pour Edgar Allan Poe.

— Ton père a l'air d'être quelqu'un d'intéressant.

— Il l'a été à une époque, dis-je en prenant la photo, pour la reposer sur le manteau.

— Il est toujours avec ta mère ?

— Non. Ils se sont séparés il y a plusieurs années de ça.

— Je suis désolée. Ils vivent toujours dans les montagnes ?

— Ma mère et ma sœur sont à Charlotte en ce moment. Elles ont déménagé il y a deux ou trois ans.

— Et ton père ? Où est-il ? »

Je lui dis que je n'en avais pas la moindre idée. « J'avais seize ans la dernière fois que je l'ai vu. »

Elle y réfléchit un bon moment et se mordit la lèvre comme si elle voulait ajouter quelque chose, mais je changeai de sujet, selon mon habitude, et remis le temps en mouvement. Sa déambulation la conduisit alors dans la pièce suivante, où elle s'arrêta devant le piano, et posa la main sur les recueils de partitions empilés en désordre.

« J'ai toujours voulu jouer, dit-elle. Un jour, ça se fera. » Puis elle me demanda : « Tu veux bien jouer quelque chose pour moi ? »

La pièce était petite et la surface inégale du sol n'était occupée que par le piano, un sofa et un vieux fauteuil. Le piano se trouvait contre une cloison. Je m'assis pour jouer, avec Story derrière moi, tout près, à observer. J'entendais sa respiration. J'ouvris le recueil puis le refermai. Je n'avais pas besoin de la partition. Je choisis la *Fantaisie-Impromptu*, l'opus 66 de Chopin, œuvre posthume que je jouais toujours en imaginant qu'elle pourrait passer devant ma porte, entendre la musique et savoir que c'était pour elle. *Allegro agitato*. Le début : octave à la main gauche, frappée comme une cloche ; un présage. Puis, de sombres arpèges, de nouveau à la main gauche, une canonnade qui approche ; des lignes ascendantes qui montent avec fureur à la main droite, complexes, délicates, sans pitié. Une impression d'accélération tempérée par une retraite en cascade, et on recommence. Respiration. Élan. Retombée. Élan. Pédale. Pédale. Pédale. Ce rythme haché vous entraîne. Au bout d'une minute seulement, on est interrompu par une cadence brutale à la main gauche, et c'est là que s'élève, *pianissimo*, une mélodie exquise et simple, qui, à ma connaissance, n'a point d'égale en musique moderne. Dans mon cœur emballé, cette mélodie parfaite était la chanson de Story. Au fil de variations délicates et subtiles, elle s'attarde, papillonne et, paisiblement, se retire, jusqu'à disparaître ; la lumière d'un jour. Aussitôt, l'élan de la canonnade argentée reprend, et la mélodie, à présent cachée, ne subsistant qu'à l'état de souvenir ténu dans l'oreille, se fait presque oublier. À la fin de ce tumulte magnifique, alors que le morceau, sur le point de s'achever, se dissipe dans le silence, la délicieuse et parfaite mélodie réapparaît une fois de plus, cette fois à la main gauche seule, cette fois sans se répéter.

Tandis que les dernières notes traversaient les murs pour pénétrer la nuit, Story me toucha l'épaule puis retira la main comme si le contact avait été accidentel. Je me retournai et la vis gagner la cuisine, où elle trouva une bouteille de vin ouverte sur le plan de travail, se servit un verre et revint se placer dans l'angle de la pièce. « Je n'ai jamais rien entendu de pareil », dit-elle. Quelque chose n'allait pas. Elle semblait émue.

Je me levai pour m'approcher d'elle et, instinctivement, sa mince silhouette s'incurva en un mouvement de retraite. Elle aurait reculé plus loin s'il y avait eu la place.

« Je ne comprends pas, dis-je. Qu'est-ce qui s'est passé ?

— Je suis désolée. Je ne peux pas. Joue-moi autre chose, s'il te plaît.

— Je veux juste parler. Dis-moi ce qui se passe.

— Je sais. Mais je ne suis pas prête. »

Je me rassis sur le tabouret de piano face à elle. « J'aimerais tellement que tu me parles.

— Je sais. Ça viendra. Mais pas tout de suite. Je suis désolée, cela n'a rien à voir avec toi. C'est juste que j'ai appris il y a longtemps que, lorsqu'on partage trop, les gens essaient de t'enfermer. »

Je ne savais pas quoi dire. Je sentais, pour des raisons informulables, qu'il y avait une part d'elle que je ne pourrais jamais atteindre, qu'elle ne me laisserait pas atteindre, ni moi ni aucun autre. Elle ne s'ouvrirait jamais complètement.

Avec un grand sourire, elle me demanda : « S'il te plaît, joue pour moi. Tu veux bien jouer autre chose ? »

Je récupérai la bouteille de vin et elle s'installa sous une couverture sur le sofa, la tête sur un oreiller. Sa présence suffisait à me combler. Je bus mon vin et jouai tard dans la nuit, jusqu'à ce que je ne puisse plus jouer correctement ; la maison et le monde étaient silencieux et Story dormait.

31

EN APPRENANT À LA CONNAÎTRE, je vis plus d'une fois cette éloquente tristesse réapparaître dans ses yeux, durant les moments de calme, quand elle était sûre que ni moi ni personne au monde ne la regardait. J'appris, d'une série d'infimes indices, et finalement de sa confession exaspérée, qu'elle considérait les circonstances de sa naissance et de son adoption comme étranges et franchement mystérieuses. Ces questions irrésolues, les conséquences diverses, toutes aussi déroutantes qui avaient suivi la nuit de sa naissance, en étaient venues à la perturber profondément. Au cœur du problème se trouvait ceci : elle n'avait jamais connu l'identité de son père biologique, elle était convaincue, sans raison palpable, qu'on la lui tenait cachée délibérément, et elle avait passé les six dernières années à le chercher en vain, ignorant les objections véhémentes et incohérentes de ses parents adoptifs. Elle n'était pas plus proche de le trouver quand je l'avais rencontrée qu'elle ne l'était quand elle s'était lancée dans l'entreprise plusieurs années auparavant, et ce qui, à l'origine, était une légère préoccupation s'était changé en une quasi-obsession.

Story était née à Charleston, en Caroline du Sud, d'une jeune mère qui, avant la naissance de Story, avait vécu un an environ dans un taudis attenant à un cimetière immense à Lot's Folly, riche péninsule qui avançait vers le sud-ouest dans les eaux du lac Conroy, grand lac artificiel alimenté par l'Edisto River juste à l'ouest de Summerville. Quand je la vis, la maison était abandonnée, et depuis un moment. Le toit était un tapis de mousse verte et seules quelques rares fenêtres avaient survécu. Tout le terrain était envahi d'arbres, des chênes verts du Sud et de grands pins des marais, les premiers couverts d'une masse impénétrable de lichens d'Espagne qui soustrayait la maison à la vue depuis la route. La cour à l'avant était tendue d'une douce couverture d'aiguilles de pin et des carottes sauvages poussaient en touffes éparses le long d'une simple allée en pierre qui courait jusqu'à la porte d'entrée.

Le titre de propriété de la maison avait été acquis par l'Église méthodiste Versirecto en 1889 par le biais du legs d'une ancienne donatrice, qui avait cédé presque toutes ses terres en plusieurs fractions au fil de nombreuses années, pour le cimetière de l'église, au profond chagrin de ses héritiers. La donatrice, une certaine Mme Willa Jean Gullege, y avait vécu seule, et avec l'âge, en isolement forcé, loin de ses enfants à présent adultes, jusqu'à ce qu'elle eût fini par donner à l'Église l'intégralité de sa propriété sauf la vieille maison.

Situé comme il l'était sur la péninsule, le terrain qu'elle avait cédé à l'église devait valoir une fortune. Dans les jours précédant sa mort, en un ultime acte de défi, elle demanda à un notaire local d'ajouter un codicille à son testament, par lequel elle cédait la maison et son petit terrain boisé dans les termes suivants : « Au Père, au Fils & au Saint-Esprit, aux bons soins de l'Église méthodiste Versirecto, tant que les biens décrits ci-dessus sont utilisés au profit de l'Église, puis à la ville de Lot's Folly pour en faire un parc. »

Naturellement, à sa mort, des litiges suivirent aussitôt la lecture du testament. Ses héritiers, furieux, arguèrent, malgré leur crainte inavouée d'être en train de commettre, poussés par la cupidité, quelque monstrueuse hérésie qu'ils paieraient cher dans l'autre monde, que, selon les lois de Caroline du Sud, il était légalement impossible de léguer des biens à Dieu, et que donc la propriété de la maison et du terrain devait leur revenir. Le juge qui entendit l'affaire ne fut pas de cet avis, et estima, non sans un certain degré d'humour et de sagesse juridiques, que les legs faits au Créateur tout-puissant de la terre et des cieux, bien qu'éventuellement redondants, n'étaient pas pour autant invalides.

L'Église fut ravie de récupérer la propriété, et prit l'habitude de louer la modeste maison à l'une des familles qui, dans la communauté, avait le plus besoin qu'on lui fît la charité. Des années durant, la maison fut louée à un Noir immense nommé LeArtis Moon, que les locaux appelaient Clem. Clem promit d'entretenir le cimetière si on le laissait occuper la maison, et il tint parole. Personne ne savait à l'époque que le géant vouait un amour démesuré à l'art paysager. En deux saisons, toute l'étendue de ce cimetière immense avait pris l'apparence d'un jardin de sculptures romaines, et, sous peu, tous les habitants du comté avaient voulu être enterrés là.

Mais le temps passa, Clem mourut, l'entropie et les hautes herbes reconquirent les jardins du cimetière. Cependant, l'Église poursuivit sa pratique de location aux familles nécessiteuses, et la maison finit par être occupée par Frances Louise Dudevant, une femme qui parlait français, et qui, selon tous les témoignages, était la grand-mère maternelle de Story. Elle eut une fille hors mariage, Lelia, qui, elle-même, tomba enceinte très jeune, à l'âge de quinze ans.

C'est là qu'apparaissent les premiers trous de l'histoire.

32

CE QUE JE FINIS PAR RECONSTITUER, c'est que Story était née un matin pluvieux de septembre, de Lelia et d'un père bien plus âgé qui était soit marié soit fiancé au moment de la conception. On ne savait rien de plus du père, qui semblait faire l'objet d'une conspiration du silence étendue à la ville entière. Les renseignements le concernant avaient été radiés de l'acte de naissance de Story, ce qui ne faisait qu'aiguiser sa curiosité. Nul ne se rappelait son nom ni d'où il venait. Apparemment, la seule personne qui connaissait son identité était la mère biologique de Story, et elle se refusait à parler.

Story avait déduit de sources douteuses que son père avait peut-être fait ses études à l'école militaire The Citadel et entrepris une carrière en tant qu'officier haut gradé. Du moins était-ce l'une des rumeurs qu'elle avait entendues. Selon une autre rumeur, c'était un riche propriétaire terrien de Charleston qui avait fait faillite et s'était jeté du pont sur la Cooper River, délabré et couvert de rouille. Il devait demeurer un mystère.

En ce qui semble être un remarquable geste de dignité, un couple marié qui vivait dans la rue du cimetière et allait à l'église méthodiste Versirecto accepta d'adopter le nouveau-né. Lelia, alors âgée de quinze ans, sur son lit d'hôpital, confia le bébé et ne le revit pas jusqu'à ce que Story soit en première année de droit à Chapel

Hill. Le couple qui adopta Story n'avait pas d'enfant à l'origine, mais il lui en naquit un quelques semaines avant l'adoption de Story. Il en eut deux autres, rapprochés, dans les années qui suivirent, soit un total de quatre. Les trois enfants qui devaient suivre Story furent déraisonnablement gâtés et la considérèrent comme une intruse.

Les parents adoptifs de Story, M. et Mme Glauchnor, venaient de familles riches, très riches, mais avaient fort peu gagné d'argent par leurs propres moyens. De la mère de M. Glauchnor, ils avaient reçu une superbe propriété du côté ouest de la péninsule, et y firent construire une demeure de style Cape Cod blanc et gris à deux étages, avec un jardin taillé au cordeau, qui s'étalait tel un terrain de golf sur plus de cent cinquante mètres jusqu'au lac. Ils conduisaient des voitures de luxe, portaient des vêtements de luxe, possédaient une vedette rutilante dans laquelle ils aimaient descendre la Cooper River en direction du port de Charleston, puis de l'océan.

Quand Story approcha les seize ans, ses parents lui dirent qu'elle devait travailler si elle voulait s'acheter une voiture, obligation qu'elle accepta avec joie et accomplit dans une marina locale, où elle faisait le plein des bateaux et vendait du matériel de pêche. Elle trouva une voiture à un prix qui lui semblait raisonnable et l'acheta. C'était un Land Cruiser Toyota série 40, avec pas loin de 340 000 kilomètres au compteur et qui avait plongé dans un lac mais semblait parfaitement fonctionner à part la radio. Elle l'acquit pour la somme de mille cinq cents dollars, et, à l'en croire, le véhicule ne dépassait pas les soixante-dix kilomètres heure.

Quand la sœur la plus proche en âge de Story fut autorisée à conduire, les Glauchnor lui achetèrent un coupé sport Audi, presque neuf. L'enfant suivant, un garçon, reçut un Chevrolet Suburban neuf pour son seizième anniversaire. Pour la plus jeune, sans doute la plus gâtée, ce fut une BMW décapotable neuve. Quand je fis la connaissance de Story, elle avait mis le Land Cruiser d'origine au rancart, mais en conduisait un autre qu'elle avait acheté, lui aussi, sans l'aide de ses parents.

Story avait cherché à rencontrer sa mère avec autant d'ardeur qu'elle avait mise à découvrir l'identité de son père, cependant l'entreprise avait toujours suscité de véhémentes protestations de la part de M. et Mme Glauchnor. On savait où elle vivait, apparemment, près de Greenville, au nord de l'État, mais si Story menait une quête inlassable pour retrouver son père fantôme, elle ne parvenait pas à se résoudre à faire de même pour sa mère, peut-être parce qu'elle craignait ce qu'elle pourrait découvrir, et aussi parce que Mme Glauchnor s'effondrait, agitée de sanglots, chaque fois que Story mentionnait le sujet. En outre, il était sans doute moins choquant de se laisser aller à de folles élucubrations sur son père, puisque celles-ci ne subiraient jamais l'épreuve des faits, que de confronter la réalité peut-être bien triviale de sa mère.

Ce fut la mère biologique de Story qui finit par prendre contact. Elles organisèrent un rendez-vous : Story irait passer le week-end à Greenville. Si tout allait bien, elle resterait le samedi et peut-être le dimanche. Story ne parla pas de ce rendez-vous à sa mère adoptive, afin d'épargner des palpitations à cette chère femme. Elle trouva Lelia malade, alitée, en proie à une tumeur maligne implacable, encore compliquée d'un assortiment d'autres maladies. Lelia dit qu'elle avait la force de se lever mais voulait s'économiser. Elle se contenta de lui tendre une main pâle et squelettique.

« Je te reconnais, fit-elle, étudiant le visage de Story. Oui, il n'y a pas de doute. »

Elle hocha la tête comme si un soupçon venait d'être confirmé.

« Vous me reconnaissez ?

— Écoute, Story… quel joli prénom. Tu en as un deuxième ? Je n'avais pas pensé t'appeler comme ça.

— Mon premier prénom est Elizabeth. Story, c'est un nom qu'on me donne en famille. »

Elles restèrent assises en silence et Lelia faisait courir ses doigts le long du bras de Story, comme une mère ferait à son enfant.

« Comment m'auriez-vous…

— … appelée ? Je voulais t'appeler Maggie. Quand tu étais en moi, je croyais que tu volais… je ne sais pas quoi. Il me semblait que tu étais comme une petite voleuse. Peut-être que je croyais que tu volais du temps, ou la vie, comme une pie. Et j'allais t'appeler Maggie parce que tu étais ma pie. Dans ma tête, tu avais des cheveux noirs comme un corbeau. Je rêvais que tu étais un petit merle, perché au bord de mon lit. Mais je vois que tu es plus proche du soleil dans un champ de fleurs.

— Maggie.

— Oui, je voulais t'appeler Maggie. Maggie la pie. Dans ma tête, c'était ça ton prénom. C'est comme ça que je t'ai appelée dans ma tête, toutes ces années. Je me disais : "Je me demande où est ma Maggie." Et te voici. »

Lelia se perdit dans ses pensées. Ses mains trouvèrent son ventre, comme pour réchauffer l'enfant qui en était sorti il y avait si longtemps.

« Je n'ai plus que quelques jours à vivre, dit-elle. Et les jours, c'est juste fait d'heures, de minutes, et de secondes. J'essaie d'arrêter le temps, mais il continue sans faire de pause. Ça me peine de devoir dormir, parce que, ces heures-là, je les retrouverai pas. À chaque heure qui passe en courant, il y a un rideau noir qui me tombe dessus. Je sens ma vie disparaître, en ce moment même. »

Elles passèrent le week-end à parler, entre deux sommes agités de Lelia. Story dormit sur le sofa, avec pour seule source de chaleur une couverture afghane.

La maison n'avait qu'une chambre, et pas d'autre literie. Lelia n'était jamais devenue riche. Tout ce qu'elle avait jamais possédé était dans cette maison. Story regarda autour d'elle : quelques bibelots en céramique en bout de table ; une lampe ancienne dénichée dans une brocante ; un tableau de coucher de soleil avec un navire majestueux au premier plan et des rayons de soleil qui se projetaient selon des angles parfaitement géométriques depuis l'arrière des nuages.

« Ça, là, ça me donne de l'espoir, fit Lelia, à propos du tableau. C'est là que je m'imagine partir, avec un peu de chance. Regarde toute cette eau, et le soleil qui se lève. Je veux être sur un navire comme ça, avec le soleil qui brille derrière moi, et là, ce sera bon, c'est sûr. »

Son esprit l'emporta sur l'eau et la ramena. « Je n'ai jamais été sur l'océan, pas une fois. J'ai toujours voulu pourtant, pas toi ? J'ai toujours rêvé de prendre un de ces gros bateaux de Charleston jusqu'à Rome, et de rencontrer un gentil garçon poli, pour m'enfuir avec lui et me marier. Je me disais que je le ferais un jour. Mais ce jour n'est jamais venu. Ce jour ne vient jamais. Tu as déjà été sur l'océan, mon cœur ?

— Oui, une fois.

— Sur un bateau ?

— Oui, de croisière.

— Oh, ça a l'air formidable. Il y avait de beaux gars partout où tu regardais ?

— Oui, fit Story en souriant. Partout où je regardais. »

Une boîte en métal sans ornement, un reliquaire, était posée sur une table à côté du lit de Lelia. Dans la boîte se trouvaient des lettres écrites à Lelia par un certain Ben. Les lettres n'étaient pas datées et ne mentionnaient pas Story ni même un enfant qui aurait pu finir par devenir Story : toutes avaient dû être écrites pendant qu'il la courtisait, aucune après. La boîte contenait aussi une photo en noir et blanc d'un jeune homme en uniforme militaire. Au verso de la photo, quelqu'un avait écrit *Je t'aime, Benjamin* d'une écriture cursive assez lâche, de personne peu éduquée. Aucun autre mot n'apparaissait. Story en conclut que son père avait en effet été dans l'armée, comme on le lui avait dit un jour.

« Est-ce que c'est mon père ? » Story tendit la photo en souriant.

Lelia détourna les yeux. Elle cacha son regard dans le coin sombre de la pièce.

« Je ne sais pas.

— Comment peux-tu ne pas savoir ?

— Petite, je te le dirais si je le savais, mais je ne sais pas.

— Comment peux-tu ne pas savoir ?

— Je n'ai jamais essayé de savoir.

— Est-ce que ça pourrait être... » De nouveau, Story regarda au verso de la photo. « ... *Benjamin* ?

— Ça se pourrait. J'ai *cru* que c'était possible à l'époque.

— Eh bien, regarde-moi. Est-ce que je ressemble à Benjamin ? »

Lelia se tourna vers Story et examina son visage. « Je ne sais pas, petite. Je ne pense pas que tu ressembles beaucoup à Benjamin. »

Lelia accumula les excuses pour avoir laissé partir Story, elle aurait tant voulu que ça se passe autrement. Elle était si jeune, expliqua-t-elle, et Benjamin était plus âgé, il sortait de la fac et se préparait à une carrière militaire. S'il ne s'était pas enfui, dit Lelia, « il aurait été dans une sacrée mouise ». Lelia n'avait pas d'argent, et sa mère la battait méchamment pour s'être attiré des ennuis. Elle n'avait pas le choix. Lelia pleura, Story pleura, elles se prirent dans les bras l'une l'autre, Lelia supplia Story de lui pardonner, Story pardonna, encore et encore. Elle partit ce dimanche soir avec la photo de Benjamin dans sa poche et la promesse de revenir le week-end suivant. Le cœur de Lelia cessa de battre trois jours plus tard. Une note laissée sur sa table de chevet disait que la dernière chose qu'elle voulait de sa vie était de voir sa fille juste une fois encore et de lui dire qu'elle était désolée, et alors elle pourrait quitter ce monde en paix. Seuls un aumônier local, Story et M. Glauchnor assistèrent aux obsèques.

[Sans titre]

Je regarde ma montre et vois le temps passer au rythme de l'avancée de la seconde aiguille. Quand je reporte mon attention sur le cadran, c'est un autre moment, un autre jour, une autre année. On croit comprendre le temps, mais c'est faux. En de rares occasions, si tu es assez conscient de toi-même, le temps consent à ralentir assez longtemps pour que tu puisses le percevoir. Tu regardes autour de toi et tu te dis *Je suis là* et *C'est maintenant*, et ce moment est important et je vais m'y accrocher, ralentir le temps et vivre. Puis tu cèdes à la nuit, le lendemain arrive, et un nouveau jour de ta vie commence. Quand tu songes de nouveau, des mois ont passé, un an, tu flottes à la surface du séjour du temps, tu regardes en arrière et aussitôt tu sais tout ce que tu as perdu, et ce n'est rien que du temps, et le temps est la vie. Il y a des jours à venir. Tu te jures de faire meilleur usage de ceux qui restent. C'est un mensonge.

Prends la date et l'heure maintenant. Quelle année est-ce ? Quel âge as-tu ? Tu te rappelles quand tu étais enfant. Tu te rappelles un Noël de ta petite enfance. Un gâteau d'anniversaire que ta mère avait fait pour toi. Les bougies que tu as soufflées devant tout le monde. Ta première excursion à l'océan, tu t'enfonces dans les vagues froides qui viennent te lécher le corps. Tu te rappelles courir pieds nus dehors, pourchassé par d'autres enfants, rire et boire au tuyau d'arrosage du jardin. Tu te rappelles avoir réussi le tour de terrain au base-ball. Avoir gagné le cinquante mètres au sprint. Le jour où tu as obtenu ton permis de conduire, la première fois où tu as conduit seul, le sentiment de liberté que tu as éprouvé. Tu aurais pu aller n'importe où. Tu te rappelles la première fois où vous vous êtes tenu la main. Tu as veillé toute la nuit pour la voir, pour le voir.

Et le temps qu'il a fallu pour te conduire de ce point dans l'espace et le temps jusqu'à la lecture de cette page n'est rien. Fais claquer tes doigts : il n'a pas passé moins vite. Les dix années à venir passeront aussi vite. Le temps n'est qu'un produit de l'esprit humain. Un accident de la physique et de la perception humaine. Un facteur d'entropie et le mouvement d'ensemble d'un système physique clos vers le désordre. Toutes choses se dirigent vers le désordre. Le jardin chaque année apporte ses nouvelles fleurs, mais le cornouiller parmi les nombreuses fleurs montre l'inexorable passage du temps et tu sais qu'il passe. La maison se dégrade, de même que son frêle habitant, qui s'étiole. Prends conscience de l'immédiateté du moment, vis et écris les mots et sois le témoin du temps qui se déverse à travers toi jusqu'à ce que tu te dissolves, toi et ton âme, dans le vide et le calme infini qu'est la mort.

Trouvé dans le bureau de Henry L. Aster.
Date inconnue.

Quatrième partie

33

DANS LES JOURS ET LES SEMAINES avant mon départ de Chapel Hill, je lus Thomas Wolfe, *Look Homeward, Angel,* et *You Can't Go Home Again*[1], et je ne m'en remis jamais. Outre leur écriture, qui est extraordinaire à plus d'un titre, ces livres instillèrent en moi un malaise profond, viscéral, dont je ne parvenais pas à me débarrasser. J'y entendais quelque chose de trop familier dans la voix, le cadre, la vie et la mort des hommes et des femmes à propos de qui il écrivait, et qui entrait trop en résonance avec ma propre histoire. Tout était vrai, comme je le compris, non pas au sens où il écrit forcément de manière autobiographique. Ce n'est pas du tout ce que je veux dire. Je veux dire que Wolfe, dans ces livres, avec une précision obsédante, enfin, à la perfection, décrit la vie et la mort : la mienne, la vôtre, celle de tout un chacun.

Je finis le dernier chapitre de *You Can't Go Home Again* assis sur la véranda, avec Story et Buller pour compagnie un vendredi après-midi, la veille du jour où je repris la route montagneuse d'Old Buckram, après avoir chargé dans ma voiture toutes les affaires que j'avais accumulées.

1. Publiés en traduction française sous les titres respectifs *L'Ange exilé* (1968) et *L'Ange banni* (1985). *Look Homeward, Angel* avait d'abord été traduit par *Aux sources du fleuve,* dès 1956, puis *Que l'ange regarde de ce côté,* en 1956. Littéralement, les titres américains signifient « Ange, regarde vers la maison » et « Tu ne peux plus rentrer à la maison ».

Story ne viendrait pas avec moi ; elle rentrait à Lot's Folly, réparer ses propres clôtures ; mais j'aurais Buller, et nous allions survivre jusqu'à ce que les étoiles s'alignent et me ramènent à Story.

« Je ne vois pas pourquoi tu rentrerais à la maison alors que tu peux vivre chez nous. » Mère avait mené une bataille rangée durant tout mon dernier semestre de droit pour que j'emménage à Charlotte. Je résistai comme un démon et sortis vainqueur. Je m'étais décidé à passer l'été à Old Buckram, voilà tout, même si je n'étais alors pas assez honnête avec moi-même ni assez lucide pour dire pourquoi.

L'une des raisons, je le savais, était que Story allait à Lot's Folly pour tenter de résoudre le mystère de sa naissance, et j'avais besoin d'un grand projet de mon côté aussi. J'inventai donc la justification de la demeure familiale en ruine à flanc de montagne, à Old Buckram ; je devais la restaurer afin de la rendre habitable et la mettre en vente. Après tout, c'était partiellement vrai. Après que Mère avait déménagé à Charlotte avec Threnody, la vieille maison était restée vide ; Mère l'avait mise en vente mais sans trouver d'acquéreur malgré des mois de publicité dans toutes les grandes villes de trois États. D'après l'agent immobilier, il y avait trop de travaux dedans comme dehors, et les gens étaient effrayés par son état de décrépitude et les histoires horribles qu'on chuchotait en ville. C'est en parlant avec Mère que j'avais d'abord trouvé cette excuse toute faite. Elle m'avait demandé « ce qui pouvait bien me pousser » à passer l'été à Old Buckram. « Eh bien, déjà, commençai-je, cherchant une raison plausible, il faut bien que quelqu'un s'occupe de cette maison sinon elle ne se vendra jamais.

— Et tu te crois capable de faire quelque chose.

— Oui, bien sûr. Je suis très bricoleur. Et en plus, Charlie m'a offert du boulot. »

Là encore, c'était en partie vrai. Charlie m'avait dit à plusieurs reprises que si je rentrais jamais dans les montagnes pour exercer le droit, il aurait une place pour moi. On n'en avait pas discuté davantage, mais j'avais l'intention de l'appeler avant mon arrivée.

« C'est la meilleure offre que j'ai eue jusque-là. »

Je doutais qu'elle l'appelle pour se renseigner.

Lors de conversations ultérieures sur le même sujet, l'argument majeur concernait Threnody. « C'est dur pour elle, répétait-elle. Ça lui ferait du bien que tu sois là.

— Qu'est-ce que tu veux dire ? C'est pire que d'habitude ?

— Je ne sais pas ce que tu entends par là, mais, oui, fit Mère.

— Mais en quoi ? »

J'étais sur la défensive, et j'avais de quoi. Quand j'y songeais, j'étais vaguement conscient d'avoir renoncé à mes responsabilités, de n'avoir écouté que mon déni confortable et l'espoir irréaliste qu'elle s'épanouirait en grandissant malgré l'ombre de mon absence. Mais envers Mère, cependant, je continuerais à faire semblant.

« Je le sens, reprit-elle. Quelque chose ne va pas.

— Il faut être un peu plus précise.

— Je ne saurais pas comment le décrire. C'est juste qu'elle... Je ne sais pas comment te le dire. Tiens, un exemple, commença Mère. Il y a quelques semaines, un vendredi, elle voulait passer la nuit avec une de ses nouvelles amies. Je l'ai laissée y aller malgré mes réticences - on ne connaît pas la famille. Apparemment, les filles ont mis le nez dans le placard à liqueurs, ou pire, je ne sais pas trop. Ça pourrait être de la drogue. Peut-être que tu saurais, aucune des deux n'a rien voulu dire. Mais, le lendemain, Threnody ne s'est pas réveillée.

— Parce qu'elle avait la gueule de bois ?

— Non, pas seulement, fit Mère avec mépris. Elle...

— Et ça va mieux maintenant ?

— Oui, reconnut-elle à contrecœur. Ça va mieux *physiquement*. Il fallait juste qu'elle dorme un bon coup. Mais ils ont dû appeler une ambulance, insista-t-elle. Ils ont cru qu'elle avait fait une overdose.

— Et ses notes, ça donne quoi ? Tu en as parlé avec elle ?

— Elle a de bonnes notes, mais… tu connais Threnody, elle ne travaille pas vraiment ; pour elle, c'est facile…

— Si elle a de bonnes notes, je ne me ferais pas de souci.

— Ce n'est pas ça le problème. Il y a quelque chose qui ne va pas. Elle ne parle presque plus. Je n'aime pas les gens avec qui elle s'est liée. »

Cela me fit rire et je dis à Mère que j'aurais été inquiet si ça n'avait pas été le cas. « C'est une ado, dis-je. Je suis sûr que ce n'est qu'une phase. Tous les jeunes passent par là. Je me ferais davantage de souci pour elle si elle était parfaitement adaptée.

— Henry, écoute-moi.

— J'écoute.

— Tais-toi une minute et écoute ce que j'essaie de te dire. »

Sa voix avait un ton que je ne lui connaissais pas, désespéré.

« J'écoute.

— Elle ne va pas bien. »

Je le savais. Dans mon cœur, je le savais. *Je vais l'appeler*, me dis-je. *Dès que Story est partie, je l'appelle. Je vais l'aider. L'inviter pour un week-end à la maison d'Old Buckram, si ça lui dit*. Mais, dans tous les cas, j'irais à Old Buckram. Pas question d'aller à Charlotte. J'allais tout arranger.

Assis dans un fauteuil à côté de moi, Story faisait des mots croisés, et Buller, allongé sur mes pieds, observait les oiseaux dans les arbres, lâchait parfois un grondement sourd à l'adresse des passants. Je restai assis pour me laisser le temps de digérer les nouvelles. Story devait partir cet après-midi, nous faisions comme si nous n'avions pas besoin de nous dire au revoir, et je sentais la marée de ma vie se retirer : il me fallait aller là où elle m'emporterait.

Quand j'avais quitté Old Buckram des années plus tôt, j'avais laissé derrière moi tout ce que j'avais été. Ma famille, ma chère sœur, mes quelques amis, et tous mes souvenirs, bons et mauvais. Le prisme à travers lequel je comprenais le monde. Je prenais un nouveau départ, satisfait de tout laisser derrière moi. C'est ce que je voulais. J'avais empaqueté mes trophées, mes photos, les coupures de journaux et les livres-souvenirs de classe : tout ce qui me rappelait la maison, et je les avais quittés sans le moindre regard en arrière. Je ne voulais plus rien avoir à faire avec tout cela, ni avec tous les souvenirs enfouis en moi. À présent, la pensée de retourner à la maison ouvrait d'anciennes blessures, et c'est là qu'elles sont le plus douloureuses. Quelque chose pourtant me poussait à y aller. Un couloir dérobé dans l'esprit qu'il me fallait explorer ; une porte qu'il fallait ouvrir.

Des cauchemars de la demeure maudite perchée sur la colline se mirent à me réveiller de plus en plus souvent. Dans mes rêves, je la voyais, haut perchée à l'ombre de la montagne, sous un ciel de fumée et de cendres qui se consumaient encore, tapie derrière les rangées d'arbres noirs malades, dont les branches pestilentielles fendaient la brume en tous sens, s'étirant jusqu'à leurs extrémités malingres. Je rêvais que je trouvais des dizaines de fosses béantes dans la cour, creusées à la pelle, déjà envahies de racines noueuses telles des mains d'une rapacité avide. La terre allait basculer et me précipiter dans ces fosses. Je rentrais à la maison.

« Je cherche un verbe de dix lettres qui veut dire renoncer ou laisser tomber. » Story faisait pivoter un crayon entre ses doigts, en mordillant la gomme.

« Abandonner.

— Très bien. Plus que deux ou trois. Auteur de *L'Étranger*. Cinq lettres. Je le sais, mais rien à faire, je n'arrive pas à me le rappeler. Il me semble que c'est Camel…

— Camus.

— Tu es tellement fort.

— Mon père me faisait faire les mots croisés avec lui quand j'étais petit, en échange de céréales et d'autres denrées vitales. Au bout d'un moment, ça se répète.

— Je te laisse finir celui-ci. »

Elle jeta le journal sur mes genoux, glissa le crayon derrière son oreille.

« Okay, mon chéri. Le moment est venu.

— Ne pars pas.

— Je le dois. J'ai dit à ma famille que j'y serais pour dîner. Je suis déjà sûrement en retard. Il faut encore que je rentre finir mes bagages. »

Story se mit à genoux pour embrasser Buller sur le front. Il avait l'air abandonné.

« Tu m'appelles quand tu arrives ?

— Ça marche.

— Je déteste ce moment de la journée, dis-je. J'ai ce même sentiment tous les jours sans exception. »

Elle m'embrassa et me tint serré contre elle ; je buvais le parfum de ses cheveux, la chaleur et la souplesse de son corps. Puis, soudain, elle était partie. Je considérai ce que ma vie était devenue avant de me mettre en route vers l'est, pour la maison que j'avais quittée tant d'années auparavant.

34

QUAND ON VIT EN VILLE, C'EST FACILE de ne pas penser au ciel nocturne. Les étoiles deviennent des amies d'enfance oubliées. Il n'y a que loin de la ville que les étoiles deviennent parfaitement visibles, là où, par une nuit claire, on peut se rendre compte que les cieux ont une profondeur infinie. Ce n'est pas un simple baldaquin au-dessus de nos têtes. Dans les montagnes, enfant, j'étais fasciné par le ciel nocturne. En pyjama, je roulais la couverture kaki de l'armée que Mère gardait dans l'armoire à linge au bout du couloir et j'essayais de sortir discrètement de la maison pour aller m'allonger dans l'herbe entre les arbres et suivre les révolutions mathématiques des étoiles autour de la terre qui tournait. Quand on regardait vers l'est depuis la grande maison sur le Ben Hennom, les étoiles tournoyantes et les planètes vagabondes s'élevaient telles des lucioles des éternelles épaules grises de la Morning Mountain.

Allongé dehors sous un ciel d'été illuminé d'étoiles, j'observais le firmament de soleils lointains avec espoir, chaleur et optimisme. Plus tard, je me tournais souvent vers le ciel en quête de réconfort, et de me voir ainsi rappeler ma frêle insignifiance dans le vaste contexte de l'univers énigmatique me réconfortait bel et bien. Au volant de ma voiture, en route vers Old Buckram pour la première fois en sept ans, comme je rentrais de nouveau à la maison, je regardais par la fenêtre et à travers le pare-brise le ciel noir de nouveau plein d'étoiles, et je sentis en effet un certain réconfort, dont j'avais grand besoin, bien qu'il fût solitaire.

Sur une arête des Blue Ridge Mountains, alors qu'Old Buckram est encore à quinze kilomètres au nord, un étroit plateau apparaît entre les montagnes, large et plat comme le lit d'une rivière antédiluvienne. Dans le coin, on l'appelle Chilblain's Gap, mais je doute que ce nom soit jamais apparu sur une carte. À un carrefour, vous trouvez un panneau éclairé au néon jaune, une petite station-service, et rien de plus. Toute ma vie accrochée derrière moi, Buller coincé sur le siège arrière de l'Arthur Radley sans un centimètre pour se tourner, je m'arrêtai pour acheter un pack de six bières.

Les vitres de la station étaient sales, et une pâle lueur brillait sur la chaussée à travers les lettres en verre dépoli de l'enseigne, désormais illisibles. Des canettes rouillées et d'autres déchets jonchaient le sol envahi d'herbes hautes derrière la station et reflétaient la lueur fluorescente projetée par l'auvent, lui aussi rouillé, qui coiffait les pompes. À l'intérieur, derrière la caisse, se tenait une aimable femme aux cheveux gris, avec des bourrelets de graisse oscillants qui lui pendaient par-dessus la ceinture. Quantité de fins poils noirs lui couraient au-dessus des lèvres et autour du menton, et ne s'interrompaient que pour éviter l'éruption d'une grosseur sur la joue, de la taille et de la couleur d'un caramel. Elle avait au doigt un colifichet criard en lieu d'alliance, et je songeai à son pauvre époux, vraisemblablement bien plus menu qu'elle, et je me demandai s'il avait jamais failli s'étouffer au creux du bras de sa dulcinée. Elle lisait un magazine de travaux d'intérieur et lâcha un « B'jour » quand j'entrai.

Je gagnai le réfrigérateur à bière, passant devant trois hommes, tous plus âgés que moi, qui fumaient et buvaient du café assis sur une banquette à côté de la fenêtre. L'un avait un ventre énorme qui faisait saillie et menaçait le rebord de la table. Son poids se voyait partout sur son corps : ses bras, son visage et ses chevilles. Une canne taillée dans une branche, nœuds inclus, était accrochée à sa jambe. Il se cura les dents avec un pic en bois qu'il remit dans sa poche de chemise pour plus tard. C'était peut-être le mari de la caissière, venu la surveiller, de peur qu'elle ne manque à son devoir. À côté de lui se trouvait un homme dont la petite taille était presque comique à côté du premier. Imaginez une chemise blanche amidonnée pendue à un cintre métallique, avec une tête posée en équilibre au sommet. Bien qu'il eût sans doute soixante-huit ou soixante-dix ans, ce deuxième homme avait un visage d'enfant et l'allure d'un enfant de douze ans, si cet enfant avait été un poulet. Le troisième portait des bottes de cow-boy en peau de serpent, un jean ajusté et une moustache bien taillée lui couvrait la lèvre mais sans remonter tout à fait jusqu'au nez. Tous étaient coiffés de casquettes de camionneur en étoffe et en filet, et celle du petit homme semblait étrangement disproportionnée, perchée si haut sur sa petite tête.

On voyait qu'ils avaient dû passer plus d'une nuit dans cette station-service, à bavarder et échanger avec tous les clients. Ils se turent quand je poussai la porte et je sentis qu'ils m'observaient. Lorsque je retournai au comptoir, l'un d'eux me salua d'un hochement de tête. Je souris poliment et marquai une pause, le temps d'une brève plaisanterie, comme ça se fait dans les montagnes.

« Bonsoir, messieurs. »

Sans me regarder, le plus gros des trois rétorqua : « Y a pas d'*monsieur* dans l'coin. » Ce qui les fit tous rire, et je ris avec eux.

« Ça va l'faire, petit, me dit le plus gros.

— Vous croyez ? demandai-je.

— Vous voyez ce petit gars, là ? poursuivit-il comme si je ne me tenais plus devant lui. Ben ça va aller pour lui.

— Sûr que ça va l'faire, reprit le petit. Il est jeune, il est beau. Et voilà, c'est samedi soir et il rapporte de la bière bien fraîche. En plus, doit y avoir une poule qui l'attend à la maison. »

Ils se remirent à rire, faisant tomber la cendre de leurs cigarettes, et la canne en bois fit un tourniquet.

« Si seulement, répondis-je. Mais ce soir, il n'y a que moi et la bière. »

Rapide comme l'éclair, le plus gros fit : « Ça, c'est l'histoire de ma vie ! » Ce qui précipita un autre bruyant éclat de rire amical.

« Tu es le fils de Henry ? demanda l'homme à la moustache, levant un œil vers moi. C'est son père tout craché, pas vrai, Cetus ? Sûr qu't'as pas traîné pour grandir, petit.

— Ah oui, fit Cetus, le plus gros, comme s'il ne savait pas trop quoi dire, comme quand on demande des nouvelles de quelqu'un et qu'on apprend qu'il est mort. J'ai bien connu ton père, petit, quand il était avocat en ville. La bonté même, ça, y a pas de doute.

— Pour sûr, ajouta l'homme à la moustache. Il en a aidé du monde qui avait besoin d'un coup de main. »

Les trois hommes se turent un instant, plongés dans leurs souvenirs, et je saisis l'occasion pour m'en aller.

« Bon, eh bien je ferais mieux d'y aller. Venez donc boire une bière.

— Nan, vaut mieux qu'on reste là, dit Cetus. Bonne soirée, petit. Prends soin de toi.

— Bonne soirée, messieurs.

— Eh ! me rappela Cetus avant que j'aie pu sortir.

— Oui ?

— T'avais pas une petite sœur ? Où est-ce qu'elle est ?

— Si. Elle vit avec ma mère à Charlotte. Tout le monde va bien. »

Je retournai au réfrigérateur à bière et échangeai mon pack de six, à présent tiède, contre un pack de douze de la même, bien fraîche. Comme je retournai payer au comptoir, j'entendis Cetus dire : « Je sais d'où ça lui vient, son goût de la bière. Au moins, il se cache pas. »

Depuis le carrefour de Chilblain's Gap jusqu'aux premiers feux tricolores à l'entrée d'Old Buckram, on fait des kilomètres sans lumière et sans bruit. Hormis un ou deux panneaux, à l'occasion (BOIS BLEVINS CO., 200 MAIN ST., OLD BUCKRAM), il y a peu d'indices objectifs que l'on approche de quoi que ce soit qui ressemble à un centre de commerce.

À un kilomètre et demi de la ville, quand on arrive du sud-ouest, la route s'élargit et commence à grimper régulièrement à travers les pâturages de part et d'autre. Depuis le sommet de la colline, on voit pour la première fois les quelques rares lumières de la ville luire dans l'ample vallée en contrebas. Par une nuit dégagée, un voyageur attentif remarquera que tout un pan de ciel à l'est, au-dessus de la ville, est voilé d'une obscurité plus profonde que celle du ciel. Cette ombre immense est celle de la Morning Mountain, dont les épaules voûtées s'élèvent jusqu'à près de 1 600 mètres à l'est de la vallée pour protéger la ville de la lumière des étoiles et des premiers rayons du soleil. Cette nuit-là, une timide lune blanche vint à ma rencontre, se levant tandis que je passais le sommet de la colline, puis redescendit se cacher derrière la montagne alors que j'entamais la descente vers la ville.

On ne retourne pas sans crainte dans un lieu qui abrite de nombreux souvenirs, surtout si les années ont passé. Quand il s'agit de villes en plein développement, grandes ou de taille moyenne, on craint que les lieux n'aient changé, poursuivi leur chemin de leur côté, vous laissant sur le carreau. C'est un rappel, bien trop vif, que le temps et la vie continuent au même rythme en notre absence, que notre impact sur un lieu, quel qu'il soit, et ses habitants est éphémère.

Dans le cas des petites villes, c'est le contraire qu'on craint : on redoute que rien n'ait changé. Que la ville soit restée exactement comme on l'a laissée, que les rues, les boutiques, les personnes, la tristesse et la solitude soient identiques, vouées à rester immuables ; et que, tandis que vous disparaissez, insignifiant, la ville demeure, figée, imperturbable.

Après mon absence prolongée, Main Street, la rue principale, faiblement éclairée, ne montrait aucun signe de changement, mais tout avait vieilli. Je ne vis rien de neuf ; rien qui rende la ville nouvelle à mes yeux. La vieille boutique du concessionnaire Chevrolet était toujours à l'angle de Catawba Road et de Main Street, son panneau délavé, bleu et argent, à présent presque illisible. Les fresques aux tons pastel montrant des groupes de bluegrass et des paysages remarquables des Blue Ridge Mountains qu'on avait ajoutées, quand j'étais enfant, sur les façades de brique de certains des bâtiments d'origine dans le cadre du « renouveau » de la ville, avaient encore perdu de leur fraîcheur. La quincaillerie Ace Hardware, avec ses planchers en bois et ses odorants casiers à graines couverts de poussière, semblait avoir fermé.

Il n'y avait pas de voitures en ville. Aucun magasin ni restaurant ouvert. Les quelques rares feux de croisement lançaient leurs éclairs jaunes à l'adresse de personne. Les trottoirs, qui n'avaient pas été balayés, étaient peu engageants. Beaucoup de vitrines étaient vides et barrées d'un panonceau bon marché indiquant « À louer ». Les boutiques encore en activité étaient de petites entreprises vouées à l'échec, et ne montraient déjà plus que de maigres marchandises dans leurs vitrines minables.

Je n'avais pas de vieux amis en ville, et, à ce moment-là, je soupçonnais que je n'allais pas m'en faire de nouveaux. Quand vous retournez en un lieu qui offre de plus étroits horizons que là d'où vous venez, vous y serez toujours étranger. Vous avez changé ; vous n'êtes plus celui que vous étiez.

On ne peut pas dire qu'il y avait une grande prospérité à Old Buckram durant mon enfance, ce qui ne changeait guère de la période précédente. Je ne crois pas que quiconque soit jamais arrivé là-bas dans l'espoir d'y trouver le succès ; quelques modestes fermiers parvenaient à gagner leur vie avec les vergers, mais rien qui n'égale ce qu'on pourrait imaginer. La plupart des habitants étaient nés ici et se contentaient de mener leur vie sans ambition visible.

Le dimanche matin, si on passait en voiture, on croisait, dans d'autres véhicules, des femmes en route vers l'église avec leurs maris, en tenue simple et sombre : pour elle, une robe foncée couvrant le genou, d'épais collants de nylon en accordéon autour des chevilles et des souliers, peut-être un collier de fausses perles. Pour lui, le costume du dimanche : veste noire et pantalon à revers, élimé et effiloché autour des talons ; une chemise blanche, à présent jaunie ; une mince cravate noire qui ne descendait pas jusqu'à la boucle de la ceinture. Des visages sans expression, impassibles, qui semblaient vivre dans une complète absence de curiosité, n'affichaient aucune aspiration évidente à autre chose que leur existence au jour le jour, et ne montraient aucune des émotions de la vie, ni amusement ni douleur. Après l'église, ils rentraient chez eux, recevaient des parents, et tout le monde s'installait dans le salon, assis ou debout, pour manger des haricots verts, du jambon de pays et des boulettes de viande froide la bouche grande ouverte et boire de pleins verres de lait, sans que personne ne dise grand-chose. La plupart du temps ils parlaient de la pauvreté, des morts, et secouaient la tête de résignation, mais poursuivaient néanmoins, vaincus d'avance, ce sinistre combat contre la vie et le temps.

Le matin, on entend l'appel incessant du coq depuis une vallée lointaine. On marche sur la route de terre solitaire bordée d'une clôture en fil de fer bon marché, inégale et pleine de touffes de poils de crinière ou de queue, le laiteron collant dans le fossé, la carotte sauvage qui pousse dans les herbes hautes au milieu du trèfle, et, à côté de la route, se dressent un catalpa, un pommier sauvage et un caroubier noir plus vieux que vous.

Le soir, la nuit arrive tôt tandis que le soleil se couche derrière les montagnes et que les premiers souffles d'un vent rude s'élèvent de la terre. Le bruit des ultimes voitures bientôt disparaît et ce n'est plus que le ruisseau derrière la maison qui court tel un sablier dans le froid. Quand l'automne cède la place à l'hiver, que le ciel est blanc du matin jusqu'au soir, et que les premières neiges tombent de la pâleur blanche du ciel, la vie et l'espoir se retirent.

Il y a une tristesse et une neutralité de ton dans ces montagnes de l'extrême nord-ouest, à Old Buckram. Il y a une immobilité silencieuse, un suspens qui n'existe nulle part ailleurs dans les lieux que j'ai visités. Il est toujours là, qui plane juste au-delà de la clameur et du tumulte inventés du jour. Ce n'est pas le suspens du calme confortable. Ce n'est pas la torpeur qui descend sur la terre quand elle se détourne du soleil et que tous les êtres trouvent le repos dans un abri au chaud. Non, ce n'est pas ça. C'est un suspens d'inquiétude. Un terrifiant silence en plein jour, né du vide et de la désolation.

Où que vous vous trouviez dans les montagnes, vous verrez la brume blanche s'élever puis tournoyer au-dessus des vallées ; les rangées parfaitement alignées de sapins de Noël à flanc de colline ; les montagnes d'abord vertes au premier plan qui se fondent et se font bleues dans la magnificence du lointain. Vous verrez des arbres sans feuilles trembler au vent invisible de l'hiver. Vous sentirez l'odeur de mille feux venue

de loin. Vous verrez les routes pleines d'ornières et l'herbe morte dans toutes les cours, et une troupe de corbeaux en quête de leur provende dans un champ stérile. Mais vous verrez tout cela dans le silence.

Vous êtes seul ici. Quiconque a survécu à plus d'un hiver ici ne connaît tout cela que trop bien. J'ignore pourquoi diable je suis revenu. Je sais à présent que l'on ne peut jamais complètement partir.

Je me garai dans une rue secondaire, loin des lumières de la ville, et ouvris une bière, qui, fort heureusement, était encore assez fraîche. Je pris la direction de l'ouest sur Avernus Road, vers ce bon vieux Ben Hennom, passai devant Lambert Holler et la station Sunoco, devant la vallée Harless où les vaches pie pataugeaient dans le ruisseau herbeux et regardaient les voitures d'un air ahuri, leurs naseaux tout boueux. Je passai devant l'austère église baptiste Eusebius, avec son parking bien plat couvert de gravier et, dans le champ derrière, ses mobile homes rouillés, apparemment inoccupés depuis des années. Juste après l'église, la route rétrécissait et laissait place à une route de terre et de gravier, comme je m'y attendais. De là, on n'était plus loin de l'allée que je n'avais pas revue depuis mon départ pour la fac.

J'arrivai devant le portail, au pied de Ben Hennom, à 22 h 45 et levai les yeux, avec une trépidation réelle, sur l'étroite route de gravier qui disparaissait dans le noir entre les collines. Je descendis de voiture, examinai le portail dans la lumière des phares, et le trouvai cadenassé et ceint d'une lourde chaîne. Il n'y avait pas la place pour le contourner en voiture, donc je fis sortir Buller et, ensemble, nous entreprîmes l'ascension, à l'aide d'une torche plutôt minable, dont les piles faiblissaient à chaque seconde. À la lueur pommelée de la lune, j'aperçus le bataillon d'arbres noirs derrière la palissade et, au-delà, l'ombre de la demeure morose et diabolique.

Un frisson me parcourut l'échine, avertissement qu'il ne fallait pas approcher. Un instant, l'idée saugrenue me traversa l'esprit que la maison était vivante et me haïssait de toute la force de son âme ; qu'elle me tuerait si je devais revenir en prendre possession. Nous gravîmes la colline.

35

L'allée était creusée par le ruissellement et envahie d'herbes hautes. Les cornouillers qui la bordaient avaient dû être frappés par une maladie ou un parasite car ils n'avaient plus de feuilles. On eût dit un verger depuis longtemps mort. Il n'y avait ni lampadaires ni lumières provenant d'aucune maison dans les environs. L'obscurité était presque totale ; à l'exception du faible halo émanant de la ville derrière moi. Ici et là, j'apercevais des pans de la maison tapis dans le noir tel un immense squelette immobile. J'étais sûr qu'on avait remarqué qu'elle était inoccupée, et que j'allais y découvrir un habitant ou des traces de sacrifice animal, ou les deux.

Il ne m'était pas venu à l'esprit d'appeler pour faire rétablir l'électricité. Génial. Un carreau de la porte de derrière avait été brisé mais elle était toujours fermée à clé et ne semblait pas avoir été forcée. Ma vieille clé fonctionna, comme elle l'avait toujours fait, et nous fûmes à l'intérieur.

Dès que Buller et moi eûmes pénétré dans le hall carrelé de gris, je songeai à la famille qui nous avait précédés. J'avais passé quinze ans dans la maison avant d'apprendre enfin leur horrible sort. Père fit le sinistre récit à son partenaire avocat, Charlie, et à Sarah, la femme de ce dernier, tard un samedi soir. J'étais dans ma chambre avec la porte ouverte quand la maison tomba dans le silence. J'entendis

Père qui disait « Oui, ils sont morts juste là, dans la maison. » Je m'approchai de la balustrade pour écouter.

« C'est horrible, dit Sarah. Et est-ce qu'ils n'avaient pas des enfants ?

— Il y avait trois filles, dit Père. Mary, Tebah et Abigail. Des noms bibliques.

[Mère : « Tu connaissais leurs noms ? »]

— Qu'est-ce qui s'est passé ? demanda Charlie. Je ne suis pas sûr de vraiment avoir envie de savoir. J'imagine qu'ils ne sont pas morts de mort naturelle.

[Mère : « Tu ne m'as jamais dit leurs noms. »]

— Les parents... sont morts de blessures par balle à la tête, dit Père.

[Père à Mère : « J'ai trouvé une photo avec leurs noms écrits au verso. Je te montrerai. »]

— Ils ont été assassinés ou ils se sont suicidés ?

— On n'a jamais pu le déterminer avec certitude, dit Père. Vraisemblablement, ils se sont donné la mort, mais les preuves sont contradictoires. On a trouvé une arme avec les corps, mais il n'est pas clair qu'aucun d'eux ait tiré sur la détente. »

C'était la première fois que j'entendais parler des circonstances de leur mort. Mon sang se figea.

« Sacré bon Dieu, fit Charlie. Mais qu'est-ce qui a bien pu arriver ? »

Il se leva pour se servir un autre verre mais se rassit pour écouter la suite.

« C'est très étrange, dit Père. Tout ce que je sais, c'est qu'on les a trouvés morts, en train de se décomposer dans leurs vêtements, les yeux vides, la mâchoire béante comme s'ils avaient été en train de hurler. Ils étaient allongés côte à côte, l'un face à l'autre, comme s'ils s'étaient regardés mourir.

— Où étaient-ils ? Pas dans cette pièce, j'espère.

— Non. Il y a un genre de sous-sol à l'arrière de la maison. On y accède par l'escalier à l'avant, en retirant quelques planches flottantes, juste dessous. Le constructeur doit avoir creusé cette pièce dans la roche avant d'édifier la maison. On dirait un cachot bien plus qu'un sous-sol.

— C'est là qu'ils étaient ? demanda Charlie.

— C'est là qu'ils étaient », dit Père.

[Mère, pour elle-même : « Les oubliettes. »]

Sarah porta une main à sa bouche et, de l'autre, fit le signe de croix. Elle ne se sentait plus à l'aise dans la maison.

« On peut toujours accéder au sous-sol ?

— Oui, c'est possible. Tu veux le voir ? dit Père.

— Bon Dieu, sûrement pas.

— Et les filles, demanda Sarah. J'ose à peine demander. Quel âge avaient-elles ?

— Ce n'étaient que des enfants. Trois, sept et onze ans, à leur mort. Mary était la plus jeune. L'autopsie, que j'ai lue, a conclu à la noyade.

— Je ne comprends pas, fit Charlie.

— Il y avait une petite salle de bains au deuxième étage. Il n'y avait pas d'eau dans la baignoire quand la police est arrivée, mais on a retrouvé des cheveux et du sang des trois filles dans les tuyaux. Autre détail étrange : trois chemises de nuit, sans doute celles des filles, pendaient à un fil, soigneusement disposées, dans la buanderie.

— Pour sécher, fit Charlie.

— On devrait peut-être y aller…, dit Sarah.

— Il a fallu des semaines pour localiser les filles. Les enquêteurs ont fini par les découvrir dans une grande fosse dans les bois, bien alignées comme si on les avait mises en terre selon un rituel. Elles avaient toutes des os cassés et le crâne brisé en mille morceaux, comme si on les avait lâchées de très haut. Mais la cause de la mort dans la version officielle est la noyade. Les os ont été brisés plus tard.

— Je ne comprends pas, dit Charlie.

[Mère, pour elle-même : « Peut-être qu'ils n'ont pas voulu descendre toutes ces marches en les portant. Peut-être qu'ils étaient pressés. »]

— Le plus mystérieux pour moi, dit Père, c'est la façon dont ces noyades ont eu lieu. Si ce sont les parents qui l'ont fait, vraisemblablement, il aurait fallu qu'ils s'y mettent à deux.

— Mais comment est-ce que quiconque, même fou, même possédé par le démon, peut en venir à faire ça ?

— Oh, je ne sais pas, fit Mère. Je crois que la maison leur a tous fait perdre la tête. »

De ce jour, et des années durant, j'eus des cauchemars, je voyais les trois filles mortes ressorties de terre, le corps décomposé, leurs dents pourries changées en aiguilles, pour venir me noyer dans la baignoire. C'est avec ce charmant souvenir que j'entrepris, en compagnie de Buller, d'explorer la maison-vautour, construite sur les fondations de l'enfer.

Tandis que j'avançais dans la maison silencieuse, terne et sombre, chaque ombre, chaque forme inquiétante me semblait surnaturelle. Je commençai par l'arrière du rez-de-chaussée et trouvai tous les rideaux tirés, bien jointifs, de telle sorte que l'obscurité était presque totale. Des crottes de souris jonchaient le sol – je les sentais sous mes pieds. Aux fenêtres sans rideaux, des toiles d'araignée visqueuses, émaillées de débris d'insectes non comestibles, s'étiraient sur des distances improbables et abritaient des forêts de poussière. J'avançai droit dans l'une d'elles et me retrouvai avec une grosse araignée sur la tête et qui me descendit à toutes pattes sous la chemise le long du dos, presque jusqu'à la taille.

Apparemment, personne n'était venu embarquer nos vieux meubles. Des draps, à présent rongés de moisissure, avaient été jetés sur les lampes et les fauteuils. Ils restaient suspendus au-dessus du plancher tels des fantômes de cirque, et Buller sursautait chaque fois que nous en croisions un. J'entrai dans la cuisine et, repris par une habitude oubliée, je saisis le courrier publicitaire resté dans une coupe sur le plan de travail. À la lumière de la torche, je vis le nom de mon père sur une étiquette et frissonnai.

Des bribes de papier gisaient çà et là dans l'un des bureaux en bas : nouvelles preuves de la présence de rats ou de souris. Les linges de toilette de Mère, brodés de son monogramme, pendaient dans la petite salle de bains du bas. Un savon fossilisé reposait dans une soucoupe à côté de l'évier. J'étais remonté dans le temps jusqu'au moment où la maison avait été abandonnée. Dehors, entre la maison et les bois, il n'y avait point de lumière du tout.

Un bruit étouffé me parvint de l'étage. On eût dit que quelqu'un avait laissé tomber un livre à plat au sol. Je m'arrêtai pour écouter et Buller tendit l'oreille et émit un grondement sourd. Après deux minutes entières sans autre bruit, il me parut raisonnable de conclure que nous étions bien seuls (peut-être avais-je été victime d'une illusion auditive), et je poursuivis mon investigation. J'ouvris chaque porte, inspectai chaque placard, regardai sous chaque lit. Avant d'étendre un sac de couchage ou de grimper dans un lit, je voulais être sûr que la maison était telle que je me la rappelais… et qu'elle était vide, cette fichue baraque.

Je me tournai vers l'avant de la maison et descendis le couloir vers le soi-disant Parloir peint. J'avais oublié la taille de cette pièce et la hauteur du plafond. Elle aurait pu accueillir un manège en son centre, et il serait resté de la place autour. Les couleurs mal assorties, qui juraient et agressaient le regard en plein jour, étaient à présent encore plus délirantes et évoquaient l'asile. Imaginez, si vous voulez, un sanatorium conçu par Max Ernst. Des piles de livres avaient été abandonnées au hasard sur deux des fauteuils, avec une négligence qui me rendit furieux. Je voulais savoir pourquoi les livres n'étaient pas dans la bibliothèque, et je le dis à voix haute dans le noir.

J'essayai de lire les titres sur la tranche, mais les livres étaient anciens et les caractères difficiles à déchiffrer.

Alors, d'en haut, me parvint un autre bruit, moins distinct que le premier. *Ce pourrait être le vent*, me dis-je, tandis que le rythme de mon cœur accélérait. Un volet qui bat ; une fenêtre ouverte. Buller gronda de nouveau et je le tirai contre moi, plaquai une main autour de son museau afin que nous puissions écouter. De nouveau nous attendîmes dans le noir. Je n'entendais qu'un fond de bruissements ordinaires.

Mon esprit me jouait des tours, voilà tout. Un souvenir, familier, mais que je ne pouvais pas situer : Threnody sortant de sa chambre tel un ressort pour le petit-déjeuner – comme un parent qui, après la mort d'un enfant, l'entend toujours pleurer la nuit. Je songeai à tous nos jeux de cache-cache dans le labyrinthe diabolique de la maison, où je m'étais tenu, dans cet état d'étonnement mâtiné de terreur, tapi dans l'obscurité de quelque recoin sombre, avec l'espoir de ne pas être découvert.

J'attendis, sans entendre aucun autre bruit. Je comptai au rythme des battements de mon cœur. Pourquoi ne pas m'en aller et revenir demain de jour avec l'un des adjoints du shérif ? *Je suis fou*, me dis-je. *C'est complètement fou. Qu'est-ce que je fais ici ?*

En haut, une porte s'ouvrit, et j'entendis quelqu'un avancer prestement dans le couloir. Une décharge d'adrénaline me figea sur place une seconde. Incapable de respirer, j'éteignis la torche, empruntai le couloir en trébuchant et débouchai dans la Grande Pièce. Mes yeux discernèrent du mouvement au bout du couloir du premier étage, et, ne sachant que faire d'autre, je hurlai à en cracher le sang.

J'avais surpris cinq enfants en pleine aventure. On ne saurait dire qui, d'eux ou moi, avait eu le plus peur avant ce moment. J'étais sûr que c'était une bande de zombies ou de meurtriers ; eux devaient se trouver en présence de quelque démon, venu se venger. Quand le rayon de ma torche les trouva, ils se figèrent d'horreur.

« Bon sang d'bonsoir ! Tout va bien, les garçons. Mais bon Dieu qu'est-ce que vous fichez ici ?

— Vous êtes qui ? cria l'un d'eux.

— Cette maison m'appartient. Qui êtes-vous ?

— Elle est à personne, cette maison, reprit le gamin. Ils sont tous morts, ceux qui vivaient ici.

— Pas tout à fait.

— Vous êtes qui ?

— Je vous l'ai déjà dit. La maison est à moi.

— Vous êtes un fantôme ?

— Est-ce que j'ai l'air d'un fantôme ? »

Buller m'avait rejoint dans la pièce et y ajoutait une touche de réalisme fort bienvenue.

« Vous allez nous faire du mal ?

— Non, je ne vais pas vous faire de mal.

— Vous allez le dire à nos parents ?

— Je suis sûr de connaître vos parents, mais je ne dirai rien. Vous avez abîmé des choses en haut ? Vous venez depuis combien de temps ? »

Les garçons s'entretinrent brièvement puis leur chef m'appela : « Il vaut mieux que vous veniez jeter un coup d'œil. »

Chose étrange, il était réconfortant d'avoir quelqu'un d'autre dans la maison. Je trouvai l'escalier en spirale dans l'angle de la Grande Pièce et gravis son hélice tendue de toiles d'araignée jusqu'à la bibliothèque, où nous échangeâmes de sèches présentations sans nous serrer la main. Je les suivis ensuite au deuxième étage, où nous passâmes devant une salle de bains désaffectée avant de gagner une alcôve au plafond étrangement incliné. Elle était pleine de canettes de bière vides, de bouteilles et d'autres déchets divers. Un immense pentagramme avait été dessiné sur le mur, avec une tête de bouc. Un petit feu avait dû être allumé près de la fenêtre, et le mur était noirci de fumée.

« Bon sang, vous n'êtes pas un peu jeunes pour boire ?

— Elles sont pas à nous, les canettes, dit le chef.

— Ouais, c'est ça.

— Vous allez appeler la police ?

— Non, je ne vais pas appeler la police. Qui est l'artiste ? » dis-je en montrant le pentagramme de ma torche. Les garçons échangèrent des regards sans qu'aucun ne se décide à me donner l'information. Puis l'un d'eux se lança : « On a entendu dire que tous les gens qui vivaient là ont été assassinés, et que c'est pour ça que personne n'habite plus ici depuis si longtemps.

— Ce n'est pas tout à fait exact. Il s'est passé beaucoup de choses depuis. Ça vous embête de revenir un jour de la semaine pour m'aider à nettoyer un peu ? »

Les garçons acquiescèrent et l'affaire fut conclue d'une poignée de main. Je les raccompagnai par l'escalier de devant, et jusqu'à l'allée. L'un d'eux dit qu'il apporterait de la peinture du garage de son père pour recouvrir le dessin satanique. À quoi je répondis que ça me rendrait bien service. Les garçons partirent d'abord en marchant puis ils se mirent à courir dans l'allée, et je savais que, avec ça, ils tenaient une bonne histoire qui leur durerait un bon moment.

36

CETTE NUIT-LÀ, IL ME FUT presque impossible de dormir. Le moindre bruit faisait aboyer Buller et produisait l'effet d'un pétard lancé dans la pièce. Le matin, je parcourus la maison et m'efforçai sans grand succès de remettre un peu d'ordre. J'ouvris tous les rideaux, et des torrents de poussière s'abattirent sur moi. À la lumière du soleil, la maison n'était pas moins menaçante. Après une si longue absence, c'était un choc de la revoir, qui me fit douter du jugement de mes parents quand ils avaient pris la décision de venir s'y installer. Seul un fou aurait pu parcourir ces couloirs irrationnels et songer à appeler cette bâtisse sa maison.

Pour mon plus grand plaisir toutefois, je découvris un casier à vin au bas du garde-manger et cinq (cinq !) bouteilles de vodka polonaise dans une caisse derrière le bar. Dans la Grande Pièce, j'ôtai les draps moisis qui recouvraient le piano à queue et en époussetai les touches. Après quelques recherches, je retrouvai la pile de vieilles partitions dans une caisse placée dans la salle à manger déserte. J'ouvris les *Nocturnes* de Chopin et aussitôt fus submergé par une vague de chagrin à la vue des annotations au crayon laissées par Père, indices de sa frustration.

J'avais commencé à prendre des leçons peu après la naissance de Threnody. Tous les quinze jours, Mère me conduisait dans une ville voisine pour que j'y prenne un cours auprès d'une certaine Mme Springbarn, pâle et aux bras osseux, mais toutefois pas sans attrait, du fait de sa généreuse poitrine. Durant toutes ces années où je la fréquentai, je n'appris jamais son prénom. Elle avait une douceur d'infirmière, mais ne pardonnait rien quant à la technique et la posture. « Redresse-toi. Tu es vautré sur le clavier. Attention à tes mains. Redresse-toi. Attention à tes mains. Tu n'es pas Vladimir Horowitz. Tes mains sont plates. Tes mains sont *plates*. Je ne vais pas te le dire trois fois. » *Whack !* Un coup de règle. Ce fut mon premier exercice de conditionnement pavlovien. Et ça marche, cette connerie, je peux vous l'assurer. Aujourd'hui encore, je suis incapable d'utiliser un double décimètre.

Elle portait des chemises ou chemisiers décolletés, largement ouverts à l'avant, et qui exhibaient une poitrine débordant de toutes parts de manière dramatique, mais son attitude excessivement formelle interdisait toute hypothèse d'une provocation de sa part. Quand elle jouait pour moi, c'était presque toujours du J. S. Bach. Elle avait longuement étudié *Urvater der Harmonie* et utilisait des exemples de sa musique à chaque leçon. Selon elle, il avait une meilleure compréhension de la tonalité qu'aucun des romantiques, que, pour ma part, je préférais (et préfère toujours). Après quelque temps, j'en vins à aimer ces moments où elle jouait pour moi, un Glenn Gould aux cheveux clairsemés, en bonnets D, qui dévidait plus de séquences mélodiques en contrepoint que mon esprit ne pouvait simultanément entendre et comprendre. Autant que je m'en souvienne, ma première excitation spontanée survint tandis qu'elle jouait pour moi, en privé, les *Variations Goldberg*. Comme vous pouvez l'imaginer, la cause de la stimulation fut pour moi l'objet d'une certaine confusion, qui me laisse toujours songeur.

Je me mis à pratiquer davantage en grandissant, et ma passion du piano se développa. Chez nous, mon temps de pratique coïncidait parfois avec le temps d'écriture de Père, ce qui était intenable, surtout dans la période de vacuité sans fond qui avait précédé la mort de Maddy, quand il écrivait avec une si furieuse intensité. D'un point de vue architectural, le piano se situait sous le bureau de Père, et comme le plafond était ouvert entre la Grande Pièce et la bibliothèque, Père ne pouvait pas se soustraire à l'« assaut sonore irrépressible » (ses termes) issu d'en bas. Il adorait la musique et, en ses moments lumineux, m'encourageait avec grande tendresse et sincérité, mais mon temps de pratique était source d'une puissante distraction quand il écrivait. Deux ou trois fois, tard dans la nuit, surtout quand il avait bu et qu'il échappait momentanément au terrifiant fardeau de son travail et à sa vaine lutte contre le temps, il descendait et me parlait avec l'animation de l'ivresse des morceaux classiques qu'il adorait.

L'une de ces soirées, un week-end, après que Mère et Threnody furent allées se coucher, il se servit un demi-verre de scotch au bar et le posa sur le piano à côté de ma partition. Les manches déboutonnées de sa chemise de costume blanche étaient maculées de graphite. Je remarquai avec effroi qu'il avait peut-être bien vieilli de mille ans depuis la dernière fois que je l'avais vu, mais la différence n'était visible que dans ses yeux. Il me donna une brève accolade et je sentis une incertitude, une fragilité, dans sa musculature et ses os.

« J'imagine qu'il est tard, dis-je.

— Vraiment ?

— Oui, il est plus de onze heures.

— Je ne m'en étais pas rendu compte. J'ai l'impression de m'être assis à l'instant. Qu'est-ce que tu travailles ?

— Le mouvement lent du *Hammerklavier*.

— Ah oui ! Beethoven. Il me semblait bien l'avoir reconnu. »

Ce morceau en particulier, connu pour ses difficultés techniques, avait toujours échappé à ma capacité de pianiste, et c'est encore le cas. Toutefois, l'extraordinaire beauté du troisième mouvement, décrit par Wilhelm von Lenz comme un « mausolée au chagrin collectif du monde », attirait même mon oreille de jeune musicien. Je passai des heures à apprendre et répéter ses toutes premières mesures, qui emplissaient notre demeure déjà maussade d'une indicible mélancolie. Le caractère lugubre et répétitif de la musique devait être intolérable.

« S'il te plaît, joue-le encore pour que je puisse écouter correctement », dit Père.

Je me mis à jouer, et il gagna un coin sombre de la pièce où il écouta, la tête dans les mains. Sans lever les yeux, il dit : « C'est l'un des plus beaux airs que j'aie jamais entendus. Il a quelque chose d'obsédant, n'est-ce pas ?

— Oui, c'est ce que j'éprouve aussi. Je ne sais pas pourquoi.

— Comment l'as-tu découvert ? C'est un de mes disques ?

— J'en ai entendu parler dans un livre.

— C'est bien, fit Père en souriant. Tu m'as l'air d'être près du but.

— Oh, j'en suis bien loin ! Ce mouvement dure dix-huit minutes. Je n'arrive à en jouer que deux.

— Je voulais dire que tu es prêt du but pour la partie que tu travailles… »

Sa voix s'évanouit dans le noir.

J'essayai de le rejouer en entier une fois de plus, mais, en sa présence, mes doigts refusaient de coopérer. Je perçus comme une lassitude de sa part : il était fatigué de notre interaction, de m'écouter jouer, aussi m'interrompis-je abruptement pour me tourner vers lui. Ses yeux étaient posés sur moi, et une demi-minute s'écoula avant qu'il ne se rende compte que je le regardais.

Il reprit :

« Qu'est-ce que tu travailles d'autre ? Tu connais des morceaux de Liszt ?

— Pas encore.

— Il y en a un que tu m'as peut-être entendu jouer. C'est l'une des *Consolations*. Ta mère l'aime bien. Il lui rappelle la lumière des étoiles.

— Ah oui. J'aime bien celui-là.

— Liszt était un génie hors pair. Et Schubert, tu connais de ses morceaux ? »

Père agita son verre en direction de l'un des tableaux au mur derrière le piano, une reproduction du *Schubert au piano* de Klimt. Mon père adorait ce tableau.

« Non, pas en ce moment. J'en connaissais un très simple, mais je l'ai oublié.

— J'ai cru t'entendre jouer Schubert il y a quelques semaines de ça.

— Pas volontairement.

— *La Jeune Fille et la Mort* ? Bien sûr, c'est une pièce pour cordes.

— Oui, c'est vrai, approuvai-je sans savoir.

— C'est un bijou, *La Jeune Fille et la Mort*. Tu devrais l'écouter et voir s'il existe un arrangement pour piano. Liszt en a peut-être fait un. C'est tellement mélodique, Schubert. Mais tu sais, mon véritable premier amour, c'est Chopin. Les *Nocturnes*. Les *Mazurkas*. La *Mazurka en la mineur* est un morceau presque parfait si on le joue doucement, avec délicatesse et le caractère slave de mise. *Opus 17, numéro 4*, ajouta-t-il comme entre parenthèses, tandis qu'il commençait à s'animer. De même, le *Nocturne en si majeur, opus 62*, atteint un degré de perfection inégalé. »

Il jaillit du recoin où il s'était tenu jusque-là, l'esprit embrasé, et se mit à marcher en cercles lents autour du piano.

« Tu as appris du Chopin ? Je ne crois pas en avoir entendu. Le dernier morceau que j'ai essayé d'apprendre, tu l'as peut-être entendu, c'est la marche tirée de sa deuxième sonate pour piano. »

Il n'avait personne avec qui discuter de ses abstractions intellectuelles. À la moindre occasion, il s'animait telle une tempête d'orage. Après avoir énuméré les noms de ce qui me parut être l'ensemble des compositeurs de musique classique, vivants, mourants, ou morts depuis longtemps, il s'approcha à grandes enjambées du phonographe situé à côté du bar et mit un disque.

« Il y a un morceau que je veux te faire écouter », dit-il. C'était la messe du *Requiem* de Mozart. « Écoute ça. Viens t'asseoir ici et écoute juste une minute. C'est incroyable. »

Il s'assit dans un fauteuil, et moi dans un autre. Je ne savais pas alors ce que je sais maintenant. Il était impossible de le suivre.

« Qu'est-ce qu'ils disent ?

— Jour de colère, jour de courroux. Peu importe ce qu'ils disent. Un grand tremblement menace. Écoute la musique. »

J'écoutai.

« On dirait une reconstitution musicale de la Seconde Guerre mondiale.

— Mais c'est Mozart, grands dieux !

— Si tu le dis. C'est quelle langue ?

— Peu importe ! »

Il se leva et se mit à se déplacer dans la pièce d'une manière théâtrale. « Apprends cela de moi », fit-il, à présent hors d'haleine, agitant toujours les bras furieusement en une danse délirante tel un chef d'orchestre enragé.

Mère hurla depuis l'étage : « Henry ! »

Alors il replongea dans ses ténèbres. Sans un mot, il arrêta la musique, gravit l'escalier en spirale de la bibliothèque et disparut.

Mère descendit doucement l'escalier de devant et vint me trouver. « Tu sais que je veux bien que tu joues, même si tard, à condition que ce ne soit pas trop fort. Parfois cela m'aide à m'endormir. C'est vraiment très agréable. Je suis désolée. Qu'est-ce que tu jouais ? »

Elle n'attendit pas ma réponse et s'éloigna pour remonter les marches : un fantôme, comme Père.

Sans enthousiasme à présent, avec la sourdine, je me remis à jouer, dans la crainte de déranger. La lumière du bureau de Père s'était éteinte. Il était enfin allé se coucher. Le silence de la maison s'abattit sur moi et le piano ne put se faire entendre avant le matin. Je m'approchai de la lampe dans la Grande Pièce et aperçus Threnody allongée par terre, qui me regardait à travers la balustrade circulaire de la bibliothèque, tout comme j'avais regardé Père jouer autrefois. Elle me sourit et me fit un signe de la main, et je lui rendis son sourire.

« Hey, Bird.

— Hey.

— Qu'est-ce que tu fais debout ?

— Je ne pouvais pas dormir, chuchota-t-elle à travers la balustrade.

— Tout va bien ?

— Je crois. »

Je lui demandai si elle voulait que je lui prépare quelque chose à grignoter.

« Non, ça va. C'est trop tard pour que tu me racontes une histoire ? »

J'étais fatigué et je savais que c'était trop tard, mais je répondis : « Je crois qu'on a le temps d'une histoire, tu ne crois pas ?

— Oui, je crois. »

Nous nous retrouvâmes dans sa chambre et je la bordai. Dans un renfoncement du mur le plus éloigné se trouvait un bureau et, au-dessus, trois étagères encastrées dans le mur. Threnody avait pillé la collection de livres de Père et beaucoup des ouvrages dérobés s'alignaient à présent sur les étagères en ordre alphabétique, comme s'ils lui appartenaient. C'étaient ses préférés, et nous les relisions sans cesse. Je m'assis dans un fauteuil à côté de son lit et l'habituel sentiment de vide m'envahit.

Elle ferma les yeux, tira les couvertures autour de son cou et dit « Je suis prête.

— Tu veux que je te lise une histoire ou que je t'en raconte une ?

— Que tu m'en *dises* une. » Elle dormait presque.

Je réfléchis longtemps sans trouver d'histoire valable, aussi me mis-je simplement à parler, et pour dire ceci :

« Il était une fois un grand arbre juché en haut d'une grande colline et qui dominait toutes les terres alentour. Dans un lointain passé, cet arbre n'avait été qu'une minuscule graine verte, mais, au fil du temps, il était devenu grand et fort, jusqu'à devenir le plus grand et le plus fort des arbres de la colline. Il avait un ami, un petit corbeau très calme qui venait se poser sur ses branches une fois qu'il eut poussé. Ils vieillirent ensemble, mais l'arbre était bien plus vieux que le corbeau. Tous les jours, ensemble, ils regardaient le soleil se lever et se déplacer à travers le ciel, et ils regardaient jusqu'à ce que la nuit tombe sur la colline, et, dans le noir, le corbeau se cachait de la lumière des étoiles dans les branches du grand arbre et fermait les yeux pour la nuit. Une nuit, pendant que le corbeau dormait, une terrible tempête se déclencha, puis une autre. La foudre tomba du ciel. Tout autour sur la colline, les autres arbres brûlaient et tombaient, et il ne resta bientôt plus que le grand arbre et le petit corbeau bien calme au sommet de la colline pour dominer toutes les terres et regarder le soleil se déplacer à travers le ciel. Un jour le corbeau dit : "J'espère que tu vivras toujours, mon cher ami." Et l'arbre répondit : "Mon cher ami, je ne peux pas vivre toujours." Une année passa, et le corbeau était toujours posé dans les branches du grand arbre. De nouveau, il lui dit : "J'espère que tu vivras toujours, mon cher ami." Et l'arbre répondit : "Mon cher ami, je ne vivrai pas toujours." Une autre année passa, et le corbeau était toujours posé dans les branches du grand arbre. De nouveau, il lui dit : "J'espère que tu vivras toujours, mon cher ami." Et cette fois, le grand arbre ne répondit pas. Pourtant l'arbre se dresse toujours, et le petit corbeau bien calme est toujours posé sur ses branches. Quant au soleil, il passe sans qu'on le remarque. »

Je restai assis un moment en silence pour m'assurer que Threnody dormait. Comme elle ne bougeait plus, j'éteignis la lumière et restai assis encore une minute dans le noir à écouter le vent dehors.

De sous les couvertures, une petite voix fit : « Henry ?

— Oui, Bird.

— Je suis heureuse que tu sois encore là. Je vérifiais juste. »

Elle jeta un coup d'œil de sous les couvertures, et ayant la preuve que je n'étais pas une illusion, se recouvrit.

« Je suis toujours là.

— Qu'est-ce que tu fais ? Pourquoi est-ce que tu restes assis là ?

— Je ne voulais pas te réveiller.

— Henry ?

— Oui, Bird.

— Je ne veux pas que tu meures. » Elle pleurait.

« Je sais, Bird. Je ne vais pas mourir. Je ne vais nulle part.

— Promis ?

— Je te promets que, où que j'aille, tu iras aussi. On restera ensemble et on sera toujours là l'un pour l'autre.

— Okay. C'est bien.

— Allez, dors maintenant. Il est tard et je sais que tu es fatiguée. Le matin va arriver très vite.

— Tu me chantes une chanson ?

— Oui, je vais te chanter une chanson. »

En ce jour, deux existences plus tard, ce n'était plus que vide, là où jadis il y avait eu tant de vie. Personne en haut, personne qui regardait depuis la balustrade. Le piano, en fait, n'était pas *horriblement* désaccordé, ce que j'attribuai à sa localisation en plein cœur de la maison. À la tombée du jour, j'étais toujours au piano, avec une bouteille de vin vide, une en partie consommée et une bouteille de vodka ouverte. Il y avait des verres dans la maison, mais je préférais ne pas les utiliser. Je n'avais rien mangé de la journée. La solitude était venue subrepticement s'installer dans le noir et il faisait froid dans la maison. Les muscles du dos me brûlaient, engourdis par l'alcool. Des partitions s'étalaient sur le piano devant moi, sur le couvercle et par terre tout autour. J'en avais lancé une ou deux contre un mur ; elles gisaient au sol, tels de grands oiseaux tombés du ciel. Je jouai la *Mazurka en la mineur* de Chopin, dont les mesures d'ouverture sont si superbes de simplicité, 1-2-3, 1-2-3, ce morceau que Père jouait quand j'étais enfant. Je jouai le *Nocturne en do dièse mineur*, qui commence dans la tristesse, passe à une mélancolie douce-amère, puis revient à la tristesse.

Au bout d'un moment, j'avais absorbé assez de vin et de vodka pour jouer n'importe comment, sans aucune précision. Le piano, ancien et désaccordé, se mit à vibrer des sons métalliques et discordants d'une troupe de ménestrels ivres. Les touches frappaient les cordes, les raclaient même, en m'arrachant les oreilles. Mon luth éolien ! Inconsciemment, je laissai mes mains tomber sur le premier accord de la *Marche funèbre* de Chopin. Je ne pouvais plus jouer.

Je sortis sur la véranda qui dominait la cour puis descendis dans le creux de la vallée au-delà. Il était une heure et demie du matin, et, comme d'habitude, j'étais le seul à veiller encore. La lueur de mes bougies à l'intérieur se répandait, rougeoyante, dans la nuit. J'étais dans l'œil du vautour. Une voiture avançait sur la sombre route de gravier dans la vallée, spectacle étrange à cette heure dans cette ville moribonde, dénuée de toute conséquence sur le reste du monde malgré la persistance automnale de sa morne existence. J'espérai sans raison recevoir une visite inattendue, qui serait venue soulager ma solitude, mais la voiture passa et la lumière comme le bruit léger qu'elle émettait disparurent derrière la colline suivante. La nuit était silencieuse à présent ; j'avais encore le bruit du piano dans les oreilles et dans la tête.

Je suis là, et je suis seul.

Je levai les yeux et vis les étoiles.

37

LE LENDEMAIN, JE ME LEVAI, mis une cravate, passai un manteau et partis voir Charles Young. J'observai sans surprise, en entrant dans la ville, qu'elle n'était pas différente de jour. Un brouillard pesait sur la ville et emballait tout d'un voile de froid gris. Le désert stérile des Barrowfields s'étendait sur la gauche aussi loin que portait le regard, interrompu par un unique banc de bois isolé, qui n'était plus guère décoratif. Un visiteur aurait pu croire que les habitants d'Old Buckram avaient tous été enterrés là, dans les Barrowfields, mais les pierres tombales moussues qu'on apercevait n'étaient que les souches pétrifiées d'arbres abattus par quelque prodigieuse force en un temps proche de celui du Christ et avaient peur de reprendre leur croissance. Je me rappelai que c'était encore l'été quelque part, et que je pouvais prendre la voiture pour descendre assez vite retrouver le soleil et sentir sa chaleur sur mon visage.

Le cabinet juridique se trouvait sur Main Street, juste en face des pompes funèbres du comté, dont la façade de brique dépouillée sautait aux yeux derrière l'incongruité de trois colonnes doriques blanches. Le cabinet avait été fondé en 1922 par M. Trafton Ignatius Brown III, qui avait obtenu son diplôme à l'université de Virginie et commencé à pratiquer le droit dans les montagnes de Caroline du Nord à une époque où la population ne suffisait guère à faire tourner les affaires. Son premier cabinet consistait en une pièce unique, avec un bureau, un vieux poêle à bois, mais pas de plomberie et donc pas de toilettes. M. Brown devait traverser la rue pour aller faire ses besoins dans les bureaux des pompes funèbres. En échange, il se chargeait de leurs quelques petits problèmes juridiques quand ils survenaient.

Charlie, à présent le seul associé en vie, avait poursuivi l'exercice de la loi, par-delà les changements d'associés et d'assistants au fil des ans. C'était dur de développer un cabinet important dans les montagnes. Il n'y avait tout simplement pas assez de travail rémunéré pour se maintenir.

Quand j'entrai, une cloche fixée à l'arrière de la porte retentit. La réceptionniste entendit la cloche et leva les yeux.

« C'est mon jour de chance », fit-elle, se levant de son bureau. Elle s'approcha de moi, sur le pas de la porte. Elle s'appelait Sylvia et je la connaissais depuis des années, avant même que mon père ne rejoigne le cabinet. Elle me prit dans ses bras longuement et je la vis essuyer une larme. Elle se recula pour me regarder à l'oblique, comme pour évaluer ma taille.

« Cela me fait tellement plaisir de te voir. Je n'arrive pas à y croire. Tu es un homme maintenant. Je ne t'ai pas vu depuis que tu étais haut comme ça ! Comment ça va ? fit-elle en me plantant un doigt dans le torse.

— Ça va bien. Je suis content d'être ici pour l'été, enfin, pour un temps, je ne sais pas trop combien encore.

— Eh bien, nous aussi, nous sommes heureux que tu sois là ! Charlie est au téléphone, mais je vais lui dire que tu es arrivé. »

La salle d'attente était propre et nette, mais ne donnait pas dans l'ostentation. À un mur, une copie de la Déclaration d'indépendance encadrée. À un autre, une reproduction de l'omniprésent « art du magistrat », qui devait se commander sur un catalogue destiné à tous les avocats (du moins est-ce ce que j'imaginais). Il s'intitulait *A Country Lawyer* et montrait un client venu consulter son avocat dans un cabinet plein de piles de papiers désordonnées s'élevant un peu partout. C'était assez proche de la vérité, comme j'en vins à le découvrir. Dans un coin de la salle d'attente se trouvait une pile de magazines vieux de quelques années. La mince moquette bordeaux laissait deviner un chemin d'usure depuis la porte d'entrée jusqu'au haut des marches qui menaient au bureau de Charlie.

Sylvia me confia qu'elle regrettait que mon père ne soit plus au cabinet.

« Merci de m'avoir dit ça. Je sais qu'il aimait travailler ici.

— Il était toujours très gentil. Sa mère l'a élevé comme il faut, je le sais. Il était toujours poli et me traitait en égale, Charlie aussi d'ailleurs. Il me traitait avec respect, et on ne peut pas en dire autant de tout le monde. Quand on allait lui parler d'un problème, il écoutait. De tous les gens que j'ai connus, c'est lui qui était le plus doué dans les relations. Il était vraiment très bien pour ça. »

J'étais toujours surpris d'entendre dire ce genre de choses. C'était dur de concilier ces mots avec l'image de l'homme que j'avais connu.

Charlie descendit les marches pour m'accueillir. Il me serra la main chaleureusement et me regarda avec une inquiétude sincère. Il n'était pas grand mais sa prestance calme et assurée pouvait intimider. S'il ne parlait pas souvent, quand il ouvrait la bouche tout le monde se taisait pour l'écouter. C'était un bon avocat, un homme honnête et gentil.

Je le suivis dans son bureau – le bureau d'un avocat en plein labeur. Point de bibliothèque en acajou teinté, ni de lambris d'ébène. Point de bureau d'une propreté improbable, impeccablement ciré, couronné d'une lampe coûteuse. Le bureau de Charlie se discernait à peine, couvert qu'il était par une montagne de dossiers sur cinq ou six rangées, d'où des feuilles de papier saillaient en tous sens. Dans un coin du bureau se trouvaient quelque chose comme une centaine d'études en rouleaux, dont beaucoup avaient pâli avec le temps. Un chevalet bon marché, en bois et alu, conservait plusieurs planches de preuves issues de procès fort anciens. Une rangée de casiers de banque occupait tout un mur. Beaucoup portaient une étiquette sur laquelle figuraient les mots « Dossier Compagnie d'électricité Old Buckram », écrits bien nettement au marqueur. Sur ses étagères se serraient les volumes bruns contenant les décisions de la cour suprême de Caroline du Nord et les verts, abritant les décisions de la cour d'appel de Caroline du Nord, ainsi qu'une série de statuts généraux de Caroline du Nord depuis 1985. Il avait aussi le Webster du droit immobilier en Caroline du Nord, un Robinson sur les corporations, les *Formulaires de Douglas*, un livre des directives standard à adresser à un jury, un traité sur les testaments et divers autres ouvrages sur tous les sujets connus du praticien généraliste, et je peux vous dire que ces livres n'étaient pas là à titre décoratif. Tous avaient été lus et maîtrisés. Charlie n'était pas le genre d'avocat à simplement survoler une question. Qui sait combien d'heures il avait passées seul dans ce bureau, tard dans la nuit, à essayer de comprendre quelque facette cryptique du droit.

Il gonfla les joues. « Après trente-cinq ans de ce métier, je crois que je suis près du bout. » Il parlait avec un accent du Sud convaincant, plein de « *aw shucks* », qu'il exagérait peut-être un peu, parfois, juste par habitude. Les gens des montagnes se méfient de ceux qui parlent vite, et le discours lent et déterminé paraît plus fiable, allez savoir pourquoi. Il leva les yeux sur son diplôme de droit puis parcourut les rangées de titres encadrés, tous sans fioriture. « Je vais sûrement prendre ma retraite dans deux ou trois ans. On dit que les avocats ne partent pas à la retraite, ils meurent, c'est tout. Mais j'en connais un qui va le faire.

— Tu crois ?

— Oui, je le crois. C'est dur. Terriblement dur. Je vais te dire : quand tu te fais du souci pour tes clients la nuit et le week-end et en vacances, tu finis par y laisser des plumes. Écoute ça : il m'a fallu plus de trente ans de barreau pour m'apercevoir que je n'aime pas la controverse ! »

Je me mis à rire et il reprit : « Je ne plaisante pas. Mais bon, je n'ai pas besoin de te le dire. J'aimerais pouvoir te raconter autre chose, mais ce serait mentir. Regarde-moi. Quand j'ai commencé, j'avais une belle tignasse bien épaisse. Et c'est pas que j'aie une prédisposition génétique à la calvitie. »

Il lui restait peut-être quatre cheveux sur le crâne.

« Tu as de grands procès à venir ?

— Un ou deux en septembre octobre, il faut que je m'y mette. Tu pourrais m'aider à me préparer.

— Ça me plairait bien. »

Nous restâmes assis une minute tandis que le sujet que nous avions évité remontait peu à peu dans notre conscience commune pour finalement éclater au grand jour.

« Je sais que ça doit te faire bizarre d'être ici, fit Charlie. Je suis tellement navré pour ton père, commença-t-il, sans aller jusqu'au bout.

— Merci, Charlie. Je sais. »

38

DURANT MES QUELQUES PREMIERS JOURS au cabinet, Charlie n'avait pas grand-chose à me faire faire, et me demanda donc d'organiser des dossiers de-ci, de-là, ce qui revenait en gros à les classer par ordre chronologique. En une ou deux occasions, je l'accompagnai au tribunal pour de petites affaires, et il me présenta à tout le monde, du juge au greffier, et même à l'huissier et au portier. Le juge l'appelait Charlie, tous les autres, M. Young, et il se montra gentil et très poli envers tous sans distinction.

Un vendredi après-midi, Charlie entra dans mon bureau de fortune et s'assit. Il me regarda longuement avant de dire quoi que ce soit. Puis : « Tu sais qu'il y a beaucoup de gens ici qui ne peuvent pas nous payer. » Je répondis que je m'en étais douté.

Il reprit : « En bas, on a une *pleine* armoire de nourriture et d'autres choses que les gens apportent en guise de contribution à nos honoraires. Une grande partie de la nourriture est bonne. Très bonne, en fait. » Il se posa les mains sur le ventre.

« Je croyais que ça n'existait que dans *Ne tirez pas sur l'oiseau moqueur*.

— Oh que non. Ici aussi. J'imagine que tu t'en doutes, mais en tout cas, je peux te dire que, malgré ce gros coup qu'a fait ton père à ses débuts, tu ne feras jamais fortune comme avocat. Si tu t'y emploies, tu auras un salaire correct. Mais tu ne seras jamais riche. Pas si tu restes honnête. »

Nous gardâmes un moment le silence.

« Alors rappelle-moi ce que tu fais à Old Buckram alors que tu avais tant d'autres choix. Tu es venu mettre en état cette vieille maison pour la vendre ?

— Je crois, oui.

— Eh bien, tu as du pain sur la planche, petit ! La maison est grande, et elle est restée inoccupée longtemps. C'est dommage que je ne connaisse personne qui veuille l'acheter.

— C'est difficile d'imaginer que qui que ce soit en veuille. »

Charlie hocha la tête et regarda par la fenêtre. Au bout d'une longue minute, il me demanda comment j'allais. Il avait une façon intense de vous regarder, avec un discernement qui mettait parfois mal à l'aise ; il vous forçait à être honnête envers vous-même.

« Je vais très bien. Mais ça ira mieux dans quelques mois, c'est sûr.

— Tu as une idée de ce que tu veux faire cet été ? Comme je te l'ai déjà dit, on te paiera pour tes heures de travail ici.

— Je ne peux pas accepter d'argent de toi.

— Alors je ne te laisserai pas travailler ici. Si tu travailles, tu seras payé. Mais, crois-moi, ce ne sera pas *beaucoup*, si ça peut te mettre à l'aise. » Cela le fit rire. « Bon, allez, prends tes affaires, tu viens dîner à la maison. Sarah a préparé quelque chose de spécial. Elle est tellement impatiente de te revoir. »

J'appris beaucoup cet été-là aux côtés de Charlie. J'appris que les bons avocats comme lui font sans doute plus pour les individus et les communautés qu'on ne s'en rend jamais compte. Ils se démènent pour que justice soit faite. Ils prennent des clients qui ne peuvent pas même espérer payer l'intégralité des services dont ils bénéficieront, ils passent leur temps et leur argent à aider des clients qui, au bout du compte, ne leur seront pas le moins du monde reconnaissants. Ils disent la vérité à leurs clients, même quand ils ne veulent pas l'entendre. Les avocats se font éreinter par l'opinion publique, et il est vrai que, pour quelques cas isolés, c'est mérité. Mais la plupart d'entre eux, à mon avis, sont comme Charlie. Et c'est une bonne chose.

39

AU DÉBUT DE JUILLET, STORY me donna des nouvelles de Lot's Folly. Ça n'allait pas fort avec ses parents. Après le décès de Lelia, et follement encouragée par les détails découverts au sujet du mystérieux Benjamin, elle était prête à tout pour retrouver son père biologique. Malheureusement, les Glauchnor ne partagèrent pas son enthousiasme, et traitèrent par une dérision amère ce qu'ils considéraient comme une entreprise inutile et fantasque. Toute l'affaire avait continué à frémir juste en deçà du point d'ébullition, et Story se sentait seule et découragée. Elle me demanda si je pouvais lui rendre visite pour la distraire de sa famille en guerre, aussi fis-je mes bagages le cœur léger pour quitter la montagne et rejoindre la plaine.

J'arrivai à Lot's Folly à dix-neuf heures un vendredi par temps clair. Il faisait trente degrés, l'air était terriblement humide, et pourtant c'était formidable comparé à ce que j'avais connu à Old Buckram, dont la courbe météorologique ressemble à celle de l'Irlande du Nord ou de certaines comètes à l'orbite interminable. Quand j'avais quitté Ben Hennom six heures plus tôt, la température peinait à se maintenir au-dessus de moins onze, certaines créatures de la famille des ursidés étaient retournées prématurément à leur état d'hibernation, et je portais un pantalon de velours écossais, un manteau et des chaussettes en laine aux genoux (une exagération, certes, mais pas scandaleuse).

De la route, l'entrée de l'allée de Story était rendue presque invisible par une masse de végétation luxuriante, et je passai devant deux fois avant de prendre enfin le virage. Aux deux tiers de l'allée de sable et de gravillons se dressait une petite maison de bois pas tout à fait verticale, entourée d'un quatuor de magnolias et d'un énorme chêne qui étendait en tous sens ses branches chargées de mousse espagnole qui pendait jusqu'au sol. Quand elle était entrée à la fac, Story avait quitté la maison de ses parents pour s'installer dans cet étonnant vestige architectural, ancienne remise à voitures, et c'est là qu'elle demeurait lors de ses rares visites depuis la fac de droit. Je devais vite comprendre pourquoi. Plus bas dans l'allée, à travers un petit bois de pins des marais et derrière deux ou trois autres chênes majestueux datant de Mathusalem, j'aperçus la façade à bardeaux d'une demeure de style importé de Nantucket, avec des vérandas sur deux niveaux et du lierre qui grimpait tout autour sur la brique.

Je m'arrêtai à la remise et me garai sur une place de parking taillée dans un mur d'azalées sauvages. Story lisait, assise sur les marches de derrière, une pâquerette teintée dans les cheveux. Durant les semaines de notre séparation, ses cheveux avaient blondi et ses membres s'étaient amincis. Elle portait une robe dos nu d'un bleu qui rappelait un ciel de Caroline et elle avait des marques de bronzage sur ses pieds nus. Avec un extraordinaire sens de la mesure, elle ferma son livre et vint à ma rencontre dans l'allée, évoluant sur un air de valse silencieuse, radieuse dans sa franche beauté, avec sa robe qui volait autour d'elle tel un carrousel. Je bondis de la voiture presque sans attendre qu'elle s'arrête et l'attirai à moi, et, au beau milieu de nos rires, je respirai le parfum de sa peau et de sa merveilleuse chevelure, qui sentait le début d'été vert dans le Sud et l'air marin venu si loin dans les terres depuis les eaux de l'insondable Atlantique. Elle me prit la main et dit : « Viens, je vais te faire visiter, sinon tu vas te perdre. »

La remise était typique du vieux Sud : des meubles en bois antiques, désolés ; lambris à mortaise dans chaque pièce ; tableau d'un magnolia en pleine floraison accroché au mur blanchi à la chaux du salon ; fleurs fraîches dans un simple vase en verre sur la table de la cuisine ; et des parquets de bois irréguliers partout dans la maison.

La première chambre dans laquelle nous entrâmes était celle de Story. Sur une étagère, une ligne dégarnie de photos pleines de lumière et de joie. Il y avait une photo de plage où on la voyait, enfant, jouer seule dans les vagues, et, juste à côté, quelques images vibrantes de Story dans la masse bleue des flots derrière une vedette. Sur l'une d'elles, la première des trois regroupées dans un seul cadre en parallèle, elle était sur une planche, engloutie par un gilet de sauvetage orange. On lui voyait à peine le visage. Ses deux nattes se dressaient dans l'air telles des antennes. La suivante la montrait un peu plus âgée, sur deux skis, et cette fois bien plus grande et plus assurée. Sur la dernière, une Story lycéenne sur un ski fendait l'eau brillante avec adresse entre des colonnes d'écume illuminée par le soleil.

« Ton enfance a été très différente de la mienne », dis-je.

La deuxième chambre avait été transformée en bureau. S'y trouvaient une table de travail et une armoire à dossiers sur laquelle étaient posées quatre piles, classées et indexées, de coupures de journaux et de pages photocopiées tirées de books de fin d'année universitaire. Story remarqua mon regard plein de curiosité et me dit simplement : « Mon père. » C'étaient ses archives de documents collectés au fil de ses années de recherche de son père. Un journal intime était ouvert sur le bureau. Je pus m'approcher assez pour distinguer l'écriture précise de Story. Plus d'une fois, je l'avais vue assise sur un mur de pierre après les cours, en train d'écrire dans son journal, tandis que les pensées se bousculaient dans sa tête. De la proximité entre ce journal et les autres documents, je conclus qu'il contenait ses dernières compilations d'indices et d'hypothèses sur ce sujet délicat. Elle ne me donna pas davantage d'explications et je n'en demandai pas.

Nous sortîmes sur la véranda puis dans la cour, avec son doux tapis d'aiguilles de pin sous les pieds, dans la tiédeur de l'ombre des magnolias. Des lucioles cachées dans la pénombre émettaient leur lueur intermittente et planaient paresseusement dans les airs. Nous suivîmes un sentier sous les arbres jusqu'à une rigole peu profonde tapissée de fougères et de fleurs sauvages. Sur l'autre rive, des lianes de vigne dissimulaient une clôture en métal qui marquait la limite de la propriété. Comme nous ne pouvions aller plus loin, nous bifurquâmes vers l'ouest, en direction de l'eau, et vîmes la forêt de pins peu à peu céder la place à l'opulente pelouse, tout au bout de laquelle se trouvait la « maison principale », ainsi que Story la nommait. Dans la lueur déclinante, l'édifice luisant aurait pu être un modeste château.

« Ils ont déclaré une trêve, dit-elle. Je leur ai dit que tu venais, et ils ont tenu à nous avoir à dîner. J'espère que ça ne te pose pas de problème.

— Bien que sûr que non. C'est super. Je suis vraiment ravi de faire leur connaissance. Même si je crains de ne pas être assez habillé.

— Non non, tout va bien. C'est parfait, ce que tu portes. C'est ma faute. J'aurais dû te prévenir. Tu as une chemise à manches longues ? Non ? Pas bien grave. Tu es très bien comme ça.

— Je me sens en pleine confiance.

— Je suis heureuse que tu les rencontres, mais j'ai déjà l'impression de devoir m'excuser pour eux. Je redoute ton jugement. »

Story ramassa une tige de mousse espagnole tombée à terre et la reposa soigneusement sur une branche de chêne qui touchait presque le sol.

« Pas de problème, dis-je. Les gens sont ce qu'ils sont. »

La nuit tombait vite et nous retournâmes à la remise nous préparer pour le dîner. Story releva toutes les fenêtres à guillotine pour laisser rentrer les bruits de la nuit, les murmures et la chaleur de l'air. Je me sentais en vie. Je remarquais chaque chose, entendais le moindre bruit. J'absorbais tout jusqu'à la dernière goutte. Buller s'aperçut que nous nous préparions à partir et alla se placer devant la porte. Je demandai si nous pouvions l'emmener au dîner mais Story fit la moue : « Tout le monde est habillé. On le présentera demain, l'occasion sera moins solennelle. »

Je sortis donc son ours en peluche du coffre de la Scout et lui versai des rations d'eau et de nourriture dans des gamelles de la taille de celles des éléphants d'un zoo.

« Buller, tu vas rester ici, mon gars. Je reviens tout de suite. »

Il avait l'air blessé, un peu anxieux.

« Ton papa ne restera pas parti longtemps, fit Story, qui s'accroupit devant lui pour le gratter furieusement derrière les oreilles. Je le ramène vite, promis. » Elle le laissa lui lécher le cou en deux ou trois grands coups de langue et il parut soulagé. Je passai une chemise un peu plus fraîche et nous nous mîmes en route pour notre dîner tardif.

« Comment ils s'appellent, déjà ?

— Morgan et Piper.

— Ah oui, c'est vrai. C'est lequel, ton père ? »

Cela fit rire Story, qui feignit d'être frappée d'une flèche en plein cœur.

« Aaaahh… Tu n'auras qu'à l'appeler M. Glauchnor, c'est mieux comme ça. De toute façon personne ne l'appelle vraiment Morgan à part le prêtre. »

Je répétai mes salutations : « Bonsoir, Morgan, fis-je, serrant une main dans le vide. Ravi de faire votre connaissance. Piper, vous êtes éblouissante pour une femme de votre âge.

— Tout va bien se passer. »

À notre arrivée, les Glauchnor, un verre à la main, donnaient l'impression de goûter le confort de leur hectare de véranda à l'arrière de la maison. M. Glauchnor se leva avec une indolence étudiée et Mme Glauchnor éteignit une cigarette dans un cendrier caché afin que nous puissions faire semblant de ne pas l'avoir vue fumer. M. Glauchnor s'approcha pour nous accueillir et me salua d'un « Bonsoir, mon garçon ». De le voir en personne me coupa le souffle. Je crus d'abord que la lumière me jouait des tours, car ma première impression fut que Story n'aurait pas pu lui ressembler davantage si elle avait été sa sœur. Étais-je le premier à l'avoir remarqué ? Sûrement pas. Est-ce que je me l'imaginais ? La confusion dans laquelle je me trouvai plongé troubla mes pensées pour le reste de la soirée.

M. Glauchnor retira sa main de la mienne, prit Story dans ses bras à l'oblique en lui donnant deux petites tapes informelles dans le dos. Nous reportâmes notre attention sur Mme Glauchnor, bien sagement assise, jambes de côté, sur la banquette de jardin. Quand tous les yeux furent sur elle, elle se leva de son trône d'osier telle une reine, et resta là à flotter un instant pour laisser à notre admiration le temps de se fixer sur sa personne. Je surmontai une forte envie de me prosterner puis de détourner les yeux. Avec l'apparence d'un paon majestueux, cette femme superbe avait pu bénéficier d'une chirurgie sélective, comme on le devinait en l'examinant de plus près. Elle avait le nez et le menton fins, les seins juste en dessous des épaules à environ trente centimètres l'un de l'autre, et en partie masqués par une épaisse volute de longs cheveux bruns élégamment ramenés sur l'avant.

« Quel plaisir de faire votre connaissance, dis-je, et elle répondit : Merci.

— Il est temps de passer à table, fit savoir M. Glauchnor sans autre forme de procès. Je vous propose d'entrer nous asseoir. On nous le garde au chaud, mais ça ne tiendra pas toute la nuit. Piper, prépare-moi un verre tant que tu y es. »

Mme Glauchnor se rengorgea, plumes gonflées comme une autruche, visiblement horrifiée qu'il ait si vite mis un terme abrupt à l'illusion de royauté sudiste qu'elle avait si soigneusement cultivée.

Sans guère de cérémonie, nous entrâmes l'un après l'autre dans la maison où deux hommes debout, impeccablement alignés, attendaient nos instructions. Chacun portait une veste de chef cuisinier à pans et une toque papale de l'époque byzantine qui devait avoir coûté une fortune. La maison sentait le pain chaud, la viande grillée et la cire à bois. Je restai un moment à absorber la splendeur et l'assortiment d'irréprochables décorations avant que Mme Glauchnor ne me chasse de la cuisine d'un « ouste ». Je m'aventurai dans la salle à manger assombrie, tendue de rideaux dans tous les angles et avec une immense fresque représentant la bataille de Chancellorsville, qui couvrait tout un mur. Story et M. Glauchnor attendaient en silence, et chacun semblait examiner quelque chose au sol. Mes yeux passaient de l'un à l'autre, et comparaient leurs traits. *Tu es un imbécile,* me dis-je. *Arrête ça.*

Le couvert avait été mis autour d'un surtout imitant un chêne vert qui s'élevait de tous ses trois mètres au-dessus de la table. De petites bougies en décoraient les branches. Des coupelles de beurre d'une blancheur originelle étaient posées symétriquement à chaque bout de la table et des bouteilles de vin rouge ouvertes reposaient sur des napperons en lin. À côté de la place qu'allait prendre Mme Glauchnor, une bouteille de viognier avait été mise à rafraîchir dans un seau à champagne damasquiné.

Toutes les surfaces semblaient avoir été fraîchement repeintes. Deux chemins de table en soie couraient en parallèle tout du long de la table et retombaient assez bas. Sous la table était couché un gros chien brun haletant.

M. Glauchnor aboya en le voyant et fit crisser sa chaise sur le sol. « Jim ! Allez, bouge-toi, mon vieux ! »

Comme le chien ne bougeait pas, M. Glauchnor lui donna un coup de pied. Le chien bondit sur ses pattes et quitta prestement la pièce, l'air boudeur, la queue entre les jambes. Je me baissai pour le caresser mais il me passa devant en courant.

« Vous savez pourquoi on l'appelle Jim ? » me demanda M. Glauchnor. Je ne savais pas et j'aurais préféré ne pas savoir. L'explication avait son origine dans un ignoble préjugé du Sud, et M. Glauchnor l'agrémenta d'une épithète raciste. Après nous avoir gratifiés de sa bonne blague, il lâcha un gros rire peu sophistiqué qui créa un contraste gênant dans ce cadre aux aspirations sociales prétentieuses. Avec un sourire cultivé, Mme Glauchnor en guise d'excuse chassa les paroles malheureuses d'un geste de la main. *Ah, les hommes !* Elle avait déjà entendu cette blague mais, apparemment, ne la trouvait pas assez choquante pour mériter un reproche. Je vis les oreilles de Story virer à l'écarlate. *Sotto voce* elle me fit : « Je t'avais prévenu. »

M. Glauchnor faisait plus d'un mètre quatre-vingts, avait les cheveux coupés court, vaguement blond émaillé de gris. On eût dit un Joe Namath qui aurait récemment pris sa retraite, si Joe Namath avait employé un bon coiffeur. Je supposai qu'il devait peser près de cent vingt kilos. Il avait la charpente d'un athlète de lycée qui, depuis qu'il avait remporté tous ses trophées, n'avait plus fourni le moindre effort physique. Il ne me fut guère difficile de conclure que c'était un sale gosse de riche, dont la valeur humaine se résumait à l'argent dont il avait hérité. Que Mme Glauchnor l'ait toléré toutes ces années me disait à quel point l'argent, dans son univers à elle, comptait plus que l'amour.

Nous nous assîmes à table et l'aide-cuisinier arriva avec les assiettes de nourriture. Il y avait de quoi sustenter vingt personnes, et encore, avec les restes. Je remarquai que

Story et M. Glauchor avaient la même façon de mâcher et de tenir leur fourchette, de hausser un seul sourcil indépendamment de l'autre. Mais bien sûr ces ressemblances pouvaient s'expliquer par l'éducation et pas nécessairement par la génétique.

« Ça vous dirait de prendre le bateau demain ? »

M. Glauchnor ne prenait pas la peine d'avaler sa nourriture avant d'injecter ses pensées dans la conversation. Pas plus qu'il n'hésitait à interrompre une conversation en cours. Ses paroles faisaient irruption chaque fois qu'une pensée lui traversait l'esprit.

« Vous pourriez faire du ski nautique.

— Ce serait sympa, dis-je. Je crois que nous irons sans doute à la plage le matin mais l'après-midi, ça peut se faire. »

Story approuva d'un hochement de tête et je demandai à M. Glauchnor s'il faisait du ski nautique.

« Ah non, bon sang, je ne fais pas de ski nautique. »

Il acheva son verre d'une traite – deux doigts de gin – et tapota son verre à vin d'un ongle démesuré. Avec une élégante obéissance, Mme Glauchnor se leva pour aller remplir son verre, et versa le vin de haut. Je demandai à Story si elle conduirait le bateau pendant que je serais sur les skis. Cela déclencha un gloussement de la part de M. Glauchnor, qui s'étrangla presque.

« Non, elle ne sait pas conduire le bateau. Si vous y allez, c'est moi qui piloterai, ou Bucko. »

Bucko était le surnom donné au frère cadet de Story, dont le vrai prénom était celui de M. Glauchnor, bien sûr. Je me demandai pourquoi lui avait le droit de piloter le bateau et pas elle. Bucko, m'expliqua-t-on, ne pouvait pas être au dîner parce qu'il était sorti faire du 4×4.

« Je peux conduire le bateau, fit Story.

— Pas le mien, en tout cas. Vous avez vu la voiture neuve sur le parking ?

— Oui, je l'ai vue. Une BMW. Très jolie.

— Ouais. Sacrément. Il me fallait un joujou pour remplacer mon Harley. Je l'ai vendue parce qu'elle prenait de la place dans le garage et que je l'utilisais presque pas. »

La conversation retomba et Mme Glauchnor passa autour de la table avec un plateau pour proposer des biscuits et un canoë de beurre. Elle voulait s'assurer que personne n'aurait faim en quittant la table. Il n'y avait pas de risque.

Le vin était un vin cher, mais abominable. J'essayai d'abord le rouge, puis le blanc. Après mon deuxième verre de blanc, je demandai une bière et l'un des chefs me donna une Bud Light entourée d'une serviette blanche. Très recherché.

Soudain, sans crier gare, M. Glauchnor lança : « Story vous a dit qu'elle était sortie avec un Noir ? »

Les couverts de Story heurtèrent son assiette.

« Oui, elle me l'a dit. D'ailleurs, je l'ai rencontré. C'est quelqu'un de très bien. Je l'admire beaucoup. »

Je ne l'avais jamais rencontré, en fait, mais je lui vouais en effet une grande admiration. Quiconque s'attirait l'affection de Story devait être une bonne personne, et digne d'admiration. M. Glauchnor reçut ma réponse avec une moue, mi-hargneuse, mi-confuse, comme si j'avais commis un impardonnable manquement au décorum.

« Bon, très bien », fit-il à Mme Glauchnor, autrement dit : maintenant, on connaît sa position sur le sujet. Mieux vaut ne plus l'aborder en sa compagnie. Je savais que j'avais chuté dans son estime.

Mme Glauchnor se tapota le coin des lèvres avec sa serviette et se prépara pour la conversation.

« Êtes-vous déjà venu dans cette partie de l'État ? » Elle avait des manières exquises.

« Et comment. J'ai passé beaucoup de temps à Charleston au fil des ans, mais, à ma connaissance, je n'étais jamais venu jusqu'à notre visite il y a quelques semaines jour pour jour. »

Un bref mouvement de tête de Story vers moi me fit comprendre qu'elle n'avait rien dit de notre expédition.

M. Glauchnor intervint : « C'était quand exactement ? » Il semblait vexé. « Quand c'est que vous êtes venus le mois dernier ? Vous faisiez quoi ? Non, laissez-moi deviner. Et pourquoi vous n'êtes pas venus ici ? Non, ne répondez pas. Je le sais, pourquoi vous n'êtes pas venus. »

De ses mains, Story apaisa l'air devant elle. « Nous sommes venus parce que je voulais vérifier quelque chose au tribunal. Nous n'avions pas beaucoup de temps.

— Ben tiens, bien sûr que c'était ça. Sacré bordel de Dieu ! »

Un massif de veines apparut sur le cou et le front de M. Glauchnor. Il tenait ses couverts – fourchette dans une main, couteau dans l'autre – comme des armes prêtes au combat. « Tu ne lâcheras jamais, hein ? J'espérais qu'après la mort de ta... » – Il résista à la tentation d'ajouter une épithète péjorative. – « ... mère, tu laisserais tomber ces conneries. »

Story ne dit pas un mot à son père, mais ses yeux disaient *Tu ne seras toujours qu'un pauvre type.* Elle s'excusa et se leva de table. Mme Glauchnor elle aussi émit une excuse, fit une demi-révérence et, sans bruit, quitta prestement la pièce, à la poursuite de la fille qui n'était pas la sienne.

40

M. GLAUCHNOR ET MOI RESTÂMES ASSIS en silence un moment : lui tordait ses grosses mains et buvait du vin, moi, j'identifiais toutes les issues possibles dans la pièce.

« Comment va ta famille ?

— Pas très bien, pour être franc.

— D'où tu viens, déjà ?

— J'ai grandi dans les montagnes de Caroline du Nord. Old Buckram.

— Ah mais oui ! J'y suis passé des milliers de fois. Piper et moi, on aime bien aller à Blowing Rock acheter des meubles, des bibelots et des merdes pour sa boutique. On prend toujours une remorque au cas où elle trouverait quelque chose. Tiens, cette table, peut-être qu'elle vient de là. »

Il se pencha pour examiner le dessous, comme s'il espérait y trouver encore une étiquette.

« Piper tient un stand dans une boutique d'antiquités. C'est ça sa source de revenus. » Cette remarque fut ponctuée d'un gargouillis de rire. « L'an dernier, ça nous a fait, je sais pas, moins de vingt-cinq mille dollars. Mais ça m'a sûrement sauvé la vie. Enfin, bref. Donc on y va, on achète des antiquités, puis on fait un tour sur la grand-route pour chercher des faisans et des chevreuils, mais j'ai jamais de fusil quand il faut. Une fois, j'ai vu un ours brun, une femelle et ses petits traverser la route en courant, elle devait faire dans les cent quatre-vingts, deux cents kilos. Qu'est-ce que j'aurais pas donné pour avoir mon fusil de chasse ! Je l'aurais tirée depuis la voiture. J'ai un Ruger modifié avec l'extracteur d'un Mauser qui peut te pulvériser la tête et les bois d'un cerf. J'ai jamais eu l'occasion de tirer un ours, mais j'espère bien qu'un jour ma chance viendra. »

J'avais envie de lui dire : « Putain, c'est quoi ton problème ? » mais je n'ouvris pas la bouche. Il descendit un autre verre de vin rouge et se resservit maladroitement. Quand il se remit à parler, je remarquai un fragment de nourriture, un bout de crevette, peut-être, plaqué contre sa canine supérieure droite, et qui commençait sérieusement à m'agacer.

« Deux, trois fois, reprit-il, on a pris la nationale à Blowing Rock et on est sortis à Chilblain's Gap pour aller faire un tour à Old Buckram. Piper aime bien ce restaurant de cuisine familiale, là, comment il s'appelle déjà ? »

Je me sentais insulté de l'entendre parler de la nationale et de la région qui entourait ma ville natale avec une familiarité presque grotesque. En fait, c'était insultant de l'entendre parler tout court.

« Le Hopedale Inn, dis-je.

— C'est ça. Un jour j'y suis allé en Harley et, bon sang, c'que je me suis amusé à rouler à cent cinquante sur ces routes, mais il a plu deux jours sans interruption et je pouvais pas rentrer parce que j'avais pas d'équipement de pluie. »

Je hochai la tête, sans rien trouver à lui répondre.

« Tu veux une autre bière ? Je vais te trouver ça.

— Oh et puis pourquoi pas, dis-je.

— Piper ! Apporte une bière pour le jeune. »

La cuisine était vide : Mme Glauchnor avait dû renvoyer les chefs chez eux, ou à leurs quartiers dans la maison, enfin là où ils étaient quand ils ne cuisinaient pas pour

M. et Mme Glauchnor. Je commençais à me sentir très mal pour Story.

« Pour revenir à ce que vous êtes venus faire ici l'autre fois, elle essaie de te mêler à ça ? » Du bout du doigt, il remuait le contenu d'une casserole imaginaire. « Tu serais pas le premier. »

Je ne savais pas ce que cela voulait dire, j'ignorai donc sa mimique et répondis : « Elle ne me mêle à rien du tout. Elle ne m'en a pas dit grand-chose et elle ne m'a pas demandé d'aide. J'ai l'impression qu'elle est décidée à faire ce qu'elle a à faire, que je m'en mêle ou non. Je ne crois pas avoir aucune influence là-dessus. Et peut-être que vous non plus. »

Cela le mit en rogne, et je crus qu'il allait se jeter sur moi de l'autre côté de la table. Mais il se ressaisit, et répondit : « Eh ben, je peux te dire tout de suite que vous perdez votre temps, putain ! »

Je commençais à me demander pourquoi il était si ouvertement hostile à l'idée que Story recherche son père biologique. Après mes quelques verres de vin, et malgré la piètre contribution éthylique du produit Anheuser-Busch, de l'ordre du dé à coudre, cette interrogation venait alimenter ma théorie du complot, aussi dérangeante que paranoïaque, selon laquelle M. Glauchnor, je ne sais trop comment, était le vrai père de Story. *C'est justement pour ça qu'il ne veut pas qu'elle découvre la vérité : parce que c'est lui son vrai père,* me disais-je, pour aussitôt rejeter l'idée comme pure folie. Pourquoi diable ne pas le lui dire, s'il était son vrai père ? Cela n'avait aucun sens. Je me souvins de mon père, qui disait qu'il valait mieux passer pour un imbécile en gardant le silence que prendre la parole et le confirmer. Cela me semblait prudent. Je pris de la distance et conclus que M. Glauchnor devait connaître un détail sordide quant à l'ascendance de Story qu'il voulait lui épargner. Peut-être essayait-il tout simplement de la protéger. Peut-être que son vrai père était incarcéré dans une prison fédérale pour racket ou fraude. Ou dans une prison d'État pour meurtre ou quelque autre crime abominable. Que les Glauchnor agissent pour protéger Story était l'explication la plus simple, conclus-je.

Story et Mme Glauchnor réapparurent, après avoir négocié une trêve, et s'assirent à table. Story était encore assez énervée, et Mme Glauchnor se montrait d'une politesse servile, comme je m'y attendais. Elle se répandit en excuses que leur raffinement vidait de tout sens, jusqu'à ce que M. Glauchnor l'interrompe d'un geste impatient de la main.

« Piper ! Tu lui as apporté sa bière ?

— Oh, mon Dieu, j'ai oublié. Je suis vraiment désolée. »

En silence, elle se mit en action et, d'après les bruits qui me parvenaient de la cuisine, sortit une autre Bud Light du réfrigérateur, cette fois sans le napperon délicat.

« Merci.

— Mais je vous en prie. Je ne vous l'ai pas ouverte à cause de mes ongles...

— Pas de problème. Je me débrouille. »

Après le dîner, Story et moi nous échappâmes pour marcher jusqu'au bord de l'eau, et nous nous assîmes au bout du ponton, les jambes pendant dans le vide. Juste à côté se trouvait un hangar à bateau à deux étages, sous lequel un Mastercraft beige et rouge vif et deux Jet Ski rutilants étaient méticuleusement cadenassés, et suspendus par des câbles d'acier au-dessus de l'eau. Un kayak écaillé par le soleil était retourné au bout du ponton, amarré avec une corde marine. De l'autre côté de la vaste étendue du lac, vers l'ouest, l'horizon était souligné par une rangée de maisons solitaires. La chaude lumière reflétée dans les nombreuses et larges fenêtres reposait, immobile, sur l'eau animée d'un léger mouvement de va-et-vient, qui pénétrait dans les marécages à l'odeur forte et se retirait tour à tour.

« Je me verrais bien vivre ici, dis-je. C'est très impressionnant.

— Ah oui ? Je crois que je ne le vois plus. J'ai été trop gâtée, je suis peut-être un cas désespéré.

— Non, fis-je. Je comprends. C'est pareil pour moi à Old Buckram. Je sais que les montagnes sont superbes. Parfois, quand je sors le matin, la vallée est noyée dans un océan de brume. Et moi, je suis là, à regarder du haut de la colline comme un genre de divinité. Alors le soleil passe par-dessus la Morning Mountain et se reflète sur l'étendue de blanc infinie et soudain le ciel entier est trop éblouissant pour qu'on le regarde. Je sais que c'est un spectacle d'une splendeur incomparable, mais à cause de... choses liées à mon enfance... j'ai du mal à en voir encore la véritable beauté. Je ne sais pas si ce que je dis a du sens. »

Story promena les yeux autour d'elle pour essayer d'adopter un point de vue neuf et réfléchit à ce qu'elle voyait.

« Je veux voir ça. Peut-être que, d'ici deux ou trois semaines, j'irai te rendre visite ?

— Cela me ferait vraiment très plaisir. »

Elle se pencha pour regarder dans l'eau sombre et je lui frottai le bas du dos.

« Qu'est-ce qu'elle t'a dit quand vous êtes sorties de la salle à manger ?

— Elle m'a dit : "Elizabeth, ma chérie, essayons de ne pas faire mauvaise impression pour la première fois."

— C'est gentil.

— Elle est adorable.

— Je suis désolé pour la scène. Je n'ai pas réfléchi. J'aurais dû avoir l'idée de ne rien dire...

— Ce n'est pas ta faute. C'est une lutte acharnée depuis toujours. Je pense qu'ils voudraient sincèrement que je les accepte comme mes parents, ce à quoi, pour être honnête, je n'ai jamais vraiment voulu me résoudre, en partie parce que je sens à quel point nous sommes radicalement différents dans tout ce qui concerne les choses matérielles. Mais je sais qu'ils ont l'impression que je les rejette quand je parle de mes parents biologiques, comme s'ils ne me suffisaient pas, en gros. Comme si j'allais trouver mon vrai père et partir d'ici pour ne plus jamais revenir. Ils me disent toujours : "Est-ce qu'on ne te suffit pas ? Est-ce qu'on ne te suffit pas ?" »

Nous retournâmes à la remise à travers un jardin de sculptures que Mme Glauchnor avait fait aménager à l'est de la maison. Les « pièces », comme elle tenait à les appeler, consistaient principalement en un bric-à-brac de vieilleries de vide-greniers, qui, placées sur de petits piliers de marbre, produisaient un effet grotesque. Nous tombâmes d'abord sur une ancre rouillée, puis un buste de Triton attaqué par l'érosion, des traînes de fausses algues lui faisant un drapé dramatique autour des épaules. Puis encore une ancre, plus petite, qui, bizarrement, semblait venir de l'un des bateaux du ponton. La sculpture suivante était une statue en ciment d'un cerf en train de brouter (celle-là reposait sur deux piliers, un pour les pattes avant, l'autre pour le train arrière) et ainsi de suite. Les différentes pièces étaient reliées entre elles par un chemin de pierre qui courait à travers un labyrinthe de buis déchiquetés, et éclairées par de petites lampes placées à leur pied. Story et moi parcourûmes le jardin main dans la main, en admirant ces œuvres avec le plus de sérieux possible.

« Je suis surpris que ton père n'ait pas encore tué ce cerf.

— S'il te plaît, n'en parle à personne. »

Après avoir laissé sortir Buller pour qu'il coure un peu, nous ouvrîmes d'autres bières, allumâmes des bougies et nous assîmes par terre comme des enfants dans une cachette pour parler de la quête de Story à la recherche de son père et de tout ce qui s'était passé depuis le moment où elle avait appris qu'elle avait été adoptée. Elle me raconta qu'elle était allée voir Lelia, qui l'avait appelée Maggie et comparée à une pie, comment elle avait trouvé la photo de Benjamin, et que M. Glauchnor l'avait accompagnée aux obsèques de Lelia, la seule occasion, sans doute, où il s'était comporté dignement. Elle me dit : « Les jours sont radieux, mais la nuit, c'est le vide. » Et je songeai à Threnody : combien j'aurais aimé qu'elle soit là avec nous. Je savais que Story saurait la faire se sentir chez elle.

Nous laissâmes les bougies se consumer et Story me conduisit dans sa chambre, qui contenait tous ses carnets et ses journaux, et elle me présenta les fruits de ses recherches, depuis les tout débuts jusqu'à ce jour, en commençant par son acte de naissance, émis par le ministère de la Santé, avant son adoption par les Glauchnor. Elle conservait ce document, protégé par une pochette plastifiée, dans un carton d'objets importants. Apparemment, c'était l'original. Au-dessus de la section intitulée « Née de » figurait le nom de Lelia comme mère, écrit de sa main, mais, à l'évidence, le nom du père avait été raturé. D'abord rayé au stylo-bille, il avait ensuite été recouvert avec un gros marqueur noir. Story me dit qu'il y avait eu aussi une troisième couche de correcteur blanc, qu'elle avait grattée, pour découvrir en dessous la tentative de supprimer le nom de son père de manière plus définitive. Je lui demandai comment elle s'était procuré l'original, elle me répondit qu'elle l'avait volé. Je l'élevai pour le regarder dans la lumière mais sans rien pouvoir distinguer. Story me dit qu'elle avait tout essayé sauf les rayons X, sans plus de résultat.

Je restai assis à son bureau et tournai les pages des carnets tandis que Story arpentait la pièce et commentait ses notes méticuleusement rassemblées, introduisant parfois une pensée incidente. Au bout de deux heures de lecture et d'examen scrupuleux de photos anciennes et plus récentes, je souffrais de toute mon âme pour elle, mais ne voyais rien qui semblât justifier de poursuivre l'enquête, pas le moindre élément, fût-il ténu. Story avait raison : c'était sans issue. Il n'y avait pas de réponse à espérer.

J'en vins au dernier carnet, le premier rempli par Story quand elle s'était mise en quête de son père. Il contenait des dizaines d'interviews d'habitants de la péninsule, qui allaient à l'église méthodiste Versirecto, connaissaient Lelia et étaient donc susceptibles d'avoir connaissance des circonstances de la conception de Story. Elle me résuma le contenu du carnet et suggéra que je perdrais mon temps à le lire, mais je le lus malgré tout, en quête d'un indice qui aurait pu lui échapper. Une fois encore, elle avait raison. Tous ceux à qui elle avait parlé, sans doute quelque vingt-cinq personnes, surtout des femmes, racontaient avec une précision remarquable que Lelia vivait dans la petite maison blanche sur le terrain de l'église, que sa mère alcoolique ne la traitait pas particulièrement bien, et que, à quatorze ou quinze ans, elle était tombée enceinte – ce qui dut provoquer un fameux scandale sur la péninsule, à mon avis. Les Glauchnor, alors jeunes mariés, avaient eu la bonté d'adopter la fillette de Lelia. Mais, à ma grande stupéfaction, personne ne semblait pouvoir fournir aucun détail quant au mystérieux père.

Le temps que j'achève ma lecture, Story s'était mise en pyjama et endormie sur le canapé avec Buller, elle d'un côté, lui de l'autre, son énorme tête reposant sur les pieds de Story. Je m'assis dans un fauteuil à côté d'elle et contemplai le plafond, pour passer en revue tous les éléments. J'arrivai à la ferme conviction que les habitants de la péninsule savaient. Ils ne pouvaient pas ne pas savoir. C'est juste qu'ils refusaient de parler. Deux des dames que Story avait interviewées se rappelaient le nom des chats de la mère de Lelia, bon Dieu. L'une racontait que, lorsque Lelia était allée à l'hôpital pour accoucher, elle portait « une petite robe bleue couverte de fleurs blanches et une délicieuse petite ganse autour des aisselles ». Une autre dame, qui portait ses repas à la famille de la part de l'église, avait été capable de détailler le contenu de la chambre de Lelia avec une incroyable et émouvante précision (« une commode blanche avec des poignées de tiroir roses en forme d'arc », « un cadre vide, un cadeau sans doute, qui n'avait jamais abrité de photo », « une boîte à bijoux en bois, vide », « une poupée de chiffon sur le lit »). Comment croire que ces dames, de véritables Miss Marple toutes autant qu'elles étaient, n'avaient pas d'idée précise sur l'identité du père. Je me rendis compte alors de ce qu'il était encore plus impossible de croire : elles se refusaient même à toute *conjecture* quant à l'identité du père, ce qui, je le savais, entrait en parfaite contradiction avec les lois de la nature humaine. Les gens adorent les ragots. C'est plus fort qu'eux. Ils sont capables de passer la journée en hypothèses sur des sujets à propos desquels ils n'ont pas la moindre idée. Mais aucune des personnes à qui Story s'était adressée n'avait avancé la moindre supposition quant à un père potentiel. Ce qui ne pouvait signifier qu'une chose : elles *savaient* qui était le père.

Qui était-ce donc ? Pourquoi refuser de le dire ? Était-ce un homme politique ? Le Président ? Le gouverneur de Caroline du Sud ? Castro ? Deux idées me vinrent. La première était que si les habitants de la péninsule connaissaient le père, alors les parents de Story aussi, et ils avaient dû en être les premiers informés. Il n'était pas concevable qu'ils aient mené à terme le long processus d'adoption sans s'être renseignés sur le père. Si leur enquête avait échoué, ils l'auraient dit à Story. Cela leur aurait fourni une défense facile. Ils auraient pu se montrer tout à fait honnêtes envers elle, lui dire qu'ils ne savaient pas, et ne sauraient sûrement jamais, après tout ce temps. Mais ce n'est pas ce qu'ils lui avaient dit.

La deuxième idée était qu'il avait dû se produire une chose extraordinaire pour ainsi fermer toutes les bouches d'un inviolable sceau du secret.

Story sentit ma présence à côté d'elle et tendit la main vers la mienne.

« Il est joli, mon nouveau pyjama, non ?

— Magnifique.

— J'ai honte que tu aies passé toute ta soirée à lire tous ces trucs. Est-ce que je suis folle ? Tu me le dirais ? »

Avec une délicatesse étudiée, je tentai de lui exposer les fruits de ma réflexion, mais tout sortit en désordre. Story, cependant, était gagnée d'une agitation croissante. Elle se redressa, puis se leva, éteignit les bougies, alluma le plafonnier.

« Tu crois vraiment que mes parents savent ?

— Oui, je crois qu'ils doivent savoir.

— Mais pourquoi ne m'auraient-ils rien dit ?

— Tu leur as demandé ?

— Bien sûr ! »

Elle entra dans la chambre et ressortit une demi-minute plus tard tout habillée. Elle enfila ses tennis sans nouer les lacets.

« Qu'est-ce que tu vas faire ?

— Juste voir si mon père est encore réveillé.

— Il est une heure du matin. »

J'avais le sentiment d'avoir perdu pied ; comme si une masse critique avait été produite et devait à présent continuer sur sa lancée. Je suggérai qu'il vaudrait mieux attendre le lendemain mais elle était déjà sortie. La précipitation avec laquelle elle partit m'incita à la suivre. À mi-chemin de la maison principale, elle se mit à trottiner, puis, après quelques enjambées, à courir. Je la suivis en courant. Quand j'arrivai et grimpai les marches de la véranda, Story avait déjà disparu dans la maison. J'entrai et attendis dans le vestibule enténébré ; je lui laissais une minute, au cas où M. Glauchnor dormirait et que Story redescende aussitôt.

Pendant un long moment, je n'entendis rien et je m'apprêtais à retourner à la remise pour l'y attendre. Le premier signe de mouvement vint de ce pauvre Jim qui descendit lourdement l'escalier. Après quelques grondements et grognements, il se rendit compte que nous nous étions déjà rencontrés, ce qui lui valut beaucoup de joie et d'excitation. Il fit un petit saut et approcha au trot pour me dire bonjour, mal assuré sur ses vieilles hanches, battant de la queue les meubles sur son passage et tout son corps agité d'un tremblement. Nous restâmes un moment à parler de Buller, l'idée de lui être présenté parut lui plaire, tandis que, en haut, tout restait silencieux, et je commençai à me sentir stupide d'avoir lancé toute cette affaire. Je dis bonsoir à Jim et me levai pour partir, quand j'entendis un bruit sourd, répété, terrifiant, à travers le plancher au-dessus de ma tête. Des bruits de choses que l'on brise, que l'on fend, ou Dieu sait quoi, qui s'amplifiaient et donnaient franchement l'impression qu'on était en train de commettre un abominable meurtre, quand une explosion retentit et une averse de verre brisé se répandit d'en haut. Mon sang ne fit qu'un tour, Jim fila la queue entre les jambes, sans doute pour échapper à l'Armageddon qui se déroulait au-dessus de nos têtes, mais en fait il piqua droit sur le terrain miné jonché de brisures de verre, et je dus le saisir au collet et le porter, se débattant tel un marlin capturé, jusqu'au bureau de M. Glauchnor pour l'empêcher de massacrer ses vieux coussinets bruns.

Tandis que je refermais la porte derrière moi, M. Glauchnor descendait les marches d'un pas lourd et délibéré, plein de courroux (se disant sans doute : *C'est mon escalier, bordel de Dieu, c'est mon vase en cristal*), écrasant des brisures à chaque pas et les incrustant dans le bois des marches. Mme Glauchnor arriva juste derrière lui, s'efforçant, sur la pointe des pieds, d'éviter les débris, tremblant avec la fierté du roseau. Il me passa devant dans le noir telle une locomotive et alla droit au bar à l'angle du salon pour se servir un autre verre. Mme Glauchnor surprit mon regard stupéfait et dit : « C'est terrible, n'est-ce pas ? » C'en était fini des faux-semblants.

Un moment plus tard, Story descendit calmement l'escalier comme si rien d'anormal ne s'était passé. Elle marqua un temps d'arrêt pour inspecter le plafond et passa un doigt le long du bord supérieur d'un portrait pour vérifier la présence de poussière. Ici et là, elle s'agenouilla pour ramasser les plus gros morceaux de verre et examiner chacun comme si c'était un coquillage échoué sur la grève. Elle s'adressa à moi : « Tu veux bien m'aider, s'il te plaît ? » et, ne sachant que faire d'autre, j'entrepris de récupérer les innombrables fragments de mon mieux dans la pièce mal éclairée. Quand, à nous deux, nous eûmes à peine rassemblé une poignée de débris, mince fraction de ce que l'on retrouverait dans les recoins de la maison des années durant, Story me dit : « Je crois que ça suffit », et récupéra les brisures dans ses mains unies en coupe. Elle s'approcha alors de M. Glauchnor et déposa délicatement ces éclats sur le bar.

« Je vais m'en aller. Voici un souvenir de moi. Vous pourrez y penser comme une métaphore de ma vie et celle de ma mère, et je suis heureuse de dire que toute cette époque est révolue. Mais gardez ça quand même. Comme ça, chaque fois que tu casseras quelque chose sous l'effet de la colère, tu penseras à moi. »

Story s'éloigna et je sais qu'elle avait la ferme intention de ne jamais revenir. Cependant, derrière elle, une fureur volcanique entrait en éruption en M. Glauchnor. D'un revers de main brutal, il balaya la surface du bar, éparpillant le cadeau du verre brisé dans la pièce, en un geste d'impuissance. Il regarda sa main et examina, troublé, les éclats et les échardes qui s'étaient profondément plantés dans la chair de sa paume. Puis il lança : « Et merde ! » et laissa le sang s'égoutter sur son caleçon puis sur le sol. En guise d'au revoir à Story, il lui dit : « Bonne chance.

— Merci, rétorqua-t-elle.

— Reviens quand tu sauras qui sont tes parents. »

Mes oreilles se mirent à tinter dans l'horrible silence qui s'ensuivit. Jamais je n'avais entendu quiconque prononcer syllabes si cruelles ; phrase si précisément conçue pour faire mal.

Elle se retourna pour lui faire face : « Il y a au moins une chose que je sais.

— Ah oui ? Et c'est quoi ?

— Je sais que mon père, quoi que j'apprenne sur son compte, en tout cas, ce ne sera pas toi. »

Elle m'attrapa la main en sortant. M. Glauchnor nous poursuivit en chargeant, poussant des hurlements incohérents. Comme Story ouvrait la porte pour partir, il la referma en la faisant claquer. Elle l'ouvrit de nouveau, résistant à la force qu'exerçait Glauchnor. Alors qu'elle lui tournait déjà le dos, il cracha presque les mots : « Alors comme ça, tu t'en vas ? Parfait ! Casse-toi, putain. Mais ce que t'as l'air d'avoir oublié, c'est que c'est moi qui me suis occupé de toi, espèce d'ingrate de merde. C'est moi qui t'ai nourrie. C'est moi qui ai changé tes couches pleines de merde. Qui a fait tout ça, à ton avis ? C'est *moi* ! Je t'ai nourrie, lavée… »

Quelque chose dans le ton de sa voix qui se brisait obligea Story à tourner violemment la tête. « Que veux-tu dire ? fit-elle, venant tout près de lui. Et *elle*, elle était où ? Qu'est-ce que ça veut dire, que c'était toi ? »

Il recula et elle le suivit dans la pièce suivante, le guettant du coin de l'œil.

« Dis-moi ce que tu veux dire par là.

— Fous-moi la paix.

— Dis-moi. Où était-elle ? Tu veux dire qu'*elle* ne t'a pas aidé à m'élever ? »

Eût-il nié tout de go, Story aurait pu attribuer ses soupçons à un malentendu, dû à une nuance linguistique. Mais, en lieu de ça, il recula, tête basse. Vint le moment où Story en eut assez. Elle hurla : « Est-ce qu'on va enfin me dire ce qui se passe, putain ?

— Bon sang, Morgan, dis-lui, fit Piper. Dis-lui, et qu'on n'en parle plus. De toute façon, elle va finir par le découvrir.

— Tais-toi, Piper.

— Me dire quoi ?

— Morgan, tu dois...

— Je ne dois rien du tout. »

Se tournant vers son père, Story lui dit : « Il est temps. Tu ne crois pas qu'il est temps ?

— Non, fit-il d'une voix que la colère avait désertée, sur le ton du constat factuel. Nous avons eu cette conversation des milliards de fois. Tu connais notre sentiment. Je t'en prie, pour l'amour de Dieu, oublie ça. »

Il la suppliait à présent. Il avait le visage livide, sa tête pendait entre ses épaules comme celle d'un chien battu. Il avait l'air déjà distant d'un boxeur envoyé dans les cordes, un air qui proclamait : *Je t'en prie, ne me force pas à faire ça.*

« Dis-moi, fit Story. Quoi que ce soit... »

Mme Glauchnor s'avança en trébuchant et tendit les bras vers Story. Elle était ivre ; Story prit sa mère dans ses bras et la serra comme un enfant. « Dis-moi, répéta-t-elle en regardant son père. Tu veux me forcer à le découvrir par moi-même ? Parce que tu sais que je finirai par trouver. Un jour ou l'autre, je vais comprendre, avec ou sans votre aide. Je ne partirai pas. Je veux juste savoir. C'est une partie de moi-même. »

M. Glauchnor arpentait son coin de pièce, serrant et desserrant les dents. D'épaisses ondes lui parcouraient la mâchoire et remontaient jusqu'aux tempes, pour s'étaler sur son front écarlate. Il eut un rictus de douleur, puis hurla en direction du plafond : « Que veux-tu de moi ? Que veux-tu de nous ? »

Story abandonna sa mère et traversa la pièce pour se rapprocher de lui.

« Dis-moi qui est mon père.

— C'est *moi* ton...

— Je parle de mon père *biologique* ! Celui dont je porte les gènes. Dont j'ai hérité de la vue. Celui dont je pourrais transmettre à mes enfants le potentiel de risque de maladies congénitales. Celui qui...

— Tu veux savoir ?

— Oui, je veux savoir. C'est mon droit.

— Mais, dans ton cas, mieux vaut *ne pas* savoir. »

Bon Dieu, me dis-je, *ça y est. Il va lui dire une chose dont elle ne se remettra jamais.* Je crois que l'idée lui traversa l'esprit, à elle aussi. Pour la première fois, je vis un éclair d'incertitude dans ses yeux. Puis...

« Je veux savoir. Dis-moi. »

M. Glauchnor lança un regard dur et prolongé à Mme Glauchnor, qui s'enfouit la tête dans les mains. *Oh, mon Dieu,* me dis-je. Il se remit à arpenter, se renfrogna, posa son verre et le reprit. Il commença une demi-douzaine de phrases, mais sans que rien ne sorte. Il se cacha derrière son verre avec un air narquois, tel un animal en cage, et dit : « Ton père...

— Dis-moi, susurra Story. Mais dis-le-moi !

— Je vais te dire qui était ton père, lâcha M. Glauchnor, perdant tout sang-froid. Ce n'était personne ! Juste une petite frappe, un bon à rien... une loque, qui vivait tout au bout de la péninsule. C'était une ordure qui a abusé de ta mère...

— Morgan ! le supplia Mme Glauchnor. Ne fais pas ça...

— Mais c'est vrai. Il a abusé d'elle. Il l'a violée, et après, il a quitté la ville.

— C'est impossible, fit Story, les mains sur le ventre. Je n'en crois pas un mot. Tu as tout inventé. » Sa voix sonnait creux, sans conviction. Les mots étaient chuchotés.

« Je n'invente rien ! hurla M. Glauchnor, saisi de panique. C'est vrai ! Il a abusé d'elle. Il l'a violée ! Tout le monde sait que c'est ce qui s'est passé. Et dès qu'il a appris qu'elle était enceinte, eh ben, il n'a pas traîné, putain. Il a de la chance de ne pas avoir été poursuivi… »

Story était pétrifiée. Je voyais qu'elle essayait d'assimiler cette nouvelle information. Est-ce que ça pouvait être vrai ? Était-ce ce qu'elle avait attendu si longtemps d'entendre ? Était-ce pour ça que personne ne voulait lui dire ? Enfin elle répondit : « Je n'y crois pas. Non. Pourquoi ne m'aurait-elle rien dit ?

— Tu n'es pas obligée de me croire », fit M. Glauchnor.

Je souffrais pour eux tous, mais surtout pour Story. Je n'arrivais pas à croire que c'était arrivé. Je fis défiler tous les éléments dans ma tête : l'acte de naissance et tous les efforts consentis pour effacer le nom du père. L'implacable détermination avec laquelle M. et Mme Glauchnor avaient condamné les tentatives de Story pour résoudre le mystère. La présence de M. Glauchnor aux obsèques. Benjamin. L'école militaire. Les photos. Le fait remarquable que nul dans la communauté, pourtant si insulaire et aux liens si resserrés, n'avait la moindre idée de l'identité du père. Tous les mots prononcés et tous les mots écrits pointaient dans la même direction. Et soudain ce fut l'illumination.

« Comment s'appelait-il ? » demandai-je.

Un horrible silence s'abattit sur la pièce et le tintement me revint aux oreilles.

« Comment s'appelait-il ? demandai-je de nouveau. Vous devez le connaître. »

Les lèvres de M. Glauchnor frémirent, mais aucun son ne sortit. Il regarda Mme Glauchnor mais elle se détourna. Story me lança un regard plein d'incrédulité puis se tourna vers son père. Le silence se poursuivit si longtemps que je crus que la maison allait s'écrouler sur nous.

Ce n'était pas qu'il ne se rappelait pas le nom du jeune homme. S'il avait existé, il aurait connu son nom. Et ne l'aurait jamais oublié. La vérité, c'est que cet homme n'existait pas.

41

M. GLAUCHNOR SE MIT À GROMMELER, lâchant de temps à autre un juron. Il cracha par terre, puis cracha de nouveau, de dégoût, de détestation ou de haine. Il poussa un rugissement et me fonça dessus, pris d'une hargne furieuse, et nous roulâmes au sol. Story cria et l'attrapa par le col tandis qu'il me frappait de toutes ses forces, comme pour m'achever. « Crève, salaud, mais crève, salaud ! CRÈVE, SALAUD ! » Il faisait à l'aise trente-cinq kilos de plus que moi et, tâtant la masse musculaire de son bras, je déduisis qu'il n'avait pas dû rester tout à fait inactif dans la force de l'âge. Je crus alors que je pourrais bien mourir ; toutes mes pensées se focalisèrent sur les événements de l'année passée, sur ce qui m'avait conduit jusqu'ici, et je me demandai si j'aurais agi différemment en d'autres circonstances. Je venais de conclure que non quand Mme Glauchnor tomba au sol et essaya maladroitement, tout ivre qu'elle était, de s'interposer entre nous.

« Morgan, espèce de salaud de fils de pute, laisse-le ! Tire-toi de là tout de suite ! »

Un flux de sang me coulait dans la bouche depuis le nez et le long des joues. M. Glauchnor se leva lentement et me remit sur mes pieds, comme si nous étions juste deux gamins en train de chahuter. Mon nez avait subi un malencontreux repositionnement.

Les yeux de Story passaient de l'un à l'autre de ses parents : son père, voûté, les articulations des doigts rougies, échevelé ; sa mère, assise par terre en chemise de nuit, incapable de se redresser. Nul ne pipa mot. M. Glauchnor cherchait à parler mais rien ne vint. Story le frappa violemment au visage, puis le frappa de nouveau. Il lui attrapa le bras, mais elle se dégagea et lui martela le torse.

« Arrête ça, Story, fit Mme Glauchnor, essayant de se lever. Je peux tout expliquer.

— Non, fit Story. Il n'y a pas d'explication acceptable pour moi. Je n'arrive pas à y croire. » Puis, à mon intention : « Je suis vraiment désolée. » À ses parents : « Je ne veux plus vous voir, ni l'un ni l'autre. »

Elle sortit en claquant la porte à la fendre. Cette fois, personne ne la suivit.

« Et merde, fit M. Glauchnor. Putain de merde. » Du sang me gouttait toujours du nez et je le stoppai avec ma chemise.

« Piper, appelle la police.

— Mais pourquoi appeler la police ? demandai-je.

— Je devrais être arrêté pour t'avoir massacré comme ça.

— Oubliez ça. Je l'avais sûrement mérité. Si vous me disiez plutôt comment trouver l'hôpital ?

— Je te conduis, fit M. Glauchnor. On dirait bien que tu as le nez cassé.

— C'est pas vrai. À quoi vous le voyez ? C'est parce qu'il me touche l'oreille ? »

La tête me tournait et je dus m'asseoir. Mme Glauchnor alla chercher une trousse de secours. M. Glauchnor me fit pencher la tête en arrière tandis qu'il me fourrait deux cents mètres de gaze dans les narines. Le saignement finit par s'arrêter et Mme Glauchnor produisit tout un assortiment de stupéfiants délivrés sur ordonnance et m'offrit un cocktail d'antalgiques, offre que je déclinai. « Je reviens d'ici quelques minutes, fis-je. Je vais voir comment va Story. »

Des bandelettes de gaze me flottant derrière la tête tel un turban effiloché, je retournai à la remise d'un pas mal assuré, au son assourdissant d'une fanfare de grenouilles arboricoles. Story faisait ses bagages et versait des larmes dans sa valise, tandis que Buller, assis sur le lit tel un sphinx, observait le moindre de ses mouvements d'un air inquiet. Story courut vers moi et me posa les mains sur le visage.

« Je n'arrive pas à croire que c'est vrai. »

Elle s'écarta de moi et se mit à tourner sur elle-même en une danse vertigineuse, essayant de reprendre pied après cette révélation. Elle avait décroché certains des cadres et les avait empilés sur le lit, comme si elle avait d'abord voulu les emporter puis avait renoncé.

« Alors... c'est lui mon père ? Après tout ça, c'est lui mon père ? Oh mon Dieu, ça ne peut pas être vrai. Ce n'est pas possible. Alors il s'est occupé de moi parce que ma mère lui en voulait ? Parce qu'elle m'en voulait ? Tout le monde m'en voulait. Tout le monde savait, et tout le monde m'en voulait !

— Story...

— Je ne peux pas rester ici. Je ne peux pas. Je ne comprends pas... Je ne peux pas croire que... Enfin, qu'est-ce qui a bien pu... ?

— Story, parle-moi. Où vas-tu ?

— Je ne sais pas. Je ne sais vraiment pas. Je vais juste... Je pars d'ici et je ne reviendrai jamais. Je suis tellement navrée de tout ce qui est arrivé. Je ne sais pas quoi dire. Et toi... Je ne *peux pas* croire que tu t'es fait agresser par mon dément de père. Non mais regarde-toi. Ton nez doit être cassé. Ta chemise est foutue.

— Il est simplement enflé. Tout va bien. Il me faut juste de la glace.

— Non, ça ne va pas. Il est cassé, c'est très grave. Il faut que tu ailles à l'hôpital. Je t'en prie, vas-y. Tu comprends que je dois partir ? Ça va aller pour toi ?

— Laisse-moi venir avec toi. Tu ne peux pas conduire dans cet état. Je vais t'emmener…

— Non non. J'ai juste besoin de faire un tour en voiture… S'il te plaît, aide-moi à fermer ça. »

J'appuyai sur sa valise pendant qu'elle faisait glisser la fermeture Éclair. Elle passa dans chaque pièce de la remise, à la recherche d'objets qu'elle ne voulait pas oublier, mais laissa presque tout.

« S'il te plaît, ne pars pas. On peut en parler.

— Je n'arrive pas à y croire. Est-ce que je rêve ? »

Elle souleva sa lourde valise de sur le lit et passa sur la véranda en faisant claquer la porte-fenêtre.

« Laisse-moi venir avec toi.

— Je t'appellerai. Ça va aller ? »

Je ne répondis pas et elle partit dans la nuit au volant de sa voiture.

Il ne nous fallut pas longtemps, à Buller et moi, pour charger la voiture, parce que nous n'étions pas restés assez longtemps pour défaire nos bagages. Je restai assis un instant dans ma voiture pour retrouver des idées claires et un peu de sobriété, puis je roulai jusqu'à la maison principale pour dire quelques mots de circonstance, peut-être au revoir, dont j'espérais qu'ils me viendraient le moment venu. M. Glauchnor ruminait dans le noir dans la véranda à l'arrière de la maison, qui surplombait les eaux.

« Story est partie, dis-je. Je ne sais pas où elle va. Je ne crois pas devoir rester, donc je vais y aller. Merci pour le dîner. Désolé pour tout ce bazar. »

Il me demanda de m'asseoir et me tendit son grand verre de scotch. Je refusai d'un geste de la main, mais il insista : « Vas-y. J'en ai plein. Je baigne dedans. »

Je m'assis, pris une gorgée et mon habituelle perspective horizontale sur le monde se mit à vaciller avant de basculer, au point que je manquai tomber de ma chaise.

Il me rattrapa par le coude, me redressa, et je lui cédai la boisson.

« Je ne vois pas comment ça a pu aller si loin, fit-il. À un moment donné, on était sur le point de lui dire, mais on ne l'a pas fait, et après, on s'est dit qu'on avait trop attendu, et les choses ont continué comme ça, et j'aurais dû me douter qu'elle finirait par comprendre. Franchement, je n'en reviens pas que sa mère, sa mère biologique, pas Piper, ne le lui ait pas dit quand elle est allée la voir il y a deux ans. »

Il sortit un paquet de Marlboro Lights du tiroir d'une desserte.

« Je ne fume pas, dit-il.

— Pourquoi pas.

— Mais c'est vrai.

— Je vous crois. »

Il alluma une cigarette et m'en proposa une.

« Je ne fume pas non plus. »

Une minute plus tard, un coup sourd retentit en haut, suivit d'un second. Je me levai, alarmé, mais M. Glauchnor me dit : « Elle claque des portes, c'est tout. Elle sera là demain. Assieds-toi avant de tomber. »

J'étais content de m'asseoir. Rester debout déclenchait des douleurs lancinantes dans ma tête et me faisait pleurer les yeux. J'avais la gorge sèche, comme si j'avais avalé de l'étoffe.

« Vous êtes le vrai père de Story.

— Oui, Sherlock, tu as compris. Je suis son vrai père. Son père biologique, comme elle dit. Tu as résolu la grande énigme. Félicitations. Durant plus de vingt ans, personne ne l'a su, à part moi, Piper, ma mère, qui, je dois te le dire, a rejoint sa tombe prématurément à cause de toute cette histoire, et la mère de Story. Nos enfants ne le savent pas. Durant des années, personne n'a su, et c'était juste là, sous le nez de Story, et elle ne s'est jamais doutée de rien. Ce n'était pas obligé qu'elle me ressemble tant. Ça, c'est une preuve de la cruauté pure de Dieu. Personne ne se doutait de rien et voilà que tu débarques. »

Je m'apprêtais à lui assener *Ça, c'est ce que vous croyez.* Je voulais lui dire que, à mon avis, toute la péninsule savait, mais je renonçai parce que je ne voulais pas avoir à lui expliquer mon raisonnement, encore pour le moins nébuleux à ce stade. Donc je lui demandai plutôt qui était Benjamin.

« Mais comment sais-tu bon Dieu ?

— Lelia avait une photo de lui.

— Et merde. Tu en sais plus que je ne le pensais. Benjamin était le copain de Lelia à l'époque.

— Je ne comprends pas.

— Ma foi, c'est pas une belle histoire, mon gars. »

J'essayai de reconstituer le puzzle, mais ça ne collait pas. Il finit le scotch que nous avions partagé, s'en servit un autre qu'il descendit d'une traite, s'en resservit un.

« Je n'ai jamais raconté cette histoire à personne, et je me demande bien pourquoi je suis sur le point de te la raconter à toi. Mais je jure devant Dieu que si jamais tu vas raconter ce que je suis sur le point de te dire, que ce soit à Story, Piper, n'importe qui, putain, je te tue, de mes propres mains. Tu m'entends ? »

Le croyant sans réserve, je hochai la tête en signe d'approbation.

« Ma mère, paix à son âme, avait un genre de plantation ici, sauf que ce n'était pas une plantation. Ça avait juste l'air d'en être une. La famille de son père était propriétaire de presque tout le comté à une époque. Quelque chose comme vingt-cinq mille arpents – c'était il y a *des* années, et, si tu fais le calcul, ça fait dans les treize mille hectares – et au fil du temps ils ont vendu le terrain et ont touché un sacré pactole ; ma mère a hérité à la mort de son père, et elle s'est retrouvée avec sa bonne vieille demeure dans le style des plantations du Sud, toute blanche, avec des colonnades, des gardénias et tout le tralala. Et elle avait, je dirais dix, ou douze, peut-être quinze domestiques qui travaillaient à plein temps, des esclaves en gros, qui faisaient la cuisine, le ménage, s'occupaient du jardin, torchaient le cul des Blancs et *tutti quanti*. Elle donnait de grandes fêtes, où tout le monde était invité, et, un soir d'été, elle a tenu à célébrer mon premier anniversaire de mariage avec Piper. À l'époque, putain, je me prenais pour le roi du monde. J'étais beau, j'avais une grosse bite, j'obtenais tout ce que je voulais, j'avais une femme superbe, et, franchement, j'aurais pu me faire n'importe quelle fille. En plus, j'étais quarterback dans l'équipe de foot, enfin, en gros, j'aurais pas pu rêver mieux. Et Ben, qui était un de mes amis du temps du lycée, se pointe à la fête avec une nouvelle copine *vachement* plus jeune. Dans les quatorze ou quinze ans, et elle ne venait pas d'une bonne famille, alors il était pas exactement fier de l'amener, parce qu'on allait les regarder de travers, mais bon sang qu'elle était belle, et il était amoureux.

— C'était la mère de Story ?

— Oui, Lelia était la mère de Story. »

Il regarda autour de lui pour s'assurer que nous étions seuls.

« Et je peux te dire que c'était comme une peinture, je le jure devant Jésus. Franchement, c'était quelque chose. Je crois pas avoir jamais vu une fille plus jolie depuis. Elle avait de gros nichons, tout tendres, qui avançaient jusque-là, et le cul d'un gamin de dix ans. Rien qu'à la regarder, elle te faisait bander. Tout le monde flânait dehors en buvant, il faisait nuit, j'avais trop bu, parce que c'est ce que je fais, et Ben aussi, il était parti quelque part et j'ai emmené Leely faire un tour au bord du lac. »

M. Glauchnor resta un moment à réfléchir tandis que sa cigarette se consumait dans le cendrier. Je crois qu'il repassait l'épisode dans sa tête, qu'il s'assurait que son souvenir correspondait à la réalité telle qu'il la connaissait.

« Et tu sais ce qui s'est passé ensuite ?

— Non, pas du tout.

— Elle a prétendu – *elle !* – que j'avais abusé d'elle. »

Il le dit sans me regarder. Il ne ressemblait guère à un homme qui protestait de son innocence. Il ne savait que trop bien que c'était un mensonge, et ne faisait même pas semblant d'y croire.

« A-t-elle informé la police ?

— J'imagine que oui, peut-être, mais ma mère est intervenue, de l'argent a été versé, et l'affaire étouffée. Ben a quitté la ville, il m'en voulait à mort. Enfin, il était furieux, quoi. Il aurait juste dû venir me botter le cul, mais il a préféré passer chez moi et tout dire à Piper.

— Bon sang !

— Je l'ai détesté d'avoir fait ça. Je le déteste toujours.

— Donc Lelia… comment l'appelez-vous ? Leely ? »

M. Glauchnor hocha la tête.

« Lelia était enceinte et vous étiez… putain de merde, vous étiez marié. Et alors qu'est-ce qui s'est passé ? Vous vous êtes entendus, avec Piper, pour adopter le bébé ? Leely ne voulait pas le garder ?

— Personne n'en voulait, de ce bébé. J'ai un paquet de raisons de pas être fier, mais s'il y a un truc dont je suis franchement pas fier, c'est qu'une nuit, très tard. je suis allé voir Leely. Deux mois environ après qu'elle était tombée enceinte, je dirais. Elle est sortie en douce, on a parlé de ce qu'elle comptait faire et de ce que moi j'allais faire et – oh, bon Dieu ! – elle m'a demandé de la frapper dans le ventre pour qu'elle perde le bébé.

— Et vous l'avez fait.

— Oui, je l'ai fait. Encore et encore, à l'en faire pleurer. Mais c'est ce qu'elle voulait.

— Malgré tout, à l'évidence, elle a eu le bébé.

— À l'évidence.

— Qu'est-il arrivé à Ben ?

— Comme je te l'ai dit, il a quitté la ville. Il y en a qui ont raconté que le bébé pouvait être le sien, et, qui sait, ça aurait pu être vrai, mais il ne voulait rien avoir à faire avec. Alors il s'est engagé dans l'armée et, deux mois après le début de son entraînement, dans un baraquement, il s'est tiré une balle en plein visage. Un accident, j'en suis sûr.

— Doux Jésus.

— Donc, pour abréger, le bébé arrivait, on avait le choix de faire vivre toute ma famille dans la même putain de ville – notre ville, dont on avait été quasiment propriétaires à une époque – ; soit on vivait tous dans la même ville que mon enfant bâtard élevé par cette pauvre Blanche miséreuse, soit on l'adoptait, pour ainsi dire, et camouflait toute l'affaire. C'est exactement ce qu'on a fait. »

42

APRÈS MON RETOUR À OLD BUCKRAM avec Buller, Story m'appela pour me dire qu'elle passait deux ou trois jours chez BethAnn à Chapel Hill et que tout allait bien. J'essayai de lui parler de ce qui s'était passé, mais elle changea de sujet. Elle resta distante, coupa court à notre conversation et raccrocha sans un au revoir. La dernière chose qu'elle me dit fut : « Je t'appelle vite, promis. » J'en déduisis qu'elle avait besoin d'espace, ce que j'essayai de lui donner. Le mercredi après-midi, elle appela et m'annonça qu'elle avait « quelque chose à me dire », mots que, selon le contexte, quasiment personne ne veut entendre. Après avoir quitté Lot's Folly, elle était allée à Charlotte voir son ex-copain. Il avait traversé avec elle une bonne partie des troubles que ses parents lui avaient fait subir, et elle avait le sentiment qu'il était la seule personne au monde qui fût capable de comprendre vraiment. Elle avait passé la nuit du vendredi avec lui puis avait pris la route de Chapel Hill le lendemain matin. Je sentis le sol se dérober sous mes pieds. Elle me dit que c'était sans importance mais qu'elle tenait à être honnête avec moi.

« J'ai besoin d'y réfléchir, dis-je. Je t'appellerai peut-être pendant le week-end.

— Écoute-moi. Il ne s'est rien passé, je te le jure. J'ai dormi sur le canapé. Je sentais que je n'aurais pas dû être là et j'ai pensé à toi tout le temps. »

La question n'était pas, bien sûr, qu'elle ait dormi sur le canapé - même si ça me faisait me sentir un peu moins mal - mais qu'elle soit allée chez lui. Ce n'était pas fini entre eux et il était bien trop tôt pour que les choses deviennent sérieuses avec moi.

« Il faut que je réfléchisse, dis-je, toujours sous le coup de la révélation.

— Quelle est ton adresse ?

— Pas question que tu viennes.

— Je sais. C'est au cas où j'aurais une lettre à t'envoyer.

— S'il te plaît, ne m'envoie rien.

— Donne-moi seulement ton adresse.

— Je te rappellerai », dis-je et je raccrochai.

J'étais en train de balayer la cuisine quand elle avait appelé. Je pris le manche du balai et le brisai en mille morceaux sur une colonne en bois, que je détruisis par la même occasion. Je me mis à hurler, lancer des jurons et claquer des portes jusqu'à me sentir prêt à défoncer le piano à coups de pied, et là je sus qu'il était temps que ça cesse. Passant à des formes de violence moins intenses, je pris les quelques photos que j'avais de Story et les jetai dans la poubelle, où je les récupérai deux minutes plus tard. J'atteignis le comble du chagrin en constatant que l'une d'elles avait été irréparablement abîmée par mes caprices d'enfant.

Je voulais parler à Threnody. Quand je l'appelai, Mère décrocha, aussi raccrochai-je tel un benêt d'adolescent. Je rappelai quelques minutes plus tard et elles répondirent toutes les deux, aussi ne dis-je rien. Threnody lança : « C'est bon. » Mère raccrocha, et je dis : « Hey, Bird.

— J'ai pensé que c'était peut-être toi.

— Bird, je suis en train de traverser une phase difficile.

— Qu'est-ce qui ne va pas ? »

Elle prononça ces mots sans aucune trace de compassion.

Je lui racontai une version abrégée de la saga Story, mais elle semblait rester indifférente. Nous raccrochâmes dans un silence gêné et j'entrepris de noyer mon chagrin dans le vin et la vodka, jusqu'à perdre conscience par terre, à côté de Buller. Je m'éveillai le nez en sang, un martèlement dans la tête, l'articulation temporo-mandibulaire complètement déglinguée et, sur le visage, une marque de tapis qui refusait de disparaître. J'avais oublié de faire sortir Buller, qui avait pissé dans l'angle de la pièce et était mort de peur que je me mette en colère contre lui, ce qui n'arriva pas, bien sûr. Je n'étais pas allé travailler de toute la semaine de crainte de montrer à Charlie mes deux yeux au beurre noir, mais il m'avait demandé une recherche sur la subrogation la semaine précédente, il en avait besoin pour le tribunal, aussi, le jeudi matin, je me relevai en me traînant et allai au bureau. Je réussis à boucler un jugement rendu par la cour d'appel avant de vomir. Toute la journée, j'évitai Charlie afin qu'il ne me voie pas dans cet état déplorable, mais il en eut vent par Sylvia et vint me trouver après le déjeuner. Il éclata de rire à ma vue.

« Mais qu'est-ce qui t'est arrivé, bon sang ? Tu as marché sur un râteau ? »

Je lui dis que c'était un accident stupide. Il répondit : « Comment elle s'appelle ? »

Quand j'ouvris la porte en rentrant du travail ce soir-là, le téléphone sonnait, mais je ne répondis pas. Quelques minutes plus tard, il sonna de nouveau. La troisième fois, je décrochai. C'était Story.

« C'est toi ? »

Je ne répondis rien. Il a fallu que je me retienne de raccrocher violemment ou d'exploser le téléphone contre le mur. Je gardai le combiné sur les genoux, envisageai de raccrocher, en considérai les implications, puis de nouveau le portai à mon oreille.

« Écoute, dit-elle, s'il te plaît, parle-moi. Peu importe ce que tu dis.

— Je ne pense pas que tu aimerais. »

Je l'entendis soupirer. Elle laissa un long silence s'écouler avant de reprendre : « Tu seras chez toi les prochaines heures ?

— Pourquoi ?

— Parce que je suis en route.

— En route pour où ?

— Old Buckram.

— Écoute, franchement, je ne veux pas que tu viennes.

— Eh bien, j'arrive. Je suis en route. Je suis dans un genre de drugstore sur la 421, il y a un homme avec des bras de T-Rex et pas de dents qui a essayé de me faire le plein, mais il ne travaille pas ici. Alors je peux avoir ton adresse ? Sinon, je roulerai jusqu'à ce que je voie ta voiture. »

Elle arriva tard et ne put dissimuler sa mortification en découvrant la maison-vautour. J'avais allumé toutes les lampes intérieures et extérieures pour la rendre le plus accueillante possible, mais Story éprouva néanmoins un certain traumatisme psychique face à la décrépitude spectrale de la vieille demeure. Je l'avais prévenue de mon mieux, mais cela n'avait en rien atténué l'effet. Elle entra par la porte de style médiéval et s'émerveilla des amples proportions et des couloirs carrelés qui disparaissaient dans les profondeurs sinueuses de la maison. Je lui fis une visite guidée pour jeter un peu de lumière sur les ombres et lui montrer qu'aucun monstre n'était tapi dans les coins. Nous gravîmes l'escalier en spirale jusqu'à la bibliothèque, puis montâmes jusqu'au deuxième étage, d'où nous pûmes contempler la cour et la ville au loin. Il n'y avait pas de lune et on voyait les étoiles dans la pénombre au-dessus de la Morning Mountain. Une toile d'araignée argentée décorait le vieux télescope en bronze : gouvernail reçu en héritage d'un navire depuis longtemps abandonné.

« Qu'en penses-tu ? dis-je. Plutôt macabre, non ?

— Elle est hantée », répondit-elle.

Je lui montrai l'alcôve au plafond à l'étrange déclivité, jadis destination des sacrifices d'animaux du voisinage. La tête de bouc et le pentagramme avaient été badigeonnés d'une unique couche de peinture, mais on en distinguait toujours la forme, comme si leur image avait été pyrogravée dans le mur à la torche. « C'est là que tu vas dormir.

— Je voudrais voir ça.

— Eh ben, dans ce cas, je ne sais pas quoi te dire.

— Et si je dormais par terre dans ta chambre ? Sans vouloir te vexer, cette maison me donne une peur bleue. Je ne peux pas croire que tu restes ici tout seul.

— J'ai grandi ici, la plupart des démons se sont évanouis.

— N'empêche. »

Un spasme involontaire lui parcourut le corps.

Cette nuit-là, je la tins dans mes bras pendant qu'elle pleurait, et quand elle eut fini nous parlâmes jusqu'au matin, de sa famille, et de la façon dont son père l'avait traitée toutes ces années, qui semblait d'une cruauté gratuite à la lueur des éléments récemment découverts. Elle continuait à rassembler les morceaux du puzzle, un par un, année par année.

« Ton frère et tes sœurs ne savent pas, dis-je.

— Mais ils savent forcément. Pourquoi penses-tu qu'ils ne savent pas ?

— Ton père me l'a dit. »

Il se trouva que je devais travailler le lendemain et Story alla à la bibliothèque en ville réviser son examen de droit. J'étais rentré depuis une demi-heure quand elle arriva. J'avais eu un nœud à l'estomac toute la journée, à la pensée qu'elle était allée trouver l'ex-copain après le désastre de Lot's Folly. Malgré le temps que nous avions passé ensemble, nous n'avions pas encore atteint une pleine intimité au sens physique du terme (défaut auquel j'avais ardemment espéré remédier à Lot's Folly), et dans mon esprit bouillonnant je l'imaginais, lors de cette nuit épuisante, succomber, affaiblie, au réconfort familier de ses bras, et s'abandonner à l'apaisement de ses chaudes caresses avides, pour lui accorder cette divine proximité que je n'avais jusque-là pu qu'imaginer.

Nous sortîmes pour jouer à la balle avec Buller. Nous descendîmes jusqu'à la cour à l'abandon sur le côté de la colline et, à tour de rôle, lançâmes la balle, tout en échangeant des propos mécaniques : « Tu as passé une bonne journée ? – Très bonne, et toi ? – Tu as pu travailler comme tu le voulais ? – Oui, oui. Et toi, tu as fini ta recherche ? » Et ainsi de suite.

Story était superbe, comme toujours. Elle portait une robe simple, absolument parfaite ; elle flottait derrière elle quand elle se déplaçait. Sa robe et toute la verdure sur la montagne autour de nous retirèrent temporairement la sinistre demeure à notre vue et firent surgir en moi une belle vision nostalgique de Scott et Zelda jouant sur la terrasse du Grove Park Inn, Scott en pantalon de golf et Zelda resplendissante dans sa tenue spécialement choisie pour cette journée estivale. Une ceinture de lin ceignait la taille de Story, assez haut, et je l'observai, fasciné, tandis qu'elle la dénouait pour la replacer juste sous sa poitrine. Je la désirais ardemment, et, de nouveau, la pensée qu'elle venait de voir son ex-copain fit remonter la fureur de ma jalousie, qui me traversa le visage en un éclair cuisant. Je détournai les yeux et tentai de me forcer à m'en ficher.

Elle perçut mon irritation et me demanda à quoi je pensais.

« Mieux vaut que tu ne le saches pas.

— C'était une belle journée, aujourd'hui, n'est-ce pas ?

— Oui, et ça l'est toujours. »

C'était parfaitement vrai, mais d'un piètre réconfort. Buller remonta la colline en trombe avec sa balle et entama un jeu avec Story, se détournant chaque fois qu'elle essayait de la lui faire lâcher. Elle courbait la taille et, de nouveau, je me forçai à regarder ailleurs, pour éviter que ma chair humaine ne se change en flammes sur-le-champ.

Dans un effort pour me protéger en restant à distance, je lui dis : « Tu sais comme Buller adore courir après les balles de tennis, au point qu'il ne se lasse jamais qu'on lui en lance une ? »

Story écarta une mèche blonde de son visage : « Oui ?

— Tu as remarqué que, même s'il s'épuise, il continue, encore et encore, *ad nauseam, ad infinitum,* et court après les balles de tennis, tant que quelqu'un veut bien lui en lancer une ?

— Oui, je crois.

— Donc voici ma question : est-ce que Buller *veut* rapporter des balles de tennis, ou est-ce qu'il le *doit* ? Est-ce qu'il a le choix ? C'est une question de déterminisme basique. »

Lui ayant arraché la balle de la gueule, Story la relança vivement de l'autre côté de la cour, où elle atterrit dans une haie. Buller détala à sa poursuite, comme si c'était la première fois qu'il courait derrière une balle.

« Tu sais, dit Story, s'essuyant la main dans l'herbe, même si c'est merdique en ce moment, j'ai franchement l'impression d'être à ma place ici. Je ne voudrais être nulle part ailleurs. Tu te donnes des airs de me détester, je ne sais même pas où je suis, d'un point de vue géographique, et je suis sûrement folle, mais il y a quelque chose en moi qui me dit que c'est ici que je dois être.

— Tu trouves que c'est merdique ?

— Mais *c'est* merdique. On fait comme si on ne se connaissait pas. On dirait deux inconnus qui viennent de se rencontrer : toi, par exemple, tu déblatères des inepties sur le déterminisme canin, alors que je suis dans *ta* maison dans l'arrière-pays, loin de tout ce qui m'apporte confort et réconfort, c'est à peine si tu me parles et je suis mortifiée de ce qui s'est passé, mais, d'une façon inexplicable, je ne peux penser à aucun autre endroit au monde où je préférerais être. J'ai le sentiment que c'est ici que je suis censée être. »

D'un ton plus doux, je répondis : « Je crois que je comprends ce que tu veux dire.

— Vraiment, ou est-ce que c'est juste pour causer ?

— Non, vraiment. C'est exactement l'impression que j'ai eue quand ton père me malaxait le nez sur le plancher de son salon. »

Elle me contourna pour venir se placer devant moi et me prendre les mains : « Écoute-moi. Tu m'écoutes ? Oui, je suis allée le voir, mais je ne l'aime plus. Je sais que c'est ça qui te tracasse. Que c'est pour ça que tu ne me parles plus comme avant. Je ne suis pas amoureuse de lui. Si je ne suis pas avec lui en ce moment, c'est qu'il y a une raison. Je suis ici. Cela devrait te dire quelque chose. Je suis ici avec toi.

— Tout ça me donne plutôt l'impression que tu ne sais pas trop ce que tu veux.

— Je te promets que non. Si je voulais être avec lui, j'y serais, mais ce n'est pas le cas. Je ne l'ai vu qu'une fois en je ne sais pas combien de temps.

— Tu m'as laissé chez tes parents avec une fracture et tu es allée passer la nuit avec lui.

— Ce n'est pas ça. Je roulais, c'est tout. Je ne savais pas où j'allais. Je suis restée des heures dans la voiture. En pilote automatique. C'est juste arrivé comme ça.

— Je suis enclin à penser que ton autopilote te conduit au canapé de son salon.

— Arrête. J'étais en état de choc. Tu dois comprendre ça. Mon univers tout entier était sens dessus dessous. Il fallait que je retourne au réel. Il fallait que je parle à quelqu'un qui pourrait comprendre, qui avait vécu une partie de tout ça avec moi et qui pourrait me dire que je n'étais pas folle.

— J'ai compris. Et je suis sûr qu'il y aura d'autres occasions. Ce qui me va bien. Je trouve parfaitement acceptable que tu veuilles continuer à le voir, lui parler ou je ne sais quoi. C'est juste que je ne peux pas tomber amoureux fou de toi si une part de ton cœur est restée avec lui. Je ne le supporterais pas. »

Story esquissa un sourire.

« Quoi ?

— Je crois que tu viens de me dire que tu es en train de tomber amoureux de moi.

— Non, pas du tout. »

Elle me tenait par la taille à présent, j'avais son visage juste en dessous du menton, et elle levait vers moi ses yeux adorables à peine zébrés d'un mince rai de lumière.

« Je suis quasiment sûre que tu l'as dit. »

J'aurais voulu lui dire que, en effet, j'étais amoureux d'elle, d'un amour intégral et sans équivoque, et depuis tellement longtemps. Je ne le lui ai pas dit, alors que je l'avais éprouvé si souvent. Une part de moi avait espéré que mon amour naïvement romanesque (et le désir ardent qui l'accompagnait) s'atténuerait pour prendre une forme plus réaliste au fur et à mesure que nous apprendrions à nous connaître et que je découvrirais tous ses défauts repoussants, mais mes sentiments n'avaient fait que s'intensifier, et j'en étais venu à éprouver pour elle un désir frisant le délire.

« Et merde, fis-je. Pourquoi me fais-tu ça, Story ?

— Je te promets qu'il ne s'est rien passé. Je te le promets. Et même, ça m'a rappelé pourquoi on n'est plus ensemble. »

Je ne pus que secouer la tête. Je la croyais, je voulais la croire plus que tout au monde, mais la douleur restait vive, profondément ancrée dans mon cœur, et l'ardent désir que j'éprouvais pour elle rendait la brûlure plus intense encore.

« Story, fis-je, comme un imbécile, n'y tenant plus, est-ce que tu m'aimes ? »

Elle chercha en vain une réponse.

« Non, ne dis rien, fis-je en m'écartant, je ne veux pas savoir. »

Elle me rattrapa et se coula entre mes bras : « Mon chéri, oui, je t'aime. Je t'aime. Je te promets. Je t'aime, mais c'est juste que je... j'ai *peur*.

— Mais pourquoi ? De quoi as-tu peur ?

— J'ai peur d'aimer. »

Buller finit par se lasser de courir après la balle de tennis et nous rentrâmes pour que je puisse quitter mes habits de bureau. Nous nous sentions mieux d'avoir parlé, et je flottais sur un nuage de sentiments mêlés – un désir ardent compliqué d'une excitation enfantine à la perspective de la soirée à venir. Nous avions prévu d'aller dîner quelque part puis de revenir ensuite par les montagnes, en exploration, pour admirer les étoiles. Comme nous pénétrions dans la maison, Story alla au bar de la Grande Pièce et lança : « Je vais nous servir un verre ! » Elle s'habituait un peu à la maison, ou alors faisait semblant de manière convaincante.

De la lumière provenait du bleu du ciel, de plus en plus profond, aussi passai-je à l'avant de la maison pour ouvrir les immenses fenêtres et les volets au mécanisme complexe et laisser entrer l'air frais de l'été. « Tu as le choix entre vodka et vin rouge, lui dis-je. Il y a peut-être autre chose derrière le bar, mais, à ma connaissance, ça s'arrête là.

— On a du tonic ? me lança Story.

— Oui, on en a, lui hurlai-je. Garçon, une tournée de vodka tonic !

— Ça marche ! »

Nous nous assîmes au bar, les jambes se balançant dans le vide, tandis que les doux bruits et parfums de l'été se répandaient dans la maison. Au fur et à mesure que la lumière diminuait, une tristesse vint s'amasser au-dessus de nos têtes et dans les coins des pièces. « Ce qui manque au tableau, fit Story, c'est de la musique. »

J'étais perdu en elle. Transporté par chaque ligne et chaque courbe. Les ombres subtiles nichées au creux de ses clavicules. Les lignes exquises de son cou merveilleusement long. Une spirale de cheveux blonds délicatement enroulés qui descendait du front sur sa joue. Mes yeux suivirent une constellation de taches de rousseur sur son épaule brunie ; admirèrent les demi-lunes qui s'élevaient sur ses ongles sans vernis. Elle me regarda avec une tristesse lourde de douleur.

Je débarrassai de ses toiles d'araignée le phonographe poussé contre le mur, qui n'avait pas servi depuis des années. Nous commençâmes par les Ink Spots et écoutâmes « If I Didn't Care » trois fois de suite. Story trouva alors un disque de valses, de Strauss à Chostakovitch, et nous nous mîmes à danser. La Grande Pièce se changea en superbe salle de danse tandis que j'y faisais tournoyer Story, et que nous avancions au pas, parfois pleins d'emphase, d'un bout à l'autre de la scène dorée. Au bout de deux danses, nous nous fatiguâmes de nos improvisations et les interrompîmes pour reprendre un verre. Je cherchai d'autres disques pendant qu'elle parcourait la pièce comme si c'était un musée, passant avec une délicatesse de danseuse étoile d'une antiquité à l'autre. Je mis le *larghetto* du *Concerto en si bémol* de Mozart et nous dansâmes de nouveau, lentement. La tête radieuse de Story reposait sur mon épaule.

Quand le *larghetto* atteignit sa conclusion posée, je le remplaçai par un album des *Nocturnes* de Chopin dont je laissai les notes emplir la maison. En nous tenant par la main, nous gagnâmes ma chambre à l'étage pour nous changer en vue du dîner. Mon ancienne chambre jouxtait une austère antichambre située en partie sous un escalier plongé dans l'ombre, menant au deuxième étage. Elle avait, au sol et aux murs, de larges lattes de bois, sans autre décoration. À une extrémité de cette petite pièce se trouvait une banquette profonde à l'assise tendue de rouge. Nos sacs de vêtements étaient posés par terre. Malgré la durée de mon séjour, je n'avais pas encore défait mes bagages. La pièce n'avait pas de fenêtre ; j'allumai des bougies pour nous tenir compagnie.

Story m'embrassa et me dit « Je vais me préparer ». Elle m'observa un moment puis passa dans l'autre pièce pour se changer. Je restai là avec ma tumescence languissante, persuadé que je n'allais pas survivre à cette nuit. Je secouai la tête, ôtai mes vêtements de bureau, puis m'assis sur la banquette pour chercher un short dans mes sacs. Story réapparut dans l'embrasure de la porte.

Après un instant d'hésitation, elle vint s'asseoir sur mes genoux, face à moi, sa robe tombant tout autour de nous telle une fleur. Des effluves de Chopin nous parvenaient d'en bas et le son nous traversait comme si le musicien lui-même était assis au piano. Peut-être à cause de la musique, peut-être à cause de la pénombre feutrée qui régnait sous les escaliers, nos voix ne s'élevaient pas au-dessus du chuchotement.

« J'ai besoin de ça, fit-elle. Tellement besoin. »

Je la sentais se presser contre moi, lentement, d'un mouvement rythmé. Ses lèvres me touchaient le visage tandis que nous parlions. Elle pressait de plus en plus fort. Se plaquait contre moi. Je sentais une chaleur croissante, humide. Mon cœur, tel un soufflet, battait la chamade.

D'une main tendue vers le bas, elle écarta l'étoffe qui nous séparait, et me conduisit en elle. Elle se pressa contre moi, intensément. Le souffle se bloqua dans sa gorge et ses lèvres touchèrent les miennes. Mes doigts trouvèrent sa nuque et l'attirèrent contre moi. J'approchai la main de ses seins mais elle m'attrapa les doigts et les posa sur ses jambes tremblantes. Je cherchai la chaleur de sa peau nue sous sa robe, mais, de nouveau, elle m'attrapa les mains. « Non, chuchota-t-elle. Juste ça, s'il te plaît… »

43

PLUS TARD DANS LA SOIRÉE, une fois que nous eûmes remis nos vêtements, la faim nous rattrapa et nous décidâmes de trouver un endroit où manger en ville. C'était encore une superbe nuit sans lune, aussi chargeai-je une glacière pleine de bières sur le siège arrière de la voiture, avec le télescope que j'avais descendu de l'observatoire et un trépied en bois.

« Et Buller ?

— Il vient avec nous. Il montera à l'arrière.

— Et pendant qu'on mangera ?

— Il restera dans la voiture. En gros, il va où je vais, comme tu le sais. Pas moyen de lui faire accepter autre chose. »

Nous dînâmes dans l'un des deux restaurants d'Old Buckram encore ouverts à cette heure. Story commanda une bière et eut la surprise de découvrir qu'on ne vendait pas d'alcool dans les restaurants du comté : ni bière, ni vin, ni aucun digestif.

« C'est pour ça que j'ai la glacière dans la voiture, dis-je.

— On peut l'apporter dans le restaurant ?

— Je ne crois pas.

— Dommage. »

Notre repas fut interrompu une demi-douzaine de fois par de braves habitants d'Old Buckram, qui m'avaient connu adolescent, me reconnaissaient au passage et s'arrêtaient dire bonjour. J'avais oublié la plupart des noms, mais me rappelais ces gens comme de bonnes âmes, amicales, sur qui l'on pouvait compter si l'on avait besoin d'un coup de main. J'essayai de présenter Story à tous du mieux possible, et ils furent ravis de faire sa connaissance. Presque tous dirent « Story ? » et durent se faire répéter le nom pour s'assurer de l'avoir bien entendu.

Après dîner, nous prîmes la direction des zones désertes du comté pour y trouver un lieu à l'abri des lumières de la ville, d'où observer les planètes et les étoiles. Je ne m'y étais pas adonné depuis des années, et j'avais oublié qu'il y a tant d'endroits où l'on peut aller dans les montagnes sans vraiment aller nulle part. Toutes les routes qui partent de la ville vers le nord et l'ouest finissent en queue de poisson, si bien que l'on peut passer un sacré nombre d'heures en exploration, pour peu qu'on y soit enclin.

Notre plan ambitieux consistait à trouver le point où les trois États – la Virginie, le Tennessee et la Caroline du Nord – se rejoignaient. À ma connaissance, bien que les terres aient jadis été cartographiées par Peter Jefferson, le père de Thomas Jefferson, aucune borne, aucun monument, n'indiquait cette intersection géographique. Il est probable, en fait, que nul ne sache où elle se situe vraiment. Nombre des frontières des comtés montagneux sont incertaines et les terres n'ont pas assez de valeur pour rendre un projet de relevé topographique rentable.

Après avoir roulé pendant plus de cinquante minutes sur une route qui grimpait régulièrement, pour nous éloigner toujours plus de la civilisation, et après quelques pauses pour consulter une carte de Caroline du Nord qui ne nous servit pas à grand-chose, nous tournâmes à gauche en arrivant sur un plateau afin d'emprunter une route de gravier qui ne portait pas de nom. Voilà ce que signifie l'expression « être au milieu de nulle part ». Les arbres auraient envahi la route si quelques rares voitures ne venaient pas s'y hasarder. Story était au volant, et je m'efforçais, sans grand succès, de jouer le rôle de copilote.

« Tu ne sais vraiment pas où on est, ni où on va ?

— Franchement, je n'en ai pas la moindre idée, dis-je. Je n'ai jamais pris cette route. Si ça se trouve, on va se retrouver dans le Vermont, pour ce que j'en sais. »

Depuis l'arrière, Buller émit un petit jappement.

« Est-ce que cet aboiement particulier veut dire quelque chose ? demanda-t-elle.

— Ça veut dire qu'il a chaud. Je vais baisser un peu plus sa vitre. »

Je tendis la main, que je plongeai dans la glacière posée par terre, et j'en ressortis une Peroni.

« Oh oui, fit Story. Légère et pétillante ! »

Elle continua à conduire dans la nuit à environ huit kilomètres heure, penchée en avant comme si elle était prise dans une tempête. La route de terre à une seule voie sur laquelle nous poursuivions notre ascension était bordée de bois. Parfois, Story s'arrêtait presque, pour franchir des ornières profondément creusées par des pluies violentes. « Accroche-toi, mon gars ! » lançait-elle à Buller, et la voiture franchissait l'obstacle en cahotant.

Nous vîmes quelques opossums apparaître furtivement de-ci, de-là, et plusieurs daims dressés, sur le qui-vive, dans les champs. Il n'y avait que très peu de maisons dans cette partie du comté. Les rares bicoques devant lesquelles nous passions étaient des images de totale déréliction, avec leurs épaves de voitures sur le côté, à moitié cachées par les herbes hautes. Beaucoup de ces maisons avaient tant de bazar sur leurs vérandas qu'on eût dit qu'elles se préparaient pour un vide-greniers. Plusieurs d'entre elles arboraient une large parabole dans la cour de devant, souvent hors d'usage, à en juger par les fils qui pendaient de socles brisés.

Nous parvînmes à un genre d'intersection, où la route que nous suivions semblait se réduire à néant devant nous, tandis qu'une route plus substantielle partait sur la droite et poursuivait l'ascension. Il n'y avait aucun panneau indicateur, depuis longtemps déjà. Les phares illuminaient toute la poussière qui, nous ayant rattrapés après nous avoir suivis dans le vide relatif créé derrière la voiture, voletait mollement pour finalement se reposer, indifférente à sa relocalisation forcée.

Story me demanda de lui passer une bière. « Tu conduis, lui dis-je. Il vaut mieux pas. Si tu te fais prendre, il faudrait que tu témoignes devant la cour d'État.

— Je crois que j'ai droit à *une* bière. Allez, donne-m'en une. Ne m'oblige pas à m'arrêter pour la prendre moi-même, parce que je le ferai.

— La police est partout ici en altitude.

— Je parie qu'ils ne viennent jamais.

— Je parie que tu as raison. »

Nous finîmes par abandonner notre quête de l'intersection des trois États, et nous garer dans l'herbe au bord de la maigre route de terre. Une falaise entaillait la colline à notre droite. Sur la gauche, de l'autre côté de la route, un grand pâturage s'élevait jusqu'à un monticule dépouillé, visible au loin sous les étoiles. Nous descendîmes, j'écartai le barbelé pour aider Story à passer et lui tendis la glacière et le télescope. Buller se trouva un endroit où ramper sous le barbelé avant que j'aie pu le faire passer. L'arrière de ma chemise se prit dans le fil de fer et je dus attendre qu'on me libère.

L'herbe était courte, comme elle peut l'être parfois quand des vaches ou des chevaux paissent dans un pré, mais je ne vis aucune trace d'animaux. Dans les montagnes, il n'est pas rare de trouver du bétail dans un pré tel que celui-ci. Je prévins Story de se méfier des bouses, le plus déplaisant des excréments animaux quand on marche dedans, selon sa date d'origine. Je me rappelai soudain que Buller adorait se rouler dans les substances nauséabondes, je le fis donc s'asseoir et lui dis : « Buller

Copernicus, s'il te vient à l'idée de te rouler dans quoi que ce soit, que Dieu me pardonne, mais tu feras le voyage sur le toit de la voiture. »

Fort heureusement, il me prit au sérieux et se tint à distance de toute bouse qui se serait trouvée dans les parages, du moins à l'aller.

Marcher dans un pré au sommet d'une montagne par une claire nuit sans lune peut vous désorienter. Vous voyez des étoiles comme vous n'en avez jamais vu auparavant, couvrant tout l'horizon. Vous voyez la majestueuse Voie lactée s'étendre à travers la constellation du Cygne et le ciel tout entier comme une traîne de nuages d'été. Les repères habituels dont vous faites usage pour vous orienter n'existent plus, car même le sol sous vos pieds est perdu dans l'obscurité, et soudain vous voilà face à la splendeur de l'univers illuminé, que vous contemplez depuis la sombre Terre, telle qu'elle existait avant que la lumière électrique ne vienne enflammer les ténèbres et ne rende tous les humains civilisés aveugles au ciel nocturne. Si la nuit est assez noire, vous voyez des planètes, des milliers d'étoiles et de lointaines galaxies qui ont perdu leur lumière des millions d'années plus tôt.

Après dix minutes de marche, nous parvînmes à ce qui semblait être le point le plus élevé du pré. En inspectant le sol du bout du pied, je trouvai un emplacement assez plat pour y installer le télescope. Depuis le monticule, le terrain descendait en pente douce, pour se déployer ensuite dans l'ombre et le silence, sur des kilomètres de collines et de vallées, jusqu'à une ligne de crête qui constituait l'horizon visible. En dessous de nous, et au loin, des maisons isolées nichées dans les plis froids des collines et des montagnes bleutées faisaient comme des étoiles dans l'étoffe de la terre, placées là pour rivaliser avec celles du ciel. Je montai le télescope et le tournai d'abord vers Jupiter, qui irradiait sa lumière juste au-dessus d'une lointaine chaîne de montagnes érodées.

« Comment sais-tu que c'est Jupiter ?

— J'ai pris quelques cours d'astronomie, dis-je. Elle se trouve à peu près là où j'imagine que doit se trouver le plan d'éclipse, elle a sensiblement la couleur et l'éclat de Jupiter, et elle ne scintille pas comme une étoile. Et, en plus, je ne connais pas d'étoile qui se trouve à cet endroit du ciel et puisse briller autant à cette heure de la nuit, à ce moment précis de l'année. Si on s'y prend bien, tu devrais arriver à voir quelques-unes de ses lunes aussi. C'est plus ou moins ce que Galilée a fait en 1610. »

Je plaçai la planète dans l'angle de visée du télescope, pour anticiper la rotation de la Terre dans sa direction, qui la ferait rapidement disparaître à la vue, et m'écartai pour laisser Story regarder à son tour dans l'oculaire du télescope.

« Ne tiens pas le télescope quand tu regardes dans l'objectif.

— Pourquoi ?

— Parce que, si tu le touches, tu vas le faire bouger et l'image va devenir floue.

— Wow. Incroyable.

— Tu vois Jupiter ?

— Je n'arrive pas à croire que je vois une chose si éloignée.

— Tu dois aussi voir quelques-unes de ses lunes.

— Je crois, oui. Elles sont toutes alignées. Mais elle est passée où ? »

Je recentrai le télescope sur la planète et montrai à Story comment la suivre tandis qu'elle traversait le ciel en diagonale, le long du plan d'éclipse et à l'inverse de ce à quoi on pourrait s'attendre, à cause de la nature du système optique du télescope. Je trouvai alors le Scorpion et, par extrapolation, l'emplacement approximatif de l'Amas du Papillon. Vu dans le télescope, il n'avait rien d'extraordinaire, mais ce n'en était pas moins impressionnant de contempler un objet situé à plus de cent trillions de kilomètres de là.

« Comment est-ce que tu t'es intéressé à ça ? »

Story, assise sur la glacière, buvait une bière en caressant Buller.

« Mon père m'emmenait dans des endroits comme ça quand j'étais petit. Il m'a appris à reconnaître les constellations. Il me montrait des objets célestes pour me faire deviner ce que c'était. Quand il y avait une éclipse ou une averse de météores, on partait dans la campagne, on étalait une couverture au sol et on regardait le ciel.

— Ton enfance a été très différente de la mienne.

— Et bien plus étrange que tu ne pourras jamais l'imaginer.

— Il n'y avait que ton père et toi qui alliez regarder les étoiles ?

— Ma mère venait souvent aussi. Quand Threnody a été assez grande pour l'apprécier, Père l'amenait avec nous. C'est une enfant extraordinaire.

— Quel âge a-t-elle maintenant ? »

Je dus réfléchir un moment, mais sans que le nombre ne me vienne à l'esprit, et je rougis de honte.

« Je pense qu'elle doit avoir… quinze ans.

— J'espère que j'aurai bientôt l'occasion de faire sa connaissance, dit Story, m'épargnant une humiliation prolongée. Je suis sûre qu'elle doit beaucoup t'admirer.

— Nous étions très proches autrefois.

— Tu n'étais jamais venu ici avant ?

— Je ne crois pas.

— Donc tu ne sais pas à qui appartient le terrain ?

— Non, je n'en ai pas la moindre idée. »

Cela la fit rire.

« Donc nous avons violé une propriété privée.

— En gros, oui. Mais tout le monde s'en fiche. S'il vient quelqu'un, on dira juste ce qu'on fait, et cela ne posera aucun problème.

— On ne va pas se faire tirer dessus ?

— Là, je ne peux rien promettre. Ne t'avise pas de voler de bétail. »

Nous laissâmes le télescope pour marcher jusqu'à une zone dégagée, couverte d'une herbe haute qui ondulait en vagues erratiques dans l'obscurité grisonnante. Tandis que la nuit se rafraîchissait, une brume descendit depuis les bois qui se trouvaient de l'autre côté de la route, et nous rendait invisibles au monde. J'étalai une couverture et nous nous allongeâmes sur le dos, tout près l'un de l'autre pour nous tenir chaud, et contemplâmes le mouvement d'orbite des cieux. Le ciel était d'un bleu profond et d'innombrables soleils tournant sur eux-mêmes brûlaient dans le lointain dans l'immense étendue de l'univers. Je songeai à la terreur de l'obscurité sans la lumière des étoiles, des soleils et des lunes, sans le réconfort perpétuel de notre bonne mère terre sous nos pieds.

Ainsi allongé sur la surface de cette froide planète, je songeai à Story et son père, et à ce qu'elle avait souffert à cause de lui, de ne pas savoir la vérité, d'avoir le sentiment, durant tant d'années, qu'une part *essentielle* de sa vie manquait. Je l'imaginai aller se coucher chaque soir avec ce vide irrésolu, et alors, malgré moi, mon esprit transposa le tout à cette pauvre Threnody, et je fus aussitôt crucifié de chagrin. Et *elle*, qu'avait-elle dû endurer après que mon père nous avait abandonnés ? Qu'est-ce que ça lui avait fait ? Et me revint à l'esprit que chacun de nous ne disposait que de peu de temps, et que j'en avais laissé passer beaucoup depuis que je l'avais vue la dernière fois. Je songeai à nos temps de vie respectifs sur terre, à elle et moi, aux liens entre nous, si nombreux qu'elle aurait dû être ici avec moi. Quelque chose en moi était déchiré, et cette déchirure était ma séparation d'avec elle.

Story m'attrapa le bras. « Mais qu'est-ce qui se passe, bon Dieu ! »

Nous nous mîmes prestement sur nos pieds, sous lesquels le sol tremblait.

« Où est Buller ?

— Je ne le vois pas.

— Et merde. Filons !

— Mais où ? Qu'est-ce qui se passe ? »

On n'y voyait rien dans le noir, mais je savais que ce grondement était celui de chevaux, très nombreux, lancés au galop vers nous à travers le pré. Quelque chose les avait effrayés et, à en juger par le bruit qu'ils faisaient, ils se déplaçaient en un ample cercle juste en dessous de nous sur la colline.

« Ils sont en train de fuir, dis-je. Pourvu que ce ne soit pas Buller qui ait déclenché ça !

— Et pourvu qu'ils y voient mieux que nous ! »

Nous avançâmes en trébuchant, à l'aveugle, les mains en avant, dans l'espoir de tomber sur le télescope, et nous attendant plus ou moins à nous faire piétiner. Je le trouvai enfin, et, après avoir ramassé la glacière, nous descendîmes prudemment le flanc de la colline, tâchant d'éviter les aspérités du sol. Avec un humour macabre, Story me demanda si je connaissais quelqu'un qui s'était fait tuer par un cheval. Aveuglé, j'avalai ma salive, sans rien trouver à dire. Je finis par répondre : « On ne va pas se faire tuer. Il faut juste s'assurer qu'ils nous voient et tout ira bien. Il faut récupérer Buller. »

À peine avait-elle débuté que la charge infernale cessa, mais les chevaux, visibles à présent, seulement comme de brèves apparitions dans la nuit toujours sans lune néanmoins, restaient aux aguets, et, nerveux, allaient et venaient au trot dans la brume, les oreilles plaquées en arrière et le regard fou, les yeux exorbités roulant dans leurs orbites. J'en comptai onze en tout, dont deux poulains, toutefois ce n'était qu'une approximation. Ils étaient superbes, comme tous les chevaux, mais leurs côtes et les plaques de boue à leurs flancs montraient qu'ils avaient été négligés. J'appelai

Buller et, enfin, il réapparut, couvert de crottin et haletant joyeusement. Story plongea et l'attrapa par le collier. Lui et moi nous éloignâmes de quelques pas et, calmement, je lui fis la morale, d'homme à homme, sur la liberté, qui toujours implique la responsabilité, ce qu'il reconnut avec sagesse. En secouant la tête de déception, je m'agenouillai pour lui mettre sa laisse. Quand je levai les yeux, les chevaux avaient disparu, comme s'ils n'avaient jamais existé. Nous étions seuls de nouveau, et si Story n'avait pas été là pour témoigner j'aurais pu me demander si je n'avais pas imaginé la scène précédente.

« Il y avait bien des chevaux il y a une minute ?

— Il m'a semblé », fit Story.

Un calme silencieux, fantomatique, s'abattit sur la colline. Dans le feu de l'action, j'avais perdu mes repères et ne savais plus où était garée la voiture. Un débat s'ensuivit à voix basse quant à la direction à prendre. Après avoir tourné un peu, nous nous rappelâmes les positions relatives des étoiles à notre arrivée, et optâmes pour l'ouest. Au fur et à mesure de notre progression descendante, je supposai que notre supposition était la bonne. En avançant dans la nuit, je me rendis compte, non sans un frémissement, que le monde était devenu parfaitement silencieux. Pas de chants ni de cris d'oiseaux. Pas de stridulations de criquets. Pas de murmure de ruisseau, ni de vrombissements de véhicules dans le lointain. Je commençai à désirer entendre ne serait-ce que le bruit de ma propre respiration, mais je répugnais à rompre le silence qui nous enveloppait.

On n'y voyait presque rien. Story marcha sur une pierre qui bascula et lui tordit la cheville, mais elle m'assura que ce n'était rien. La peur commençait à me monter à la gorge, un mouvement de panique à l'idée que nous étions perdus. Buller suivait, nez au sol, sa laisse attachée à la ceinture de Story. Nous poursuivîmes notre pénible avancée, trois explorateurs intrépides, progressant à tâtons dans le noir menaçant.

« On va dans la bonne direction ?

— Je crois que oui.

— Il fait plus froid que je ne me l'étais imaginé.

— C'est vrai.

— Je ne crois pas qu'on aille dans la bonne direction. On devrait déjà être arrivés. »

Nous fîmes halte pour réviser notre position. Une couverture de brume avait tout enveloppé, et masquait même les étoiles à présent.

« Si on continue à marcher, on finira par tomber sur une clôture.

— Et là, qu'est-ce qu'on fait ?

— On suit la clôture jusqu'à la route.

— Comment saura-t-on dans quel sens suivre la clôture ?

— On saura.

— Vraiment ?

— Bien sûr. »

Je n'en étais pas si assuré, mais, alors, un halo de lumière s'éleva lentement derrière la montagne, me disant que la lune n'était pas loin, et je repris espoir. Il me semblait que nous allions vers l'ouest, cependant, la lune, derrière nous à droite, indiquait que nous marchions en fait vers le nord. Je dis à Story qu'il nous fallait retourner sur nos pas vers la gauche ; elle ne répondit pas.

« Story ? »

Toujours pas de réponse.

Je me rapprochai d'elle et, dans le noir, je discernai une incontestable expression d'horreur sur son visage.

Elle chuchota : « Il y a quelqu'un.

— Qu'est-ce que c'est que cette histoire ?

— Là… juste devant nous. Il y a quelqu'un juste là. »

Elle tendait le bras, incapable de faire un pas de plus. Enfin, presque du coin de l'œil, je pus discerner une forme. Une jument solitaire, blanche, la crinière blanche aussi et les yeux luisants, squelettique, spectrale, se détacha peu à peu des ténèbres. Elle se dressait devant nous, chatoyant dans la lueur naissante du croissant de lune qui se levait. Eussé-je été superstitieux, j'aurais cru que c'était la mort qui venait nous prendre. Je l'appelai, mais elle resta immobile, surnaturelle. Je lui parlai en m'approchant, mais elle était de marbre. Je tendis une main hésitante pour lui caresser le front, ne croyant presque pas à la réalité de l'apparition, mais elle s'anima soudain et détala, des tourbillons de brume et de brouillard se détachant de sa crinière et de sa queue exsangues.

Derrière moi, Story hurla : « Buller ! » Affolé par le cheval fantôme, il s'était mis à gigoter et à lutter pour se détacher. Story tomba à genoux tandis qu'il se dégageait de son collier en reculant. Il était hors de lui : plus moyen de le maîtriser. Je lui hurlai de cesser, mais il m'ignora, et pourchassa la jument blanche, dont il mordait férocement les fanons, en courant de toutes ses forces. La jument trébucha, puis se cabra et faillit le frapper à la tête. Buller s'arrêta, sonné, et la jument s'enfuit dans la nuit. Je courus vers Buller comme un fou dans la nuit, en l'appelant, et j'étais à une dizaine de mètres de lui quand les chevaux, surgis des ténèbres, la jument blanche en tête, se mirent à déferler vers nous, leurs yeux exorbités luisant à la lumière de la lune telles des braises dans un gouffre de feu. Avec le bruit d'une centaine de locomotives, ils arrivaient vers nous en trombe à travers le pré presque plat, chariots lancés depuis les portes de l'enfer. Buller, la pauvre bête, s'assit et sûrement ferma les yeux. Je le rejoignis en hurlant, juste avant que les chevaux ne le piétinent, et le plaquai au sol. Je me rappelle son regard étonné et sa terreur initiale avant qu'il se rende compte que c'était moi. Je le maintins sous moi jusqu'à ce que les chevaux soient passés, nous aient contournés puis se soient calmés. J'appelai Story, qui me répondit que tout allait bien.

À la lumière de la lune qui venait juste d'apparaître, nous retrouvâmes la clôture et la suivîmes sur la terre tassée. Nous continuâmes à longer les barbelés, montant et descendant en alternance, jusqu'à un angle droit dans la clôture à l'endroit où elle filait parallèle à une route de terre fort semblable à celle que nous avions empruntée. « Dieu soit loué », fis-je. « Grâce à Dieu », ajouta Story, et nous respirâmes un peu mieux. C'est Story qui vit la voiture la première. Nous nous fîmes sur-le-champ la promesse, juré craché, que toutes nos excursions nocturnes incluraient une torche et une boussole. « Juste par sécurité, dit Story. Juste par sécurité. »

44

JE FIS MONTER BULLER à l'arrière de la voiture et tentai de l'essuyer du mieux que je pouvais, tandis qu'il écoutait patiemment le reste du sermon qu'il avait mérité. À la lumière du plafonnier, Story découvrit des tiques partout sur ses chaussettes, ses chaussures, et elle se déshabilla au bord de la route, ne gardant que ses sous-vêtements, pour s'assurer qu'elle n'en avait pas ailleurs. Je fis de même. En une demi-heure, nous fûmes relativement débarrassés des tiques, et, habillés de nouveau, prêts à redescendre en direction d'Old Buckram. « Nous aurions pu mourir », fit Story. Je répliquai : « La sauvagerie naturelle à l'état brut », et elle ajouta qu'elle ne franchirait pas d'autre clôture barbelée dans les montagnes avant d'avoir rassemblé une carte des propriétés de la région.

Elle prit le volant, je frappai mes chaussures l'une contre l'autre par la fenêtre pour faire tomber la terre et nous laissâmes les fenêtres ouvertes afin de pouvoir respirer. Nous écoutâmes Doc Watson un moment, ce qui semblait approprié, puis je mis un CD de Dan Bern à plein volume (moins fort à l'arrière afin d'éviter d'endommager les tympans du fidèle représentant de l'espèce canine), je chantai toutes les paroles d'« Estelle », que je repassai, et chantai de nouveau, et Story reprit ce qu'on pourrait appeler le refrain (« *Why baby, why baby, why baby, why / Have you turned your back on love…* ») et chanta cette séquence avec moi jusqu'à nous en égosiller. Puis nous écoutâmes encore du Dan, tiré du même album ; je poursuivis un moment la théorie selon laquelle Marilyn Monroe aurait dû, en fait, épouser Henry Miller, comme Dan le suggère avec tant d'éloquence, et nous finîmes par retrouver les routes entretenues par l'État. Peu à peu, quelque chose dans la nuit et sa vacuité envahissante nous fit tomber dans le silence. J'éteignis la musique et nous observâmes les doubles lignes jaunes disparaître sous la voiture, jusqu'à être hypnotisés par les phares. Notre voiture était la seule sur les routes que nous empruntions. Les seuls habitants sur terre, et si nous n'avions pas été là, le temps n'aurait pas eu de raison d'être.

« J'adorerais, vraiment j'adorerais voir le soleil se lever le matin. Tu crois que c'est possible ? »

Nous arrivâmes à la maison à deux heures du matin pile. Story voulait voir son premier lever de soleil sur les Blue Ridge Mountains.

« Ça va être dur de se réveiller après seulement trois heures de sommeil, dis-je.

— Et si on ne se couchait pas ?

— Je te suis si ça te tente.

— Je vais m'endormir. Peut-être qu'on pourrait dormir dehors, sur la véranda ?

— Oui, c'est une idée.

— Est-ce que je peux m'endormir dans tes bras, et tu me réveilleras au lever du soleil ?

— Plus que tout, j'aimerais que tu t'endormes dans mes bras.

— Mais tu me réveilleras au lever du soleil ?

— Je vais essayer en tout cas. »

Je voulais voir son visage dans la toute première lueur de l'aube.

Nous emportâmes un oreiller et mon sac de couchage sur la véranda du premier étage, ainsi que deux ou trois couvertures, pour nous en servir de matelas. Après avoir laissé tomber nos vêtements comme des gamins qui vont se baigner à poil, nous plongeâmes dans le sac de couchage et nous le remontâmes jusqu'au cou. Buller se trouva une place sur une couverture à côté de nous. La nuit était sombre, hormis, au loin, les lueurs de la ville. La tête de Story reposait sur mon torse.

« Je suis très heureux que tu sois ici, dis-je.

— Je suis très heureuse d'être ici.

— Tu vas me manquer quand tu partiras.

— Mais je viens juste d'arriver.

— Je sais, mais je le sens déjà. »

Story m'embrassa sur le front et replaça sa tête sous mon menton.

« Je suis fier de toi, dis-je.

— Et pourquoi ?

— Parce que tu as un courage incroyable.

— Pourquoi tu dis ça ?

— Ce que tu as fait est courageux. Tout ce que tu as fait. Tu as fait ce que tu as jugé juste et bon, et même quand les gens te disaient que tu ne le devrais pas. Face à l'adversité, tu as suivi ton cœur. Face à ceux qui cherchaient à te décourager à chaque étape. Tu n'as jamais renoncé, et je te respecte et t'admire pour ça. Ma mère m'a appris il y a très longtemps que le véritable visage d'une personne ne se révèle pas quand tout va bien mais à sa manière de traiter les problèmes quand tout s'écroule autour d'elle. Et toi, tu en as eu une bonne dose, mais tu en es sortie grandie, et je suis fier que tu sois mon amie. »

Story m'embrassa et dit : « Merci pour ces paroles. »

Au fur et à mesure que mes yeux s'accommodaient à l'obscurité, de plus en plus d'étoiles devenaient visibles au-dessus des montagnes ; bientôt le ciel en fut rempli, et les appels des insectes s'élevant des bois derrière la maison enflaient puis retombaient telles les vagues de l'océan.

Sans me regarder Story me dit : « Parfois tu me tiens comme si tu croyais que j'allais tomber. »

Elle m'embrassa de nouveau, se cala entre mes bras, et la nuit était tout autour de nous.

À 5 h 25, quarante-cinq bonnes minutes avant le soleil, les oiseaux, tout excités, commencèrent à s'échauffer pour leur symphonie matinale. J'ouvris les yeux, trouvai Story lovée contre moi, encore endormie. Je touchai son visage, écartai une mèche de cheveux que je lui passai derrière l'oreille. Quand le ciel à l'est commença à s'éclaircir, je lui chuchotai à l'oreille et elle se réveilla. Nous regardâmes la terre lentement se tourner vers le soleil.

Je préparai le peu de vivres dont nous disposions pour le petit-déjeuner tandis que Story explorait la bibliothèque de Père. L'ensemble de la maison étant pleinement visible à la lumière du jour, elle la voyait telle qu'elle était vraiment. Elle me demanda si mon père lisait vraiment les livres de sa bibliothèque ou s'il les collectionnait seulement.

« Je ne crois pas qu'il les a tous lus, mais presque tous.

— Impossible.

— Oui, on pourrait dire ça. »

Je me rappelai un soir où Père avait été mis au défi à ce sujet. C'était une nuit d'hiver, lors de la visite du bien nommé Dick, l'un des frères de Mère, enseignant à l'Über-université, venu du nord-est. Après douze ans d'études supérieures, il était d'abord devenu un fier professeur d'anglais puis doyen du département d'anglais dans une petite université privée à la mode, réservée aux jeunes filles riches, et, comme vous pouvez l'imaginer, une tension vive et bien palpable survenait parfois entre lui et quiconque doté d'un avis sur l'art.

J'avais l'impression que Père évitait ce genre de discussion avec Dick et n'émettait que des objections réservées et polies sur la plupart des points litigieux, mais, par cette froide nuit, le sort les avait placés tous deux sur des trajectoires vouées à une inévitable collision.

Le vent et la neige nous avaient tous poussés à rentrer, et nous nous trouvions assis dans l'angle de la bibliothèque qui faisait face au bureau de Père ; le feu de cheminée projetait des tableaux d'ombres mouvantes aux murs et le pédant oncle Dick dissertait doctement sur la poésie anglaise tandis que Père laissait errer ailleurs ses pensées. Comme d'habitude, les hommes avaient déjà abondamment bu et toutes les joues étaient roses. Assis à côté de Père, j'aurais aussi bien pu être invisible. Mère, qui, de son côté, avait bu un ou deux cocktails – une rareté – était joyeuse et prête à participer à cette conversation excitante, mais était, elle aussi, royalement ignorée par les hommes.

Dick, qui portait une cravate unie et étouffait presque sous le poids d'une écharpe qui devait facilement faire dix mètres de long, avait remonté les pieds sur son fauteuil et admirait les livres de Père de derrière ses lunettes en écaille. Je sentais que le simple fait de se trouver dans la même pièce que Père lui hérissait le poil. Il déclamait quelque sentence pontifiante sur un obscur point littéraire ou un autre et se tournait vers Père : « Vous ne croyez pas ? », persuadé que Père ne pouvait pas connaître ce détail précis.

« Il y a une chose que je constate de plus en plus, et je suis sûr que vous aussi, c'est l'importance de l'hémistiche pour le mètre allitératif dans la première poésie germanique. Vous ne croyez pas ? L'hémistiche ? »

Père ne mordait jamais à l'appât. Il disait seulement « Je ne suis guère compétent pour répondre », ou « Cela semble intéressant », ou « Je crains bien de ne plus vous suivre ». Mère aurait voulu que Père s'implique davantage et elle mordillait le bord de son verre comme si, sous ses yeux, son boxeur favori était en train de se faire marteler les reins dans les cordes du ring.

Après une demi-heure de cette joute unilatérale, Dick sentit une faiblesse, ou du moins est-ce ce que j'imaginai. Il resta un moment à percer Père du regard, tandis que lui, délicieusement perdu dans ses pensées, gardait les yeux rivés au plafond, comme s'il guettait une éclipse. Dick ourdit un plan. Il se laissa glisser de son fauteuil pour faire un tour de la bibliothèque. Après deux allers-retours en chaussettes, il dit : « Henry, c'est un *énorme* paquet de livres que vous avez là.

— Il y en a quelques-uns, dit Père, souriant, toujours à guetter son éclipse.

— Vraiment *beaucoup* de livres, fit Dick.

— Oui, dit Père. En effet. Certains étaient déjà là quand nous avons emménagé.

— Ah, alors je comprends mieux.

— Et comment cela ?

— Vous pourriez même avoir plus de livres que moi, fit Dick, comme si c'était difficile à concevoir.

— Tu n'en as pas tant que ça, fit Mère.

— Tu n'as pas vu les livres dans mon bureau ! s'exclama Dick. Tu n'as vu que ce qu'il y a dans ma maison. Si tu ajoutes ceux du bureau à ceux de la maison, ça en fait beaucoup. C'est juste que je ne les range pas tous ensemble ; ils ont trop de valeur.

— Bien sûr que tu dois en avoir beaucoup, Dick. Des piles et des piles.

— Où est-ce que vous trouvez vos livres ? demanda Dick.

— Je les ai accumulés au fil des ans, dit Père. Ils viennent de librairies disséminées dans tout le pays, et parfois de marchés locaux. J'en commande certains. Quelques-uns sont des cadeaux, mais très peu. »

Père avait les joues rubicondes. Cela le mettait mal à l'aise de parler de lui.

« Moi aussi, ça m'amuse de collectionner les livres, fit Dick, mais j'aime bien les *lire* aussi. »

Oh non, me dis-je. Le gant avait été jeté, le duel était inévitable.

Mère se leva et suggéra une partie de cartes, mais sa tentative de diversion tomba à plat. Nul ne réagit. Elle se rassit.

Le sous-entendu de Dick n'avait pas échappé à Père, qui laissa son éclipse et reporta son attention sur la pièce. Je voyais bien qu'il était froissé. Il réfléchit soigneusement un instant, puis dit « Dick, je n'achète pas ces livres pour faire joli sur les étagères.

— Alors vous avez lu tout ça, fit Dick avec un rire méprisant.

— Non, bien sûr, je n'ai pas *tout* lu. Il y en a un ou deux là-bas que je n'ai pas lus, dit-il, le doigt tendu vers la section langues étrangères, et dans cette pile, il y en a quelques-uns auxquels je n'ai pas encore pu m'attaquer. Il y en a un sur la relativité qui m'a l'air étrangement incompréhensible. Mais sinon, oui, j'ai tout lu, ou presque. »

Mon pouls se mit à accélérer et je craignais une énorme gêne pour mon père chéri. Il s'exposait à un échec certain. Je savais que c'était précisément ce que Dick avait en tête, une bonne fois pour toutes.

D'un doigt, Dick fit basculer un livre qu'il tira de la section des essais, il l'attrapa au vol par le dos de la couverture et l'ouvrit lestement d'un seul geste. « Voyons voir celui-ci. » C'était le deuxième volume de *L'Introduction à l'Histoire mondiale,* de H. G. Wells.

Père, avec l'air contrit du condamné devant le peloton d'exécution, ayant peut-être deviné ce qui l'attendait, tendit la tête pour voir de quoi il s'agissait, et dit « Oui, je l'ai lu, et l'autre tome aussi. Pas mal du tout, bien qu'un peu dépassé à mon goût. »

Dick lança le livre sur une table et Père eut un petit frémissement. Dick en trouva un autre. « Et celui-là ?

— Celui-là aussi, dit Père. Mais vous êtes dans la rubrique des essais. Ce n'est pas trop mon territoire. Testez-moi sur la fiction.

— Allons-y pour la fiction », fit Dick, avec son ton de Dick. Il trotta jusqu'à l'autre bout de la bibliothèque.

Ainsi commença le jeu. Au milieu des protestations de Mère, qui trouvait toute l'affaire ridicule (« C'est complètement idiot ! »), Dick annonça : « Voici ce que nous allons faire. Moi, je propose un passage. Raisonnablement connu, bien sûr, ou du moins pas trop obscur. Vous, vous me dites de quel livre il est tiré. Tous les passages seront tirés de livres de votre bibliothèque, et donc présumés lus par vous. Ça va être drôle.

— Okay, dit Père. Allez-y, dégainez.

— Comme vous pouvez vous en douter, me connaissant, fit Dick, avec deux tapes brèves sur sa tempe, j'ai deux trois trucs stockés par-ci, par-là. » Ce qui signifiait qu'il avait mémorisé des passages. « Ce sera intéressant… comme *test*.

— Faites au pire », dit Père.

Dick fit une petite danse, se pressa le menton comme s'il se fût agi d'une mamelle, et étudia les rangées de livres qui se succédaient, toujours plus haut. Il était ravi. Il se dit à lui-même : *Je ne veux pas rendre la chose trop difficile. Voyons voir… Oh ! Voilà, j'en ai un. Ça va être parfait. Vous le connaissez sûrement.* Puis, convoquant le passage de mémoire apparemment, il se mit à déclamer de sa voix d'orateur, sur un ton professionnel : « "Et voici que s'insinue sur la langue le goût morne et terne du début de l'hiver…" »

— C'est bon, l'interrompit Père. *Les Confessions de Nat Turner*, de William Styron. »

Quelques longues secondes s'écoulèrent. Dick semblait un peu perplexe.

Nous attendîmes le verdict. Père but une gorgée de son verre.

Ni Mère ni moi n'osions respirer.

Surmontant sa surprise initiale à la rapidité de la réaction, Dick fit : « Non. Vous voulez une autre chance ?

— Une autre chance ? dit Père.

— Vous n'étiez pas loin. C'est bien William Styron, en effet, mais *Un lit de ténèbres*, pas *Nat Turner* ! »

L'air quitta la pièce, comme on dit. Je me sentais mal pour Père. J'étais humilié pour lui et notre famille. Dick sourit d'autosatisfaction et reprit : « Je vais en chercher une autre. »

Je ne voulais pas voir ça.

Père but une autre gorgée et me dit : « Passe-moi *Nat Turner*. C'est le livre orange, juste là, à côté de ton oncle. Il y a un ange qui brandit un sabre au dos de la couverture, en haut. »

Je fis ce qu'on me demandait. Avant d'ouvrir le livre, Père ferma les yeux et récita l'intégralité du passage depuis son fauteuil.

« Alors vous le connaissez, fit Dick.

— En effet, dit Père. Mais ce n'est pas *Un lit de ténèbres*. C'est *Nat Turner*. Vous vous êtes trompé de livre.

— Sûrement pas.

— Je crains que si.

— Je ne ferais pas ce genre d'erreur grossière, fit la voix incisive de Dick, ponctuée de plosives sonores.

— Ce n'est pas un débat.

— Absolument, fit Dick. On peut le vérifier de suite ! »

Les deux hommes avaient la crête dressée à présent. Dick ouvrit l'exemplaire d'*Un lit de ténèbres* avec le soupir exaspéré que l'on réserve d'ordinaire aux enfants qui vous lassent avec leurs questions idiotes. Après avoir feuilleté le livre une minute, il releva la tête avec un air désabusé, et je perçus une lueur d'espoir. Il fit : « Ce n'est pas où je croyais. Dans ma tête, je vois exactement où il se trouve. »

Père me tendit *Nat Turner* ouvert à une page et dit « Apporte ceci à ton oncle éidétique. »

Dick lut les lignes, incrédule. Il fit des yeux le tour de la pièce, comme s'il y voyait trouble et s'attendait presque à découvrir quelque paysage onirique tout autour de nous. J'attendais qu'il se pince.

« C'est donc bien *Nat Turner*, fit-il. Comme c'est étrange. J'aurais juré... »

C'était un moment extraordinaire. Père 1, Dick 0.

S'étant remis, le sang maintenant revenu dans ses veines, et son pouls de nouveau normal, Dick reprit : « Changeons un peu les règles. »

Il fit pivoter le fauteuil de Père, pour le mettre face au mur, et non aux étagères de fiction.

« Me faut-il un bandeau sur les yeux ?

— Non, ça ira, fit Dick en orientant le fauteuil.

— Quel est le jeu cette fois ?

— Je vais sélectionner un livre et vous en lire un passage, fit Dick. C'est la même idée, à la base. Je vous ai fait vous tourner afin que vous ne puissiez pas voir le livre que j'aurai choisi. C'est aussi simple que ça. »

Il retourna à la bibliothèque et se mit à arpenter l'espace devant les rayons, jetant parfois un regard furtif à Père sans doute pour s'assurer qu'il ne l'espionnait pas. Il fredonnait l'hymne de la bannière étoilée. Il se hissa sur la pointe des pieds et cueillit un livre sur une étagère du haut, l'ouvrit en plein milieu et choisit soigneusement le passage qu'il allait lire.

« Ah, en voici un bon. Vous êtes prêt ?

— Tout à fait », dit Père.

Et Dick commença la lecture, de nouveau de sa voix d'orateur, mais avec un peu moins d'assurance : « "Le grand navire arriva donc enfin au port..."

— Trop facile, l'interrompit Père. Trop facile ! Thomas Wolfe, *La Toile et le Roc*. Publié en 1939 et vendu trois dollars. Je veux bien passer la nuit dans Thomas Wolfe avec vous. Posez-moi une autre colle. »

Dick referma le livre d'un geste vif et de la poussière voleta dans l'air. « Bien vu. Très bien vu. Je vous l'accorde. Bien sûr, il n'est pas étonnant que vous reconnaissiez un auteur de Caroline du Nord. »

Père but une gorgée de son verre. Son visage avait l'expression du joueur, comme on dit, et c'était terrifiant à voir.

Dick s'éclaircit la gorge, fit virevolter son écharpe tel un lasso pour se préparer à l'attaque, et choisit un autre ouvrage, celui-ci un petit livre jaune à couverture rigide, sans signe distinctif, sur une étagère proche du sol. S'étant humecté le pouce, ce qui eût mis Père en rage s'il l'avait vu, Dick tourna bruyamment les pages, et revint plusieurs fois en arrière.

« Prêt ?

— Absolument.

— Allons-y : "Mentalement, il demanda mille fois pardon à sa pure, à son immaculée tourterelle...

— Il baisa encore et encore la petite croix que Gemma lui avait donnée" », conclut Père, finissant la phrase comme s'il lisait par-dessus l'épaule de Dick. J'adore ce livre. *Eaux printanières*. Tourgueniev. La traduction de Garnett, bien sûr. Vous verrez mes annotations sur la page de garde. Je l'ai lu il n'y a pas très longtemps. »

Je me tournai vers Mère, ébahi. Elle souriait doucement comme si elle savait quelque chose que nous ignorions.

« Je vois, oui », fit Dick, qui remettait le Tourgueniev sur les rayons horizontalement, à la mauvaise place, et prenait un autre livre au hasard. Il se dit à lui-même : *Sérieusement, tu ne peux pas avoir tant de chance.*

Dick s'éclaircit de nouveau la gorge et commença : « "Je viens de l'enfer, dit Morten..."

— "Je viens de l'enfer, répéta Père pour lui-même. Je viens de l'enfer."

— Prenez votre temps, fit Dick. Dois-je poursuivre ?

— Non, dit Père. Donnez-moi juste un instant s'il vous plaît.

— "Je viens de l'enfer", répéta Dick, comme si ce maigre indice devait suffire à quiconque. Vraiment, prenez tout votre temps.

— Encore un moment », dit Père. Il s'était redressé sur son fauteuil, à présent, et agitait ses lunettes devant lui, comme pour conjurer la réponse. Il chuchotait : « Morten, Morten, Morten…

— Le temps s'est écoulé ! lâcha Dick, triomphant.

— Cela vient de *Sept Contes gothiques*, fit Père. Isak Dinesen. Introduction de Dorothy Canfield, je crois. Cette version que vous avez en main a été imprimée en 1934. Votre extrait vient de… "La soirée d'Elseneur", si je ne me trompe pas. »

Dick tapa du pied. « Doux Jésus !

— Juste pour la petite histoire, poursuivit Père, il est intéressant d'observer les trois impressions différentes de ce livre – elles sont toutes là. Le poids du papier utilisé a eu pour conséquence qu'aucun volume n'a exactement la même taille. »

Dick était sidéré. Il venait d'assister à un miracle, en bonne et due forme, ou du moins était-ce ce que l'on aurait pu croire en voyant son visage. Je voulais sauter de mon fauteuil et danser de joie, sans le moindre respect du décorum.

Père semblait vraiment s'amuser à présent. Il proposa à Dick de changer de rôle, de lui poser une ou deux colles.

Bizarrement, Dick n'était pas intéressé. D'être sorti dans la neige plus tôt l'avait fatigué. Quand il eut dit bonne nuit, Mère se leva et embrassa Père sur le front, comme on embrasse un enfant. « Sois gentil avec lui demain, s'il te plaît », fit-elle, presque comme si Père avait fait quelque chose de mal. Elle nous laissa tous deux dans le noir. Père regardait fixement le mur.

« Fais-moi confiance, dis-je à Story. Je les ai lus. »

La table et les chaises de la salle à manger étaient toujours couvertes de poussière, aussi nous emportâmes notre petit-déjeuner dehors, dans la cour, à présent envahie de mauvaises herbes. Je n'avais pas remarqué à quel point son état s'était dégradé en si peu de temps. Story avait triomphé de son sentiment d'horreur initial et parlait de façon romantique de la vie qu'elle imaginait dans la grande maison sur la colline. La beauté simple qu'elle portait dans son cœur concevait le romantisme de cette idée, celui-là même que mes parents avaient su voir des années plus tôt.

« Peut-être qu'un jour tu vas épouser une personne exceptionnelle, dit-elle, et vous reviendrez ici pour reprendre la propriété et la rendre belle de nouveau. »

Je savais pourtant que, une fois parti, je ne reviendrais jamais, même si on m'accordait un million de fois la durée de vie de l'univers. Je me rappelais avoir dit à Threnody qu'elle et moi un jour aurions notre petit cottage sur la plage, juste pour nous deux. Peut-être m'avait-elle cru à l'époque, mais que ce soit réel ou non importait peu. Il nous fallait juste nous laisser imaginer que ce pouvait être vrai, qu'un jour cela pourrait être vrai, même si nous savions tous deux que nous n'en viendrions jamais là. Je regrettais la promesse non tenue, malgré tout.

Après notre nuit de sommeil écourtée, Story s'allongea pour faire une sieste en début d'après-midi dans une pièce lumineuse, avec le vent d'été qui entrait par les rideaux. Je n'étais pas fatigué, aussi me retrouvai-je dehors, à marcher autour de la colline, et conjurer le souvenir des jours anciens. Je suivis la clôture qui entourait la maison et me rappelai le galop des chevaux dans le pâturage. Le temps et les intempéries avaient voilé les planches, plusieurs étaient tombées et pourrissaient sur le sol. La clôture, un bateau de Thésée d'architecture des montagnes, avait réussi à survivre à plus de vingt hivers, bien qu'exclusivement étayée par la détermination et l'assiduité de ma mère. Elle avait été le jardinier et le gardien de Ben Hennom : à quelques rares exceptions près, la vie naissante confiée à ses soins se développait et fleurissait contre vents et marées ; la vie plus ancienne persévérait pour elle par simple respect. Ainsi de la vie de cette vieille clôture. Maintenant qu'elle n'était plus là, la clôture avait perdu son âme.

Dans mon enfance, ma mère passait d'innombrables heures à travailler dehors dans la cour, sur l'esplanade envahie d'herbes hautes, à planter des fleurs et des arbres, à placer des mangeoires à oiseaux, à essayer de redonner quelque forme aux haies, et à nettoyer pour les chevaux le pâturage qui se trouvait à flanc de colline. Elle taillait et cultivait les rangées de buissons qui filaient le long de la cour herbeuse en dessous de la maison. Elle reconstruisait les murs de pierre branlants et les allées avec des pierres qu'elle déterrait dans les bois et transportait dans sa vieille brouette rouillée. Marquant un contraste appuyé avec la maison maudite et par défi lancé à cette malédiction, elle entretenait son propre jardin d'Éden sur la colline. Par un resplendissant dimanche matin d'été, si elle vous apercevait dehors, elle vous lançait : « Viens voir ce que j'ai planté ! » Et, tout excitée, elle vous emmenait admirer ses nouveaux lilas, ses pâquerettes et ses iris tout autour de la colline, parmi les nombreux cornouillers et les anciens arbres verts. Malgré le climat impitoyable, elle parvenait à faire sortir quelque chose de terre quelle que soit la saison. L'hellébore apparaissait, le premier, vers la fin de l'hiver, et fleurissait parfois alors même que des masses de neige tassée gisaient toujours à l'ombre des arbres et des collines. Elle en ramassait de quoi remplir un petit vase pour la table de la salle à manger, qui devenait pour nous tous un symbole du printemps. Ensuite venaient les narcisses, les crocus et le phlox violet plantés dans le pré sur le flanc sud de la colline. Exposés plein sud, et donc protégés en quelque mesure par la maison, ils s'épanouissaient au tout début du printemps après avoir été réveillés par les premières chaleurs du soleil de février et mars. Mère adorait marcher dans le pré pour identifier chaque nouvelle pousse ou fleur tandis que, peu à peu, les jours rallongeaient.

Elle accrochait des nichoirs partout sur la colline et les surveillait en permanence, plongeant dans une extase enfantine chaque fois qu'une famille d'oiseaux emménageait. Elle adorait les cardinaux et les roitelets de Caroline, les petites mésanges au duvet gris, les chardonnerets et, bien sûr, les oiseaux-mouches. J'ai souvent pensé que Mère avait l'âme d'un petit oiseau chanteur qui n'aimait rien tant que filer à travers la forêt en chantant sans interruption. Parfois, le matin, elle se réveillait avant le lever du soleil, elle mettait la cafetière en route, arrachait Père à son bureau et l'emmenait contempler la chute de la Voie lactée, perpendiculaire, à l'horizon, la plongée des dernières planètes à l'ouest, dans l'obscurité qui se dissipait peu à peu. « Tu serais ébahi du nombre de choses extraordinaires qu'on peut voir dans le ciel avant le lever du soleil. » Je l'entendis répéter ça un nombre incalculable de fois.

Je descendis à la vieille écurie et fus surpris d'y trouver une partie de son ancien équipement d'équitation, suspendu contre la porte à l'intérieur, exactement là où il s'était toujours trouvé. Ses étrilles pour brosser les chevaux, un cure pied, le couteau dont nous nous servions pour couper la corde des balles de foin. Elle avait vendu ou donné les selles et les harnais, mais elle avait gardé presque tout le reste. Je trouvai son vieux bloc-notes pendu à un mur au-dessus de la réserve à grain. Dessus, quelques notes reflétaient une chronologie simple des naissances qu'elle supervisait, là, sur la colline, des médicaments donnés aux poulains, et ainsi de suite, le tout écrit de la main de ma mère. C'était d'une tristesse insoutenable. Je souffrais tant pour ma mère qu'elle ait atteint un point dans sa vie où elle n'avait d'autre possibilité que d'abandonner ce qui lui était si cher.

Je cherchai et trouvai le sentier derrière l'écurie, qui menait dans la Forêt noueuse. Je savais que j'allais au sommet de la colline, mais sans reconnaître que c'était là que je devais atterrir. Je m'abusais moi-même, me disais que je rebrousserais chemin rapidement pour descendre rejoindre Story et la voir se réveiller de sa sieste. Et pourtant je continuai à marcher. Le sentier était à présent caché par endroits sous des feuilles et des arbres tombés, mais je connaissais le chemin. Les affleurements rocheux, les lauriers, les rhododendrons dans lesquels je restais assis des heures à lire. Je grimpai, toujours plus loin, plus haut. Je me hâtais à présent, courais presque pour arriver au sommet. La sueur me coulait sur le visage, dans les yeux et la bouche. J'avais le souffle court. Je courais, plus haut, plus haut, toujours plus haut.

Quand j'atteignis la clairière, je ralentis, et me mis à marcher à travers la bruyère pour reprendre mon souffle et m'éclaircir la vue. Je parvins au périmètre de la falaise et vis ce que j'étais venu voir. Après tout ce temps, toutes ces années, il restait fermement ancré au bord du monde, surveillant la vallée en dessous. Nous ne l'avions pas changé. Il avait trouvé le moyen de persister.

Quand je rentrai à la maison, Story ne dormait plus, et, assise sur la véranda de devant, elle lisait l'un des livres de Père.

« Ah, te voilà ! »

Elle se leva et vint à ma rencontre dans l'allée. « Je t'ai cherché.

— Je suis désolé. Je suis allé faire un tour.

— Tu es trempé. On dirait que tu as couru un marathon. Tu es allé à pied jusqu'en ville ? »

Je ne répondis rien.

« Tu veux bien venir avec moi une seconde ? demanda-t-elle en me prenant par la main. J'ai trouvé quelque chose qui m'intrigue. »

Je la suivis dans la maison. Elle gravit rapidement l'escalier écarlate, arriva dans le couloir menant à la bibliothèque, descendit un autre couloir, et passa finalement une porte ouverte. C'était une chambre d'enfant, où s'alignaient d'innombrables rangées de chevaux en plastique. Une paire de lunettes pour enfant était posée sur une commode vide. Les murs étaient rose et blanc, et, en lettres en bois sur les murs, on lisait MADDY – comme sa grand-mère.

45

PLANTONS LE DÉCOR : LA NUIT, DANS LA MAISON-VAUTOUR. L'apside au bout de la bibliothèque dans la lumière des étoiles. En son sein, une enclave de meubles rassemblés : la bibliothèque du curé ; le fauteuil de Père depuis lequel il parcourait les cieux du regard en attente d'une éclipse, le soir du duel littéraire. Sur une table à côté de moi, un chandelier, une bougie, une flamme. En compagnie de fantômes, au son du bois qui pourrissait, je veillai toute la nuit, des bourrasques se déversant par les fenêtres ouvertes en bas, et je fouillai la maison, sans rien trouver. Story, dans mon lit, dormait. Je vidai deux bouteilles de vin et passai les heures interminables plongé dans une contemplation, empreinte de gravité, de tout ce qui s'était passé auparavant. Dans mon cerveau, les mots qu'il avait écrits, sa voix, en boucle : *Chaque cœur fragile qui bat à présent un jour s'arrêtera (le mien, le tien, tous).*

Quand vint le matin, désespéré de ce qui était à jamais perdu et encore à moitié ivre, à moitié délirant à cause du manque de sommeil, je me passai de l'eau froide sur la nuque et appelai ma sœur.

« Bird, c'est moi. Tu peux me parler ? »

Son silence me causa une douleur cuisante.

« Bird, écoute-moi, j'ai réfléchi. J'ai des choses à te dire. »

Ne sachant par où commencer, je me lançai aussitôt : « Je sais que je n'ai pas été très présent ces dernières années. Je suis parti parce que je le devais. Tu le sais. Il y a une part de moi qui pensait vraiment que je partais faire des études pour revenir te chercher, et qu'on puisse faire tout ce qu'on avait dit qu'on ferait. Mais quand je suis arrivé là-bas, c'était trop douloureux, je n'ai jamais pu me résoudre à revenir, ni même à y penser. Mais ça commence à aller mieux. Je me sens vraiment mieux et tout va changer…

— Je ne veux pas en parler, dit-elle. Pas maintenant. Et de toute façon, je ne te crois pas. Il y a bien longtemps que j'ai cessé de te croire.

— Qu'est-ce que tu fais aujourd'hui ? Laisse-moi venir te chercher.

— Tu ne viendras pas.

— Mais si. Je te le promets. Je viens tout de suite.

— Tu n'en es pas à ta première promesse. »

J'eus assez de jugeote pour ne pas lui demander d'exemple. Je n'étais que trop conscient de ce que j'avais fait ou pas. Dehors, un soleil rouge difforme saignait lentement sur les montagnes à l'est. Par une fenêtre, je le regardai grimper dans le ciel tandis que s'écoulaient les minutes, Threnody ne faisait aucun bruit.

« Je me souviens d'une en particulier, dit-elle. Tu as dit que tu reviendrais. Que je continuerais à te voir tout le temps. Et puis… tu es parti. Tu m'as laissée dans cette maison et tu ne m'as pas emmenée et tu n'es jamais rentré et tu n'as jamais appelé, tu ne m'as jamais fait la lecture et les livres n'étaient plus les mêmes sans toi pour les lire, mais ils me faisaient penser à toi et me disaient juste que tu étais parti et que, où que tu sois, tu ne pensais pas à moi…

— Je suis allé à la fac. Je suis juste allé à la fac. C'est tout. Il fallait que j'y aille. C'est ce qu'on attendait de moi. »

Je ne savais que dire. La voix de Threnody s'était brisée sous l'effet de la douleur et des larmes, et les larmes me vinrent aux yeux tandis que se répandait toute cette douleur.

« Je serais partie avec toi, fit-elle. Tu le sais, ça ? Je voulais partir. Je l'aurais fait. Une partie de moi-même pensait vraiment que tu allais m'emmener. C'est franchement débile, hein ? Et quand tu es parti la première fois, les premiers mois, dans ma tête tu allais revenir tout de suite pour me chercher. J'avais même fait mes bagages.

— Tes bagages ?

— J'avais une valise dans mon armoire, et chaque vendredi je la sortais, j'organisais tout et je la rangeais pour être prête. » Je ne respirais plus. « Mais tu n'es jamais revenu. Pas une fois, pas une seule. Tu es juste parti et tu n'es jamais revenu. La petite Maddy est partie, Père est parti, et puis tu es parti.

— Mon Dieu, Threnody, j'aurais voulu que tout se passe autrement. Mais on ne peut plus rien y faire à présent. C'est fini. On ne peut pas revenir en arrière. »

Elle déposa le combiné et je l'entendis pleurer. Je lui criai de reprendre le téléphone.

« Thren, tu veux venir passer quelques jours ici ? Ça nous ferait du bien de passer du temps ensemble.

— Je suis sûre que tu es occupé.

— Non, pas du tout. Je vais prendre toute la semaine. On fera tout ce que tu voudras.

— Je ne veux pas aller là-haut. Je la déteste, cette vieille maison. Je la détestais dans mon enfance, et je la déteste toujours. Je ne sais pas comment tu peux dormir là-bas, sous ce même toit où…

— Je sais. Écoute… c'était dur d'abord. Et je ne vais pas te dire que je n'y pense pas un million de fois par jour, parce que ce serait faux. Je pense à toi, et je pense à Père chaque fois que je passe dans la bibliothèque. Je suis sûr que ce fichu oiseau est toujours au mur, et je suis sûr qu'Edgar est toujours là, dans le noir, à attendre que j'entre. Et je pense à toi chaque fois que je m'assieds au piano et commence à jouer. Je me rappelle quand tu me regardais depuis la balustrade, et que tu m'écoutais en souriant. Tu te rappelles ça ? Et je me rappelle que tu chantais avec moi comme un petit oiseau de ta voix d'enfant, et toutes les chansons que nous chantions. Et chaque fois que je sors de ma chambre, je vois ta porte et je te vois allongée par terre, en train de faire du coloriage dans tes cahiers parce que tu étais en quarantaine à cause d'une bêtise ou une autre dans laquelle je nous avais entraînés, et je songe à tous les livres que nous avons lus et à toutes ces heures que nous avons passées sur la colline à essayer d'y comprendre quelque chose.

« Et, oui, je pense aussi à la petite Maddy. Je pense à elle tout le temps. Je pense à elle quand je descends son couloir et que je passe devant la chambre qu'elle a occupée trois ans, je pense à sa passion des chevaux, et je me rappelle quand on l'a obligée à porter ces lunettes épaisses parce qu'elle n'y voyait plus et comme ça nous a rendus tristes. Je me vois debout à côté de toi à ses obsèques, à essayer de t'expliquer ce qui allait lui arriver maintenant qu'elle était partie, je vois ces fleurs magnifiques que tout le monde a envoyées, et, pour la première fois en un mois, la pluie avait cessé, et le ciel était si bleu, il s'étendait sans fin, et il n'y avait plus d'horizon, et *toutes les promesses de la vie* étaient détruites pour nous, jusqu'à la dernière… je ne pouvais même pas imaginer que le temps nous conduirait jusqu'au lendemain. Je pense à tout ça. C'est ce que j'ai en tête chaque fois que je remonte l'allée et que je franchis la porte. Mais tout ça fait partie de la maison, et de nos vies. On ne peut pas retourner en arrière et tout changer. »

Threnody ne disait rien. Puis elle fit : « Tu crois vraiment que tu peux passer me prendre ?

— Oui, mon cœur. Je vais venir te chercher. Tout de suite ; dès que j'aurai fait la route. »

Elle raccrocha. Je gardai le combiné plaqué contre mon oreille jusqu'à ce que la pulsation du bruit blanc me ramène à la réalité. Le ciel avait viré au gris, sous l'effet des ombres amassées de milliers d'oiseaux qui évoluaient en trajectoires incertaines au-dessus du sol déchiqueté. Planant.

Story vint à moi, les yeux pleins de sommeil et prit ma tête baissée dans ses bras. Quand je recouvrai l'usage de la parole, je lui dis que j'allais à Charlotte chercher Threnody.

Je fus pris de vomissements sous la douche. Je restai accroché au porte-serviette, avec la sensation d'avoir reçu un direct dans l'estomac ; d'avoir les entrailles pulvérisées en une répugnante bouillie sanguinolente. Je savais que je ne pouvais plus m'enfuir. Durant neuf ans, j'avais essayé. Tous les autres parlaient toujours du passé, de leurs souvenirs, et moi, je n'en avais pas. J'avais les yeux rivés sur l'avenir. La flèche du temps ne bougeait que dans un sens pour moi, et c'était vers l'avant.

46

POUR SON ANNIVERSAIRE, L'ANNÉE DE SON DÉPART, j'offris à mon père une édition relativement rare de *L'Étranger* de Camus. J'obtins l'ouvrage à bon prix car il avait été soldé à l'envi, la jaquette était déchirée et avait dû être mouillée à un moment ou à un autre ; mais c'était un exemplaire de la première édition américaine et je savais qu'il n'en possédait pas puisqu'il n'y en avait pas dans la bibliothèque. Nous étions assis tous deux, il l'ouvrit, commença à lire, mais ne dépassa pas la première page. Bien des années devaient s'écouler avant que je n'en découvre la raison. Il fut arrêté net par la toute première ligne.

Ce jour-là, le jour de l'anniversaire de Père, ne nous apporta ni gâteaux ni glaces ; il n'y eut point de bougies de couleur à souffler. Threnody lui fit à la peinture un très joli dessin, qui représentait un corbeau dans un petit arbre vert avec quelques tiges d'herbe au pied ; il le plia et le rangea dans le tiroir de son bureau. Il ne devait pas y avoir d'autre cadeau ni fête. Le soir venu, Père et moi prîmes nos places habituelles, lui, à son bureau, dans son fauteuil, moi, par terre, dos contre les étagères à côté de son bureau. Un vent inquisiteur faisait trembler les fenêtres et vaciller la flamme des bougies qui éclairaient la salle de travail de Père. Les murs, très hauts, s'éloignaient de la lumière, plongeaient dans l'obscurité, comme si la pièce était ouverte au ciel noir et froid au-dessus. Sans cette illusion, l'espace clos nous aurait encore davantage donné l'impression d'être dans un tombeau.

Père me dit « Sers-moi un autre verre de vin, s'il te plaît. »

Une bouteille ouverte se trouvait dans un carton tout près de l'endroit où j'étais assis. Il ajouta : « Est-ce qu'on met de la musique ? On écoutait toujours de la musique ensemble avant. J'en ai tant de bons souvenirs. »

Stimulé par son offre, je répondis : « Ça me plairait bien.

— Mais pas trop fort. Il ne faut pas réveiller ta mère. Qu'est-ce qu'on va écouter ? les *Winterreise* de Schubert ? Non, pas Schubert. Ces temps-ci, j'écoute les quatuors de la dernière période.

— De qui ?

— Beethoven. Celui en la mineur, le troisième mouvement, c'est mon favori. Tu le vois ? Il est juste là. »

Je mis le disque et, tandis que les premiers sons des cordes enflaient lentement, il me tendit son verre d'une main tremblante, en détournant la tête afin de ne pas reconnaître sa faiblesse. Son visage disait sa tristesse ; ses yeux, sa résignation et sa défaite. Il savoura le vin comme si c'était son dernier verre.

« Je vais te dire, j'adore le vin espagnol. Je l'ai toujours adoré. C'est le remède du fou, tu peux me croire. Peut-être bien qu'il causera ma mort.

— Tu n'en as presque plus. Peut-être que tu vivras.

— Pas de risque. J'en ai une autre caisse dans le garde-manger.

— Cela m'inquiète de te voir tant boire. »

Sans tenir compte de ma remarque, il plongea le nez dans son verre et retroussa les lèvres pour dénuder ses canines de vampire. Puis il m'avertit : « Si un jour, tu te dis : "J'ai tout le temps de faire ça, je vais juste passer le temps aujourd'hui et je me consacrerai à mon art demain", tu as déjà perdu. Le temps t'a trompé, et t'a fait croire qu'il existait. »

Comme toujours, je lui rétorquai que je ne comprenais pas.

« Il fallait s'y attendre ; il est des idées qui ne se communiquent pas ; on ne peut qu'en faire l'expérience. Ces choses-là, je ne les ai pas toujours sues, et je ne les savais pas quand j'avais ton âge, non, c'est sûr que je ne le savais pas alors. Ce sont des choses que j'ai apprises. »

Ce soir-là, je fus satisfait de rester assis là avec lui ; d'être en sa présence et d'avoir son attention momentanée, même si elle vagabondait. Ce qu'il disait n'était plus que rarement compréhensible pour moi, et je lui en voulais de la distance qui s'était développée entre nous, mais, malgré ma colère, ma violente frustration, je l'aimais toujours tendrement, bien que l'amour éprouvé par l'enfant eût en large part été remplacé par une sympathie amère et pathétique envers l'existence gâchée que mon père en était venu à représenter. Toutefois je savais qu'il avait le cœur bon, et tendre, et, ce soir-là, c'était réconfortant d'être près de lui, tout simplement.

« Cela fait si longtemps que je veux te le dire, fit-il, tu es un jeune homme très brillant, plein de compassion. Je vois tant de traits de ta mère en toi, et tu dois en être très fier. C'est une femme extraordinaire. Elle est bien plus forte que je ne l'ai jamais été. Elle m'a toléré, je ne sais trop comment, moi et mes excentricités, si, c'est vrai, toutes ces années durant, et l'amour qu'elle me porte n'a jamais faibli, bien que je lui aie donné une foule de raisons pour qu'il décline. Et je vois en toi certains de mes traits, ce qui à la fois me rend fier et me terrifie.

— Pourquoi est-ce que ça te terrifie ?

— Regarde-moi. Est-ce que c'est ce que tu as envie de devenir ? »

Je lui aurais bien menti, mais il ne m'en donna pas l'occasion.

« Tu as été si bon envers ta sœur. C'est magnifique de voir comme vous êtes devenus proches. Tu as plus été un père pour elle que moi. Tu lui fais la lecture tous les soirs. Tu lui chantes des chansons douces jusqu'à ce qu'elle s'endorme. Tu as été pour elle le parent que j'aurais dû être. Je te fais confiance pour continuer.

— Bien sûr que je vais continuer. Toujours.

— J'ai besoin que tu m'aides à prendre soin d'elle.

— Je promets que je le ferai. Bien sûr. »

Dehors, le vent se concentra bruyamment dans la vallée et vint saisir la maison. Des papiers jaunes s'envolèrent du bureau de Père, tombèrent au sol et y restèrent. Il réfléchit un instant puis reprit : « S'il te plaît, remets le disque. Tu l'as entendu ? Écoute juste une minute. »

Nous écoutâmes un moment, tandis que les cordes, de leur immortel chagrin, rendaient le noir plus noir, le vin plus rouge, les bougies plus solitaires.

« Jamais on a créé musique plus belle que celle-là, dit-il. Je voulais que les mots de mon livre soient aussi beaux. Aussi délicats. Aussi parfaitement lourds de chagrin. C'est une chose que je ne pourrai jamais espérer accomplir. Je m'en suis rendu compte… Tu veux du vin ? Il me semble que tu es presque assez grand. Ou que tu le seras bientôt. Prends-en un peu. Ce sera un moment que tu te rappelleras. La fois où nous avons bu du vin ensemble. »

Avec maladresse, il attrapa un verre vide posé au coin de son bureau, le remplit et me le tendit. « Viens t'asseoir ici. »

Le jour même, il avait rassemblé toutes les pages de son livre et les avait déposées dans un carton, la page de titre tournée vers le haut. Elle portait les mots, en caractères simples

LA CRÉMATION DE SERVETUS
Roman
de
H. L. Aster

Je m'assis sur le carton, avec le sentiment de me rendre coupable de quelque sacrilège ; de m'être assis sur la tombe de quelque ami cher. En songeant à la vacuité de son projet de vie, je jetai un coup d'œil à Poe, avec son oiseau noir perché, et, pour la première fois, je perçus l'absurdité de toute l'affaire, et aussitôt une vague de douleur pour mon doux père chéri m'envahit. Jusqu'à ce moment, une part de moi avait voulu croire en lui sans réserve. À présent, la façade soigneusement entretenue se dissolvait sous mes yeux, et j'en étais profondément blessé, car je voyais sur son visage éteint la tristesse entendue de qui sait que ceux qui croyaient en lui n'y croient plus.

Il porta un toast : « Que le temps passe plus lentement pour toi. »

Nous bûmes ensemble et le vin me brûla la gorge et la langue comme le vin de messe.

« Je sais, fit-il, que tu auras mieux à faire de ta vie. Mais dans le cas où tu aurais du temps libre devant toi, si tant est que cela existe, peut-être écriras-tu un livre toi aussi. Peut-être reprendras-tu là où je me suis arrêté. Si tu ajoutes ton temps au mien, peut-être que ce sera assez.

— Tu as encore du temps.

— Le temps ne suffit que quand on a la volonté d'en faire quelque chose. Je ne l'ai pas. Au diable cette vie et cette maison. Jadis, je voulais visiter Valldemossa, mais elle est venue à moi. »

Je ne dis rien. Je ne trouvais rien à dire. Pour moi, son fatalisme n'était que des mots. Je savais juste que c'était mon père, et la seule chose que je voulais, c'était le protéger. Je voulais le garder toujours. J'allais le garder, m'occuper de lui, tandis qu'il préservait en lui les vestiges de ses rêves brisés. Ainsi, il survivrait, du moins était-ce ce que je croyais.

« Tout ceci, fit-il, prendra fin en un clin d'œil. Est-ce que ça n'a pas passé aussi vite jusque-là ? Cela ne changera pas pour toi. Il va filer son chemin et t'emporter. Le temps, dit-il, n'est rien, après tout, que la manière dont l'homme explique l'enfer. En vérité, ni le temps ni l'enfer n'existent, mais le temps te vole ton âme d'une façon que jamais l'enfer ne pourrait égaler. »

Neuf jours s'étaient écoulés depuis l'enterrement de la petite Maddy. Le lendemain, Père devait embrasser Threnody pour lui dire au revoir.

47

ELLE ÉTAIT ASSISE DEHORS QUAND J'ARRIVAI chez Hurricane à Charlotte. Elle grimpa dans la voiture avant que j'aie pu descendre pour la prendre dans mes bras. Après avoir orienté les bouches d'aération à son gré et fait basculer son siège en arrière, elle s'autorisa à me regarder. Son regard disait *Nous y revoici*.

Elle avait grandi, mais semblait toujours mal à l'aise avec ce nouveau corps et ses longs membres. Je remarquai une délicatesse fabriquée dans ses mouvements, une tentative peu naturelle d'imiter la grâce, que je ne lui avais pas vue auparavant et qui me troubla. Ses grands yeux bruns étaient tristes, son visage terne, et une douleur intense semblait contracter tout son corps autour d'un point invisible. Elle était recroquevillée sur elle-même telle une feuille gelée.

Elle n'avait avec elle qu'une paire de lunettes de soleil et un livre à couverture rigide. C'était une règle dans notre famille que nul ne se déplace jamais sans un livre. Je lui passai un bras autour des épaules et lui dis : « Hey, Bird. » Elle se recroquevilla un peu plus sous mon bras.

« Je suis désolé d'avoir mis si longtemps à arriver.

— Pas de problème. J'ai juste attendu dehors genre deux heures. Je crois que j'ai un méchant coup de soleil sur les bras, mais j'ai fini mon livre. J'aurais dû en apporter un autre. Peut-être qu'on peut s'arrêter dans une librairie.

— Tu remontes dans les montagnes avec moi ? Où est ton sac ?

— Je n'ai pas encore décidé. Il faut juste que je sorte d'ici un moment.

— Mère est là ?

— Non.

— Tu lui as dit que je venais ?

— Non.

— Tu lui as laissé un message ?

— Non, mais je l'appellerai plus tard. »

Nous roulâmes un moment dans les environs à la recherche d'un restaurant, et, après avoir essayé tous ceux sur Park Road dans les deux sens, nous traversâmes l'Uptown pour finalement nous retrouver sur Central Avenue près de Chantilly, et juste derrière Plaza-Midwood, nous tombâmes sur un mexicain avec une terrasse qui nous sembla festive à souhait. Une dizaine de tables en bois étaient installées dans un patio en pierre à l'ombre d'un auvent aux couleurs tenaces, mais désormais passées, du drapeau espagnol. Il ondulait paresseusement dans la chaleur croissante. Des parasols rouge et jaune offraient un supplément de protection contre le soleil, et des banderoles en spirale décolorées par la lumière couraient le long de treilles et retombaient ici et là, pour remonter en d'improbables courbes de Lissajous qui se comprimaient et se détendaient au gré des perturbations atmosphériques déclenchées par les voitures qui passaient. Comme il n'était pas encore midi, le restaurant était presque vide, et deux serveuses en chemisier blanc et pantalon noir ajustés étaient assises à l'ombre dans l'attente des clients.

Threnody commanda un cream soda, mais ils n'en avaient pas, et se décida donc pour un Coca-Cola ; je refusai une margarita et choisis plutôt un bloody mary, préparé à la demande. Les pierres du patio, disposées par un homme ivre ou un aveugle peu compétent en maçonnerie, voire un aveugle ivre, rendaient fort difficile d'empêcher son fauteuil de basculer d'avant en arrière, mais la table, comme nous le découvrîmes, avait été vissée au sol, et bien que le plateau semblât quelque peu incliné, elle présentait l'avantage douteux d'une relative stabilité.

« C'est une belle journée, dis-je.

— Ah oui ? J'ai froid, je ne sais pas pourquoi. »

Elle se frotta les mains l'une contre l'autre et fut parcourue d'un tressaillement bien visible, malgré la chaleur. Nos boissons arrivèrent et je demandai à Threnody si elle avait faim. Elle dit que non et repoussa le menu de l'autre côté de la table.

« Tu veux quelque chose à grignoter en guise d'apéritif ? »

Elle adorait ça, petite.

« Non, je n'ai vraiment pas faim.

— Peut-on avoir une minute de plus pour regarder le menu ? demandai-je à la serveuse.

— *Sí*, bien sûr.

— *Gracias.*

— *De nada. Tomese su tiempo.* »

Nous prenions notre temps, en effet.

Deux hommes en marcel et pantalon de chantier maculé de peinture étaient assis à notre gauche, dans l'angle du patio, près de la rue. Ils n'étaient ni rasés ni lavés, et je comptais six Pacífico vides sur leur table. Le cendrier qu'ils partageaient était plein de cigarettes brutalement écrasées. L'un d'eux avait commencé à lâcher ses mégots dans une bouteille de bière presque vide, où, encore brûlants, ils enfumaient le verre avec un effet nauséeux. Les deux hommes étaient penchés au-dessus de la table comme s'ils étaient en pleine conspiration, mais les bribes de discours qui me parvenaient ne comprenaient que des plaintes relatives au travail et des remarques triviales sur la politique.

Mon bloody mary arriva à la table avec un javelot phallique de viande comprimée jaillissant du haut du verre. Je ne sus pas d'abord ce que c'était ni si c'était comestible. Je le retirai soigneusement et le déposai sur ma serviette.

« Qu'est-ce que c'est ? demanda Threnody.

— Si seulement je le savais. Peut-être de la viande séchée ?

— Qu'est-ce qu'on met dans un bloody mary d'habitude ?

— Du sang, bien sûr. C'est l'ingrédient principal. Puis des intestins prélevés sur des cadavres. Quelques vésicules. Des tendons patellaires. Du céleri. Un doigt de vodka.

— Génial. Je peux goûter ?

— Pourquoi pas ? Père m'a donné du vin une fois, avant que je ne sois en âge d'en boire. Mais ça ne va pas te plaire. »

Threnody plongea sa paille dans mon verre et fit une terrible grimace.

« Et regarde ce que tu es devenu, fit-elle.

— J'imagine qu'il y a deux façons de prendre ça.

— Je plaisante. »

Nous restâmes un moment à parler de choses et d'autres : le livre qu'elle venait d'achever, ce que, moi, j'avais lu, les difficultés qu'elle avait à s'adapter, à l'école et dans la vie en général – un plaisir que nous avions en commun –, et elle me dit que c'était dur pour Mère et Hurricane. Nous parlâmes de tout ce qui entourait la béance entre nous. Je commandai un autre bloody mary, cette fois sans le pic de viande, et je donnai le céleri et les olives à Threnody. C'était moi, à présent, qui tremblais d'un froid imaginaire, d'un vide non imaginaire, lui, et qu'il faudrait un jour combler, si nous en trouvions jamais le moyen.

Un petit roitelet miteux, un mendiant, sautillait autour de notre table, à la recherche de miettes à glaner. Threnody glissa un pied vers lui, dans l'espoir qu'il sauterait sur sa chaussure, mais chaque fois qu'elle s'approchait il faisait un bond et battait ses ailes poussiéreuses, pour se reposer un peu plus loin. Elle voulait commander du pain pour le nourrir, mais, avant le retour de notre serveuse, il partit comme une flèche et s'installa au-dessus d'un porche de l'autre côté de la rue. Le soleil était haut dans le ciel à présent et nous brûlait à travers l'auvent et la toile jaune et rouge du parasol, donnant à toute la scène les teintes filtrées de la terre cuite espagnole.

« Il y a une chose que je veux te demander depuis longtemps, dit Threnody. C'est vraiment important.

— Vas-y.

— Pourquoi on s'est tous payé ces noms de merde ? »

Nous nous mîmes à rire ensemble et elle me sourit.

« Ton nom est magnifique. Personne au monde ne porte le même.

— Dommage que je ne sache pas ce qu'il signifie. Enfin, je connais le sens du mot, qui est déjà assez déprimant comme ça, mais je ne comprends pas pourquoi c'est mon nom.

— C'est tiré d'un poème que Père a écrit avant ta naissance.

— Un poème, fit-elle avec surprise. Personne ne me l'a jamais dit. Tu l'as ?

— Non, mais je suis sûr qu'il est quelque part. »

Elle était triste de nouveau : « Notre père, l'écrivain.

— Oui, notre père, l'écrivain.

— Tu sais ce qu'il m'a dit ?

— Père ?

— Oui. »

Je sentais la blessure en moi commencer à se rouvrir. Je ne voulais pas parler de ça. Je ne voulais pas parler de Père ni de rien de ce qui s'était passé. Nous nous étions si bien débrouillés pour faire comme si de rien n'était. Moi, en tout cas. Pour éviter de confronter les faits. Pour ne jamais les confronter.

« Avant qu'il parte, reprit Threnody.

— Avant qu'il parte ? Le jour où il est parti ?

— Oui, fit-elle, sans cacher son impatience.

— Non, je ne sais pas ce qu'il a dit. Comment le saurais-je ? »

Je n'étais pas sûr de vouloir le savoir, d'ailleurs. Ou plutôt, j'étais sûr de ne pas vouloir.

« Il m'a dit que tu t'occuperais de moi.

— Que, *moi*, je m'occuperais de toi ?

— Oui, ce sont ces mots.

— Et Mère ?

— Ce n'est pas la question.

— C'est quoi, la question ? Bird... Bien sûr, que je vais m'occuper de toi.

— Tu ne comprends pas », fit-elle d'une voix qui se brisait, gagnée par l'angoisse. Elle s'étouffa presque sur les mots : « Écoute-moi ! Il a dit que *tu* t'occuperais de moi. Toi ! »

Threnody me regarda droit dans les yeux : elle attendait que je comprenne. Je remarquai ses mains jointes sur ses genoux, qui tordaient et lacéraient sa serviette en papier. Lentement une lueur se répandit dans ma tête et je m'autorisai à ouvrir les yeux...

« Il a dit ça ce *jour-là* ? répétai-je, ahuri. Il m'avait donc chargé d'une mission.

— Ce jour-là. Juste avant que tu manques m'écraser...

— Non, Bird. Je ne savais pas. Je ne sais pas quoi dire. Je ne savais pas...

— Je pense qu'il n'y a rien *à* dire. Tu *pourrais* dire que tu es désolé. Voilà une chose que tu pourrais dire. Parce que, à l'évidence, tu ne l'as jamais fait, moi, j'étais dans un coin, et toi, tu circulais de tous les côtés, tu partais en voyage sans moi, apparemment sans te demander ce que je devenais...

— Ça ne s'est pas passé comme ça. Non. Et je *suis* désolé. Navré, complètement. Mais, Bird,... c'est ce que j'essaie de faire là, maintenant.

— Non, c'est faux. Faux ! Tu vas passer deux ou trois heures avec moi, juste le temps de te sentir mieux, puis tu vas me déposer chez Mère et je ne te reverrai pas pendant trois mois. Ensuite tu vas retourner à la plage avec Story, vous allez vous marier, acheter une maison, avoir des enfants, et *moi, je serai où, putain* ? »

Elle hurlait à présent et le monde tournoyait, je sentis dans mes entrailles peser le poids d'une responsabilité oubliée, comme si, lors d'une promenade, j'avais tourné la tête dans un moment de distraction et perdu mon unique enfant, sans repère, dans un champ de blé qui ne cessait de s'étendre, et que je ne devais jamais le revoir.

« Pourquoi penses-tu que je suis allé à la plage avec Story ?

— Tu ne te rappelles pas que tu m'as appelé, complètement ivre, cette nuit-là ? Quand son père a essayé de te tuer et qu'elle est partie chez son ex-copain en te laissant seul ? »

De fait, j'avais oublié que je l'avais appelée, et à présent l'horreur de l'épisode : la terrible découverte de Story, l'étrange sentiment de solitude accablante que j'avais éprouvé quand elle m'avait laissé à Lot's Folly avec des gens que je ne connaissais pas et n'avais aucune envie de connaître ; la longue route de nuit pour retourner à Old Buckram, une nuit sans lune, sans étoiles et sans planètes, sous un ciel vide et clos qui restait vide au fil des kilomètres et me semblait de plus en plus désert chaque fois que je levais les yeux dans l'espoir d'y voir des étoiles qui n'y étaient pas, une nuit qui culmina quand j'arrivai dans l'allée de la maison-vautour, affamé, épuisé, couvert de sang coagulé, le nez cassé, tandis qu'un lever de soleil invisible mourait derrière un mur de brouillard, de fumée et de désolation. Ajoutez-y la douleur paralysante, digne des plaies les plus profondes de l'enfer, qui devait tenir à la nouvelle qu'elle était allée le voir en ces temps de crise, la pensée que j'aurais pu la perdre et venais de la perdre de nouveau : tout cela me revint aussitôt, agrandi, et je fermai les yeux de douleur. Threnody, je le sais, vit mes yeux clos, vit que la douleur n'était pas pour elle. Je lui donnais raison.

« Bon, tu me ramènes à la maison ? fit-elle.

— Je t'ai demandé de venir passer un peu de temps dans les montagnes. Tu veux bien, au moins, faire ça ?

— Tu crois que je veux retourner à Old Buckram ? Mais, franchement, qu'est-ce qui pourrait bien jamais me donner envie de faire ça ? »

Son ton disait le mépris, je l'avais blessée.

« Non, dis-je, bien sûr que tu n'en as pas envie. Mais on peut aller n'importe où. Je t'emmène où tu veux. Tu n'as qu'à me dire. Toi et moi. Où veux-tu aller ? »

Elle réfléchit un instant avant de répondre : « Je n'ai jamais vraiment su. »

Elle se laissa aller en arrière dans son fauteuil, croisa les bras et tourna la tête côté rue. De longues minutes s'écoulèrent, durant lesquelles elle regardait tout ce qu'il y avait à voir sauf moi. Les deux peintres buveurs de bière n'étaient plus là, mais je ne les avais pas vus partir.

« Bird... »

Elle ne réagit pas.

« Bird, regarde-moi. »

Elle se mit à pleurer. Je lui avais brisé le cœur. La vie lui avait brisé le cœur. Toute la vie. Maddy, Père, moi. C'était injuste.

« C'est fini, maintenant, Bird. Je suis là. Nous ne sommes pas obligés de retourner là-bas.

— Je savais que quelque chose de terrible allait arriver, dit-elle, toujours en pleurs et le visage dans les mains, parlant à travers.

— Arrête. Tout va bien.

— Je ne savais pas où tu étais, ni où Mère était. On était en haut, je lisais, il travaillait dans son bureau, je suis entrée, je lui ai demandé ce qu'il faisait et je l'ai regardé écrire quelque chose que je n'ai pas compris sur un bout de papier, puis il s'est assis, il m'a embrassée, il s'est mis à pleurer, il m'a pris le visage dans les mains en me disant qu'il était désolé, que tu t'occuperais de moi… je n'y comprenais rien.

— Je suis vraiment, sincèrement, désolé. »

Je lui tins la main pendant qu'elle pleurait, tout son corps secoué par les sanglots, et, de nouveau, j'éprouvai l'ampleur de ma trahison envers elle. La serveuse s'approcha et nous demanda si nous étions prêts à passer commande mais elle rentra vite à l'intérieur. Je plaçai mon fauteuil contre celui de Threnody et lui passai un bras autour des épaules.

« Je le déteste d'être parti, dit-elle. Je le déteste de m'avoir laissée. Il n'avait pas le droit de faire ça. Et je le déteste parce que, de toute mon enfance, je n'ai jamais eu la moindre idée de qui il était. Je ne l'ai pas connu. Il ne m'a rien laissé, que des dizaines de milliers de livres et un millier de questions, des souvenirs cauchemardesques de lui qui hantaient la maison comme des fantômes.

— Il ne voulait pas nous quitter.

— Si, il le voulait. Il devait le vouloir. C'est ce qui s'est passé.

— En effet, c'est ce qui s'est passé, mais ce n'était pas son intention.

— Je ne vois pas comment l'expliquer autrement. »

Elle se sécha les yeux avec sa serviette et essaya de contenir toute l'émotion, de sceller cette partie d'elle-même qui ne guérirait jamais, mais je savais que d'autres larmes couleraient dès qu'elle serait de nouveau seule.

« Lui aussi souffrait, dis-je. Plus qu'aucun d'entre nous. »

Malgré moi, je me rappelai ces mots en latin que j'avais oubliés, que je m'étais si délibérément efforcé d'oublier. Je me dis à moi-même « *Consummatum est.*

— Quoi ?

— C'est ce qu'il a écrit dans son livre, et que ni toi ni moi n'avons pu comprendre. Il a écrit *Consummatum est.*

— Je ne sais pas ce que ça veut dire. Qu'est-ce que ça veut dire, en fait ?

— Cela veut dire "C'est fini". Je suis tombé dessus un jour où je révisais mon latin pour un examen à Wesleyan. Je me le rappelle encore. J'ai cru être tombé dans un puits.

— Le livre était fini ? C'est ça qu'il voulait dire ? Il l'a fini ?

— Je ne sais pas. Ce sont les derniers mots de Jésus sur la croix avant sa mort, du moins dans la traduction latine. Il a dit : *"Consummatum est."* C'est fini. *"Et inclinato capite tradidit spiritum."* Et il courba la tête et rendit l'âme. »

Threnody médita ces mots longtemps. Elle chuchota : « Il rendit l'âme », comme pour tester leur son dans sa bouche. Je lui pris la main et la tins dans les miennes. Nous commencions à partager notre douleur.

Après qu'il eut dit au revoir à Threnody, je ne le revis plus de ma vie, sauf une fois sur la colline au sommet du vieux Ben Hennom, où se dressait l'arbre solitaire. Tandis que Threnody, assise dans la maison enténébrée par la pluie, attendait son retour, il gravissait la montagne pour être seul. Après l'avoir cherché dans les Barrowfields en criant à en perdre la voix, je grimpai le flanc de la montagne le lendemain matin, quand il y eut assez de lumière pour y voir quelque chose, et le trouvai pendu au vieil arbre solitaire, ses branches pleines de corbeaux.

48

APRÈS MON ENTREVUE AVEC THRENODY, je retournai à Old Buckram, et Story et moi passâmes près d'un mois à tenter de remettre la maison en état, mais avec peu de succès visible. Je me rendis compte, en parcourant les lieux un après-midi de fin d'été, hanté par un sentiment d'inachèvement, qu'il ne restait qu'une pièce, hormis les oubliettes meurtrières, où je n'étais pas entré depuis mon retour : le petit cabinet, presque caché, à l'angle de la bibliothèque, où Père avait lu et écrit durant toutes ces années. Par chance, la porte, déjà à demi plongée dans l'obscurité par la géométrie du couloir qui y menait, était fermée quand j'arrivai, et une partie de moi fut satisfaite de prétendre que la pièce était fermée de l'intérieur ou tout simplement n'existait pas. Jusqu'à un certain point, j'étais heureux de laisser un ou deux pans du passé en repos. Je fis de mon mieux pour l'oublier, et j'aurais pu y parvenir, sans les quelques nuits terrifiantes où je m'éveillai de rêves abominables, dans lesquels je parcourais le couloir, comme en apesanteur, j'ouvrais la porte et je le trouvais là, assis comme toujours, sauf que, dans mon rêve, l'oiseau énigmatique, qui, toutes ces années, était resté posé sur le visage sans expression de Poe, s'était trouvé un nouveau perchoir, immobile, inerte, sur les épaules affalées de Père. Dans mes rêves, j'essayais désespérément de lui parler, mais j'étais incapable de franchir le seuil, il ne se retournait jamais et aucun mot n'était échangé.

Après être resté une éternité debout dans le couloir à convoquer toutes les raisons de ne pas entrer, je tournai la poignée, et la porte s'ouvrit facilement sur la pièce enténébrée. Je cherchai un interrupteur à tâtons, n'en trouvai pas, aussi attendis-je un moment dans l'embrasure de la porte dans l'espoir que mes yeux accommodent, à me demander si le fantôme de Père, ravagé par les enfers, allait apparaître, et si l'oiseau serait avec lui. Au mur, immédiatement à droite du bureau de Père, je perçus un cercle de lumière diffuse provenant d'une petite fenêtre ronde qui, par quelque moyen, avait été obturée. J'avais passé un quart de ma vie dans cette pièce assis aux pieds de Père, un livre dans les mains, et, autant que je m'en souvienne, sans l'avoir remarquée. J'avançai à l'aveuglette dans le noir caverneux, trouvai un loquet discret qui ouvrait un couvercle en bois. Le couvercle à charnières s'abattit, révélant une petite fenêtre en forme de rosace aux motifs délicats alternant des pans de verre transparent et coloré. Sur la pointe des pieds, je regardai par la fenêtre, par-dessus la surface d'ardoise. Loin en dessous j'apercevais Story qui marchait parmi les hélianthes et les volutes des spiranthes, un bouquet de fleurs à la main. Le long des murs décrépits de la cour, des dahlias jaunes ondulaient doucement la tête sur son passage. Plus loin, d'immenses corbeaux noirs étaient posés dans le champ et observaient. Ils étaient revenus. Pas lui, bien sûr. *Ils l'attendent*, me dis-je.

Je découvris la pièce dans cette lumière nouvelle et procédai à mon inventaire. Le bureau, comme je pus le constater, était resté tel qu'il l'avait laissé. Le corbeau, ou l'oiseau, quelle que soit son espèce, était au mur. Wolfe. Poe. Chopin. Un exemplaire de la première édition de *L'Étranger*, l'étiquette du prix plusieurs fois arrachée, la couverture usée, écornée. Une édition originale signée de

L'Ange exilé, livre qui lui était plus cher qu'aucun autre. Une première édition des *Contes fantastiques* de Poe signée par Harry Clarke à l'encre rouge sang. Une bible, la King James, avec couverture de cuir noir. Trois bougies ; une abondante coulée de cire fondue. Une bouteille de Hill's Absinth, vide. Deux bouteilles de vodka, vides. Une bouteille de vin espagnol, vide elle aussi. Une pochette d'allumettes. Une lampe, pas d'ampoule. Cinquante et un cahiers de journaux, écrits à la main. La page de titre d'un roman non publié. *Consummatum est.* Neuf ans de poussière accumulée et une poignée de photos qui devaient avoir une valeur pour lui. J'ouvris *L'Étranger* pour lire la dédicace écrite de ma main. Je tournai la page et mes yeux tombèrent sur les premiers mots : *Aujourd'hui, maman est morte.* Je commençais à comprendre.

Story et moi retournâmes à Charleston par un chaud après-midi, un vendredi de septembre, et nous louâmes une chambre avec un grand balcon à l'étage surplombant le port Battery et Charleston. Nous restâmes assis dehors dans des rocking-chairs en bois, les cheveux de Story soulevés des épaules par l'air chaud virant et voletant en tous sens au gré de ses courants. Dans la pénombre du crépuscule, nous regardâmes les couples remonter ou descendre la rue, leurs voix atténuées et adoucies par le bruit des vagues dans le port. Entre nous, une table basse, sur laquelle nous avions placé un petit bol de fraises.

Je demandai une bière à Story, elle plongea la main dans la glacière et en ressortit une qui avait trempé si longtemps dans l'eau glacée que l'étiquette déchiquetée avait commencé à se décoller. Elle en but une grande gorgée avant de me la passer. Je la regardai fixement, incrédule, comme toujours en pareille circonstance, feignant l'étonnement qu'elle ose penser que j'étais prêt à accepter de partager liquide si précieux. Sans me regarder, elle tendit le bras et me prit la main. Les lampadaires commençaient à s'allumer, on entendait le bruit des sabots de cheval sur les pavés de la rue en dessous : une visite de la ville en calèche.

Juste à ce moment, une Threnody radieuse sortit sur la véranda, un plan de la ville étalé devant elle telle une voile, et elle se mit à énumérer les endroits qu'elle voulait explorer ce week-end. Le premier sur la liste, sans surprise, était l'île de Sullivan, pour voir où *Le Scarabée d'or* avait été écrit. Nous avions ça dans le sang, j'imagine.

« Je suis heureux que tu sois là, Bird.

— Moi aussi, je suis heureuse ici. »

Assis sur le balcon, j'essayais de donner du corps à cet instant. Je voulais me le rappeler, mais je voulais plus encore. Je voulais savoir que j'étais en vie en ce moment même. Je m'accrochai désespérément à ce moment, ému par la prise de conscience que la vie et cette expérience étaient aussi éphémères qu'un souffle. Peut-être que ce temps figé était plus le leur - celui de Père, de Maddy - que le mien.

Je me tournai vers Story qui regardait, amusée, passer les gens dessous. Je suivis la trajectoire de son regard jusqu'à la rue, où un jeune couple marchait bras dessus, bras dessous. Le jeune homme, tout plein de l'instant, levait les yeux vers le ciel en marchant, pour tenter d'y distinguer la lueur des toutes premières étoiles du soir.

Puis le temps reprit sa course.

49

UN JOUR D'OCTOBRE LUMINEUX, je trouvai le courage d'aller sur sa tombe pour la première fois depuis qu'on l'avait mis en terre. Sa pierre tombale portait l'inscription qu'il avait écrite :

HENRY LARVATIS ASTER
ÉTRANGER DANS CE MONDE
LE TEMPS N'A RIEN REMARQUÉ
NON OMNIS MORIAR

Je pensai à lui, là, sous l'herbe mourante, lui que le temps implacable avait réduit au silence avant qu'il ait pu donner voix au chaos qui bouillonnait et rugissait en lui. J'imaginai brièvement que je pourrais être ses yeux et ses oreilles ; que je pourrais voir et entendre à sa place en ce frais après-midi d'automne ; respirer la fumée de feu de bois des premiers feux du soir ; éprouver l'excitation solitaire de la tombée de la nuit dans notre ville hors du temps ; goûter la chaleur mielleuse du scotch sur ma langue ; connaître la vie et la joie éphémère de toutes choses vivantes, juste une minute, pour mon père. Lui permettre de voir et sentir de nouveau, à travers mes yeux et mon corps, le délicieux automne d'octobre à Old Buckram.

Il avait laissé une lettre pour ma mère. Il lui disait :

Mon amour, mon cher amour, mon Eleonore. Tu as cru en moi toutes ces années quand je ne te donnais aucune raison de croire. Tu as donné ta vie pour moi. Toutes ces heures passées à t'occuper de nos jeunes enfants ; toutes ces heures passées à attendre seule tandis que j'écrivais, assis dans mon univers solitaire. Tout ce temps a disparu ; tu me l'as donné. Je suis affreusement désolé. Nul homme n'a jamais aimé femme comme je t'ai aimée.

« Ça m'a brisé le cœur », me dit Mère plus tard. Elle voulait dire par là que cet état était devenu pour elle une condition permanente.

J'ignore quand il rédigea cette lettre, ou ce que son dernier jour, ses dernières heures ont pu être. J'ignore le désespoir qu'il a dû éprouver ; ou à quoi sa vie, sans cesse rétrécie, avait dû se réduire. Le sentiment qu'il avait souffert assez pour toute sa vie. Le constat de l'absurdité de tout. De sa futilité, trop bien reconnue. La conscience d'avoir blessé les autres, et sa propre douleur en conséquence, telle une lame. La conscience qu'il nous avait abandonnés, et qu'il allait recommencer.

En esprit, je l'imagine se lever ce matin-là, sachant ce qu'il avait l'intention de faire. Je le vois s'asseoir à son bureau une dernière fois pour écrire sa lettre, quelques instants seulement avant d'embrasser Threnody pour lui dire au revoir. Quelques instants seulement avant de saisir le travail de sa vie, le labeur impitoyable de toute une vie, pour y mettre le feu.

Je le trouvai, le livre de mon père, cette nuit-là sur les Barrowfields. Au pied de la bobine industrielle, le bûcher improvisé où Maynard avait voulu brûler Faulkner et manqué immoler mon père à la place. Dans la lueur inhabituelle des étoiles, et au bruit, je crus que c'était un groupe de merles s'envolant à mon approche. Mais ce n'était pas le cas. Les oiseaux étaient des pages de son livre emportées par le vent qui se levait : calcinées, noircies, perdues.

Je suis assis à présent, dans ce berceau de verdure ombragé, on est presque au mois de mai, les pétales de cornouiller sont éparpillés d'une manière étonnamment uniforme dans l'herbe de la cour telles des étoiles dans un ciel jaune et vert. Les oiseaux lancent leurs cris, renchérissent de trilles, de pépiements et de petites danses tandis qu'ils sautent d'une branche feuillue à une autre. Le vent a doucement volé ses rondes fleurs à ce pauvre poirier Bradford, qui a eu la chance de survivre à l'hiver, malgré toute la neige et son tronc tristement fendu en deux. Un cardinal et un roitelet de Caroline semblent se disputer la primeur dans la baignoire à oiseaux, puis s'envolent tous deux en deux trajectoires erratiques. Buller m'apporte sa balle, que je lance aussi loin que possible de ma position assise, il la rapporte aussitôt et la lâche de nouveau sur mes papiers. Il est infatigable.

Après mon retour ici, j'étais dans la cour derrière la maison à inspecter deux cornouillers dans un état de faiblesse pathétique, qui montraient plusieurs branches mortes bien peu attirantes ; une voisine qui vit au pied de la colline, et qui, curieusement, a pris l'habitude de nous rendre visite parfois, une dame d'un âge canonique et douée d'un nombre d'opinions proportionnel, était montée jusqu'au sommet en boitillant pour voir ce que je fabriquais.

« Je me demande ce qui est arrivé à ces arbres, dis-je, juste pour parler. Je me demande si les racines ont été abîmées d'une manière ou d'une autre.

— Non, fit-elle, en contemplant la vallée. Ils ont vieilli, c'est tout. C'est ce qui leur arrive quand ils vieillissent. »

Il échoit à certains d'entre nous, je suppose, de mener leur vie ainsi, et de mourir lentement, parfois si lentement que c'est imperceptible à tous sauf à eux. D'autres n'ont pas cette chance. Ils sombrent dans l'impossible obscurité qu'est la mort sans avoir connu le réconfort ne serait-ce que d'une floraison. Et pourtant nous menons nos vies comme avec l'assurance du lendemain.

Remerciements

Pour leur soutien et leurs intuitions éclairées, je suis reconnaissant à ces personnes extraordinaires : Chris Clemans, Sarah Bedingfield, Nathan Roberson, Rachel Rokicki, Rebecca Welbourn, Francine Toon, Anna Webber, Anna Jarota, J. Todd Bailey, J. P. Davis, Carrie Ryan, Eric Taylor, Billy et Heidi Royal, Ashley Taylor, tous les merveilleux résidents de Horack Talley, ainsi qu'à ma famille : Lauren Lewis, Ashley Lewis, Henry Keats et William Kepler, Ray et Devan Vaughn, Lindsay Kahrs et Matthew, Shelly White, Brandi de Jager, Cheryl Lewis, ma mère, et Phillip E. Lewis, mon père.

buckram (buk'rəm), en français **bougran** (bugʀɑ̃) n. – Grossière étoffe de lin ou de coton raidie à la colle ou une substance similaire, et notamment utilisée pour fabriquer des couvertures de livres.

Composition : Facompo, Rouen

MIXTE
Papier issu de sources responsables
FSC® C003309
FSC
www.fsc.org

Cet ouvrage a été achevé d'imprimer en août 2018
dans les ateliers de Normandie Roto Impression s.a.s.
61250 Lonrai
N° d'impression : 1802359

Imprimé en France